LA DIOSA DE LA GUERRA

AMBER V. NICOLE

LA DIOSA DE LA GUERRA

DIOSES Y MONSTRUOS III
PARTE II

Traducción de
Cristina Macía

MOLINO

Papel certificado por el Forest Stewardship Council®

Título original: *The Dawn of the Cursed Queen*

Primera edición: noviembre de 2025

© 2024, Amber V. Nicole
Original English language edition published by Rose and Star Publishing, LLC.
4144 Commonwealth Ave, La Cañada California 91011, USA
Arranged via Licensor's Agent: DropCap Inc. All rights reserved.
© 2025, Cristina Macía Orio, por la traducción
© 2025, Penguin Random House Grupo Editorial, S. A. U.
Travessera de Gràcia, 47-49. 08021 Barcelona
© 2024, DewiWrites, por el mapa
Ilustraciones de los arranques de los capítulos: iStockPhoto

Penguin Random House Grupo Editorial apoya la protección de la propiedad intelectual. La propiedad intelectual estimula la creatividad, defiende la diversidad en el ámbito de las ideas y el conocimiento, promueve la libre expresión y favorece una cultura viva. Gracias por comprar una edición autorizada de este libro y por respetar las leyes de propiedad intelectual al no reproducir ni distribuir ninguna parte de esta obra por ningún medio sin permiso. Al hacerlo está respaldando a los autores y permitiendo que PRHGE continúe publicando libros para todos los lectores. Ninguna parte de este libro puede ser utilizada o reproducida con el propósito de entrenar tecnologías o sistemas de inteligencia artificial. PRHGE se reserva expresamente la reproducción, la extracción y el uso de esta obra y de cualquiera de sus elementos para fines de minería de textos y datos y el uso a medios de lectura mecánica u otros medios que resulten adecuados (art. 67.3 del Real Decreto Ley 24/2021). Diríjase a CEDRO (Centro Español de Derechos Reprográficos, http://www.cedro.org) si necesita reproducir algún fragmento de esta obra.
En caso de necesidad, contacte con: seguridadproductos@penguinrandomhouse.com

Printed in Spain – Impreso en España

ISBN: 978-84-272-4885-4
Depósito legal: B-17.356-2025

Compuesto en Compaginem Llibres, S. L.
Impreso en Rodesa
Villatuerta (Navarra)

MO 48854

Advertencia.
Este libro incluye contenidos sensibles relacionados con, entre otros temas, agresiones sexuales.

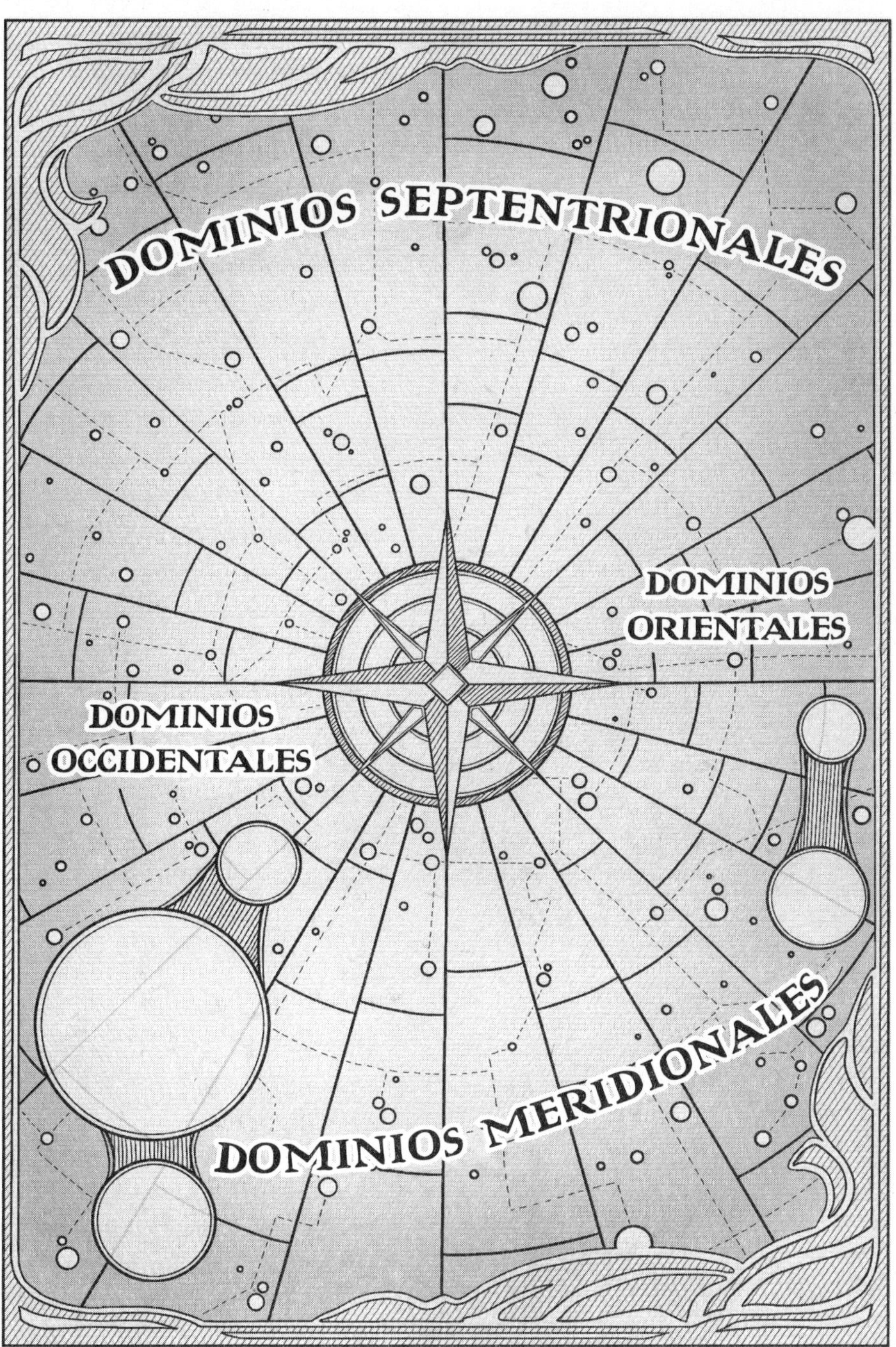
DOMINIOS SEPTENTRIONALES
DOMINIOS ORIENTALES
DOMINIOS OCCIDENTALES
DOMINIOS MERIDIONALES

I
DIANNA

Al apoyarme en las manos para levantarme, el vidrio me perforó la piel. Se oían gritos por todas partes. Jadeante, me recosté contra la barra del bar. Un olor acre y rancio me quemaba la nariz. Los guardias se habían dispersado, supongo que para arramblar con todo lo que pudieran para Nismera. Un chorro de ácido atravesó el aire, seguido de más gritos. Cogí una bandeja para taparme la cabeza y me agaché junto a la barra del bar. Por lo visto, mi amiguito peludo estaba desatando el caos. Con la bandeja como escudo, me levanté poco a poco y pude ver que una pequeña bestia cornuda lanzaba gente a un lado y al otro mientras se abría paso hacia la puerta. La pared de detrás del escenario tenía un enorme agujero por donde se había escapado el puñetero bicho.

Una mujer cruzó la habitación mientras me miraba de reojo. Faye tenía el rostro cubierto de sangre. Me fijé en la espada que blandía; era la misma hoja encantada que me había llamado la atención un rato antes. Faye no había venido solo a vender, sino también a robar. Me dirigió una sonrisa fugaz y salió corriendo.

¿Y si era una de las guardias de Nismera? Tenía que averiguarlo. En el techo parpadeaban unas luces que guiaban hacia el interior del edificio. Estudié la puerta principal y la muchedumbre que intentaba huir. Samkiel no llegaría a tiempo, y Faye se iba a largar por la parte trasera con la espada dorada.

Joder.

Me llevé la mano al auricular para subir el volumen, pero solo se oían gritos de gente que huía presa del pánico.

—Chicos, no sé si me oís, pero me dirijo hacia el fondo.

Más gritos. Me quité el puto auricular del oído, lo tiré y corrí tras Faye.

Las luces parpadeaban sobre las paredes pintadas de tonos pastel. Un reguero de sangre señalaba el camino. Supuse que alguna bestia había escapado con alguien a rastras. Avancé con cautela, concentrada en que mis tacones hiciesen el menor ruido posible. Dejé atrás varias salas que parecían celdas, y que me helaron la sangre. ¿Cuántos seres tenía aquí, y cuántos se habían escapado? Me llegó otra cacofonía de gritos. Me volví para asegurarme de que nadie me seguía.

Noté que el aire se movía y, de modo inconsciente, me agaché para esquivar el ataque antes de verlo. Con un crujido, Faye clavó la antigua espada maldita en la pared, donde un momento antes estaba mi cabeza.

—No te lo tomes a mal, guapa, pero, si trabajas para ella, estás muerta.

Me incorporé.

—¿Si trabajo para quién? ¿Para Nismera?

Faye arrancó la hoja de la pared y, con un grito, trató de asestarme otro espadazo. Di un salto atrás para esquivarla y traté de evitar sus mandobles mientras ambas bailábamos en el pequeño pasillo. Cada golpe de la espada abría una nueva grieta en la pared. La siguiente vez que se le quedó atrapada, mientras se esforzaba por liberarla, le encajé un puñetazo en la cara. Chilló y retrocedió tambaleándose, mientras se secaba la sangre de la nariz.

—Joder, sí que pegas duro.

Me encogí de hombros y arranqué la espada de la pared.

—Pues ni te imaginas las patadas que doy.

—No puedo dejar que se la lleves. —Faye metió las manos bajo el vestido y sacó dos nuevas armas.

Hice rotar la espada para calentar la muñeca y de paso comprobar el peso y el equilibrio.

—¿Esta antigualla? ¿Por qué no?

Faye se lanzó otra vez a por mí, más veloz que antes. La esquivé y, aprovechando que tenía la espada, bloqueé sus armas. Sin duda, era muy rápida y estaba muy bien entrenada; eso por descontado. Se dejó caer al suelo y me lanzó una patada hacia las piernas. Salté en el aire y le descargué la espada sobre la cabeza. Bloqueó el golpe con ambos aceros y se incorporó de inmediato para empujarme contra la pared.

—No trabajo para Nismera —expliqué.

Faye apretó los dientes.

—Claro, solo has venido a pasar un rato entretenido.

—Bueno, en realidad —de un empujón la hice volar por la sala— quería saber qué diablos le interesaba tanto, y creo que, gracia a ti, ahora lo sé.

Impactó con la pared, lo que provocó un pequeño derrumbe. Con una sonrisita, se puso de pie y volvió a rebuscar bajo su vestido. ¿Llevaba un arsenal escondido, o qué? Sacó un pequeño disco negro y lo tiró al suelo entre ambas. Del dispositivo brotó una nube de humo que hizo que me ardieran los ojos. Mientras tosía, un puño se estrelló contra mi cara. Me quitó la espada de un tirón y la oí correr pasillo abajo.

Tosí y parpadeé para intentar aclarar la visión. Cuando el humo se estaba disipando, oí otras pisadas que venían por el pasillo. El corazón me retumbaba; la sala cambió ante mis ojos y me vi en el cementerio de huesos. Con ojos llorosos e irritados, vi una figura que se acercaba con pasos poderosos y resonantes. Se agachó y extendió la mano hacia mí; el gesto hizo desplazarse las placas de la armadura de sus hombros. Lo ataqué.

La sala que me rodeaba recuperó su aspecto anterior: un pasillo con luces parpadeantes.

Orym me estaba sujetando el puño.

—Dianna, soy yo —dijo—. No pasa nada.

Asentí y me ayudó a levantarme. Me froté de nuevo los ojos para aclararlos.

—¿Dónde está Sami?

—El salón es un absoluto caos. Venía de camino, pero se ha parado para ayudar a alguna gente a la que habían pisoteado, y para detener a ese ser que escupe ácido.

Tosí otra vez y asentí.

—En ese caso, tenemos que seguirla.

—¿Seguir a quién?

Me volví y eché a correr por el pasillo, indicándole a Orym por señas que me siguiera.

—Por aquí. Lleva una espada antigua imbuida de alguna clase de poder. No puedo explicar qué es, pero lo siento. No sé para qué la quiere, pero tenemos que recuperarla.

Recorrimos a la carrera el elegante pasillo, dejando atrás más celdas vacías. En el suelo, frente a cada una, habían tallado encantamientos de protección, desactivados y del color del carbón. No vi a ningún guardia. Debían de haber huido con lo que hubiesen podido coger.

—Puedo sentirte, antigua —llamó una voz desde el fondo del pasillo.

Me volví para ver si Orym también lo había oído. Frunció el ceño y desenfundó un arma. Eché mano a la que llevaba sujeta al muslo y asentí para indicarle que siguiésemos avanzando.

—Una bestia poderosa ha regresado de la tierra de los muertos y dejará a su paso truenos y cenizas, pero esta bestia… es diferente. Inadecuada.

Miré a Orym de reojo, pero su rostro reflejaba perplejidad. Ninguno de los dos entendía lo que estaba pasando.

—Ah, ahora lo veo. La antigua sangre corre en tu interior.

Ante nuestros ojos apareció una mujer pálida, encadenada a la pared. Frunci los labios al verla. Estaba envuelta en varias capas de ropa y tenía el cabello enmarañado, pero lo que me dejó parada fueron sus ojos. O la falta de ellos. La piel que rodeaba sus cuencas vacías estaba cubierta de cicatrices y de arañazos a medio curar. Me pregunté si se los habría arrancado ella misma. Cuando Orym y yo nos detuvimos frente a su celda, volvió la cabeza hacia mí.

—Los antiguos han regresado al plano de los dioses, pero tú…

—¿Qué es? —le pregunté a Orym.

—Un oráculo, pero creía que los últimos que quedaban habían muerto cuando Nismera se hizo con el trono —respondió Orym con gesto severo.

—Los otros ya han desaparecido. —Ahogó un sollozo casi imperceptible pero que pareció resonar por toda la sala—. Todo desaparecerá. Todo está perdido. De uno, todos se alzarán.

—Vale. —Sacudí la cabeza—. Está chiflada. Vámonos. Tenemos que echarle el guante a una mujer misteriosa y a una espada antigua.

—Tú —escupió—. Estás vacía.

—¿Perdón?

Su cuerpo, sujeto por las cadenas, se retorció. Arrugó los labios en una sonrisa que dejó entrever unos dientes oscuros e irregulares, agrietados, como si hubiese mascado huesos.

Orym me sujetó el brazo.

—No le hagas caso. La locura se ha apoderado de ella.

—¿La locura?

—Su poder es inestable, como el de Roccurrem y los otros hados. Si intentan ver un futuro demasiado remoto, a veces la mente se les hace pedazos. Diría que la obligaron a hacerlo hasta que no quedó nada de ella.

—¿Por qué? —La observé mientras reía y sollozaba, sentada en el suelo.

—Hace eones que los dioses quieren controlar a los hados. Antes de Nismera, el único que lo consiguió fue el padre de Samkiel. Pero había otros que querían atisbar su futuro, así que capturaron oráculos y los usaros para sus propósitos egoístas hasta que no quedó ninguno.

—Eso es terrible —dije, y fruncí los labios.

—Este mundo lo es, y desde hace mucho tiempo —repuso Orym; el oráculo seguía sollozando—. Sigamos.

Nos volvimos para irnos. En un sorprendente arranque de energía, la mujer se levantó de un salto, con un rechinar de cadenas.

—Un cascarón vacío, vacío por completo —ladró el oráculo; se desplomó sobre las cadenas con una risa—. Hueco.

Di un paso atrás.

—Bueno, ha sido genial, pero ahora nos vamos a largar y te vamos a dejar que sigas con tus chifladuras. —Miré a Orym y articulé en silencio las palabras: «¿De qué va?».

—Vámonos —me insistió Orym.

—Yo que tú no la seguiría, chico sin cabeza, o acabarás con una hermana a juego. —Su risa sonó ahogada y enfermiza.

Orym se quedó inmóvil.

—¿Qué has dicho?

El oráculo tiró de las cadenas.

—Sois unos necios si os creéis capaces de detener lo que se avecina. Necios, si creéis que vais a representar la más mínima diferencia. El caos quiere recuperar este mundo, y el caos lo tendrá.

—Solo para que quede claro, los desvaríos de Roccurrem me gustan más que los tuyos.

Orym me sujetó del hombro.

—Ha mencionado a mi hermana. Quizá sepa algo. Deberíamos llevarla con nosotros.

—Si piensas que voy a llevar a esa tipa sucia y chalada de vuelta... —Dejé la frase a medias. Me acerqué más a él y bajé la voz para que la mujer no pudiese oírnos—. Con ellos, tú estás todavía más chalado.

—Pero ha mencionado a mi hermana —suplicó Orym.

—Tu hermana está bien. Acabas de hablar con ella.

Orym me miró a los ojos, como si buscase algo, mientras sacudía la cola de un lado a otro, presa de la agitación. Por fin asintió.

—Es cierto. Tienes razón.

—Sí. —Le acaricié el brazo en un gesto tranquilizador—. Sigamos con lo de atrapar a una mujer misteriosa con una espada.

Sonrió mostrando los caninos, y se volvió para seguirme.

—No confías en mí, pero te fías de una que desafía a la naturaleza —exclamó el oráculo—. Ella es destrucción, muchacho. Con ella nadie estará a salvo. Nadie lo está, jamás. —Rio. Las uñas se me transformaron en garras. Solté el brazo de Orym con cuidado para no hacerle daño. Esas palabras me habían helado la sangre. Orym se detuvo.

—Dianna.

Vio algo en mi rostro que lo asustó. Supe que mis ojos se habían vuelto carmesíes.

—¿Crees que puedes tocar la muerte, muchacha, y que no se lleve nada de ti a cambio?

—Cierra el pico. —Las palabras se me escaparon como un susurro ronco. Me volví hacia el oráculo, pero ella sonrió, burlona.

—Ahora te está vigilando. —Se balanceó sobre los pies, y ladeó la cabeza al tiempo que dejaba escapar una risa caótica—. Serás su nuevo juguete favorito. Nadie se acerca a su reino sin que..., sin que..., sin que... —Otro sollozo ahogó sus palabras; sus recuerdos, fueran cuales fuesen, la estaba haciendo pedazos.

—¿De qué está hablando? —me susurró Orym, pero no le respondí. Me quedé plantada, como si los pies se me hubiesen pegado al suelo. Volví a sentir el frío que me acompañaba desde los túneles, como si parte de mí nunca hubiese salido de allí, o como si algo me hubiera seguido. ¿Era ese el hombre que me vigilaba en Recodo del Río? ¿O las sombras que no dejaba de ver por el rabillo del ojo? ¿Me estaban siguiendo? El corazón me retumbó en el pecho, y supe a qué se refería.

—¡... Anna! —Orym me dio un tirón para obligarme a volverme hacia él y arrancarme de la parálisis en que me había sumido el miedo. Me acordé de respirar, y, con cada bocanada de aire, mi determinación se hizo más y más firme. Cuadré los hombros.

—Tenemos que irnos —dije.

La mujer tiró de las cadenas; la saliva le corría por los labios.

—Pregúntale, chico sin cabeza. Pregúntale qué les suplicó a las estrellas, y qué es lo que vive ahora. Pregúntale qué arrebató a los mismísimos cielos. Y luego pregúntale si le importa. La vieja sangre le corre por las venas. La del primer ig'morruthen. A él tampoco le importó.

—Orym, vámonos. —Traté de arrastrarlo, sin éxito. Me apartó las manos.

—No —dijo, tajante—. ¿De qué está hablando?

La sonrisa del oráculo fue tan salvaje que parecía salida del Altermundo.

—Nismera es cruel, pero tú, Ayla, eres malvada.

—No, no lo soy —corté, quizá con demasiada brusquedad.

—¿Ayla? —se sorprendió Orym.

—Es mi verdadero nombre. O, al menos, el que me puso mi padre. Es una larga historia. —Señalé al oráculo—. Ya basta, deja de hablar.

—¿No conoce a tu padre? El celestial de la muerte. El que creaba armas para los dioses.

Orym se volvió a mirarme con tal brusquedad que casi se le desenrosca la cabeza.

—¿Azrael? ¿Tu padre era Azrael? ¿Qué más no me has contado?

—Ahora no —interrumpí.

—Sí, ahora. —Enseñó los dientes—. Me has tratado como si no se pudiese confiar en mí, y en realidad eres tú quien no ha sido sincera.

—No es eso.

—¿Cres que el universo no ha visto toda la sangre que has derramado, y cómo te revuelcas en ella? —siguió el oráculo—. ¿Las cosas horribles y perversas que has hecho, y que no te han impedido dormir como un bebé? Dile al elfo maldito que te alimentas de vida, pero careces de ella. ¿Crees que las estrellas te recompensarán con el amor? ¿Que conocerás la paz? Estás condenada.

Orym me miró con los ojos entornados.

—¿De qué está hablando? Dímelo.

—Orym, para —atajé con sequedad. La señalé—. Tú mismo lo has dicho. Los oráculos se volvieron locos.

—Pregúntale qué trajo de vuelta —se burló el oráculo—. Pregúntale cuál fue su amenaza y por qué la propia muerte cambió de planes.

—O cierras la boca, o te la cerraré yo para siempre —amenacé con un gruñido.

Orym me miraba con ojos como platos.

—¿De vuelta?

—Pregúntale —suplicó el oráculo.

—No —la interrumpí—. Mira, tenemos que irnos. Si la mujer de la espada se escapa…

Orym se apartó de mi lado.

—No me importa la espada. ¿De qué está hablando? ¿Qué hiciste?

—Pregúntale qué le arrancó al universo, y luego pregúntale cómo lo hizo —insistió el oráculo. Me crecieron las garras.

—Dianna, ¿qué trajiste de vuelta?

La risa del oráculo restalló por toda la sala. Orym me miraba tan aterrado que supe que no me haría falta decirlo en voz alta.

Lo sabía.

—El ser más poderoso de todo el dominio no es el Destructor de Mundos, sino quien lo protege a él. La persona que lo trajo de vuelta de entre los muertos. —La voz del oráculo era como un ronroneo.

Un segundo después, yo estaba en la celda. Orym trató de detenerme, pero no antes de que mi puño atravesara el cráneo del oráculo.

II
DIANNA

Me restregué las cutículas para quitar las manchas de sangre hasta que el agua corrió limpia de nuevo. Me vino a la mente el recuerdo de Onuna, y de las muchas veces que había tenido que lavarme la sangre de las manos y de la boca.

—Si susurras siquiera una palabra de todo esto, haré que lo de «chico sin cabeza» se convierta en realidad.

Orym entró dando zancadas, con las manos en los bolsillos. Ninguno de los dos nos habíamos cambiado de ropa. Él seguía enfundado en un traje sucio, y mi vestido azul estaba cubierto de polvo y manchas.

—Samkiel llegará enseguida. Ha hecho un último barrido por la zona en busca de bestias asesinas perdidas y mujeres misteriosas con espadas mágicas.

Asentí. Menos mal que Samkiel no apareció hasta después de que matase al oráculo. Orym no dijo nada, solo afirmó que ella lo había amenazado, y así quedó la cosa. La principal preocupación de Samkiel era si yo estaba herida.

Orym se recostó en la encimera mientras yo restregaba y restregaba.

—¿Ha encontrado algo?

—No —suspiró Orym—. Suponemos que casi todas las bestias han huido hacia el Altermundo. Y de la mujer misteriosa no hay ni rastro.

Había una manchita recalcitrante en la puñetera cutícula que se resistía a irse.

—No se lo has contado. Eso significa que vivirás un día más.

—Tarde o temprano tendrás que hacerlo —dijo Orym.

—Lo sé. Pero… —Me froté las uñas un poco más fuerte.

Unas manos callosas, de piel color malva salpicada de pequeñas manchas de sangre, sujetaron las mías. Cuando estalló el caos, Samkiel y él ayudaron a tantos como pudieron. Ambos eran mucho más bondadosos que yo. Tomó una toalla seca de la encimera y me secó con suavidad las manos que tenía casi en carne viva.

—Creo que ya te has quitado todo el oráculo que se te había pegado.

—Es posible.

—¿Quieres hablar de ello?

Me ardían los ojos.

—El oráculo no se equivocaba en nada. Me siento vacía. Desde que ocurrió, me noto distinta… Extraña. Inadecuada. Como si me faltase algo y no lo pudiera encontrar. Solo me siento yo misma cuando lo tengo cerca de mí.

Orym me sostuvo las manos sin decir nada, a la espera de que yo encontrase las palabras para expresarme.

—Yo tenía una hermana. —Mi voz no era más que un susurro—. La quería con locura. Ella es la razón de que sea lo que soy. Di mi vida a cambio de que su corazón siguiese latiendo. Y luego me la arrebataron. No pude salvarla. Y entonces, Samkiel… No podía perderlo también a él. Me negué, así que, allí, en aquellos túneles, amenacé con reducir todos los dominios a cenizas. Hablaba en serio. Lo habría destruido todo, y me disponía a hacerlo. Y entonces…

Orym me apretó las manos para ayudarme a centrarme.

—¿Y entonces?

Señalé el dedo con un gesto.

—Desapareció. Nuestra marca ya se había formado. Pero ardió y se selló y desapareció. Por mi culpa perdimos la marca. Ese es el precio que pagué. Samkiel ya no es mío.

La mirada de Orym se dulcificó.

—Ese no es el precio, Dianna. Sé lo que me digo. He vivido con vosotros y lo he oído hablar de ti cuando tú no estás presente. Dioses, la forma en que te mira. Como si tú en persona hubieses puesto las estrellas en el cielo. Tiene un vínculo contigo, Dianna. Créeme si te digo que no necesitas la marca.

Sus palabras parecieron cerrar la grieta de mi corazón cuya existencia yo me negaba a aceptar. Me daba tanto miedo que perder la marca significase que nos perderíamos el uno al otro, y que me dejaría. Que era culpa mía, que lo había echado todo a perder, como tantas otras veces. Alcé la mirada hacia Orym, que me daba palmaditas en las manos.

—¿Lo crees de verdad?

—Es imposible que trajeras a tu amata de entre los muertos a menos que estuvieseis atados de algún modo muy profundo. —Sonrió para animarme—. Habría sido totalmente imposible.

—Tal vez.

—Pero el universo no te da nada sin exigirte un pago a cambio. Siempre tiene que haber equilibrio. —La mirada de Orym se clavó en la mía—. Dianna, siento que tuvieses que verlo morir. He pasado por ello, y ojalá fuese tan fuerte como tú. Habría pagado ese mismo precio con tal de tenerla conmigo.

—Perdiste a tu amata. —Las piezas encajaban—. Eso es lo que perdiste.

Oí un carraspeo un instante antes de que su poder me envolviese.

—¿Interrumpo algo? —preguntó Samkiel.

Aparté las manos y me recoloqué un mechón que me caía por la cara. En cuanto dejamos de tocarnos, Orym retrocedió, empujado por el poder de Samkiel.

—No, solo quería saber cómo estaba Dianna…

—… después de atravesarle la cabeza a un oráculo de un puñetazo —añadí.

Los ojos de Samkiel no dejaron de taladrar a Orym, que juraría que se puso a sudar.

—Creo que soy más que capaz de cuidarla por mí mismo —dijo Samkiel, de brazos cruzados.

Comprendí que, desde fuera, la escena debía de parecer íntima y furtiva. Y más aún porque Orym no podía decirle de qué hablábamos; así que carraspeó y salió del baño a toda prisa.

Me apoyé en el lavamanos.

—Creía que los dioses no sentían celos —me burlé.

Samkiel no apartó la vista de la puerta hasta que oímos a Orym bajar las escaleras. Tenía los brazos cruzados, tan tensos que la camisa estaba tirante sobre los bíceps, los hombros y el pecho. Al fin dejó caer los brazos y avanzó hacia mí con los labios apretados y un tic en la mandíbula. Verlo caminar hacia mí me aliviaba el alma.

—Sabes que lo decía en broma, ¿verdad? Si creyese que sentía el más mínimo interés por ti, lo cocería vivo de dentro afuera. —Alzó la mano para tirar de la cinta de mi vestido—. Pero estuviste toda la noche fuera, con un hermoso vestido, y pasaste mucho rato con una mujer que prácticamente se te tiró encima; y, cuando volviste, olías a ella. Ahora te encuentro en nuestro baño cogida de la mano de Orym, hablando en susurros. Empiezo a sentirme… territorial.

Estudié cada línea y cada rasgo de su amado rostro, grabados a fuego en mi cerebro. Samkiel no alcanzaba a comprender hasta dónde llegaría yo por él, y solo por él. Comprendía sus celos. Cuando peor me encontraba, lo abandoné y busqué la compañía de otros para forzarlo a apartarse de mí. Por mucho poder y autoconfianza que tuviera, siempre habría una parte de él que se preocupase. Si había duda en su mirada, la culpa era mía, y lo sentía muchísimo. Le cogí la cara y me obligué a sonreír.

—Para mí no hay nada más importante que tú.

Su mirada se dulcificó y la angustia desapareció. Agachó la cabeza y me besó la palma de la mano, con los ojos de color de tormenta clavados en los míos.

—Esa sensación me suena.

Sonreí de nuevo, y esa vez no fue una sonrisa forzada. Me incliné para besarle los labios y luego me aparté de sus brazos. Supongo que notó mi duda, mi distanciamiento. Pero las palabras del oráculo aún me tenían sobrecogida. Le di la espalda.

—¿Me ayudas? —Deslizó los dedos por la piel desnuda de mi espalda y desabrochó los pequeños botones uno a uno—. Quiero darme un baño —añadí en voz baja—. Y luego quiero irme a dormir.

—Como tú desees, *akrai.*

Lo miré de soslayo.

—Esta noche solo abrázame, ¿de acuerdo?

Frunció el ceño, preocupado; no porque le molestase la idea, sino porque yo nunca pedía algo así. Cuando me sentía necesitada de afecto, la cosa solía acabar con ambos gritando de placer, y no en esos momentos dulces e íntimos que tanto le gustaban a él, momentos que me asustaban más de lo que estaba dispuesta a admitir. No sabía cómo lidiar con las emociones que me provocaban esos instantes fugaces. Podía follármelo hasta que le fallasen las piernas, pero ese nivel de intimidad no lo alcanzaba nunca.

Samkiel desabrochó el último botón, así que sostuve el vestido contra el pecho para que no se cayera. Se sentó en el borde de la bañera y abrió los grifos; luego pasó la mano bajo el chorro para comprobar la temperatura.

—¿Quieres contarme por qué estabas llorando, o se lo tendré que preguntar a Orym?

Comprendí que «preguntar» era un eufemismo. En lo tocante a mí, Samkiel parecía más errático que de costumbre.

—No era nada —susurré, y sus cejas se alzaron, con aire interrogante—. El oráculo dijo algunas cosas que me alteraron.

—¿Qué dijo?

Una vez satisfecho con la temperatura, devolvió la mano al regazo mientras la bañera se llenaba.

—Cosas que me recordaron a Gabby.

Las cejas se juntaron en un gesto de comprensión.

—Oh, *akrai.* ¿Quieres que vaya y la mate por segunda vez?

Se me escapó una carcajada, aunque los ojos se me habían llenado de lágrimas.

—Estás muy guapo cuando te pones en plan asesino.

Sonrió y se puso de pie mientras se quitaba la camisa.

—Los dos no vamos a caber en esa bañera —dije; sabía que era exactamente lo que quería, aunque no esperaba sexo. Si había aprendido algo sobre Samkiel, es que le encantaba tocarme. Cada vez que tenía la oportunidad, me cogía de la mano, o juntaba la rodilla con la mía, o el pie con el pie. Sobre todo, le encantaba bañarse o ducharse conmigo. Samkiel quería hacerlo todo conmigo, y saberlo curaba una pequeña parte de mi frío, magullado y malherido corazón.

—Ya me conoces. —Me dio un golpecito en la nariz—. Haré que encaje.

No pude evitar que se me escapase una risita, aunque sabía que no lo había dicho a propósito.

—Por fin. Esa es mi Dianna. —Esbozó una sonrisa, orgulloso de hacer retroceder parte de la oscuridad que se cernía sobre mí. Levantó la mano otra vez, a la espera.

Solté el vestido y dejé que me guiase hasta la bañera. Pese a su confianza, no encajábamos bien, pero nos apañamos. Samkiel me envolvió con su enorme cuerpo y me sostuvo junto a él. Me susurró cosas al oído, tratando a toda costa de hacerme reír. La tensión y la angustia que me atenazaban se disolvieron.

Tras el baño, Samkiel cruzó el pasillo para informar a Orym de nuestro plan. Hablaron unos instantes mientras yo esperaba en el pequeño lecho, con la mirada en la ventana. Un graznido sonó en el viento, y un pájaro oscuro de tamaño mediano y alas de color medianoche voló como un rayo frente a la ventana. Entrecrucé las manos tras la cabeza mientras veía el brillo de plata del poder de Samkiel que ardía en el cielo nocturno, y decidí que tenía que decírselo. Ya no podía ocultárselo más; tenía que contarle lo que había dicho el oráculo. Era lo correcto, aunque se enfadase conmigo.

La puerta se abrió con un chirrido y Samkiel entró.

—Lo siento, he tardado más de lo previsto. De paso, he puesto al día a Roccurrem.

Asentí y apoyé la cabeza en las manos.

—¿Qué plan tenemos?

Samkiel cogió una manta de la silla y se metió en el otro lado de la cama, que crujió bajo su peso. Se acomodó y nos tapó a ambos con la manta; luego me abrazó y me atrajo hacia él. Una vez encajados juntos, me apoyó la barbilla en el cuello.

—Tenemos que esperar hasta que dé con el murrak. Ahora es lo más importante.

—¿Más que la chica con la espada? —dudé.

—Sí —confirmó—. El murrak es muy peligroso y tengo que asegurarme de que ya no esté en la ciudad.

Me volví entre sus brazos para encararlo.

—¿Qué es?

Me sostuvo la mirada.

—Hay príncipes en el Altermundo. Siete, en concreto. Cada uno de ellos lleva un tótem de su madre, Icnima. Las leyendas cuentan que ella parió monstruos. El murrak es una de esas siete antiguas bestias que aún perduran. Un regalo para su hijo, Umemri.

Me vino a la mente el recuerdo de aquel ser enorme, sus patas, y la forma de moverse. Hasta su piel parecía salida del Altermundo.

—Tiene una pinta asquerosa. Ya sabes que odio los bichos. ¿No podría haberle regalado algo más bonito?

Su sonrisa hizo que mi estúpido corazón se saltase un latido.

—Supongo que sí. Y es verdad que se parece a los insectos de tu mundo. Pero me temo que es mucho peor que cualquier cosa que haya en Onuna.

—Entonces ¿cuál es tu objetivo? ¿Capturarlo? Has dicho que le pertenece a uno de ellos.

—Sí, es lo que pretendo. —Suspiró hondo—. Preferiría no provocar también la ira del Altermundo. Ya tenemos bastante con una guerra.

—Qué difícil es ser un héroe —me burlé.

—Ni te imaginas.

Asentí. Otra pregunta pugnaba por escapárseme de los labios.

—¿Crees que soy malvada? —barboteé, sin saber a ciencia cierta a qué venía la pregunta o por qué se me había escapado. Lo había dicho el oráculo y se me había clavado en la mente. Me daba miedo mirarlo a los ojos, así que me concentré en mis manos, que descansaban sobre su pecho. No sabía cómo reaccionaría si veía en su mirada el menor atisbo de que él lo creyese así, siquiera un poquito. Pero, pensase o no pensase que yo era malvada, desde luego buena no era. No como él.

—¿Eso te dijo?

—Más o menos. —Me encogí de hombros—. No quiero ser como él me hizo, sino lo que Gabby y tú veis en mí.

Una mano dulce y callosa me alzó la barbilla para atraer mi mirada. Sus ojos no mostraban ninguna emoción oculta, ninguna duda, ninguna pregunta. Solo amor... Amor puro y sincero.

—Dianna, eres perfecta tal y como eres. No cambiaría nada de ti. Ni siquiera los colmillos.

—Supongo que me he obsesionado un poco. —Me incliné y le di un beso en los labios.

—¿Sabes lo que pienso? —dijo—. Creo que hay mucha gente, muchos seres, que te miran, ven tu poder, y lo temen. Están acostumbrados a los abusos de los poderosos, así que encontrarse contigo, o incluso oírte mencionar, los asusta. Pero eso no es culpa tuya, sino de ellos. Tú no eres malvada, y no lo has sido nunca. Mi mente, mi cuerpo y mi alma no albergan la más mínima duda.

Me ardían los ojos.

—Venga... ¿Ni siquiera un poquito de duda?

—He visto el mal cara a cara. Me he enfrentado a seres malignos, dioses, monstruos y bestias, más veces de las que me gustaría admitir. Pero al mirarte a ti, lo que veo es esperanza.

Eché la cabeza hacia atrás, sorprendida.

—¿Esperanza?

Asintió y me estrechó más entre sus brazos.

—Sí, esperanza. Porque sé que tienes el poder de cambiar mundos, y que lo harás por aquellos a quienes amas. El amor, Dianna, nunca debilita, sino que fortalece a quienquiera que lo experimente. Y a ti, que amas de modo tan intenso, tan absoluto, te hace casi invencible. Lo comprendí al ver la ferocidad con la que nos protegías a tu hermana y a mí. He visto tu corazón, lo he sostenido entre mis manos, y te digo que jamás he conocido a un ser maligno capaz de amar como tú amas. Así que no, no eres malvada.

Ni siquiera me di cuenta de que me había echado a llorar hasta que me secó una lágrima con el pulgar.

—Qué dulce.

—Nadie es perfecto. Así es la vida. Pero ¿malvada, tú? Ni en tus peores días.

Apoyé la frente sobre la suya. Nunca, en toda mi vida, me había sentido tan completa como cuando estaba con él. Tan viva. Nunca había... sentido, en realidad. Nuestros alientos se mezclaron, y su simple olor hizo que se me acelerase el corazón.

Se apartó y me observó, mientras me deslizaba la mano por la espalda.

—De todas formas —añadió—, es raro.

—¿El qué? —quise saber.

—Los oráculos no son precisamente discretos, pero tampoco suelen buscar el enfrentamiento.

—Quizá se le había ido la cabeza. Cualquiera sabe lo que le habían hecho. Y no olvidemos que se había arrancado los ojos ella misma. A ver, ¿cuántos seres antiguos hay por ahí que hablen con enigmas y acertijos?

—Demasiados —bromeó Samkiel.

—Siento haber matado a alguien antiguo y poderoso.

—No lo sientas. —Negó con la cabeza—. A juzgar por lo que me has contado, diría que ella sabía de tu carácter y que te provocó para que reaccionases como lo hiciste.

—¿Y por qué iba a hacer algo así?

Me clavó la mirada. La luz de la luna se derramaba en la habitación a oscuras y les daba a las sombras una apariencia casi sobrenatural.

—Por temor a Nismera. Tú le darías una muerte rápida. Nismera tiene a todo el dominio aterrorizado porque su crueldad no conoce límites. A veces, la muerte no es la peor opción, sino un descanso frente al sufrimiento.

Las palabras de Samkiel me revolvieron el estómago.

«Pregúntale qué arrebató a los mismísimos cielos».

Me pregunté si él habría sentido la paz de la muerte, aunque solo fuese un segundo. Cuando le supliqué a la muerte que lo robase del cielo y me lo devolviese, ¿lo sintió como algo traumático? ¿Me odiaría cuando supiese lo que había hecho? ¿Me abandonaría? En el fondo de mi corazón, sabía que no habría sido capaz de hacérselo a Gabby, por mucha felicidad, por mucho consuelo que hubiese representado traerla de vuelta. Jamás habría podido arrebatarle la paz que ansiaba con tanta desesperación. Aunque pudiese tenerla conmigo, no lo haría. Pero ¿por Samkiel? Sin dudarlo un instante. Calcinaría mundos, borraría imperios de la faz de la tierra y reduciría las estrellas a cenizas si fuese necesario.

El oráculo tenía razón. Era malvada.

Le deslicé el pulgar por la mejilla. En mi corazón ardía una verdad muy sencilla.

—Cuando se trata de ti, soy extremadamente egoísta.

Sonrió y me besó la palma de la mano.

—Conozco bien esa sensación.

Me acurruqué junto a él y escuché los latidos de su corazón, y por fin el sueño lo venció. Se durmió con una mano apoyada en mi espalda. Pero yo no dormí esa noche, solo miré el cielo, absorta en la ola plateada de su poder que fluía de punta a punta del cielo nocturno; y apenas me di cuenta de que el pájaro hecho de medianoche cruzaba de nuevo frente a la ventana.

III
ISAIAH

Veruka terminó de trenzar el pelo de Imogen y suspiró.

—¿Cuánto tiempo la vas a retener? —preguntó, mientras acomodaba la coleta sobre la espalda de Imogen.

Me mordí el pulgar.

—No la retengo. La protejo.

—Eso no es lo que dicen los otros soldados. Creen que la has convertido en tu juguete sexual —dijo Veruka, con una mano en jarras y la cola que se agitaba detrás de ella.

Solté un bufido.

—Ambos sabemos que eso no me atrae.

Las mejillas de color malva se oscurecieron de deseo, pero el recuerdo de nuestros encuentros no me excitó. Ya nada me excitaba.

—Si no la estás usando, yo…

—No. —Me estiré y suspiré—. ¿No tienes que ayudar a descargar un envío?

Respondió con un gruñido contrariado, pero se marchó. Me acerqué a Imogen y volví a repasarle la cara. No tenía ni una mancha de sangre en las mejillas y el cabello estaba bien arreglado; pero me costaba mucho contenerme y no tocarla. Me maldije a mí mismo y aparté la mano.

—Siento todo el… —Separé las manos abiertas e imité el sonido de una explosión—. La verdad, creí que se rendirían. Los rebeldes son cada vez más atrevidos.

No me respondió. Miraba a algún lugar situado más allá de mí. Me pregunté si la habría asustado ver estallar las cabezas y saber que podía hacerlo sin mover siquiera un músculo. Me angustiaba la idea de que me temiese, pero ignoraba a qué se debía esa sensación.

—Sabes que jamás te haría daño, ¿verdad?

No hubo respuesta. Nunca la había.

Llamaron a la puerta. Me volví a tiempo de ver entrar a Kaden. No llevaba la armadura, solo una camisa holgada y unos pantalones oscuros a juego.

—Se te ve cómodo —señalé.

Se encogió de hombros y se metió las manos en los bolsillos.

—Hoy no me toca estar con nuestra hermana. ¿Y tú, qué tal?

—Acabo de volver. — Sonreí. Kaden miró de reojo a sus espaldas y luego levantó las manos. La puerta se cerró con un chasquido. Su mirada voló hacia Imogen—. No puede repetir nada de lo que hablemos, ¿recuerdas? Les has lavado el cerebro a todos.

Me observó mientras me acercaba a la cómoda. Me llevé la mano a la hebilla del hombro y la solté. El peto de la armadura cayó al suelo.

—Parece que te moleste la idea. ¿Te estás acostumbrando a la celestial, hermano?

Rebusqué una camisa.

—¿Por qué está todo el mundo empeñado en creer que me follo a alguien que no lo va a disfrutar?

—No me refería a eso. —Kaden resopló—. Pero he notado que pareces haberle cogido apego.

—Convertí a los que querían tocarla sin su permiso en una sopa peor que la que Frigg cree que le queda tan buena.

Kaden soltó una risotada y sentó en mi cama.

—Justo lo que decía. Apego.

No traté de rebatirlo. No sabía por qué, pero, desde el momento en que mis ojos se posaron en Imogen, no podía pensar en nada más. Empezaba a convertirse en un problema. Incluso por la noche, cuando cerraba los ojos, solo soñaba con ella. Decir que le había cogido apego era quedarse corto.

Había buscado un modo de revertir lo que le había hecho mi hermano y liberarla. Tenía que haber alguna forma. Cada vez que Mera me enviaba a alguna misión, me llevaba a Imogen, y si encontraba un chamán o un sanador, la llevaba a verlo. Todos decían que no había cura. A menudo eso me ponía de mal humor, y terminaban perdiendo la cabeza. Pero al menos lo intentaba.

—¿Para eso has venido? ¿Para darme una charla? —le pregunté, de brazos cruzados.

Negó con la cabeza.

—No, no he venido a eso.

—¿Algo va mal?

—¿Te acuerdas de cuando éramos jóvenes? ¿Que hicimos un pacto de no revelarle a nadie lo que sabíamos cada uno del otro y de sus poderes?

—Sí. ¿De eso se trata? ¿Es por la bruja de Nismera? Ya sabes que no te juzgo. Si dices que amas a Dianna, te creo. Pero sé mejor que nadie que a veces, y más en este mundo, hay que soltar un poco de presión.

Kaden se puso de pie con una sonrisa forzada y juntó las manos a la espalda. Hacía tanto que no pasaba tiempo con él que había olvidado el inmenso poder contenido bajo su piel.

—No se trata de ella, sino de ti.

Me crucé de brazos, confuso.

—¿De mí? ¿Por qué?

—¿Por qué tiene tu sangre Nismera?

—¿Mi sangre? —Fruncí las cejas. Luego me acordé—. Ah, sí, me la pidió y se la di. No me cuestioné para qué la quería, la verdad.

Kaden ladeó la cabeza y me contempló mientras me dirigía al baño.

—¿Ni siquiera un poquito?

—¿Por qué? —Me encogí de hombros—. Es Mera. La única que se preocupó de nosotros cuando Unir nos encerró. La única que nos rescató, que pensó en nosotros cuando el mundo se había olvidado. Si me pidiera el hígado, se lo daría, sin hacer preguntas. ¿Tú no? —Una sombra enturbió los ojos de Kaden, que apartó la vista. Lo agarré del hombro—. También lo haría por ti. Todavía eres mi hermano favorito.

La sonrisa de Kaden fue contenida, sin alegría.

—Y tú el mío.

—¿A qué vienen estas preguntas? Y ya puestos, ¿cómo te has enterado?

Kaden dio un paso atrás.

—Deberías arreglarte. Nismera está muy contenta porque ha conseguido unas cuantas reliquias y criaturas del Altermundo, aunque no el murrak. Creo que quiere organizar una cena esta noche.

—¿Te encuentras bien?

Kaden se volvió y se dirigió a la puerta sin responderme.

—Eh —insistí. Se detuvo con la mano a pocos centímetros del pomo—. Lo eres todo para mí, Kaden. Nunca te rendiste ni me abandonaste, ni siquiera cuando te quedaste atrapado tras los dominios. Nismera me contó que hablaba contigo a menudo, aunque yo no pudiera, y que estabas desesperado por volver conmigo. Siempre me has cuidado y me has protegido, y te amo. Pero estamos hablando de Mera, Kaden, no de un monstruo.

Me miró de reojo, con otra sonrisa forzada, y abandonó la sala. La puerta se cerró tras él con un chasquido.

IV
Dianna

Nuestros zapatos chirriaron mientras subíamos los pequeños escalones de la fonda. Orym, Samkiel y yo estábamos cubiertos de lodo de los pies a la cabeza. Nos detuvimos antes de entrar y Samkiel sacudió la espada para quitarle el barro apelmazado antes de devolverla al anillo. Orym plegó sus dagas y las devolvió a sus fundas.

—Ha sido genial. No volváis a contar conmigo —dije, al tiempo que me estrujaba el pelo para escurrirlo de agua.

—Perdona —se disculpó Samkiel. Se rascó la nuca y salió tierra en todas direcciones—. Los murraks suelen habitar en el subsuelo. Pensé que, si aún seguía por los alrededores, igual había buscado refugio ahí.

—Pues parece que no —respondió Orym con un encogimiento de hombros—. Hemos comprobado hasta la última caverna. Me atrevería a asegurar que se ha ido con Nismera.

—Lo que no deja de ser motivo de preocupación —recalqué.

Samkiel, con los brazos en jarras, se mostró de acuerdo.

—Si tiene al murrak, me da miedo pensar para qué podría usarlo.

—Tenemos que decírselo a Roccurrem. Sé que sigue en contacto con Savees. Quizá a él le haya llegado algún rumor.

—Buena idea.

—Y yo le preguntaré a Veruka —añadió Orym—. A ver si ha llegado allí.

—De acuerdo. —Suspiré—. Entonces ¿volvemos?

—No —cortó Samkiel, y tanto Orym como yo nos volvimos a mirarlo—. Orym, vuelve con Roccurrem y ponlo al día. Tengo que enseñarle algo a Dianna.

Orym puso los ojos en blanco y se le escapó un bufido, pero asintió.

—Si me entero de algo, os lo contaré. Y me aseguraré de llamar a la puerta y que se me oiga bien.

Samkiel lo miró con fastidio y levantó la mano. Se abrió un portal que conectaba con la biblioteca donde solía permanecer Reggie. Orym lo cruzó después de despedirse con la mano. Nos quedamos solos.

Le dirigí una sonrisa cálida y suave, todo lo contrario de cómo me sentía la noche anterior.

—¿Qué quieres enseñarme?

Samkiel ladeó la cabeza de forma casi imperceptible.

—Es una sorpresa.

—Una flor para mi dama. —Samkiel sostenía por el tallo una hermosa flor blanca con el centro amarillo brillante. Sonreí a la vendedora, una señora que nos miró con benevolencia. Cuando llegamos estaba sola; no había ni un solo cliente. Samkiel compró todas las flores y gritó para que se acercase la gente. Pronto se formó un pequeño corro, y se las fueron llevando una tras otra. Permanecí en silencio mientras él le daba tantas monedas que casi se echó a llorar.

Fingí un jadeo de sorpresa.

—Muchas gracias por su amabilidad, caballero. —Me aparté un mechón de cabello—. ¿Cómo podría pagársela?

La sonrisa de Samkiel era pura alegría.

—Estoy seguro de que algo se le ocurrirá. —Se me acercó y me puso el tallo tras la oreja, de modo que la flor descansaba sobre un lado de mi cara—. Apresurémonos, no quiero que te lo pierdas.

Asentí mientras me cogía de la mano. Caminamos por la estrecha carretera de piedra a las afueras de la ciudad, Samkiel con una sonrisa presumida en los labios. Lo pillé varias veces mirándome de reojo; se le iba la mirada al vestido con mangas sin hombros y a la falda amplia que terminaba por encima de las rodillas. Lo que ardía en sus ojos no era lujuria, sino puro asombro. Por una vez, yo no vestía de negro o de rojo, sino de un blanco suave.

—Ni en mis sueños más locos habría imaginado que te vería con un vestido así. —Al decirlo, su mirada me recorrió de nuevo de arriba abajo.

Sonreí, divertida, mientras caminaba a su lado.

—Es para que no te confíes. No quiero que seas capaz de predecir mis movimientos, ¿sabes?

Su risa era contagiosa.

—Así eres tú.

Seguimos paseando cogidos de la mano en dirección a la parte baja de la ciudad. Era una muestra de afecto a la que aún no me había acostumbrado. De las ramas de los árboles colgaban luces, señalando un camino que se alejaba de los edificios y llevaba hacia el origen de las risas que se oían en el aire. Era como si, tras lo que había pasado en la subasta y todo el caos subsiguiente, la ciudad quisiera pasar página y divertirse un poco.

—Además, dijiste que me pusiera algo mono para esta noche, y no me he podido resistir.

Me estrechó la mano.

—No me estoy quejando en absoluto. Es solo que me has pillado por sorpresa, *akrai.*

Al acercarnos a un pequeño muelle, Samkiel me soltó la mano y me puso la suya en la espalda. Nos unimos a una cola de gente que esperaba, detrás de varias parejas. Junto a un barril alto había un tipo delgado que iba entregando algo que parecían unos palos finos. A medida que se los daban, la gente se dirigía al final del muelle. Llegaban botes largos y delgados, uno tras otro, y en cuanto una pareja desembarcaba, alguna de las que esperaban ocupaba su lugar. No me perdía detalle del trasiego, cada vez más excitada.

Llegamos hasta el hombre que entregaba los palos, que habló con Samkiel en una lengua que no había oído jamás. Intercambiaron sonrisas y dinero y Samkiel recibió dos palos. Me pasó uno.

—¿Qué es esto? —quise saber.

—Ya lo verás.

—Qué misterioso —bromeé. Me empujó con la mano en la espalda para urgirme a que avanzase. Un bote se detuvo junto al muelle y un hombre ayudó a una pareja a desembarcar. Pasaron junto a nosotros, enfrascados en sus risitas y sus sonrisas cómplices.

Otro hombre sujetó el bote y habló con Samkiel. Asintió y nos obsequió con una sonrisa luminosa; luego se fue. Samkiel se metió en el bote que se balanceaba y abrió las piernas para equilibrarse; después me tendió la mano. Se la cogí sin dudarlo, y me ayudó a subir a bordo. El bote se sacudía. Se me escapó una risita y enseguida me senté en un pequeño banco de madera, con el vestido plegado debajo de mí.

Samkiel nos apartó del muelle de un empujón y se sentó para coger los remos. Luego nos guio hacia aguas más profundas; los músculos poderosos del pecho y de los brazos se hinchaban bajo la camisa. Eché la cabeza hacia atrás y disfruté de la brisa fría sobre la piel. Las ramas de los árboles colgaban como tirabuzones que rozaban la superficie del agua. Entre las hierbas altas de las orillas se movían unos pequeños insectos luminosos. Por fin salimos a un espacio más abierto, ocupado por varias barcas dispuestas cada pocos metros. Samkiel nos llevó hasta un punto despejado y allí nos detuvimos.

Vi que una chica levantaba el palo y tocaba con él el de su acompañante. Ambos empezaron a chisporrotear y a brillar, consumiéndose desde la punta. Otras parejas hicieron lo mismo y todo el lago se iluminó. Me volví a mirar a Samkiel, que me esperaba. Siempre me esperaba.

Levanté mi palo y entrechocamos los extremos. Una lluvia de chispas revoloteó entre ambos y un brillo dorado nos iluminó los rostros.

—Dijiste que, entre tanto caos, te gustaría tener una cita, así que pensé que esto estaría bien. —Sonrió—. Ahí, mira.

Se inclinó a mirar por un lado del bote, mientras sostenía la bengala sobre el agua. Me acerqué más a él y apoyé mi palo contra la borda, dejando que se meciese junto al suyo.

—¿Qué estamos buscando?

—Qué impaciente. —Sonrió—. Espera.

Eso hice. El agua era de un azul claro y brillante, e incluso en la oscuridad se podía ver el fondo. Entonces vi que algo se movía entre las gruesas rocas ovaladas. Sostuve la bengala más cerca del agua, para tratar de ver mejor. No eran muy grandes, más o menos como mi pie, y eran casi translúcidos. Un par de ellos ascendieron desde el fondo y nadaron cerca de la superficie. Por lo que pude ver, no tenían ojos, solo unas hermosas escamas de colores crema y rosa. Las colas diáfanas trazaban surcos sinuosos tras ellos a medida que se entrecruzaban con sus compañeros. Seguían la luz. Samkiel me enseñó cómo dirigirlos. Sonreí y seguí sus instrucciones; la danza de aquellos pequeños seres acuáticos me tenía hipnotizada.

—Se llaman crestalunas, y son muy escasos. Solo habitan dos planetas en todo el universo. Se emparejan de por vida.

Me miró de reojo y yo sonreí.

—Terrible decisión, la verdad.

Samkiel sacudió la cabeza, divertido.

—Son nocturnos. Normalmente, la luz de la luna los guía mientras acuden a la superficie para bailar y alimentarse toda la noche.

—Son muy hermosos.

—Sin duda. El problema es que ahora la luna solo se ve una vez al mes. Una explosión cósmica no demasiado lejos de aquí ha alterado su órbita, así que los nativos han encontrado una forma nueva de salvar a estos animales. Las luces que llevamos atraen a los pequeños insectos de los que se alimentan —explicó Samkiel, sin dejar de mover la bengala poco a poco a un lado y a otro—. Pero como son una gente muy emprendedora, han aprovechado el esfuerzo de conservación y lo han convertido en una atracción, y de paso en el sitio de moda para tener una cita.

—Muy listos.

—Y tanto —rio.

Me incliné otra vez sobre la borda para contemplar a los crestalunas que giraban y bailaban unos alrededor de los otros.

—¿Quieres que te cuente un secreto? —siguió.

Lo miré, con la bengala colgada de la mano.

—¿Tuyo? Claro.

—La idea de traerte aquí me ponía nervioso.

—¿Qué? ¿Por qué?

Tragó saliva; el movimiento de la nuez delató los nervios que sentía.

—Sé que te resultará difícil de creer, pero en toda mi larga existencia, jamás había planeado una cita.

Me eché hacia atrás y me llevé la mano al pecho con un jadeo teatral.

—¡No me digas!

—Ja, ja. Me troncho. —Puso los ojos en blanco—. Hablo en serio. Esperaba que no lo odiases, ni que te pareciese una estupidez. En casos así le habría pedido consejo a Logan, y él me habría dicho si lo estaba haciendo bien o no. Tiene mucha más experiencia que yo en asuntos de citas.

Me incliné sobre el costado del bote y lo observé. Creo que ni siquiera fue consciente del gesto de angustia que le cruzó el rostro al mencionar a su amigo. Me acerqué a él y le golpeé el hombro con el mío.

—Creo que has acertado de pleno —susurré—. La mejor cita de la historia, de verdad.

—Hummm... —Soltó una risita—. No hace falta que te burles de mí.

—Aunque tengo que admitir que la idea de que tú, el gran y poderoso Destructor de Mundos, el favorito de todas...

—Vale, vale. —Me dio un codazo—. Lo pillo. Supongo que nunca me hizo falta, y tampoco hubo nadie con quien quisiera pasar el tiempo de esta forma.

—Es un honor ser tu primera cita.

—En realidad, la primera cita fue en el festival.

Las bengalas se mecían entre nosotros y los peces seguían bailando, pero en ese momento estábamos más centrados en la conversación.

—El festival no fue una cita —bufé. Un crestaluna atrapó un insecto en la superficie y se dirigió a su pareja para compartir la captura.

—¿No? —Se volvió a mirarme, asombrado.

—No. —Solté una risita y lo miré de soslayo—. Fue una distracción divertida mientras esperábamos alguna pista. Además, por aquel entonces yo ni siquiera te caía bien.

Torció los labios en una mueca y enarcó una ceja.

—Ah, ¿no?

—No —lo pinché, burlona—. Como mucho, me aguantabas a duras penas.

—Eso no es cierto.

—A ver, a ver… —Ladeé la cabeza y lo miré para animarlo a explicarse.

—Ya entonces sentía algo, pero ignoraba por completo de qué se trataba. Creo que en aquel momento despertaste algo dentro de mí, y desde entonces no he vuelto a ser el mismo. —Lo dijo con un encogimiento de hombros, como si él no hubiese vuelto mi mundo del revés—. Aquella noche, además, conté a cada persona que te puso la vista encima.

Me reí a carcajadas.

—¡No me lo creo! ¿En serio?

Asintió.

—Y sigo haciéndolo. En su momento les eché la culpa a mis sentidos superiores y a la necesidad de protegerte. Pero fue el resultado de mis sentimientos hacia ti. Y diría que la cosa sigue igual, si no ha ido a peor.

—A peor, sin la menor duda. —Le besé la mejilla—. Pero a mí me pareces perfecto.

—Lo sé —dijo con una sonrisa presumida.

Le di un manotazo en el hombro con la mano libre y se echó a reír. Una nube de chispas cayó sobre el agua; los peces nadaron un poco más rápido y luego volvieron a lo suyo.

—De modo que sí, fue nuestra primera cita. La cuento porque fue la primera vez que me divertí. Crecí en Rashearim sin nada de diversión, pero luego te conocí y… Bueno, tú eres muy divertida.

La palabra vino acompañada de un destello en su mirada, como si fuese algo que hubiera buscado toda su vida.

Le devolví la sonrisa.

—Me alegro de poder entretenerte, mi rey.

Chasqueó los dientes y cerró los ojos un momento, antes de responderme con una mueca.

—No hagas eso. No entra en mis planes que la cita termine tan pronto.

Se me escapó una risotada que llamó la atención de varias parejas. Me tapé la boca a toda prisa.

—Vale, de acuerdo, aquella fue nuestra primera cita —acepté—. Y patinar sobre el hielo fue la segunda.

—Ah, sí. Esa es mi favorita, sin duda.

Enarqué una ceja.

—¿Por todas las veces que te caíste de culo en el hielo?

—Desde luego. —La mirada ardiente que me lanzó me dejó muy claro que se refería a lo que pasó después del patinaje.

Las chispas ardían con más fuerza entre nosotros. La luz iluminaba la piel tostada de Samkiel y su sonrisa deslumbrante y arrojaba sombras sobre los planos de sus brazos y hombros. Me tenía totalmente embelesada. Contra todo pronóstico, y pese a lo mucho que el universo me había quitado, aquí estaba él, y me quería. Me había apartado más de una vez del angustioso filo de la desesperación, y aquí estaba otra vez, ofreciéndome de nuevo un momento de paz. Y, por los dioses, me volvía a tener rendida a sus pies.

Incapaz de poner en palabras tal torrente de sentimientos, solo pude decir:

—Me das los mejores recuerdos.

—Estupendo —dijo con una sonrisa; y se inclinó para besarme en los labios.

Me besó de nuevo, un beso lento, perezoso y perfecto, mientras las chispas entre nosotros se apagaban. Me podría emborrachar con la variedad de sus besos. No los había memorizado todos, pero esperaba tener una eternidad para intentarlo. Le acaricié la cara y luego deslicé los dedos por el pelo corto de la nuca. El lago se fue oscureciendo a medida que las bengalas se apagaban una a una. Me puso la mano en la espalda y su beso se volvió más profundo. El movimiento sacudió nuestra barca.

Ninguna fuerza, en este mundo o en cualquier otro, podría separarnos. En aquel momento lo tuve más claro que nunca.

Solo cuando se hizo el silencio sobre el lago, y sobre el bosque, no oímos los gritos.

V
DIANNA

Para cuando logramos llegar al muelle, el cielo brillaba con un intenso color anaranjado. Samkiel saltó primero y luego se agachó para sacarme de la barca. Corrimos hacia la ciudad. Las llamas chisporroteaban y saltaban de una taberna a otra, las calles repletas de gente.

—¿Nismera? —aventuré.

Samkiel negó con la cabeza, con expresión sombría.

—No, los gritos hablan de monstruos.

Las astillas de madera saltaban por los aires. Avanzamos a toda prisa mientras la gente huía en dirección opuesta a nosotros. Un edificio se derrumbó, luego otro un poco más lejos. Una bestia enorme los atravesaba a la carga como si fuesen de papel.

—¿Cuántos monstruos hay? —pregunté. Un chirrido desagradable y familiar resonó en el aire, y comprendí que no había más que uno. Un bicho gigante, asqueroso, que se arrastraba. El murrak.

Samkiel se deslizó los anillos en los dedos. Los ojos le ardían en color plata. La armadura le fluyó sobre la piel y lo cubrió de pies a cabeza.

—Sami. —Le toqué el brazo—. ¿Y si ella se presenta?

Ni siquiera me miró.

—Se dirige hacia la parte baja de la ciudad, donde vive la gente. Familias que duermen.

—Niños —terminé por él.

—Ayúdame a cortarle el paso hacia allí. Tengo que salvar a tantos como pueda. Dame unos minutos de ventaja; pero, hagas lo que hagas, no te enfrentes a él. —La parte inferior del yelmo se retiró y dejó al descubierto los labios y la mandíbula. Me sujetó la cabeza y me acercó a él para darme un beso apasionado—. Ten cuidado.

Me lamí los labios y asentí. Samkiel se marchó a la carrera, y yo me transformé y salté hacia el cielo.

Volé en círculos, batiendo las alas con golpes poderosos, mientras las llamas escapaban de mis fauces. Desde mi posición elevada distinguía con claridad el camino que había seguido el murrak a la caza de comida. Había destruido la zona comercial de la ciudad. Gracias a los dioses, a esas horas de la noche la mayoría de la gente prefería estar en casa.

Escupí una bola de fuego para cortarle el paso hacia la zona de la ciudad donde se afanaba Samkiel. Miré de reojo su figura, pequeña y plateada. Iba de puerta en puerta, para sacar a la gente de sus hogares y llevársela a la seguridad del bosque.

Volé más bajo y tracé otra línea calcinada a través de la ciudad para tratar de contener al murrak. Un chillido, estruendoso y acusador, retumbó en el aire. La bestia había comprendido las intenciones de Samkiel. Redobló sus esfuerzos para llegar hasta él, pero una y otra vez se topaba con mis llamas. Se alzó sobre sus patas y retó al cielo con un rugido atronador.

Muy bien, Dianna. Bienvenida a la lista de enemigos del bicho.

Atravesé el humo que se elevaba hacia el cielo para escudriñar el terreno, pero no vi a la bestia. Viré para dar otra pasada. Mierda, ¿lo había perdido? Un chapoteo me llamó la atención y volé hacia la fuente del ruido. Abrí los ojos de sorpresa al ver que el murrak surcaba las aguas que bordeaban la población. Joder. Se había metido en el agua para evitar mis llamas. Giré y plegué las alas para abalanzarme hacia el suelo. Cambié de forma y aterricé en cuclillas. Había mucho humo, que el viento arremolinaba a lo largo de la orilla.

El murrak llegó al pueblo y los gritos resonaron en la noche. Eché a correr. Las piedras crujían bajo mis zapatos. El murrak se dirigió a los hogares que Samkiel no había desalojado aún. Mientras la gente corría, agarró a una mujer y la sostuvo frente a su cabeza, con las mandíbulas abiertas. La mujer gritó y se quedó rígida; un doble claro y transparente de ella abandonó el cuerpo y cayó en las fauces de la bestia.

El murrak se alimentó y arrojó a un lado el cuerpo, que rodó y se quedó inmóvil, con la mirada ciega y la piel cenicienta. Oh, dioses. No comía carne, sino almas.

—Venga, tenemos que irnos. —Se lo oí decir a Samkiel, y el murrak también lo oyó. Alzó las antenas y se volvió hacia él.

Samkiel estaba agachado, ignorante por completo de la bestia que lo observaba mientras sacaba a una familia de debajo de los cascotes. Si el murrak era capaz de sonreír, seguro que al mirar a Samkiel lo hizo. Los cientos de patas se pusieron en marcha y lo llevaron hacia él a la carrera. Solo tenía un segundo para decidir qué hacer, un segundo para salvar a la única persona sin la que no podría vivir, así que reaccioné.

Eché a correr tan rápido como pude, con los músculos doloridos por el esfuerzo. La familia a la que ayudaba Samkiel salió huyendo, y él levantó la vista. Me vio primero a mí, y luego miró a un lado y vio el murrak que cargaba contra él. Las palmas de mis manos lo golpearon en el pecho y lo lanzaron volando contra la pared de la casa de al lado; y el murrak me atrapó.

VI
DIANNA

Caímos sobre una casa cercana. Los cascotes, irregulares y afilados, me arañaron el hombro y la cara. Cuando aparté los restos para levantarme, una mujer con un niño en brazos empezó a gritar. Lloró con el bebé apretado contra el pecho. Oí que algo se movía entre los cascotes detrás de mí y la mujer abrió mucho los ojos, aterrorizada.

—Ahora sería un buen momento para salir corriendo —le dije, señalando la puerta de atrás.

Sin perder tiempo, se levantó y huyó por la puerta con el niño en brazos.

El ruido del murrak que se escurría a mis espaldas me puso el vello de punta. Me volví para mirarlo y tuve que levantar la vista hacia arriba… y arriba, y arriba. Se alzaba muy por encima de mí, con el exoesqueleto cubierto de polvo, astillas y piedras. Me miró mientras abría y cerraba las mandíbulas. El cuerpo de la bestia, enorme y cristalino, dio un latigazo hacia mí y me rodeó, sujetándome los brazos e inmovilizándome por completo. Gruñí y forcejeé para liberarme del asfixiante abrazo. Las patas del animal se clavaron en el suelo. Abrió las dos maxilas y un grito que era pura muerte me restalló en la cara. De su boca emergieron unos tentáculos de luz blanca que se deslizaron sobre mí de modo asqueroso, en busca de algo a lo que agarrarse. Me tensé, expectante, pero… No sentí nada. No hubo ningún dolor, ningún tirón mientras trataba de consumir mi alma.

Se detuvo y cerró las mandíbulas; luego echó atrás la enorme cabeza, sorprendido. Las antenas que le coronaban el cráneo se agitaron como si tratase de encontrar algo en mi interior, y los ojos negros como la noche se dilataron de asombro.

—Vacía —dijo con voz entrecortada; y me soltó.

Caí en cuclillas, confusa, con el ceño fruncido, mientras el murrak retrocedía. No podía estar segura, pero por su aspecto cualquiera diría que la que infundía terror era yo.

—¿Qué?

Un rayo plateado parpadeó frente a mis ojos y la sangre de la bestia salpicó y me manchó la cara. La cabeza del murrak chocó con el suelo y el cuerpo se derrumbó tras ella. Me quedé mirando las patas que se estremecían, mientras aquella palabra me daba vueltas y vueltas en la cabeza. Cada puñetera bestia que me había cruzado había dicho lo mismo.

Vacía.

Hueca.

La risa del oráculo me resonó en la mente.

«¿Crees que puedes tocar la muerte, muchacha, y que no se lleve nada de ti a cambio?».

Samkiel me cogió del codo con dulzura y me hizo volverme hacia él. Me miró de arriba abajo, con los ojos rebosantes de preocupación. Yo me había quedado inmóvil, incapaz de pensar, de respirar, y no por el puto bicho, sino porque por fin lo había comprendido.

—¿... Anna? —El sonido de su voz me hizo volver a la realidad. Me zumbaban los oídos—. Dianna, mírame. ¿Estás herida? ¿Cómo te encuentras?

—El precio de la resurrección —dije con voz quebrada.

Frunció el ceño.

—¿Qué?

—Tú lo dijiste. —Tragué saliva con dificultad—. Todo el mundo lo dijo.

Eso explicaba por qué mi hambre no se saciaba, por qué nada podía llenar el vacío que se abría en mi pecho, por qué me costaba sentir nada por nadie, excepto por él.

—Dianna, ¿de qué estás hablando?

—Moriste —solté por fin. Me miró como si le hubiese dado una bofetada, pero seguí hablando—. En aquel túnel. —El corazón me golpeaba el pecho y jadeaba al respirar—. Tú no lo recuerdas. Creo que es porque todo ocurrió muy rápido. Pero moriste, y yo te tuve entre mis brazos y odié al mundo entero. En aquel túnel, aquel maldito y helado túnel, juré que, si no te devolvían conmigo, reduciría el universo a átomos. No era solo una amenaza. La marca tomó forma, ardió sobre mi dedo, y luego desapareció. Tú volviste a respirar y... y... —Estaba temblando. Todo lo que había pasado los últimos meses cayó en tromba sobre mí. Qué estúpida había sido al no cuestionarme nada, al creer que había escapado sin que hubiera consecuencias. Las palabras se agolpaban en mis labios, se derramaban; era incapaz de detenerlas—. La resurrección tiene un precio, y este es el mío. Cada criatura del Altermundo que me he encontrado me lo ha dicho, pero no lo captaba, no lo entendía. Eso... —Señalé al cadáver del murrak—. También lo ha dicho. Vacía.

—Tu alma. El precio de salvarme fue tu alma —dijo Samkiel. Di un respingo. Apretó los dientes y cerró los puños con fuerza. La furia ardiente de sus ojos casi oscurecía el profundo dolor de su alma.

VII
DIANNA

Nada más cruzar el umbral del estudio improvisado, Samkiel se volvió hacia mí, y la puerta se cerró de un portazo.

—Me has estado mintiendo durante meses.

—Sí.

—Meses, Dianna.

—Lo sé. —Reconocerlo hizo que se me quebrara la voz.

Se giró y se puso a dar vueltas por la habitación a ritmo febril, perseguido por el retumbar de las botas en la alfombra. La armadura aún le colgaba del cuerpo, aunque las cenizas grises apagaban su brillo. Se había quitado el yelmo para pasarse los dedos por el cabello y apartar los mechones sudorosos.

—¿Lo sabías? Cuando hiciste tu petición, en el túnel, ¿sabías lo que te iba a costar? —Desvió su mirada hacia la mía.

Alcé un hombro, incapaz de soportar el peso de su mirada, y me estrujé los dedos.

—No lo pregunté.

—¿No lo preguntaste? —casi me gritó—. Dianna, ¿tienes la menor idea de lo que podrías haber provocado? ¿A ti misma y a los dominios? Hay buenas razones para que la resurrección esté prohibida, razones para que no se haga y ni siquiera se intente. ¡Te enfrentaste a un riesgo enorme! Tú…

—No me importa —lo corté por fin, mirándolo a los ojos.

Se detuvo en seco y alzó una ceja.

—¿No te importa? —dijo por fin, con un bufido—. Me mentiste, llevas meses mintiéndome… ¿y no te importa?

—No. —Dudé—. Bueno, sí, eso claro que me importa. Pero lo otro, el precio, no.

—Dianna. —Su rostro no mostraba más que ira y dolor—. Tu alma, Dianna. Renunciaste a tu alma por mí. Jamás te pediría algo así. Ya has renunciado a mucho por otras personas. Nunca te pediría que te arrancases otra parte de ti misma. Jamás. Quiero que sigas viva, y sana, y feliz, aunque yo no esté.

—Y lo soy —dije—. Soy todas esas cosas, siempre que estés conmigo.

Por muy ciertas que fueran mis palabras, no lograron aplacar su cólera; más bien retorcieron aún más el puñal que le había clavado en el corazón.

—Renunciaste a tu alma, Dianna. Ni siquiera sabemos qué consecuencias puede tener eso, desde el punto de vista lógico. ¡Nunca te paras a pensar! Actúas, y a la mierda las consecuencias que pueda tener sobre tu propia seguridad.

—O sea, que hice algo irracional. —Levanté las manos, exasperada—. ¿Y desde cuándo eso es una novedad?

—No tiene ninguna gracia —atajó—. No vas a salirte de esta con un chistecito o una ocurrencia ingeniosa.

—Lo sé, lo sé. Mira, no era mi intención hacerte daño, ¿de acuerdo? Solo necesitaba un poco de tiempo para pensarlo, la verdad. Roccurrem dijo…

Samkiel me miró con los ojos ardiendo. Su cólera iba en aumento y parecía absorber el aire de la habitación.

—Ah, claro. —Una carcajada amarga se le escapó de los labios—. Roccurrem lo sabe. ¿Cómo no iba a saberlo?

—No es lo que piensas —expliqué.

—¡Es justo lo que pienso, Dianna! Que confías en otro antes que en mí. ¿Qué más secretos os lleváis entre vosotros de los que yo no sé nada?

Sabía lo que pensaba y cómo se sentía. Al entregarme a otros le había provocado una profunda herida, pero en este caso nada podría estar más lejos de la verdad.

Corrí a su lado y le acaricié el brazo, al tiempo que negaba con la cabeza.

—No se trata de eso. Él estaba allí y…

Se apartó de mi lado y sentí que entre nosotros se abría otra vez una profunda grieta. El pánico, terrible e instantáneo, me hizo estirar el brazo para tocarlo.

—Nada de excusas. Has tenido meses para contármelo. He rendido a tus pies hasta la última parte de mi ser, y tú no eres capaz de darme ni siquiera un pedazo de ti.

—Sí que lo hago —objeté, suplicante—. Lo he hecho. De verdad, lo siento. ¿Vale? Lo siento.

Negó con un gesto.

—No dejas de decir esas palabras, pero no creo que sepas lo que significan. No puedes disculparte y luego seguir haciendo daño, Dianna. Porque entonces pierde el sentido.

—No sé qué más decir. —Me acerqué, pero él apartó la vista—. Todo esto, nosotros, la relación, es nuevo para mí. Todo es nuevo para mí.

Por fin me sostuvo la mirada, y el dolor que se reflejaba en sus ojos me dejó sin aliento.

—También es nuevo para mí. Pero si sé algo a ciencia cierta es que guardar secretos, grandes o pequeños, no es un buen comienzo. Y menos sobre una resurrección. ¿Cómo va a haber algo entre nosotros si no podemos confiar el uno en el otro?

Aparté la cabeza, sorprendida. La agonía me taladraba el corazón y ya no tenía tan claro si lo que me afectaba con tanta intensidad eran mis emociones o las suyas.

—¿No confías en mí?

El dolor le arrugó el rostro. Me odié a mí misma por ello.

—¿Cómo puedo confiar en ti, si me has ocultado esto? Si no confías lo bastante en mí como para contarme algo así. Algo que me afecta a mí tanto como a ti, si no más. Si te fías de otros, antes que de mí. ¡Si desconfías tanto de mi compromiso que ni siquiera me has hablado de la marca!

Era cierto. Desde su punto de vista era verdad. Confié en otros antes que en él. Todo el mundo lo sabía menos él. Me escudaba en que lo estaba protegiendo; pero en realidad, me estaba protegiendo a mí misma.

—Tienes razón. Confié en otras personas. Roccurrem lo sabe. Orym lo descubrió cuando nos encontramos con el oráculo. Dios, hasta Miska lo sabe. Y ¿sabes por qué fue tan fácil hablarlo con ellos? ¿Por qué con ellos no significa nada, pero contigo lo es todo? —Lo señalé con la mano—. Por esto. Porque no me importa cómo me miren, o si me van a juzgar o no. Aunque viviese mil años más, no me importaría. Pero me asusté, ¿entiendes? Me daba miedo lo que pudiese significar, y lo que tú pudieras decir.

Samkiel se pasó la mano por la cabeza, agitado, y empezó a dar vueltas por la sala a grandes zancadas.

—¿Lo que yo pudiera decir?

—Que todo esto no es real. Que quizá traerte de vuelta te cambió. Tengo miedo de que ya no me quieras. Perder nuestro vínculo me aterroriza, porque ¿y si eso significa que te he perdido? Soy egoísta y cruel, y por los dioses del cielo, si por ti tengo que ser malvada, también lo soy. Haría cualquier cosa para pagar lo que me has dado, lo que me has mostrado, y la sola idea de perderlo todo, de perderte a ti, me llena de terror. De modo que sí, siento habértelo ocultado, ¡pero no podía perderte de nuevo!

Me miró de un modo que me asustó más que cualquier otra cosa a la que me hubiese enfrentado antes. Quizá había encontrado su límite al fin. ¿Y si esa era una línea que no podía cruzar?

—Siento haberte hecho daño —continué—, pero no me disculpo, y jamás me disculparé, por lo que hice por ti. Nunca he dicho que sea buena y amable. Sabías lo que yo era, quién era, y aun así decidiste estar conmigo.

—Dianna…

—¡No! —Las lágrimas me quemaban los ojos y la oscuridad me estaba devorando—. ¿Te puedes imaginar lo que se siente cuando te parten el alma en dos? ¿Cuándo te la arrancan? Pues eso fue lo que sentí cuando te moriste en mis brazos. Un dolor absoluto, cegador, para el que no creo que exista una palabra en ningún mundo. Así que no me vengas a regañar como si fuese una puñetera cría. No eres mi padre. A él lo maté para llegar hasta ti, y aun así no te alcancé a tiempo. Quemaría el mundo por ti, Samkiel, y de buena gana entregaría mi alma a cambio de que tú vivieses. Lo volvería a hacer, si eso te permitiera seguir existiendo.

Se enjugó el rostro. Mis palabras se abrían camino en él y empezaban a echar raíces.

—¿Y cómo voy a saber por lo que has pasado? —preguntó—. Te escondes detrás de muros que no puedo derribar. Lo he intentado, Dianna. Lo he intentado con todas mis fuerzas, pero siempre me mantienes a distancia. —Me crucé de brazos sin responder, luchando por no hacerme pedazos—. Admítelo —suplicó—. Por muy cerca que esté de ti, o cómo te toque, hay una parte de ti que siempre vas a mantener lejos de mí.

Sentí como si se me rompiese el pecho y se abriese de par en par. Eso era lo que me atemorizaba. Veía demasiado, y lo quería todo. Y no sabía si sería capaz de dárselo.

—Lo intento. —Me tembló la voz sin poder evitarlo.

—Pues inténtalo con más fuerza, porque no voy a conformarme con la mitad de ti. No voy a amar solo a una mitad. Que compartas tu cuerpo conmigo no es suficiente —dijo, y juro que me rompió el corazón—. Puede que eso haya funcionado con otros en el pasado, pero a mí no me basta.

Nunca lo había visto tan destrozado. Ese era su límite. Tras la muerte de Gabby, me pasé meses buscando ese límite, para alejarlo de mí. Y hasta ese momento, en el que la idea de perderlo amenazaba con desgarrarme, no lo había encontrado. Preferiría que me apuñalasen, me quemasen y me moliesen a golpes antes que experimentar el dolor de ver en sus ojos esa mirada.

Crucé la distancia que nos separaba, incapaz de soportarla un instante más. Traté de cogerle la cara entre las manos.

—Sami.

Me sujetó las muñecas, sin hacerme daño, pero con fuerza suficiente para impedir que lo tocase.

—Tus mentiras y tus secretos nos separarán antes que ninguna fuerza de este mundo, o que cualquier otro.

Me soltó y yo dejé caer las manos a los costados. Recé a todos los dioses, antiguos y nuevos, para que la tierra se abriese y me tragase. Su mirada ardiente se cruzó con la mía, y su poder me estremeció, pero no pude evitar ver el dolor que enturbiaba la plata, tan afilado como cualquier acero; y era yo quien se lo había clavado en el pecho.

Alzó la mano, y creí que iba a acariciarme la cara como había hecho tantas veces antes. Sin embargo, la sostuvo sobre mi cabeza y una ráfaga de aire me sacudió el pelo; a mis espaldas se había abierto un portal, como un remolino. Al volverme a mirar reconocí el estudio de Reggie, en Youl.

—Necesito que te vayas —dijo.

Me giré hacia él, con los ojos ardiendo y las lágrimas derramándose por las mejillas.

—¿Esto es…? ¿Estás…? ¿Ya no quieres que estemos juntos?

Me sostuvo la mirada, y comprendí que no había nada en el mundo que temiese más que lo que estaba pasando. En Onuna me arrancaron el corazón del pecho. Este dolor era peor.

—Tengo que reconstruir la ciudad —contestó—. Y necesito… algo de tiempo.

Algo de tiempo. No terminó la frase, pero supe que quería decir algo de tiempo lejos de mí. Samkiel nunca quería estar lejos de mí. La última vez… Se me nubló la vista. Tenía un nudo en la garganta.

—¿Cuánto tiempo? —No podía controlar el temblor de mi voz. Mi pregunta no recibió más respuesta que el silencio. El corazón se me rompió en un millar de astillas, afiladas y ensangrentadas. No quería volver a tocarlas jamás—. Te amo. —Fue un susurro, una súplica, y la verdad total y absoluta.

Arrugó el rostro y se apartó de mí. Solo un paso, pero me pareció un abismo tan enorme que deseé que fuese real para poder arrojarme a su interior. Samkiel nunca me apartaba de él, por mucho que yo hiciese o dijese. Pero ¿ahora? Ahora iba en serio. Era la gota que colmaba el vaso.

—Vete.

Con los hombros hundidos, me di la vuelta y atravesé el portal, que se cerró a mi paso. Miska, Orym y Reggie me miraron apenados. Habían oído el final de la conversación.

—¿Dianna? —Reggie pronunció mi nombre como si fuese una pregunta.

Cerré los ojos, y creo que levanté la mano para decirle a Reggie que no se acercase. Las lágrimas por fin se me derramaron por el rostro, pero a esas alturas lo único que notaba era un dolor en el pecho. Quizá ya no tuviese alma, pero Samkiel acababa de arrancarme el corazón. Pero no pasaba nada. De todas formas, le pertenecía. Me enjugué las lágrimas y salí en tromba de aquella sala que, de repente, me parecía demasiado pequeña, demasiado fría, y demasiado vacía.

VIII
CAMILLA

Abrí y cerré las manos, mientras estudiaba los fragmentos restantes del medallón. Señalé unas ranuras en un par de piezas.

—Da la sensación de que aquí debería ir una piedra.

Hilma apretó los labios.

—Curioso. No me había dado cuenta. Aunque lo cierto es que tampoco habíamos avanzado tanto.

Mis instintos me lanzaron una señal de alerta, pero me obligué a sonreír. No confiaba en Hilma. No es que confiase en nadie, la verdad, pero pasar tanto tiempo con ella me hacía verla más bien como una amenaza.

—¿Por qué no lo dejamos por hoy? Has logrado unir unos cuantos fragmentos más. Y tampoco quiero que te pases varios días más totalmente quemada.

Asentí. Les había dicho que mi magia estaba agotada por el exceso de trabajo. Bajo ningún concepto iba a confesarles que había lanzado un hechizo de curación para traer a alguien de vuelta casi desde las puertas de la muerte. Luego me pasé tres días durmiendo, no del todo consciente. Vincent me echaba un vistazo de vez en cuando. Él estaba entero e ileso; una vez lo comprobé, pude descansar.

No llegamos a hablar de lo que yo había hecho ni de cómo había acabado él tan malherido. La mañana que por fin salí de la cama me cogió la mano de camino al desayuno, y supe que ese sería el único agradecimiento que recibiría. A Nismera le daba igual. Creyó que la enfermería había hecho un gran trabajo, y lo siguió enviando a más misiones.

—Tienes razón. Estoy cansada.

Sonrió y les dijo a Tessa y a Tara que lo dejasen todo ordenado. Las chicas gimieron, exasperadas, pero se pusieron manos a la obra. Le deseé buenas noches a Hilma y se me escoltó hasta mi habitación. Por segunda noche consecutiva, Vincent no estaba.

Bien pasada la medianoche, oí las botas blindadas sobre el suelo de piedra del palacio. Dejé a un lado el libro que tenía entre manos y me acerqué a la puerta. En cuanto di un paso fuera, los guardias que vigilaban mi puerta se volvieron a mirarme. Sabía que me iban a repetir una vez más que no podía salir. Levanté la mano para cortar de raíz ese diálogo del que todos estábamos hartos. Llevaban dos días diciéndome lo mismo. Estaba confinada en mi habitación a menos que apareciese mi puñetero guardaespaldas, y hacía dos días que Vincent no daba señales de vida.

—¿Ha vuelto? —le pregunté al guardia más cercano con una mirada penetrante.

Abrió la boca para contestar. Sin duda me iba a repetir que no podía decirme nada, pero en ese momento Vincent subió las escaleras.

Se me pasó el enfado al verlo llegar cojeando. Sostenía el yelmo en el costado, y las borlas de guerra de Nismera no se balanceaban tanto como de costumbre. Tenía la cara y la armadura cubiertas de mugre y el pelo pegajoso de sudor. Me llegó el olor de la sangre; ojalá que no fuese la suya. Vincent les lanzó a los guardias una mirada elocuente y, sin decir ni una palabra, asintieron y abandonaron sus puestos. Ni siquiera lo miraron al pasar a su lado y bajar con prisas las escaleras. Seguro que se alegraban de librarse de mis quejas constantes y de mis preguntas sobre la misión más reciente.

—¿Qué te ha pasado? —le pregunté de brazos cruzados, acomodada contra el marco de mi puerta—. ¿Por qué te ha mandado de vuelta tan pronto, después de lo que te pasó?

—Yo no hago preguntas, solo cumplo órdenes —respondió, con una mueca. Se dirigió hacia su habitación, al otro lado del pasillo.

Estaba claro que no quería hablar de ello y que su intención era meterse en su cuarto y cerrar la puerta, pero ni en sueños iba a permitirle escabullirse de mí. Hizo ademán de cerrarla, pero levanté la mano y cerré el puño, y mi magia esmeralda se enroscó alrededor del marco y lo impidió.

Vincent se volvió de inmediato; enseguida siseó y se sujetó el costado. Poco a poco se volvió a enderezar, con el rostro ceniciento.

Me acerqué, sin dejar de retener la puerta. No buscaba pelea, aunque a veces me parecía que era lo único que habíamos hecho durante semanas. Desde que lo conocía, entre nosotros siempre había habido un tira y afloja. Vincent era de esos tipos silenciosos, pero con frecuencia lo pillaba mirándome.

—Ni se te ocurra pensar que puedes encerrarte y dejarme fuera —dije, y entré en su habitación.

—¿Quieres hacer el favor de bajar la voz? —Le lanzó una mirada de reojo a la puerta.

La cerré de un portazo; la fuerza de mi magia hizo temblar las paredes. Vincent me taladró con la mirada.

—Me tenías preocupada. Te curé todas las heridas exteriores, pero necesitas tiempo para sanar del todo.

—Estoy cansado, Camilla. ¿Te importaría dejar los gritos para mañana?

Se volvió y dejó caer el yelmo al suelo. Entonces vi las marcas de garras que le bajaban desde el cuello hasta la espalda. La armadura había impedido que las garras penetrasen, pero se distinguían los hematomas que le cubrían la espalda.

—¿Qué ha pasado? —pregunté, aunque sabía que no debería.

—¿Me puedes preguntar eso también mañana? —dijo. Se detuvo cerca del baño—. A menos que quieras quedarte y hablar de ello, pero me voy a desnudar, darme un baño y meterme en la cama.

—¿Así que Nismera no va a venir a hacer su ronda nocturna?

Me dedicó un gesto que no supe interpretar. Luego se llevó la mano al cuello de la armadura y soltó una hebilla y luego otra. La armadura cayó al suelo con un sordo golpe metálico que me recordó un tambor. Las cicatrices dibujaban patrones sobre su pecho musculoso, pero lo que me llamó la atención fue la profusión de cortes y magulladuras en el tórax. Dondequiera que hubiese estado, no se había tratado de una misión rutinaria.

Se dispuso a quitarse los pantalones. Me di la vuelta.

—Ahora vuelvo —dije.

Oí una risita y luego el ruido de más piezas de armadura en el suelo. Salí de su cuarto y me apresuré a llegar al mío; cogí unas cuantas cosas y volví a su habitación. Había piezas de armadura por todas partes, una maraña de pinchos y bordes afilados. Se me ocurrió que quizá ese fuese el auténtico aspecto de Nismera, en su interior. Su belleza exterior me dejó parada incluso a mí la primera vez que la vi. La cabellera, rubia y plateada, se derramaba por la espalda formando ondas. Su figura, aunque reducida, contenía un poder tan inmenso que se desprendía de ella como un perfume. Pero lo que revelaba su auténtica naturaleza eran los ojos. Se dulcificaban al mirar a sus hermanos, pero tras cada emoción acechaba algo oscuro y lleno de odio. Algo que mi magia reconocía y contra lo que reaccionaba. Siempre que estaba junto a ella, sentía que mi poder se retiraba, que quería esconderse en mi interior a tal profundidad que temí ser incapaz de sacarlo de nuevo a la luz.

Al entrar en el baño y verlo me detuve; se me hizo un nudo en la garganta. Estaba de pie en la ducha acristalada y le caía agua desde el techo. Aunque la cabina estaba llena de vapor, pude distinguir el pecho cubierto de músculos y la cintura estrecha que llevaba hacia… Dejé en la encimera los objetos que había traído, con tanta fuerza que me oyó.

—Qué rapidez —dijo—. ¿Has ido corriendo?

Suspiré.

—Nuestras habitaciones están a unos pocos pasos de distancia.

Respondió con un ruidito y oí un repiqueteo en la ducha. Enderecé los hombros y me concentré en las pociones y los ungüentos que había colocado en la encimera.

—Da igual. Te he traído unas cuantas cosas —dije; veía su reflejo en el espejo, pero tuve cuidado de que mi mirada no bajase de la cintura. «¿Cosas?». Por todos los dioses, Camilla. Me di un cachete mental. ¿Qué demonios me pasaba?

Asintió y se enjugó la cara. El agua le apelmazaba las pestañas de un modo que… prefería no pensar en ello. Yo era una bruja superpoderosa, capaz de hacer temblar el mundo. Él no tenía poder sobre mí. Me di la vuelta con decisión y me recosté en la encimera.

Vincent cerró el grifo de la ducha y yo me cuadré de hombros, para demostrar que su desnudez no me afectaba en lo más mínimo. Cogió una toalla y, antes de salir de la ducha, se la anudó a la cintura; y no me quedó más opción que reconocerme a mí misma que mentía. Vincent iba siempre tan arreglado que no me había dado cuenta de que, por encima de toda esa arrogancia suya, había músculos y más músculos.

—¿Qué es todo eso? —Hizo un gesto en dirección a los botes que había traído conmigo.

—Ven y te lo muestro —dije. Recogí los frascos y salí del baño.

Suspiró y me siguió. Dejé los ungüentos en la mesilla de noche. Oí un roce detrás de mí y me volví lo justo para ver la toalla en el suelo y que Vincent se ponía unos pantalones holgados. Le indiqué que se sentase; obedeció con un bufido.

—¿Qué estás haciendo? —preguntó al ver que me acomodaba detrás de él.

—Ayudarte —respondí. Abrí un bote—. Otra vez, ¿sabes? Creo que voy a tener que empezar a cobrarte. —Esbozó una sonrisa que, maldita sea, casi me dejó sin aliento—. Quieto. —Le froté el líquido con las manos. —Puede que esto esté frío.

—¿Qué…? —Si iba a decir algo más, lo apagaron el suspiro y el gruñido profundo que se le escaparon cuando le froté el ungüento por el hombro y el brazo. Los músculos se tensaban bajo mi tacto, pero los nudos se relajaron y los pequeños hematomas desaparecieron—. Eso es… asombroso.

Traté de no hacer caso a los ruidos que se le escapaban mientras mis manos se movían por la espalda y en dirección al otro hombro; pero sin éxito. Se iban a quedar grabados en mi cerebro como la marca de un hierro candente. También intenté negar la tensión de mi bajo vientre, pero estaba casi segura de que esa noche, mientras me bañaba, me masturbaría al recordarlo.

—¿Camilla?

—Eh, ¿sí? —Traté de sacudirme de encima esos pensamientos ilícitos.

—Te preguntaba qué era eso. —Se había vuelto a medias para mirarme.

—Ah. Es un ungüento casero que hice con unas hierbas que tenía. Encontré algunas plantas parecidas a las de Onuna. Te cura a través de los poros y de los nervios…, pero estoy divagando.

—No pasa nada —dijo con una risita—. De verdad que eres una de las brujas más inteligentes y poderosas.

Me ruboricé.

—Creo que mi familia discreparía.

—¿Tu familia? Nunca hablas de ellos. —Inclinó la cabeza hacia delante y estiró los músculos mientras le frotaba la columna vertebral. El cabello, negro y espeso, le caía sobre el hombro. Arqueó la espalda y emitió un sonido que era sobre todo de dolor. Me pregunté cuánto daño habría sufrido esa columna vertebral.

—Tú nunca hablas de la tuya. —Vi que ponía rígida la mandíbula y noté la tensión bajo mis dedos. Sabía que estaba a punto de cerrarse en banda, así que continué—. De la mía no hay mucho que decir. Crecí en una casa grande con varios hermanos. Al cumplir dieciocho años, todos competíamos para ponernos al mando del aquelarre. En ese momento es cuando nuestros poderes son más intensos. A mí se me consideraba la más débil de todos.

—¿Cuántos hermanos tenías?

—Dos, un hermano mayor y una hermana.

—¿Y qué les pasó?

Tragué saliva y mis manos vacilaron. Me incliné para coger más ungüento y lo froté entre las palmas antes de deslizarlas por su espalda.

—Ya te he dicho que competíamos. En aquel entonces era algo normal. Muchos aquelarres solo tenían un hijo que pudiese heredar los poderes familiares, pero en nuestro caso los tres heredamos algo del lado de nuestra madre. Yo no era muy popular y a menudo me acosaban. Supongo que mis hermanos eran los guais. Nada me prestó la más mínima atención hasta que llegué a la pubertad.

Vincent hizo relucir una sonrisa muy masculina y me echó un vistazo rápido a las tetas como quien no quiere la cosa.

—Ya me imagino por qué.

Le apreté la espalda con más fuerza y se le escapó un quejido.

—Oye, intento contar una historia. ¡No te despistes!

—Perdón. —Esbozó una sonrisa y supe que, en realidad, no lo sentía—. Es que por un momento me ha parecido que estabas triste, solo eso.

Detuve una mano en su hombro. Presioné el músculo con más fuerza.

—No es una infancia feliz, pero ¿desde cuándo la tienen los villanos?

—Tú no eres una villana, Camilla. Te gano por goleada.

—¿Así es como te ves a ti mismo?

Asintió.

—Sigue con la historia.

Tragué saliva y volví a concentrarme en sus músculos y en aquel pasado que odiaba.

—Como he dicho, la mayoría de los aquelarres le dan poder solo a un hijo, no a tres. En cada generación, las familias luchan para ver quién se hace con el control. El último que quede de pie se hace con el mando de los aquelarres durante los siguientes cincuenta años o así.

—¿Os obligaron a competir entre vosotros?

—Es la tradición —susurré—. Ocurrió en El Donuma. En la primera prueba nos separan y nos dejan abandonados en lo más profundo del bosque. Tenemos que usar la magia para encontrar el gran templo. Pensarías que el primero que se hace con la gema ha ganado, ¿verdad? Pues no. Tienes que llevar la gema de vuelta hasta tu familia, sin usar la magia. Ahí es cuando la cosa se pone sangrienta. Los participantes hacen trampas, por supuesto. Pero gana quien lo consigue. —Hice una pausa al recordar los crujidos de la maleza y los gritos que rasgaban la noche. Había llovido muchísimo. Me abrí paso por aquel puto bosque, empapada y cubierta de barro.

—No hace falta que sigamos hablando de…

—Aguiniga —murmuré—. Ese era su apellido. Su poder rivalizaba con el mío y de mi familia, y él lo sabía. Sus aliados también lo sabían. Habían planeado acabar primero con nosotros. Recuerdo correr junto a mis hermanos, con la puta joya en la mano. Pero hizo trampas, usó la magia, y no una magia cualquiera. Una maldición mortal, de esas que no nos enseñan. Recuerdo que intenté darle la maldita joya a mi hermana, o a mi hermano. Eran más fuertes que yo, más queridos. Los necesitaban a ellos, no a mí; pero se negaron. Siempre había creído que me odiaban, ¿sabes? Como suele pasar entre hermanos, pero...

No me di cuenta de que, al volver todos aquellos recuerdos en tropel, había dejado de frotarlo y las manos me colgaban a los costados. Las luces de la sala parpadearon y Vincent las miró con asombro.

—Casi llegamos a tiempo —continué—. Oí un grito y un golpe sordo, y cuando me volví ambos yacían a mis pies. Nos había alcanzado. Me apuntó a mí, pero ellos se interpusieron. Recuerdo que me arrodillé en el barro junto a ellos y que dejé caer la joya. Y luego recuerdo... el poder. Arrasé el continente entero en un instante. No quedó nada. Ni siquiera yo, supongo. Después de eso, todo fue distinto. Vagué durante días por el bosque arrasado hasta que oí que me sobrevolaba un helicóptero. Me encontró el padre de Santiago. Me acogieron, y el resto es historia. Una extraña historia.

—Si fue así..., ¿por qué todo el mundo cree que Santiago era más fuerte que tú?

Me encogí de hombros.

—Era una buena tapadera. Así pude vivir una vida casi normal. Solo sobrevivieron unos pocos aquelarres. Todos fingimos que había sido un extraño accidente, una prueba tal vez demasiado brutal. No se repitieron.

—Camilla. —Me miró como si me viese por primera vez—. Lo siento muchísimo.

—No lo sientas. Todo aquello era una barbaridad. Durante mucho tiempo culpé a mi familia por lo que habíamos perdido, pero no se puede negar que me vengué. Por eso odiaba tanto aquello de lo que me hizo formar parte Kaden. Y por eso conservé el cuerpo de Gabby. Yo no llegué a enterrar a mis hermanos, y sabía que, si Dianna venía a matarme, al menos recuperaría a su hermana. ¿Cómo iba a culparla por querer vengarse? Yo había hecho lo mismo.

Vincent permaneció unos instantes en silencio. Sabía que hablar de lo que había pasado en los restos de Rashearim lo llevaba a encerrarse en sí mismo.

—¿Sabes qué? —le dije—. Yo tampoco creo que tú seas un villano.

Resopló.

—¿Por qué?

—No presumes de lo que has hecho, ni te regodeas en ello. Evitas a aquellos a quienes has herido y finges que tu dolor no existe. Me he pasado la vida trabajando con villanos, y tú no me transmites esa sensación.

—Bueno, trabajaste con Dianna, que casi destruyó el mundo, así que diría que no se te da demasiado bien juzgar el carácter de los demás.

—¿Qué te pasa con ella? —dije, quizá con demasiada firmeza—. ¿Por qué la odias tanto? Al principio creí que era un extraño flechazo. Desde luego, es hermosísima…

Vincent soltó una risotada amarga.

—Nada podría estar más lejos de la verdad.

—De acuerdo. Entonces ¿cuál es esa verdad? Compartes tu lecho con Nismera, que es mucho peor que Dianna, pero en cuanto oyes su nombre te…

—Déjalo, Camilla. Es tarde. Creo que ambos estamos cansados. —Se frotó la cara.

—No, dímelo. Te acabo de contar los secretos de mi familia. Después de todo lo que ha pasado, me lo merezco.

Vincent cambió de postura en la cama para poderme mirar sin tener que torcer la espalda. La remota frialdad que solía asomarse en su mirada ya no estaba allí; en su lugar solo vi una extraña sensación de… nostalgia.

—Ocurrió cuando Kaden hizo… supongo que podríamos llamarlo «audiciones» para su linaje. Para lo que había planeado Nismera solo quería a los más fuertes. Me pidió que fuese testigo, pero que me mantuviese al margen. Mi presencia era un secreto, y había gente de su linaje en la que no confiaba del todo. En Onuna era otoño, y las hojas de los árboles acababan de cambiar de color. Volé bajo la cobertura de la noche y llegué tarde. Vampiros, hombres lobo, brujos y todos los demás seres del Altermundo presentes en el dominio acudieron a la reunión para alternar, charlar, algunos incluso bailar. No había caído en la cuenta de que sería una fiesta, pero encajaba a la perfección. Todos estaban tan distraídos que ni se dieron cuenta de que los vigilaba desde las sombras. Kaden estaba conmigo, quería hablar de los candidatos que había reunido, pero no le estaba haciendo mucho caso. Te vi entre la multitud. Llevabas un vestido de raso y marfil que se derramaba por el suelo y tenías el pelo recogido en la nuca; parte de él te caía sobre los hombros. Te reíste y pensé que eras la mujer más hermosa del mundo entero.

Me acordaba de aquel día. Se me cortó la respiración al recordar los hechos con todo detalle. Estaba muy nerviosa. Me había probado siete vestidos antes de decidirme por aquel. El corazón casi se me salió por la boca al oírlo. Nadie me había llamado jamás «la mujer más hermosa del mundo», ni se había acordado de mí con tanto detalle, y menos varios cientos de años después.

—¿Por qué no te acercaste a hablar conmigo?

Vincent soltó un bufido y recuperó parte de su frialdad. Se incorporó y se apartó de mí.

—Porque yo te miraba a ti, pero tú mirabas a Dianna.

Se me encogió el estómago. Sí, era con ella con quien yo reía, con quien primero había trabado amistad aquella noche…

—Fue hace tanto tiempo…

Vincent se encogió de hombros.

—No importa. Ella llegó antes.

«Idiota», pensé, y lo maldije. Claro que importaba. Durante todo este tiempo, había supuesto que la odiaba por su poder, por lo que podía hacer. Pero la odiaba porque yo había sido suya. Tenía el corazón desbocado y casi no podía respirar.

—Vincent…

—Camilla, no pasa nada. Todo el mundo se siente atraído por ella, aunque sigo sin saber por qué. Solo quería que lo supieras. —Esbozó una sonrisa—. Sea lo que sea lo que haya en tu pasado, ni quién te haya hecho sentir menos de lo que vales, tú eres, y siempre has sido, especial. No te hace falta magia.

Recogí las manos en el regazo y los ojos se me llenaron de lágrimas. Nadie me había dicho nunca nada igual, y ahí estaba él, que recordaba mi apariencia en una de las noches de mayor nerviosismo de mi vida.

Vincent gruño y se estiró haciendo rotar el hombro.

—Creo que tu ungüento mágico funciona. Ya no me siento como si me estuviesen arrancando el hombro de cuajo.

Trató de levantarse, pero fui más rápida. Me incliné y, con la mano en su nuca, mis labios rozaron los suyos. Vincent se quedó inmóvil, o quizá fue el propio tiempo el que se detuvo, no estaba segura. Le pasé la lengua por los labios, suplicando que me diese acceso. Se le escapó un sonido. Me sujetó por los brazos y me apartó de él.

—¿Qué estás haciendo?

Parpadeé varias veces.

—No lo sé.

Su mirada estudió la mía. Algo antiguo y poderoso yacía bajo sus ojos, que se me clavaron en los labios y luego volvieron a subir.

—Hazlo otra vez.

Y lo hice.

IX
ROCCURREM

En la población reinaba la tranquilidad. Las nubes empezaban a cubrir el cielo. Me encaminé hacia un pequeño edificio; los sonidos que brotaban de su interior me confirmaron que me dirigía al sitio adecuado. Al entrar, un olor a sudor y alcohol me asaltó la nariz.

Un hombre de baja estatura sacudió la cabeza y se echó un trapo sobre el hombro.

—Mira, si vienes a ligártela, que sepas que uno de mis muchachos se acaba de ir con las pelotas ardiendo.

Forcé la sonrisa que Dianna me había enseñado a usar para no asustar a nadie. Según ella, ser demasiado impasible incomodaba a la gente, y en mi presencia se volvían más reservados. Bueno, ahora ya sabía que estaba en el lugar correcto. Pasé a su lado sin decir nada y me dirigí a la pequeña puerta recortada.

—Como quieras, colega, pero va a ser tu funeral —me dijo al pasar a su lado. Fruncí los labios, porque sabía que faltaban ciento veinte días para el suyo. Iba a morir durante un robo frustrado.

Llegué hasta las escaleras que descendían al piso inferior. Las paredes y los escalones estaban desconchados. Se oía ruido de puñetazos, y los gruñidos de Dianna. La sala era un amplio gimnasio abierto, de cuyo techo colgaban sacos de un material capaz de aguantar la furia de un *berserker.*

Dianna lanzó el puño de nuevo; se le hinchaban los músculos de los hombros y la prenda que ella llamaba «top» estaba empapada de sudor. Luego el pie hizo un giro y le dio al saco con tanta fuerza que este se balanceó hacia la derecha. Del techo cayeron algunos fragmentos, y de la verja del fondo llegó un murmullo. Varios tipos fornidos se congregaban allí, hablando de aquella belleza morena que sabía dar puñetazos.

Se marchó el primer día después de la pelea, no de la taberna sino de algún sitio intermedio. Era como si su tristeza hubiese tallado una grieta en la oscuridad, y se hubiese dejado devorar por ella. Me parecía que su dolor era un resumen perfecto de las tinieblas que la habitaban. Si Samkiel no estaba presente para servirle de luz, todo lo que quedaba era oscuridad. El segundo día volvió a la casa para buscarlo. Al ver que no había regresado, algo frío y colérico sustituyó a la tristeza.

Samkiel era lo único que le quedaba en el mundo, aunque ella no lo expresase en palabras. Era cierto que la Mano y otras personas llenaban una pequeña fracción de ese vacío, pero solo Gabriella y Samkiel habían alcanzado la intimidad necesaria para conocerla de verdad. Eran las únicas dos personas que habían sido capaces de conectar con ella. Gabriella había sido su corazón. Samkiel era su alma.

—Te he estado buscando —le dije. Me paré a su lado, pero fuera del alcance de su ira.

Dianna le dio otro puñetazo al saco, pero no dijo nada. Me recordaba al Destructor de Mundos: movimientos veloces, golpes rápidos y constantes.

—¿Qué quieres, Reggie? —preguntó, sin darle cuartel al saco.

—Han pasado ya unos días.

—Sé contar. —Escupió las palabras; no me cupo duda de que la ira que sentía era un reflejo de la pelea que habían tenido.

—¿Puedo hacer un comentario, mi futura reina?

Volvió hacia mí una mirada roja y ardiente mientras sujetaba el saco para frenarlo.

—No me llames así.

—Si me permites un comentario —insistí—, es muy habitual que, en momentos de gran pesadumbre, o cuando se sienten traicionadas, las personas digan cosas que en realidad no sienten. Actúan de determinadas formas, pero solo es un reflejo de su dolor. Nada más.

—No importa. —Se encogió de hombros con desgana y luego lanzó otro puñetazo—. Hemos terminado.

Hice un gesto de negación.

—No ha sido más que un pequeño tropiezo, y sin embargo te apresuras a dar por hecho que es el fin.

—¿Un tropiezo? —se mofó—. Pero ¿es que no nos oíste? Le dije muchas mentiras, Reggie. Le oculté tantas cosas…

—Deberías habérselas dicho.

—¿Y crees que no lo sé? —Su garganta emitió un gruñido sordo y los puños golpearon no una, sino dos veces—. Lo sé. Pero no lo hice, ¿vale? No pude, y te podría dar mil putas razones por las que no lo hice, pero da lo mismo, porque le hice daño. Otra vez. Le mentí. Otra vez.

—Aunque desearía que te hubieras sincerado antes para evitar todo esto, lo cierto es que tenías tus motivos.

—Mis motivos. —Resopló y descargó otro puñetazo en el saco. Luego se llevó las manos a la cintura de los pantalones oscuros—. Puedo echarle la culpa a los cientos de años que pasé con alguien a quien no le importaban mis sentimientos. Podría escudarme en que suelo encerrarlo todo en mi interior. Pero la verdad es que le mentí porque estaba asustada. Temía que, si la marca había desaparecido, eso significase que el precio que había que pagar era perderlo a él; y en cierto modo se podría decir que así fue. Ya no somos pareja. Me engañaba a mí misma.

—Creo que en eso te equivocas.

Me enseñó la mano.

—¿Ves alguna marca? No, ¿verdad?

—Eres tonta de remate si crees que ese hombre podría dejar de quererte algún día, Dianna.

Me dio la espalda.

—Tú no estabas allí. No viste cómo se puso. Jamás se había portado así conmigo, nunca se había apartado tan rápido, ni siquiera con lo que pasó en Onuna. Tal vez, al desaparecer la marca, y mi alma, ya no tengamos esa conexión. Puede que ahora me vea por fin tal y como soy.

—Si me permites un…

Dianna se giró y lanzó una patada. Del techo cayó una lluvia de fragmentos, y el saco se desprendió y voló por la sala hasta caer encima de un montón de trastos.

—Ya da igual. No pienso quedarme sentada y revolcarme en la autocompasión. Que me odie. Que me deje. No me importa. Seguiré manteniéndolo vivo. El mundo no me necesita a mí, pero a él sí.

Los espectadores se marcharon, boquiabiertos, murmurando entre ellos.

—¡Eso vas a tener que pagarlo! —nos llegó desde arriba el grito del propietario, que se asomó a mirar. Gruñó y volvió a subir al piso superior.

En cuanto se fue, Dianna se volvió hacia mí.

—Solo necesita tiempo, mi reina. Se lo merece. —Me palpitó la cabeza; una visión trataba de abrirse camino en mi consciencia, pero se desvaneció enseguida. Me froté las sienes y la observé.

Alzó una ceja empapada de sudor.

—Y tú, ¿de parte de quién estás?

—De la tuya —respondí con una sonrisa forzada—. Pero te avisé de las consecuencias de retener información importante.

—Tengo una nueva teoría. ¿Quieres que te la cuente? —No esperó a que contestase—. Mi teoría es que estábamos destinados a matarnos, no a enamorarnos. Nuestra relación estaba condenada a ser pasajera.

—Con todo lo que ha pasado, es imposible que lo creas de verdad.

Se volvió para irse de la habitación mientras desataba las vendas marrones que le cubrían los nudillos.

—Lo que creo es que no voy a dejar sufrir a la Mano porque él y yo seamos incapaces de solventar nuestras diferencias. Sé que he metido la pata, y eso ya no puedo cambiarlo; pero me niego a dejar que se pudran bajo la autoridad de Nismera. Así que él y yo podemos colaborar o no, pero no los voy a dejar con ella. Cuando estén sanos y salvos, reduciré a cenizas a ella y a su puta ciudad, y luego… —Se detuvo, inspiró hondo y se volvió a mirarme—. No sé qué haré después.

Se encaminó a las escaleras, de vuelta a nuestro piso franco. Me froté la frente y suspiré con fuerza.

—Vosotros dos sois los seres más testarudos que me haya encontrado en este universo o en cualquier otro.

X
DIANNA

Después de ducharme y de quitarme el sudor del entrenamiento, me planté en el centro de nuestro…, no, de mi pequeño cuarto. No había tocado la cama desde que nos peleamos, porque quería saber cuándo volvía para que pudiésemos hablar. Pero no había vuelto. Se me llenaron los ojos de lágrimas. Sacudí la cabeza y rebusqué a toda prisa en la bolsa que había en el suelo. Me vestí y me marché tan rápido como pude. No tenía ningunas ganas de estar allí.

—¡Miska! —llamé.

Oí unos pasos ligeros al fondo del pasillo. Abrió la puerta y asomó la cabeza; el pelo revuelto delataba que la había pillado durmiendo.

—¿Sí?

—Tengo hambre —dije, con los brazos en jarras—. Vamos arriba y desayunamos.

—¿Qué vamos a comer? —El gruñido, grave y somnoliento, salió de una puerta que se abrió a mi derecha.

—Orym, estás despierto. Genial. Venga, desayuno y reunión familiar —dije. Me dirigí a las gastadas escaleras de madera que subían a la posada.

—Samkiel ha dado órdenes estrictas de que permanezcas aquí hasta que vuelva. Te busca la legión de Nismera, que suele frecuentar esta ciudad —dijo Reggie, que se materializó a mi lado.

—Ah, ¿sí? ¿Y eso ha sido antes o después de irse? —le corté mientras subíamos las escaleras.

—Volvió la otra noche, cuando te fuiste a coger… cosas —dijo Orym. Reggie lo fulminó con la mirada.

Otro trozo de mi corazón se rompió y un nuevo dolor floreció en mi pecho. Ni siquiera había intentado verme.

Apreté los dientes, pero logré sofocar la irritación y la tristeza.

—Pues me parece que, si quiere dar órdenes, debería venir aquí a darlas en persona.

El suspiro de Reggie me levantó un poco el ánimo. El hado sabía a la perfección que era una pelea que no podía ganar.

—¿Y si no vuelve? —preguntó Miska, al tiempo que cortaba un trozo de carne. Reggie, que estaba a mi izquierda, se quedó rígido; Orym siguió comiendo e hizo como que no se había enterado.

El repiqueteo de mis uñas sobre la barra se detuvo.

—¿Habéis roto? —fue la siguiente pregunta de Miska.

—Miska. —Orym volvió la cabeza hacia ella. Miska levantó la vista, lo miró de reojo y luego otra vez a mí.

Los clientes de la taberna seguían con sus conversaciones, pero yo no dije nada. La gente aguanta solo hasta cierto punto, y yo le había dado a Samkiel motivos de sobra para no quererme nunca más. Por mi culpa ya no teníamos la marca, ni el vínculo que nos uniese el uno al otro. Según sus leyes y costumbres, nada nos retenía juntos.

—¿Qué? —le preguntó Miska a Reggie—. Nadie habla de ello, pero os vimos la otra noche. Luego cerró el portal y te dejó con nosotros, y más tarde vino de vuelta, pero fue una visita rápida. ¿Tú también nos vas a dejar?

Me giré hacia ella y vi en sus ojos el temor y las lágrimas a punto de derramarse. Me di cuenta de que no había tocado la comida; lo único que hacía era juguetear con ella.

—¿Qué te hace pensar eso?

—¿Qué motivos tienes para quedarte? —Miró el plato de comida—. Solo me salvaste para que lo ayudase, y si se va, ¿qué pasará cuando yo ya no te sirva para nada?

Fruncí los labios. Odiaba tener que admitirlo, pero su preocupación tenía sentido. Mi egoísmo no era un secreto para nadie. Usaba a la gente o la salvaba, sobre todo, para ayudarlo a él. Pero ya no era la misma persona que había sido antes de que se abriesen los dominios.

—No voy a abandonarte. A ninguno de vosotros. Tenemos una familia que recomponer y una zorra repugnante que matar. —Señalé a Miska—. Ni se te ocurra repetir eso último.

Una sonrisa deslumbrante le iluminó la cara; se inclinó hacia mí y me dio un fuerte abrazo. Me quedé inmóvil, sin devolvérselo, sorprendida por el contacto. Orym enarcó la ceja y bebió un trago, con una sonrisa apenas dibujada en los labios.

Le di una palmadita a Miska en la espalda y luego la aparté un poco.

—Ea, ea, ya pasó.

—Perdón —dijo. Se sorbió los mocos y se sentó de nuevo—. ¿Cuál es nuestro plan ahora? ¿A dónde vamos sin Samkiel?

Resoplé.

—¿Sin él? No vamos a ninguna parte sin él. Volverá, y si no lo hace lo buscaré, y si hace falta lo traeré a rastras. Pase lo que pase entre él y yo, tenemos mucho que hacer. Tendremos que portarnos como adultos y trabajar juntos. Ya lo hemos hecho antes… —Las palabras murieron en mis labios porque sabía que las cosas no volverían a ser como antes.

Miska asintió con orgullo y luego se concentró en hincarle el diente a su comida. Orym me miraba por encima de la cabeza de la niña.

—¿Qué pasa?

Se encogió de hombros.

—Nada —dijo, y siguió con su comida.

Suspiré y me acomodé en la silla. Luego le eché una mirada a Reggie.

—Esperaba que hicieses algún comentario.

—No tengo nada que añadir —explicó—. Estás exactamente donde se supone que tienes que estar.

Se me escapó un bufido.

—Siempre tan críptico.

Orym soltó una risilla y su vaso tintineó al posarse en la barra.

—¿Ha encontrado Veruka alguna nueva pista? —le pregunté.

Masticó otro trozo de comida e inspeccionó la sala por el rabillo del ojo para asegurarse de que no había nadie cerca que pudiese escucharnos.

—Todo lo que sabe es que Nismera ha reducido el número de ataques.

Asentí. Miska engullía su comida. De repente la posada se quedó en silencio, roto por una especie de zumbido. El viento golpeó las ventanas sucias y, en el interior, los vasos que había en la barra vibraron. El líquido del vaso de Miska se sacudía al rimo de unos golpes fuertes.

—Abajo —dije—. Todos.

Miska se quedó mirando la puerta.

—¿Qué es eso?

—Soldados —suspiré.

—No. —Orym negó con la cabeza—. Ese sonido anuncia una legión.

—Llevaos a Miska —ordené.

Orym y Reggie se pusieron de pie y Miska se levantó de un salto y se pegó al costado de Reggie.

—Quedaos abajo hasta que vaya a buscaros, ¿entendido?

Todos asintieron, aunque Reggie me sostuvo la mirada unos instantes. Esperé hasta verlos desaparecer por la puerta y oír el chasquido de la cerradura. Las voces del exterior subieron de volumen, y los clientes de la taberna se agacharon, como si creyesen que así nadie los iba a molestar.

Me levanté y tiré de la capucha del manto para taparme la cabeza. Me cambié a una mesa pequeña de un costado, lejos de la puerta que habían cruzado Reggie, Miska y Orym. Tiré de la silla de madera y me senté, pero no tuve que esperar mucho. La puerta del local se abrió de par en par y el suelo tembló.

—Saludos, civiles de Youl. Buscamos a una fugitiva a quien se ha visto hace poco por esta zona. Hemos recibido informes que indican que se encuentra en las proximidades.

Maldición. Seguro que había sido el tipo al que le quemé las pelotas en el puto gimnasio por meter las manos donde no debía.

Me mantuve inmóvil, de espaldas a ellos. Unas botas blindadas pisotearon el suelo; los soldados iban de cliente en cliente. Todo el mundo estaba atento al hombre de la voz grave. Supongo que enseñó una foto mía, porque, de repente, todas las miradas se volvieron hacia mí.

Espero que al menos fuese una buena foto.

Mantuve la cabeza agachada mientras muchos pares de botas rodeaban mi pequeña mesa. Un soldado gruñó; la cosa, comprendí, estaba a punto de ponerse interesante. Oí unos pasos pesados y que alguien se detenía a mis espaldas.

—Soy Tedar, comandante de la Octava Legión. Quedas detenida bajo la autoridad de su alteza.

Tableteé con las uñas en la madera y levanté la vista hacia los dos soldados que me miraban desde el otro lado de la mesa. Con un suspiro, eché la silla hacia atrás y la volví para encararme al comandante, sin hacer caso de sus lacayos. Asentí y me crucé de piernas.

—Ah, ¿sí? ¿Quién es esa alteza?

Tedar rio de buena gana; de repente estrelló la mano contra la mesa con tanta fuerza que la rompió.

—Qué graciosa. Pero los graciosos no duran mucho.

Arrugué la nariz.

—Al parecer, el jabón tampoco.

Los soldados de Tedar tragaron saliva. Supuse que no mucha gente le hablaba con tanto desprecio al trol a cuyas órdenes estaban.

La furia se asomó a sus grandes ojos.

—Si llegas un poco magullada, no se va a quejar.

Echó el brazo atrás, con la intención de darme con el enorme puño en la cabeza. Me giré, cogí la silla en la que me sentaba y se la estrellé en el grueso brazo acorazado. Se hizo astillas y Tedar se echó a reír.

—¿Eso me tenía que hacer daño, mujer? —Miró a sus guardias y se rio de nuevo.

—No —dije—. Pero esto sí.

Le di la vuelta a la pata de la silla que tenía en la mano y se la lancé. Lo alcanzó justo en el centro de la frente con un fuerte golpe. Se le borró la sonrisa y se puso bizco. Se llevó una mano a la frente y luego cayó como un árbol talado.

Me sacudí el polvo de las manos y me volví hacia los soldados con gesto indiferente. Me miraban boquiabiertos, aferrados a sus armas.

—Adelante —les dije—. En el fondo, me estáis haciendo un favor. Llevo unos días de mierda.

XI SAMKIEL

Llevaba tres días seguidos de trabajo, tallando aquella maldita montaña y reconstruyéndola. Me estudié las manos. Ya estaban curadas y los anillos de plata relucían a la luz de la luna. Me dolía todo el cuerpo, pero me lo merecía. La había sentido llorar cuando la aparté de mí, y me odiaba por ello. Preferiría arrancarme el corazón del pecho y reducirlo yo mismo a jirones, antes que hacerle daño a ella, pero yo era tan... Me reafirmé en mi determinación. Tenía que ocuparme de esto. Luego ya vendrían las emociones.

Llovía a cántaros y mis botas chapoteaban en los pequeños charcos que se formaban en los adoquines. A mí alrededor la gente se apresuraba a ponerse a cubierto. Era una verdad universal que casi todos los seres odiaban la lluvia y corrían a esconderse, lo que me ofrecía una tapadera perfecta. Mi manto con capucha estaba empapado, pero seguí avanzando a zancadas sin apenas notarlo.

Las luces chispeaban desde la seguridad de sus intrincados faroles metálicos, y el humo, azul y blanco, se elevaba hacia el cielo. Descendí con precaución los escalones medio rotos y serpenteé por las calles de aquel barrio de mala muerte, manteniéndome entre las sombras.

Metí la mano en el bolsillo, cerré los dedos sobre la pequeña piedra y la froté. Esa había sido mi primera parada, y esta la segunda. Doblé por un callejón sumido en la penumbra. Los cubos, rebosantes de restos de carne y huesos de los restaurantes cercanos, apestaban a podrido. Al acercarme, unas cuantas criaturas octópodas se escabulleron hacia los rincones. Levantaron sus colas gemelas y me sisearon para que no me acercase a su basura.

Del fondo del callejón llegó el sonido de la música, y unas voces cada vez más altas. Sobre la puerta colgaba un cartel con letras de la vieja lengua talladas en el metal oxidado. Burdel. Dos figuras muy altas se quedaron quietas al ver que me acercaba. De los labios de uno se elevó un hilillo de humo y el otro me sonrió enseñándome sus dientes serrados. Los miré fijamente y luego aparté la mirada al pasar.

Me detuve frente a la gastada puerta gris y recé a los viejos dioses para que él estuviese allí. Reunir información mientras intentas no llamar la atención era una tarea más ardua de lo que me esperaba. Desde que Nismera se había hecho con el control de esos dominios, todo había cambiado. Tantos sitios hermosos reducidos a cascotes y nada más... Al parecer, los burdeles se habían convertido en lugares a los que acudía todo el mundo, tanto para olvidar como para hacer negocios. Delincuentes y empresarios hacían la vista gorda por igual, agotados como todos los dominios sobre los que gobernaba Nismera: cansados, hambrientos y arruinados.

Suspiré y cuadré los hombros antes de empujar la puerta. Por encima de la música se distinguían los sonidos de los placeres carnales, pero no había venido a eso. El exterior del edificio era una ilusión. Por dentro era como un tubo, un espacio abierto rodeado de habitaciones en todos los pisos, tanto superiores como inferiores.

Pasé junto a una camarera en topless que llevaba una bandeja en equilibrio sobre su cola emplumada. Entregó las bebidas a un grupo de hombres. Los gemidos y los gruñidos de placer llenaban el aire, procedentes de puertas cerradas o de alcobas oscuras.

Me detuve frente a una sala acristalada. Una mujer estaba suspendida cabeza abajo, y un hombre le rodeaba la cintura con los brazos y le hundía la cara entre las piernas. Los sonidos de placer y necesidad me hicieron relamerme al imaginar a Dianna abierta de piernas ante mí de ese modo. A saber cuánto tardaría Dianna en perdonarme por abandonarla y en acceder a intentar esa maniobra.

—¿Buscas algo en concreto, guapo? —ronroneó una voz a mis espaldas.

La voz me había arrancado de la imagen erótica de tener a Dianna a mi merced. Me volví y sonreí a la arpía. Llevaba un vestido verde azulado que le venía holgado. Cada mechón de su pelo terminaba en una delgada pluma azul y blanca, a juego con las plumas más grandes que le crecían a lo largo de los brazos. Los dedos de las manos y de los pies terminaban en garras afiladas.

—En realidad, sí —dije—. Estoy buscando a Killium.

Abrió mucho los ojos por un instante, pero enseguida lo disimuló con una suave sonrisa. Sacudió la cabeza y ladeó la cadera con fingida timidez. Era una obvia maniobra para darme largas. Pero la única mujer a la que eso le funcionaría conmigo era aquella de la que yo estaba enamorado.

—Lo siento, ese nombre no me suena. Quizá pueda encontrarte...

Sonreí, con una expresión mucho más agradable que el humor que sentía.

—Sí, te suena. Y sé que está aquí. Dile que Donumete quiere verlo.

Se le dilataron las aletas de la nariz.

—Veré lo que puedo hacer —dijo, y retrocedió.

No le quité el ojo de encima mientras recorría el pasillo y desaparecía de la vista.

Me acomodé sobre la barandilla para esperar, atento al movimiento de los niveles inferiores al mío. Los dominios habían cambiado muchísimo. Cuando me aislé por mi propia voluntad sabía que las cosas iban a cambiar, pero contemplar la desolación de tantos dominios me provocaba una gran tristeza.

—Creía que sellar los dominios, el plan que siempre tuviste en mente, les habría permitido vivir en paz. Pero lo único que hicimos fue dejarlos atrapados con un monstruo —le susurré al fantasma del pasado, como si mi padre pudiese oírme todavía.

Un estallido de carcajadas me arrancó de mis pensamientos. Había por lo menos un centenar de personas presentes. No vi a ningún soldado de armadura negra y dorada, pero por si acaso mantuve el manto bien cerrado.

Apoyé los codos en la barandilla y junté las manos. Mi mirada se detuvo en el punto donde debería estar nuestra marca. O donde estuvo, supongo. Me había mentido durante meses. Quería seguir enfadado, sentirme herido como sería lo lógico, pero en parte sabía por qué lo había hecho. Conocía bien a Dianna y, aunque a veces no estuviese de acuerdo con sus actos, comprendía el razonamiento que los motivaba. Mantenía lo más cerca posible todo lo que amaba, temerosa de que se rompiese o se lo arrebatasen, y eso era justo lo que yo había hecho. Me había roto. Había muerto. Aún me costaba asumir esa parte. Yo solo recordaba haberme quedado dormido mientras ella me sostenía. Todo era muy borroso, como un amasijo de recuerdos carentes de sentido.

«Te amo».

El sonido de su voz aún me resonaba en la mente. De no haber abierto el portal en ese momento, me habría quedado. Por fin había pronunciado las palabras que yo tanto anhelaba, y oírlas salir de sus labios era como si mi alma hubiese estallado en llamas. Las piernas se me quedaron paralizadas, mi cuerpo se negaba a moverse, y lo único que deseaba era quedarme. Ella había entregado el propio material de su ser por mí. Jamás sería digno de ella, de un amor de tal magnitud, pero mentiría como un bellaco si dijese no lo iba a intentar.

Quería que me prometiese que nunca nos ocultaríamos nada, pero antes tenía que hacer algo. El miedo se había aferrado a mis entrañas y se burlaba de mí. Tenía un trono que reclamar, una corona que recuperar, y una guerra que ganar; pero mi mayor temor era no poder proteger a aquella sin la cual no podría vivir.

—Donumete, Killium te recibirá ahora.

Me erguí y, después de asentir, seguí a la arpía por aquel nivel hacia la parte trasera del edificio. Al cruzar un pórtico me fijé en que, de pie junto al muro, estaban los dos hombres que había visto fuera. Así que no eran clientes, sino guardias.

Los dos enormes seres sonrieron enseñando mucho los dientes. Uno de ellos levantó un cuadro con la mano palmeada y pulsó el botón que se ocultaba detrás. Una parte de la pared se deslizó y dejó a la vista un pequeño ascensor.

La arpía me sonrió y me indicó que entrase con un gesto de su brazo emplumado. Lo hice, y la arpía y los guardias lo hicieron a continuación. Todos guardamos silencio mientras la pared se volvía a cerrar. Una luz azul y mortecina recorrió el perímetro de la cabina; luego la puerta se cerró y el ascensor dio una sacudida.

Los dos guardias me flanquearon y la arpía se puso detrás de mí. Los guardias tenían las manos delante, con actitud relajada, pero capté el leve temblor del que era un poco más alto.

Suspiré.

—¿De verdad es necesario?

—Eso me temo —respondió la arpía, y la oí desenfundar la espada que llevaba en el costado—. Dado que Donumete está muerto.

Había aprendido, cuando aún era demasiado joven, todos los trucos sucios del combate cuerpo a cuerpo. Había una preferencia por los puntos débiles, lo que, al enfrentarse a un oponente más alto, significaba por lo común ir a por la rodilla o la entrepierna. La distracción también era una táctica valiosa. Si se peleaba en equipo, lo normal era que uno atacase alto y el otro bajo, lo que en muchos casos solía funcionar. En este..., no tanto.

Oí el aire que se deslizaba alrededor de la espada. Había apuntado bajo. Salté para esquivar la hoja que se dirigía a la parte posterior de las rodillas. Caí en cuclillas y el segundo tajo hendió el aire sobre mi cabeza. Cuando me incorporé el guardia más alto se lanzó hacia mí; la hoja, tan afilada como sus dientes, me apuntaba al estómago. Me ladeé y le aferré la muñeca para aprovechar su propio impulso y lanzarlo contra la arpía que tenía detrás. Con un quejido, chocaron con la pared y cayeron al suelo, lanzando plumas por todo el ascensor.

El segundo guardia gruñó y su cola salió del abrigo dando un latigazo, con la punta enrollada alrededor de una daga. Empuñó dos más y cargó contra mí. Mi puño salió disparado y chocó con el hueso, que se rompió justo cuando se abrían las puertas del ascensor. El guardia cayó en la pequeña sala y aterrizó con un golpe sordo. Me agaché y arrastré a la arpía y al otro guardia fuera del ascensor y los dejé tirados en el suelo.

—Menuda forma de anunciarse.

Inspiré hondo y me estiré el manto antes de entrar en la sala. Un pequeño dispositivo gorjeó para avisar al ser inclinado sobre el escritorio. Se volvió a mirarme, entornando los tres grandes ojos tras las gafas redondas que llevaba. Me quité la capucha. Se puso de pie con el largo hocico abierto de asombro y el dispositivo que tenía en la mano cayó al suelo con estrépito.

—Que los viejos dioses maldigan mi alma. Samkiel. De verdad eres tú.

Los guardas adormilados que había en la sala casi se mueren del susto al oír mi nombre.

—¿Samkiel? —De detrás de una puerta salió una mujer que se limpiaba las manos en un delantal. Unos tirabuzones de color gris oscuro le caían sobre los hombros.

—Jaski —saludé a mi vez.

Al mirarme, un brillo verde le asomó a los ojos, y la sonrisa le ahondó las arrugas de las mejillas.

—Mis ojos no me engañan. Es cierto que estás vivo, pero… diferente.

Killium se abrió paso junto a su escritorio abarrotado y se me acercó cojeando, con los duros pelos de la espalda erizados en señal de saludo. La pierna llevaba mecanismos que no estaban ahí la última vez que lo vi. Me adelanté a mi vez y me agaché para darle un abrazo.

—Habías muerto. Estaba seguro. Todos lo estábamos. Tu poder recorre el cielo. Lo veo cada día. Nismera, ella…

Alcé la mano.

—Lo sé, viejo amigo. Tenemos mucho de que hablar. ¿Podemos…? —Señalé la trastienda.

—Sí, por supuesto. —Con un gesto, me indicó que pasara. Extendí un zarcillo de poder detrás de mí y cerré y sellé el ascensor.

XII SAMKIEL

Jaski depositó una bandeja de pastelillos entre Killium y yo. Él se lo agradeció con una sonrisa y ella se sentó, canturreando en voz baja. Su amor era casi un vínculo físico, inspirador y reconfortante.

—Me alegro de ver que seguís juntos —dije con un gesto de aprobación.

Jaski sonrió y le dedicó a Killium tal mirada de amor que casi me sentí como un intruso.

Él asintió y sonrió a su vez.

—Unos dos mil años, más o menos.

—Lo recuerdo —señalé con sorna—. Jaski no te lo puso fácil.

La risa de Jaski inundó de calidez la habitación.

—Le vino bien. Y yo merecía la pena.

Killium le apretó la mano, pero luego me miró con gesto grave.

—Si no lo veo no lo creo, Samkiel. —Hizo girar el líquido verde de su vaso—. El cielo no miente, ni tampoco los dominios. Moriste, o al menos eso creímos todos.

Jaski se inclinó hacia delante. La magia se arremolinaba en sus ojos.

—Es realmente asombroso. Estás aquí, entero, pero diferente. No sé decir qué ha cambiado, pero pareces resucitado del todo.

Killium dejó escapar un silbido suave.

—Si la gente averigua que lo has conseguido, va a despertar muchas envidias.

—Exacto —dijo Jaski—. La nigromancia está prohibida a causa de sus efectos. Es ilegal en todos los dominios. Nunca se ha traído de vuelta un alma del Otro Lado que no volviese corrupta.

Se me aceleró el corazón. Lo sabía. Conocía las historias. Era otra razón más de mi enfado al descubrir lo que había ocurrido. Pero hacía meses que había vuelto, y me sentía igual que siempre. Me pasé la mano por el costado. El dolor sordo no había desaparecido. Tal vez no había vuelto igual del todo, pero tampoco corrompido.

—Bueno, os aseguro que no me apetece nada comer cerebros.

Compartieron una mirada y estallaron en carcajadas. Yo los observé mientras sorbía mi bebida.

Tableteé con los dedos sobre el vaso para combatir los nervios y los pensamientos erráticos. No podía decirles la verdad. No se la podía decir a nadie. Si las personas que no debían descubrían que Dianna me había devuelto a la vida, la perseguirían por siempre para darle caza. Lo que había hecho no tenía precedentes. Nadie, ni en mi larga vida ni antes, había tenido éxito, y los que lo intentaron fueron destruidos.

Los que habían sido resucitados volvían convertidos en poco más que cadáveres, monstruos devoradores de carne, o, los más peligrosos de todos, aquellos que ansiaban comer cerebros. No podía decírselo. Dianna y yo estábamos pasando una mala racha, pero ella siempre sería mi prioridad absoluta. Antes que salvar los dominios, los arrasaría yo mismo uno tras otro si con eso la mantuviese a salvo.

—Dime, pues —me pinchó Jaski—, ¿qué clase de bruja, o brujo, tiene tanto poder y te ama tanto como para intentar algo así de peligroso?

Killium ahogó una risita.

—Venga, Jaski, ya conoces a Samkiel. ¿Por qué crees que se trata de amor?

Jaski sonrió y apoyó la barbilla en el puño.

—Nadie cometería tamaña temeridad, excepto por amor.

Me dio un sofocón al recordar a Dianna pronunciando aquellas dos breves palabras. Me acomodé en la silla y carraspeé.

—Ni brujas ni brujos. La lanza que tenía que matarme... Digamos que falló. Supongo que estuve tan cerca de la muerte que el hechizo se rompió.

Me miraron, y luego a mi abdomen, como si pudiesen ver la herida. Ojalá funcionase, y no se diesen cuenta de que les había mentido.

—Bueno, lo que puedo decirte es que Nismera no sabe…

—Y así debe seguir. —Cada palabra iba cargada de poder. No podía poner en peligro a Dianna.

—Por supuesto. —Jaski me tocó el brazo—. Tus secretos siempre estarán a salvo con nosotros.

—Pero deberías hablar con el Ojo —dijo Killium—. Se mueren de ganas de tener una ventaja sobre ella.

—Lo haré. —Sonreí—. Además, no voy a mentiros. Hay alguien en mi vida que es muy especial para mí. Tan especial que necesito vuestra ayuda.

Ambos alzaron la cabeza, interesados.

—Ah, ¿sí? —se interesó Jaski con una gran sonrisa—. Cuéntanoslo todo.

—Lo haré, pero antes… —Rebusqué la piedra en el bolsillo y la dejé en la mesa, entre nosotros. Los ojos de Killium se abrieron de par en par. Ya imaginaba que, en cuanto la viera, sabría lo que era. Jaski silbó en voz baja y acarició las cerdas del hombro de Killium.

—Dioses, Samkiel. Has tenido que viajar muy lejos para conseguir eso.

—Eso —asentí— y otra cosa.

Killium se echó a reír y apuró su bebida de un trago. Cogió la botella y rellenó mi vaso antes de escanciar más fluido viscoso en su copa. Me froté la cara y suspiré. Luego les hablé de dónde había estado, lo que estaba pasando, por qué había vuelto, y también de ella.

—Tendrás que añadirle unas cuantas cosas. Necesito un arma muy resistente.

—Es maravilloso. —Jaski juntó las manos y se inclinó sobre la mesa—. No temas. Podemos hacerlo. Solo tengo que estabilizarlo primero.

—No puedo creerlo —dijo Killium—. La última vez que me viniste a buscar con prisas necesitabas una prueba de embarazo para una jovencita cuyo nombre ni siquiera recordabas. Y ahora me enseñas esto.

Arqueé la ceja y di un largo trago a mi bebida, para relajar mis nervios, mis músculos, todo. Suspiré y dejé el vaso en la mesa.

—Bueno, eso fue hace muchísimo tiempo, y yo era muy, muy joven. Han cambiado muchas cosas. Además, me fuiste de gran ayuda. Poco después me hicieron la intervención. Igual que a la Mano.

El silencio se adueñó de la habitación.

—Haré lo que pueda. Por ambos. —Jaski se levantó, cogió la piedra y abandonó la sala.

Killium se volvió a llenar el vaso con expresión sombría.

—Lo siento de veras. He oído que Nismera los vendió a todos, a dueños a cada cual más despiadado.

Me pasó la botella y yo me serví de nuevo.

—Mi intención es rescatarlos, pero antes tengo que hacer otra cosa. Es indispensable.

—Lo haré. Lo cierto es que hace bastante tiempo que no hago ninguno. Estos dominios requieren otro tipo de magia.

Asentí y saludé con el vaso antes de dar un sorbo.

Killium se acomodó en la silla. Las gafas que llevaban sobre la cabeza brillaban a la luz de la cocina.

—¿Así que ella es la elegida?

—Para mí es la única —dije. Apuré la bebida y dejé el vaso en la mesa. Le sostuve la mirada.

—Tengo entendido que la marca hace milagros para los que tienen la suerte de tenerla —dijo Killium—. Lamento que tú no la hayas recibido; aun así son buenas noticias.

Asentí mientras le daba vueltas al vaso sobre la mesa. No podía decirle que Dianna era mi amata, porque entonces preguntaría por qué la marca no había aparecido. Por mucho que confiase en él, no podía contarle el sacrificio que había hecho Dianna para que yo pudiese vivir. La vida y la seguridad de Dianna siempre serían mi prioridad absoluta, y si Killium la llegaba a amenazar alguna vez, lo mataría.

—Sí, lo son. —Lo miré—. Me conoces bien. Crecí sabiendo que mi amata estaba muerta, y no buscaba a nadie que la remplazase. Entonces apareció ella y me derribó encima un edificio como si tal cosa. Creo que la cosa empezó en ese momento. No fue lujuria, ni amor, desde luego, pero sí que me sentí intrigado. Supongo que fue cosa de mi ego, pero nadie me había desafiado como lo hizo ella.

Killium ocultó una risita detrás del vaso.

—Eso es lo que tú necesitas.

Fruncí las cejas en un gesto de asentimiento.

—Al principio no nos llevábamos bien, pero nos vimos obligados a trabajar juntos. Así que pasé mucho tiempo con ella cada día, y la fascinación que me provocaba creció como un ascua hasta que me consumió por completo. Es tan ardiente, tan osada e intrépida. Sabía quién era yo, conocía las historias, pero no le importaba. Su lealtad no conoce límites. Lo arriesgó todo por su hermana. Solo un idiota podría no enamorarse de alguien tan asombroso. Estar con ella es una locura, en ambos sentidos: a veces maravillosa, otras veces acaba con tu cordura.

Killium se echó a reír.

—Chaval, así es el amor. —Dio otro trago—. Me encantaría conocer a la persona que logró domesticar al gran Samkiel.

—Algún día, todo el mundo sabrá quién es. —Torcí la comisura de los labios—. Y hablando de grandes amores, ¿qué tal estáis Jaski y tú?

Killium carraspeó y los guardias que había detrás de mí se agitaron, inquietos.

—Casi no sobrevivimos a la Limpieza.

—¿Limpieza?

Killium asintió y estiró la mano hacia la botella.

—Así es como llamamos a la toma de poder de Nismera. Fue de mundo en mundo, eliminando a todos tus seguidores. Limpiando el mundo de ti, dijeron algunos. A los que no se sometieron a su voluntad, los aniquiló. Su maldita luz redujo a cenizas a cientos de ellos. Ella sabía de mi existencia, y de mis chapuzas.

Qué término tan humilde, «chapuzas». Como si no hubiese ayudado a los dioses a crear muchos objetos mortíferos. Killium era un elemental, y el poder de manejar y dar forma a los elementos que se escondía bajo su piel no tenía parangón. Entre él y Azrael, se podrían abastecer todos los dominios diez veces. Lástima que sus ideales no coincidiesen. Killium creaba armas para la paz. Azrael, para el mejor postor.

—¿Te encontró?

Vació el vaso y lo dejó sobre la mesa con un golpe seco.

—Éramos los primeros de la lista, ya que fuimos nosotros los que os enseñamos a todos cómo crear los anillos. Cuando Azrael cayó, supe que teníamos que huir, pero nos encontró. Jaski casi murió para podernos poner a salvo. Desde entonces, usar su magia le resulta difícil e impredecible. Tuvo que gastar demasiada, y demasiado rápido. Eso la dejó tocada. —Se señaló la pierna; el acero que la cubría reflejaba las luces mortecinas—. Y Nismera me dejó esto.

Me crucé de brazos y me acomodé en la silla.

—Lamento no haber estado ahí para ayudaros.

—Veo que no te has quitado de encima ese arrogante sentido de la justicia. ¿Crees que puedes salvar todos los dominios, chaval?

—Alguien tiene que intentarlo. —Señalé a los guardias con la cabeza—. ¿Por eso te ocultas en un burdel, rodeado de mercenarios?

Los mencionados mercenarios abrieron mucho los ojos, pero esquivaron mi mirada.

—No es solo un burdel —dijo, con una risilla—, sino también un punto de encuentro para los que quieren rebelarse. Los que llevan en un lado de la cabeza el mismo símbolo que tú. Aunque el tuyo no es correcto del todo.

—Muy listo. —Asentí y fruncí los labios—. Pero vas a necesitar mejor protección.

Recordé lo que había visto al entrar y me pregunté cuántas habitaciones no se estaban utilizando para los fines previstos.

Killium ahogó una risa.

—Estás hablando de mercenarios n'vuil.

Los observé con atención, y los tres pusieron cara de querer estar en cualquier sitio lejos de mí.

—Menudos mercenarios. Si he podido desarmarlos con tanta facilidad, no te van a servir de mucho si Nismera te encuentra.

Killium chasqueó la lengua.

—Ningún mercenario podría enfrentarse contigo, Samkiel. Eres el rey intocable. Vas a causar un gran revuelo, dado que eres el único que has estado a punto de herir o matar a Nismera.

—Mi intención por ahora es no causar ningún revuelo. Tengo que hacer unas cuantas cosas antes, y por eso estoy aquí.

Asintió.

—Sí, sí. No sé dónde está Everrine. La última vez que la vi estaba en el dominio Zelaji, que luego fue destruido y colonizado por una plaga bastante desagradable.

—Entonces empezaré por ahí.

—¿Has traído lo que hace falta para esta arma?

—Sí, y si necesitas algo de poder puedo ayudarte. No quiero que Jaski se haga daño.

—Tan amable como siempre. Por algo me has caído siempre mucho mejor que los viejos dioses. —Killium se levantó y sus mercenarios se cuadraron—. Con tu poder, solo tardaré una hora en crearla.

Una hora no estaba mal; había supuesto que tardaría bastante más. Una buena noticia, desde luego. Me preocupaba estar demasiado tiempo lejos de la taberna en la que la había dejado, a ella y a los demás ocupantes. Pero aún no podía hablar con ella. Antes tenía que asegurarme de terminar este asunto. Luego tendríamos tiempo de discutir. No era justo para ella, y lo sabía. Mi ausencia solo serviría para desatar de nuevo todos esos demonios que se esforzaba por contener con tanta desesperación. Pero necesitaba tiempo para pensar y trazar planes.

Abandonamos la pequeña cocina y nos dirigimos al taller de Killium. Había objetos de todo tipo apilados por todos lados. Jaski se encasquetó un yelmo y se movió a la velocidad cegadora; los brazos se desplazaban tan rápido que parecía que tuviese seis. La magia verde se adhería a su figura delgada; las chispas volaban en todas direcciones. El humo se arremolinaba en el techo y la rejilla de ventilación zumbaba. Por encima del ruido la oía tararear, contenta. Rodeé otra mesa y toqué con cuidado un artilugio circular colgado del techo. Zumbó de modo amenazador y me aparté.

—Es un nuevo proyecto para un príncipe de Sundunne —explicó Killium.

Me volví hacia él con una ceja enarcada.

—¿Le estás suministrando armas a los rebeldes, Killium?

Sonrió sin decir nada. Jaski levantó la visera del yelmo y se volvió para entregarle los fragmentos de polvo que había hecho; luego volvió a su puesto en silencio. Killium agarró algunos trozos de metal y se sentó frente a su banco de trabajo. Se inclinó sobre él y tiró de una compleja máquina para acercársela. Ajustó varios diales y accionó un interruptor. Una pieza de la máquina empezó a girar. Luego se ajustó las gafas protectoras sobre la cara y se puso a trabajar. Las chispas volaban por los aires. Cada uno de ellos se concentraba en su propia tarea.

Eché mano de una silla y me senté junto a Killium, para decirle la forma exacta que quería que tuviese y lo que necesitaba que hiciese. La hora prevista acabó convirtiéndose en tres, pero al terminar el resultado era mucho mejor de lo que me esperaba. Me puse de pie y me estiré; luego me ajusté el manto. Cogí el paquete que me ofrecía y lo puse a buen recaudo en mi bolsillo. Los mercenarios no nos habían quitado ojo, pero de repente fingieron que lo que les interesaba eran los objetos del taller de Killium, y no yo.

Jaski se enjugó el sudor de la frente y me sonrió, recostada sobre Killium.

Cerré el último botón del costado; el manto me colgaba por la espalda hasta los muslos.

—Cuando reconstruya este mundo, volveré a por ti, amigo mío. Mientras yo viva, siempre tendrás un hogar y un negocio.

—¿Aunque las actividades sean… algo ilegales? —Killium rodeó a Jaski con el brazo para sostenerla.

Le dirigí una mueca burlona mientras me ajustaba la capucha en la cabeza.

—Veremos qué se puede hacer.

Asintió, con los ojos llenos de lágrimas no derramadas. Jaski le dio una palmada en el pecho.

—Siempre fuiste de los mejores; y tu padre también. Me alegro de que hayas vuelto. Puede que, después de todo, aún quede esperanza.

XIII SAMKIEL

El portal se cerró con un siseo. Me llevé la mano al costado. En los últimos días había consumido tanta energía que la herida me dolía como si se hubiese reabierto. Respiré hondo varias veces, pero ya estaba acostumbrado al dolor. Enderecé los hombros, me eché atrás la capucha y avancé a zancadas por el pasillo oscuro. Oí voces, seguidas de golpes y maldiciones. Más allá de la boca del callejón, la pequeña ciudad brillaba con llamas anaranjadas, y el humo llenaba el aire, mientras las sombras se movían de un lado a otro.

De repente, dos ardientes ojos rojos se iluminaron en la oscuridad. Se me erizó el pelo de la nuca. Antes de poder pronunciar una sola palabra, mi espalda chocó con la pared y una fría hoja me presionó la garganta. Dianna me sostenía con firmeza y me miraba con sus ojos carmesíes.

—Has estado fuera tres putos días. Otra vez.

—Puedo explicarlo.

Ladeó la cabeza y su hoja se me clavó un poco más en la garganta.

—Anda, mira, si me oyes cuando te hablo.

Tragué y el acero me arañó el cuello. Me lo merecía, ya que la última vez que hablamos la obligué a marcharse. No había sido producto de la ira, sino de la determinación; pero ella no lo sabía.

—Viajar entre los dominios requiere tiempo. Te pido disculpas.

Hinchó las aletas de la nariz e inhaló con fuerza para absorber mi olor. Frunció el labio y el rojo de sus ojos se convirtió en llamas.

—Espera, no es lo que piensas —me apresuré a decir, porque sabía que podía oler dónde había estado.

Dianna dio un paso atrás, hecha una furia; levantó el pie y giró sobre sí misma. No sé por qué pensé que podría parar la patada, pero solo conseguí que me doliese más. Atravesé la pared y aterricé con un fuerte golpe en la habitación contigua. Gemí y me retorcí, con la espalda dolorida. El polvo flotaba en el aire. Dianna cruzó el agujero que le había hecho a la pared de piedra con mi cuerpo.

—Vale, estás enfadada. Lo entiendo. Pero eso no te da derecho a quemar la ciudad.

Volteó la daga que sostenía.

—Ah, eso. No he sido yo. Eso lo hizo la legión de tu hermana que se presentó aquí.

Al instante estaba de pie.

—¿Estás bien?

Me lanzó un puñetazo, pero lo paré y le rodeé el puño con los dedos.

—¿Y desde cuándo te importa? ¡Vienes a escondidas y te marchas como si yo no estuviese y luego vuelves oliendo a prostíbulo!

—Dianna.

Soltó el puño de un tirón y se lanzó de nuevo sobre mí. Le sujeté la muñeca y la tiré al suelo. Usé mi peso para retenerla y le sostuve las manos sobre la cabeza mientras ella se debatía tratando de liberarse. Me empujó con las caderas, pero el efecto que consiguió fue justo lo contrario de lo que esperaba. Me aproveché de la posición y metí las caderas entre sus muslos para sujetarla con más fuerza.

—Debería cortarte las pelotas y hacértelas tragar —gruñó. Los caninos desnudos brillaban en la oscuridad. La muchedumbre que limpiaba los escombros y arreglaba sus casas derruidas ni siquiera se dio cuenta de que, a pocos metros de distancia, peleaban los dos seres más poderosos del universo. Incluso la tienda a la que me había lanzado estaba abandonada.

Me arriesgué a acercarme a esos dientes e invadir su espacio personal.

—Las echarías mucho de menos.

Rugió y se revolvió, pero no logró zafarse.

—¡Quítate de encima!

—Prométeme que no intentarás apuñalarme.

Me clavó aquellos ojos que aún ardían con un magnífico fuego rojo; por fin, soltó el puñal, que repiqueteó en el suelo entre ambos. Como sabía lo rápida que era, me aparté a toda prisa y le tendí la mano. Puso mala cara y me la apartó de un manotazo antes de levantarse.

—Te lo vuelvo a preguntar. ¿Estás herida? —Me froté el cuello, algo sorprendido al descubrir que ni siquiera me había hecho un arañazo.

Tiró del borde de la camisa oscura que llevaba.

—Por culpa de ellos, no.

Bajé la mirada. Teníamos tantas cosas de las que hablar, tanto que decir... No me sorprendía en absoluto que hubiese sido capaz no solo de matar a un comandante de Nismera, sino además acabar con la mitad de la flota. Cuando protegía a los que amaba su eficiencia era brutal; eso hacía que cada fibra de mi ser ardiera más y más por ella.

—¿Dónde está todo el mundo?

Su mirada no se desvió de mí.

—Lo sabrías si hubieses estado aquí, pero no estabas, y a juzgar por tu olor... ¿Sabes qué? No. No pienso jugar a esto contigo. Ya lo hice con tu hermano.

El vidrio crujió bajo sus botas cuando trató de escabullirse, pero extendí la mano y la atrapé del brazo antes de pudiese irse a ninguna parte.

—Dianna. No he hecho eso de lo que me acusas, y jamás te haría daño como lo hizo él.

—No —dijo, con los labios fruncidos y los ojos aún brillantes—. Tú eres peor. Suéltame.

Lo hice. Retrocedió para abrir hueco entre nosotros. Me miraba como si fuese una amenaza, y eso me revolvía las tripas. Comprendí que había metido la pata hasta el fondo. Debería haberme quedado y hablarlo con ella, en vez de abandonarla, pero tenía un motivo, un propósito, y algo que tenía que recoger antes de que pudiésemos seguir adelante.

—Te pido disculpas por haberte hecho marchar. Pasaron muchas cosas y... —Me detuve. No se lo podía decir así, ni en ese lugar—. Ven conmigo. Por favor. Necesito que me ayudes con algo.

Se estrechó el cuerpo con los brazos.

—No.

—¿No? —Arqueé una ceja.

—No. Voy a hacer como tú. Quizá debería desaparecer unos cuantos días. ¿Y si me voy a un prostíbulo? Me han dicho que los tríos son estupendos para curar los corazones rotos. Ah, espera. No puedo porque el puto universo me quiere dar caza, y qué…

Me lancé hacia ella y las palabras le murieron en los labios. Me agaché, le rodeé los muslos con los brazos y me la eché sobre el hombro. Chilló y se debatió; sus manos se me clavaban en la espalda.

—Bájame. —Intentó darme una patada, pero le sujeté las piernas con más fuerza.

—No.

—Hueles a vino rancio y a sexo —siseó. Me dio un golpe en el hombro—. ¿Qué pasa? ¿Te fuiste en busca de una cogorza y una mamada?

—Para ser sincero, estuve en un burdel.

—¡Lo sabía! —Me clavó las uñas en el hombro con un grito casi demoniaco—. ¡Bájame! Te voy a matar. Ya no tendrás que preocuparte de que Nismera te descubra.

—¿Podrías dejar de morderme? —Ajusté la posición en la que la sostenía—. No fui en busca de sexo, sino a visitar a un viejo amigo que se oculta allí. Es capaz de hacer… cosas.

Dejó de morderme la espalda.

—¿Qué cojones significa eso?

—Ya lo verás.

Tracé un pequeño círculo con el brazo. Al usar mi poder me dolió el costado. El aire se dividió en dos con un susurro y lanzó rodando por el suelo el polvo y la basura. Dianna gruñó y me mordió otra vez, pero ya habíamos cruzado el portal y desaparecido.

XIV
DIANNA

Samkiel me bajó y mis pies se posaron en el suelo. Me aparté de él sin decir nada. El portal giratorio se cerró a nuestras espaldas. Miré a mi alrededor. Por la pinta, diría que estábamos en una ciudad abandonada. En el centro se elevaban edificios semiderruidos e infraestructuras en ruinas, y a unos cuantos kilómetros una gran construcción semejante a una catedral parecía observarnos.

Samkiel pasó junto a mí, escudriñando el horizonte y el suelo como si estuviese tratando de escuchar algo. La carretera adoquinada estaba agrietada y las piedras se alzaban formando patrones irregulares, como si algo se hubiese movido por debajo a tanta velocidad que hubiese empujado el firme hacia arriba.

—¿Qué hacemos aquí? ¿Qué sitio es este?

Samkiel se detuvo y estudió con atención una callejuela estrecha, pero yo solo vi más edificios abandonados y derruidos.

—Un antiguo lugar donde antaño nos reuníamos para realizar ceremonias. Estaba en el centro del Inframundo. Venían grandes reyes y reinas de todas partes. Ahora, después de caer bajo el poder de Nismera, no parece gran cosa, pero en aquel entonces era un sitio muy hermoso.

Miré la ciudad oscura y vacía y traté de imaginarlo, pero estaba todo en tal mal estado que no fui capaz.

—Ah. ¿Y viniste a muchas ceremonias aquí?

Samkiel se detuvo y me indicó por señas que guardase silencio. Puse los ojos en blanco, pero me callé. Siguió caminando calle abajo y yo lo seguí con un suspiro.

—¿No vamos a hablar de nada? —pregunté con irritación.

Se volvió hacia mí y se llevó el dedo a los labios.

Levanté los brazos, exasperada.

—Aquí no hay nada. No se oye ni un latido aparte de los nuestros.

—Dianna —siseó mientras se agachaba para asomar la cabeza en una esquina. Me lanzó una mirada penetrante—. Cállate.

Apreté los labios y sacudí la cabeza. Me paré detrás de él, de brazos cruzados, dando golpecitos en el suelo con el pie. Se enderezó y luego se agachó para cruzar una puerta baja. Lo seguí al interior del edificio medio derruido, sin tener que agacharme. Di con la cara en una telaraña y me aparté y le di un manotazo, cada vez más frustrada. Me froté las manos para quitarme aquella sustancia sedosa y tirarla al suelo.

Los ojos de Samkiel me taladraron.

—Silencio, Dianna.

El fuego estalló en mis palmas, lo bastante caliente para fundir el acero. Le devolví la mirada.

—Juro por los dioses, Samkiel, que como me hagas callar una vez más…

Sus ojos se dilataron ligeramente y centró la mirada en algo que había detrás de mí. Oí un golpeteo y me di la vuelta con todo el vello del cuerpo de punta. Sobre la pared había un cuerpo momificado envuelto en telarañas blancas. Una bestia de muchas patas y protegida por un caparazón oscuro me miró con una docena de ojos. Abrió la boca para gritar y desplegó las alas moteadas de naranja y negro. Algo voló junto a mí con un zumbido y una daga ardiente le atravesó la cabeza. Las alas colgaron, flácidas, y el cuerpo quedó inerte, con la cabeza clavada en el muro.

Las llamas de mis manos se apagaron y la sala se sumió de nuevo en la oscuridad.

—Vale. Algo me dice que esta ciudad no está abandonada, sino invadida por bichos carnívoros gigantes, y ahora tenemos que matarlos a todos. Genial. ¿Te he dicho alguna vez lo mucho que odio los bichos?

El cuerpo de la bestia se sacudió y yo me estremecí. Se me revolvieron las tripas, y no solo por el bicho gigante ensartado en la pared. Me sentía herida. ¿Para eso me había traído aquí? ¿Con todo lo que había pasado? Si ni siquiera habíamos hablado de ello. Samkiel había dado por supuesto que yo me lanzaría de cabeza a la siguiente misión, pero no podía. Alcé los brazos, frustrada.

—Samkiel, no puedo hacerlo. No puedo fingir que no ha pasado nada entre nosotros. Te fuiste y…

Me volví hacia él y me quedé inmóvil, con todos los músculos del cuerpo agarrotados. No por miedo a los centenares de bichos voladores que, con toda probabilidad, infestaban la ciudad; sino porque Samkiel, el Destructor de Mundos, la Destrucción Encarnada y el legendario rey dios en los doce dominios, estaba arrodillado frente a mí. Levantaba una mano, en la que sostenía un anillo de plata resplandeciente con una joya transparente cortada en rombo. El metal brillaba a la escasa luz y la piedra preciosa y las cuatro gemas menores que la rodeaban centelleaban como la luz de las estrellas. Emanaba un poder cegador que casi podía saborear.

—¿Qué? —La palabra se escapó de mi boca como un susurro mientras mi mirada alternaba entre él y el anillo. Me sonrojé; el corazón se me iba a salir del pecho. Di un paso atrás.

—Quería hacerlo de otra manera, pero me temo que la aparición de esa bestia significa que pronto vendrán más. No hay ningún sitio perfecto para esto. Ninguno sería lo bastante perfecto para ti, pero dondequiera que tú estés es perfecto para mí.

Mi cerebro se colapsó por completo, incapaz de entender lo que sucedía. El suelo tembló bajo nuestros pies; o quizá era yo, y todo mi mundo se tambaleaba.

—Así es como se hace en Onuna, ¿no? Se arrodillan y confiesan su amor imperecedero. —Frunció el ceño, preocupado—. ¿Lo estoy haciendo mal?

Era incapaz de respirar, de pensar. Ante la imagen de Samkiel arrodillado frente a mí, sosteniendo el anillo, cualquier semblanza de lenguaje desapareció de mi cerebro. El corazón me palpitaba con fuerza y la garganta se me había quedado seca.

—¿Qué es esto? ¿Qué está pasando? —logré decir entre jadeos.

—Diría que ahora es cuando te pregunto. —Su sonrisa fue tan dulce, tan tierna, que me rompió el corazón—. Dianna, ¿quieres…?

—No.

Frunció el ceño y se puso de pie. Me aparté del anillo que sostenía como si me ofreciera veneno.

—¿No?

Negué con la cabeza.

—No.

Abrió la boca; sin duda, para decir algunas palabras bonitas que yo me iba a creer; pero no podía dejar que las pronunciase. Había demasiadas cosas pendientes entre nosotros, muchos temas sin hablar, muchas razones, preguntas y respuestas. Y, todavía más importante que la pelea, estaba el hecho de que yo hacía daño a aquellos a quien amaba. Lo iba a herir, y me negaba a hacerlo de nuevo.

—¿Por qué me pides algo así? —le corté.

Se estremeció como si le hubiese dado una bofetada.

—Porque te amo.

Amor. Pronunciaba la palabra sin el menor esfuerzo, como si los últimos días no hubiesen existido. Me amaba. Lo sabía desde que estuvimos en el túnel, pero oírselo decir ahora solo me retorció las entrañas. Me amaba, y yo era lo que menos le convenía.

—¿Por qué? —Mi voz no era más que un susurro.

—¿Por qué te amo? —Se puso muy serio.

—Si. ¿Con todo lo que he hecho, y por lo que te he hecho pasar…? Y, sobre todo, de un tiempo a esta parte. —Samkiel me miró con una expresión de absoluta incredulidad, como si hubiese dicho la mayor estupidez imaginable. El suelo retembló otra vez; lo noté, más que oírlo—. No me mires así. —Sacudí la cabeza—. Te mentí.

—Lo sé —confirmó.

—Te hice daño. —Se me quebró la voz—. Como se lo hice a ella.

Mi pecho se abrió de par en par, y me pregunté si podría ver el oscuro y dañado corazón que se alojaba en su interior. Que seguía magullado y ensangrentado, por muchas palabras y muchas sonrisas dulces que me ofreciese. Por mucho que se esforzase en arreglarme, yo seguía siendo un ente roto y violento. Mientras peleábamos comprendí que eso nunca iba a cambiar. Me pasé eones sobreviviendo sola, siendo brutal en un mundo brutal. Él necesitaba un amor inocente, seguro, y lo único que yo podía ofrecerle era un infierno vengativo. Mi amor, en vez de suave y delicado, era cortante; pero me negaba a que él volviese a sangrar por mi culpa. Eso no era un amor sano. Hasta yo me daba cuenta de ello.

—Dianna.

—No —dije con voz firme. Hablaba en serio. Retrocedí y mis botas despertaron ecos en el podrido suelo de madera. Agité la mano hacia ese maldito anillo que sostenía en la palma de la suya.

—Samkiel, no te voy a imponer una vida horrible, como le hice a ella. No te lastimaré como la lastimé a ella. Me niego.

La emoción estalló en su mirada mientras avanzaba hacia mí. La luz que se colaba por la mitad faltante del edificio le iluminaba la cara. Samkiel era luz del sol, pura y radiante, pero al acercarse a mí se adentró en la oscuridad. Yo era esa oscuridad. Imposible representar mejor lo que yo quería evitar que sucediese.

—Te he dicho un millar de veces que no hay vida horrible contigo, solo sin ti. —Su voz era firme, inquebrantable. Samkiel era, antes que nada, un guerrero, y supe que en esta lucha no se iba a rendir—. Sí, hemos peleado. La gente que se quiere mucho lo hace. Sí, al mentirme me hiciste daño, pero sé a qué se debió.

—Para. —Levanté las manos—. Deja de buscarme excusas. Ambos sabemos la verdad. No te convengo. No nos convenimos el uno al otro. Existo, ambos existimos, para combatirnos el uno al otro.

—Sé lo que estás haciendo, y lo odio. —Avanzó otro paso hacia mí y yo a mi vez retrocedí para mantener la distancia entre nosotros. Porque tenía que hacerlo; lo necesitaba. Se dio cuenta, vio mi reacción y sus ojos ardieron con más intensidad que ninguna llama que yo pudiese invocar—. No hagas eso. No te atrevas a apartarme otra vez, como hiciste en Rashearim. Ni ahora, ni nunca.

—Y eso lo dice alguien que me apartó de él hace tres días. Me obligaste a irme porque necesitabas tiempo.

—Sí, porque estaba dolido. —Alzó un poco la voz—. Me hiciste daño, Dianna. Necesitaba tiempo para pensar, pero no porque pretendiese abandonarte. Necesitaba tiempo para procesarlo todo, y para fabricar esto para ti —dijo Samkiel, con el anillo de nuevo en la mano.

—Bueno, pues no lo quiero. —Le di la espalda y me alejé a paso rápido del edificio en ruinas, de nuestro futuro en ruinas.

—¡Estás portándote como una cobarde! —me gritó.

Frené en seco y me volví a mirarlo.

—¿Cómo?

—Ya me has oído. Eres una cobarde. Te da miedo todo esto, y lo que pueda significar, así que haces lo mismo de siempre. Te cierras en banda para protegerte, porque crees que te voy a hacer daño. Huyes porque lo que te ofrezco te da miedo. —Salió a zancadas del edificio en ruinas, levantando nubes de polvo—. Y no puedes huir en cuanto te asustas. No puedes abandonarme cuando las cosas se ponen difíciles, Dianna. Eso se acabó.

El corazón me retumbaba en el pecho. Cada una de sus palabras rompía la montaña de compuertas de acero con las que protegía las partes más vulnerables de mí. Las había abierto todas de par en par.

—No es eso lo que estoy haciendo. —Mentí como una bellaca, pero Samkiel veía a través de la maraña de mentiras con precisión milimétrica—. Mira, hiciste bien en alejarme, ¿de acuerdo? Hay demasiadas cosas entre nosotros…

Se acercó y me cogió del brazo, disolviendo así en un instante el espacio que yo había creado para separarnos.

—Me prometiste no hacerlo. Cuando estábamos en aquel maldito balcón, me prometiste que te quedarías, pasara lo que pasase. Prometiste que nunca me volverías a abandonar.

Me aparté de él. Ambos teníamos los ojos arrasados de lágrimas.

—Me pides demasiado y no sé si puedo dártelo.

Samkiel no se dejó amilanar.

—Entonces, perder el alma está bien, pero el matrimonio… ¿es demasiado para ti?

No contesté; apenas podía respirar, solo jadeaba. El collar que le di aquella noche brillaba a la luz del sol. Tenía razón. Siempre tenía razón, pero esto… Era una prueba más de su devoción, y yo estaba muy asustada. Los monstruos no me daban miedo, la oscuridad no me producía escalofríos; dioses, ni siquiera los bichos eran tan terroríficos como esto. Que Samkiel me ofreciese su maldito corazón me aterrorizaba porque sabía que, tarde o temprano, volvería a meter la pata. Lo haría pedazos, y luego no podría vivir conmigo misma.

—Esto es lo que hay. —Sostuvo el anillo entre nosotros; los brillantes resplandecían bajo la luz del sol poniente—. Pase lo que pase.

—Te haré daño. —Me salió una vocecilla débil, desgraciada, justo como yo me sentía.

—Pues házmelo. —Su mirada se dulcificó. Se acercó hasta que nuestros cuerpos casi se tocaron—. Pero no me dejes.

El mundo se sacudió bajo mis pies, con un estruendo tan profundo que me hizo trastabillar. Samkiel me sujetó, y ambos nos volvimos a mirar hacia el edificio medio derruido, que derramaba en el cielo, como una erupción, una horda de bestias voladoras.

—¿Qué es eso?

—Un enjambre —susurró Samkiel—. Y acaba de despertar.

El suelo se dividió en dos y nos separó. Las grietas lo cubrieron y se extendieron hacia nosotros. Incluso en ese momento, nos distanciábamos. El universo trataba de reajustarse y restablecer el equilibrio. Y allí estaba yo, haciendo lo único que sabía hacer. Irme.

Nuestras miradas se cruzaron y el mundo tembló de nuevo. El cielo se oscureció. Una espesa nube de esos seres bloqueaba la luz del sol poniente. Horrorizada, vi cómo el suelo se agrietaba y se abría bajo sus pies y se lo tragaba por completo. Y el universo, ese cabrón odioso y cruel, se rio.

XV
DIANNA

Al verlo desaparecer bajo el suelo, algo se activó en mi interior. Lo sentí en los huesos. Dentro de mí se abrió un pozo de dolor que amenazó con devorarlo todo. El mundo se sumió en el silencio. Mi forma cambió, y pasó de dos piernas a cuatro patas. Por todo el cuerpo me brotó un pelo grueso y oscuro. La mandíbula se estiró, llena de dientes afilados y rematada por una nariz muy sensible. Plegué las orejas sobre el cráneo al tiempo que un rugido de cólera escapaba de mi garganta. Me lancé al túnel tras él sin dudarlo un instante. Las grandes patas golpeaban el suelo y las garras se clavaban en la tierra y me impulsaban más deprisa.

Era una estúpida. Estúpida, estúpida, estúpida, y además de eso, una puñetera mentirosa. Podía fingir que sabía lo que más nos convenía, que dejarlo era la opción más sensata, pero eso era mentirle a él y, sobre todo, a mí misma. El dolor físico que había sentido cuando Samkiel desapareció bajo la tierra fue casi tan terrible como cuando la muerte me desgarró el alma en dos. Me había hecho rememorar aquel momento, la angustia de sostenerlo en mis brazos mientras moría.

Sabía que, para tenerlo cerca, reduciría los océanos a vapor, los cielos a polvo y los mundos a escombros. Amor era una palabra demasiado débil para expresar lo que sentía por él y que odiaba decir en voz alta. No significaba nada. Por fin comprendía por qué contaban historias sobre perder a tu amata, y por qué Logan reaccionó de aquella forma tan salvaje cuando sintió a Neverra en Yejedin. Ahora lo comprendía, y sabía que la auténtica pérdida de tu alma gemela era uno de los peores dolores conocidos en cualquier dominio.

No era agudo y penetrante, sino una agonía que te disolvía los huesos, te abrasaba la carne y cavaba un pozo tan profundo en tu interior que te hacía rogar por una muerte rápida para volverte a reunir con la otra persona. Así que no era amor, no. Era algo más necesario, como el aire en los pulmones, como la sangre en las venas. No era una emoción nebulosa que iba y venía a capricho. Era un vínculo casi físico, tangible y constante.

Recorrí a la carrera el laberinto de túneles, haciendo pedazos a cada insecto bestial que me siguiese, fuese a rastras o volando. Sus fluidos me manchaban los dientes y las mandíbulas, pero eso solo alimentaba mi cólera. Destrozaría cualquier cosa que se cruzase en mi camino sin pensármelo un instante. No podía explicar la sensación que me ardía en el pecho y reptaba por mi interior. Por él sería capaz de romper cualquier límite. Lo había arrancado de las garras de la muerte. Esas cosas no me lo iban a arrebatar.

Sus exoesqueletos crujían entre mis dientes y sus gritos de muerte me resonaban en los oídos. Me deleité con ello. Mataría a cualquier ser que se atreviese a tocarlo, y lo disfrutaría.

Un grito atravesó la colmena. No era un insecto, sino mi atadura a este mundo; una voz grave, masculina y dolorida. Me paré a escuchar y concentré toda mi energía en localizarlo en este laberinto. Oí los gruñidos de alguien que combatía y el ruido del acero que resonaba en el aire. Miré un agujero que se abría sobre mí y me agaché para asentar el poder en mis huesos. Salté y mis patas traseras me propulsaron a través del agujero y luego hacia abajo, a otro túnel. Los sonidos del combate se hicieron más intensos. Me abrí paso hasta una pequeña gruta; un batir de alas anaranjadas me adelantó. Me lancé a por el ser más próximo y le clavé hasta el fondo los dientes serrados. Mientras los rasgaba y lo destrozaba, me goteaba la sangre por las quijadas. Supongo que iban en busca de Samkiel, porque se dispersaron enseguida en vez de quedarse y enfrentarse conmigo.

Me giré con las orejas alzadas para poder escuchar una vez más. Los sonidos de lucha me llegaban desde la izquierda, y luego lo oí a él por la derecha. Me llegaba un eco de debajo de mí. Joder, los huecos amplificaban el sonido. Inspiré hondo y la información me inundó.

Rugí y me lancé a toda velocidad por el túnel. Frené derrapando y levantando polvo hasta detenerme al borde de un enorme agujero en medio el túnel. Eché un vistazo, y salté.

Aterricé sin hacer ruido en una caverna oscura y vacía. El techo y las paredes estaban cubiertos de oquedades. Algunas se abrían a otros túneles y otras estaban tapadas por telarañas cristalizadas. Entorné los ojos y me acerqué a uno de los huecos tapados. Se me erizaron los pelos al captar el olor de la carne putrefacta. Contenía un cadáver en un capullo. Joder. Había centenares. Estaba en el centro de la puta colmena.

A mi alrededor, por todas partes, se oían unos chirridos inquietantes. Di una vuelta completa sobre mí misma, poco a poco, con los colmillos al descubierto; esperaba ver a alguien detrás de mí, pero lo único que había era vacío y oscuridad.

—Te brillan los ojos de color rojo, ¿y sin embargo masacras a mi horda? —Se oyó el eco de una voz rasposa que me produjo escalofríos—. Tú y yo estamos en el mismo bando.

—Lo dudo —gruñí. Separé los labios y gruñí. Esperaba que mis palabras fuesen lo bastante claras—. ¿Cómo es que puedo entenderte? —pregunté a continuación.

—Eres Ro'Vikiin renacido.

Recorrí la caverna para tratar de localizar el origen de la voz. Así que me oía y me comprendía igual que yo a ella. No era como otras bestias con las que solía tratar. Si sabía algo sobre los bichos de una colonia o una colmena como esa era que solían tener una reina. No dudaría en apostar que la reina ahora mismo me vigilaba desde su tenebrosa guarida.

—¿Por qué no dejan de llamarme así? —Le lancé una tarascada al aire; sentía algo antiguo y poderoso que daba vueltas a mi alrededor.

—Tu sangre lo dice a gritos, y además proteges a un Portador de Luz, como hizo él. ¿Por qué proteges así al Portador de Luz? Para los nuestros son una plaga —dijo. La voz chirriante y rasposa me daba ganas de enseñar los dientes en un gruñido silencioso.

¿Portador de Luz? El corazón se me aceleró y clavé las garras con más fuerza en el suelo. Samkiel.

—¿Dónde está? —Chasqueé los dientes.

Algo se arrastró por encima de mí y me llovió polvo. Levanté la cabeza, con las orejas aplastadas contra el cráneo.

—Eres una desgracia. Repugnante. Traidora. Como el que te precedió.

—No tengo tiempo de acertijos —gruñí.

Oí más movimiento por encima de mí, y la caverna se sumió un poco más en la oscuridad. Me estaba distrayendo mientras tapaba las salidas para quitarme hasta el último resquicio de luz y así cegarme del todo.

—Nada de acertijos. El cosmos estuvo envuelto en la oscuridad durante eones antes de que llegase al mundo esa maldita luz. Nos apartó y nos aisló en mundos distintos. Cómo odiamos la luz. Y, sin embargo, tú está cubierta de ella. Ese hedor. Menuda desgracia.

Cerré los ojos para concentrarme y las orejas se agitaron. Oí las patas a la derecha, pero me quedé quieto, escuchando. Muy por debajo de mí, oí gruñir a Samkiel. Sentí que algo tiraba de mí hacia él, como una cuerda que nos uniese. En cuanto lo localicé, el tirón se hizo más fuerte. Abrí los ojos de repente y me di cuenta de que en la caverna se había hecho un silencio mortal.

—La luz terminará con todos nosotros, y tú arderás con ella, como lo hizo Ro'Vikiin —siguió la voz desde algún lugar por encima de mi cabeza. De haber podido sonreír en esta forma canina, lo habría hecho.

—Ah, ¿sí? No paras de hablar de quemar. Yo que tú elegiría las palabras con más cuidado.

Eché la cabeza hacia atrás justo cuando esas mandíbulas inmensas se abrían encima de mí. Ocho ojos enormes se me quedaron mirando y los ocho se abrieron de asombro al ver el brillo anaranjado de mis llamas. El fuego se acumuló en el fondo de mi garganta y se abrió paso hacia el exterior. La bestia lanzó un grito y huyó al otro extremo de su nido. Inspiré de nuevo y liberé un torrente de fuego que desgarró cada telaraña que había construido. Su furia hizo temblar la caverna. Sin dejar de quemar aquel lugar, busqué un túnel que llevase hacia abajo. Una parte de la telaraña se derritió, y allí estaba. Perfecto.

Corrí clavando las garras en el suelo; sentía el roce áspero de sus patas en mi cola y el ruido atronador que me perseguía. Salté. Su cuerpo, demasiado grande para seguirme, se estrelló contra el suelo. Sus gritos hicieron que me dolieran los oídos, pero casi no me di cuenta. Cuando el polvo levantado por mi aterrizaje se asentó, vi que había caído al mismísimo infierno.

XVI
DIANNA

Distinguí su armadura plateada en el centro de la caverna, rodeada por un enjambre de bichos. Me detuve en seco mientras él blandía la espada, que cortaba miembros y dividía torsos en dos. Para un hombre de su tamaño, Samkiel se movía con gracia y elegancia. Era, de los pies a la cabeza, un guerrero entrenado para matar, y nada se interponía en su camino. Caían uno tras otro, y uno tras otro surgían más de los agujeros que nos rodeaban.

Portador de luz.

Es lo que había dicho la reina. Samkiel siempre había sido su objetivo y aunque era un espadachín asombroso, la diferencia numérica era aplastante y, a juzgar por sus movimientos, empezaba a cansarse. Le dolía el costado y no disponía de todo su poder, que seguía repartido por el cielo. Una niebla oscura envolvió mi figura y volví a ser yo misma. La ira destelló en mi interior. Esas malditas bestias amenazaban con robármelo.

Me abrí paso hasta él y le arranqué la espada de la mano. Me miró con asombro desde detrás de su protector facial mientras yo la volteaba sobre mi cabeza y partía por la mitad dos de aquellos seres.

—Moriría por ti. —Casi tuve que gritar para hacerme oír sobre el chirrido de los bichos.

Uno de ellos chilló y se acercó a nosotros mientras yo miraba a Samkiel. Giré la espada en la mano y la empuñadura me quemó la palma, pero no me importó. La clavé con fuerza en la bestia que cargaba hacia mi espalda, sin dejar de mirarlo ni por un instante. Samkiel me estudió mientras limpiaba la sangre de la hoja.

Sacudió la cabeza y, con un gesto de la muñeca, invocó otra espada.

—¿Y crees que yo no haría lo mismo por ti?

—Te amo. Lo eres todo para mí y lo has sido desde hace ya mucho tiempo.

Di un latigazo con la espada sobre mi cabeza y la sangre de una bestia decapitada me salpicó. Samkiel y yo luchábamos, pero no nos quitábamos ojo el uno al otro.

—Pues tú lo eres todo para mí —gritó Samkiel a su vez. Dio una estocada en dirección a mi costado y empaló a un bicho que trataba de alcanzarme.

—Soy una estúpida. —Alcé el pie y lo descargué sobre una cabeza que lanzaba dentelladas hacia mí—. Estaba equivocada. Prefiero luchar cada día a tu lado, antes que pasarlo sin ti.

Samkiel levantó la mano y su luz pasó zumbando junto a mi cabeza y me calentó la mejilla. Sentí una salpicadura húmeda y cálida al explotar el ser que cargaba contra mí por detrás.

—Y yo.

Me giré para colocarnos espalda contra espalda mientras los bichos chirriaban y batían las alas.

—Genial.

—Estupendo —resopló. Nos apartamos de un empujón.

Seguimos cortando y mutilando; los miembros y las alas volaban. Pronto todo el suelo estuvo cubierto de cadáveres y de patas que se estremecían. Mientras descargaba un golpe, Samkiel levantó la cabeza. Yo también lo había oído. Más bichos llegaron arrastrándose desde la derecha. Llegaban de los agujeros de ese lado. Ese era su origen, el punto de entrada.

—Sami. —Señalé hacia la abertura principal. Era la mayor y les permitía llegar en oleadas.

—Estoy en ello —respondió.

Rozó el anillo y recogió la espada ardiente. Un instante después se formó en su mano un arco de plata, casi tan alto como él, grueso en el centro y luego curvado hacia los extremos. Tensó la cuerda y apareció una flecha de luz. Las bestias situadas cerca del túnel se detuvieron.

Era todo lo que necesitaba. Samkiel dejó ir la flecha, que golpeó sobre la entrada principal. La pared tembló y la roca se escindió. Cayeron peñascos que aplastaron a los bichos que intentaban escabullirse. Asqueada, contemplé las patas que se estremecían entre los peñascos y oí el retumbar profundo que atravesaba los túneles. Por un momento me preocupó que la caverna se colapsase, pero aguantó intacta.

Samkiel me miró. Tras el protector facial, sus ojos eran plata fundida. El frío de la batalla se había retirado, sustituido por el mismo calor que veía en sus ojos cuando me miraba.

—Me encontraste.

—Si tú me encuentras, yo te encuentro —jadeé. Le pasé la espada. En cuanto le tocó la mano la devolvió al anillo—. Así trabajamos nosotros.

Esbozó una sonrisa casi imperceptible y miró a su alrededor. El ruido de bichos que se arrastraban en otra zona fue una diversión bienvenida; la conversación anterior era como un peso muerto entre nosotros.

—La colmena es un laberinto.

—Sí, me he dado cuenta —dije.

—No vuelvas a quitarme un arma ardiente. —Me señaló con la barbilla la palma de la mano—. ¿Qué tal va esa mano?

La levanté. La piel se iba cerrando poco a poco.

—Casi como nueva. Tampoco la he empuñado tanto rato.

Samkiel asintió y cerró la mano como si quisiera tocarme para comprobarlo. Avanzó y los restos de bichos crujieron bajo sus botas. No vino hacia mí, sino que me rodeó. Levantó la cabeza e inspeccionó la caverna y los túneles de donde habían salido las bestias, para asegurarse de que todo estaba despejado. Sabía lo que hacía. Evitaba el contacto visual; todo el contacto, de hecho.

Ladeó la cabeza hacia la derecha para fijarse en un agujero que destacaba por su anchura.

—Esta colmena debe de pasar por debajo de toda la ciudad.

—Tiene sentido. Ahí atrás encontré cuerpos envueltos en capullos. Montones y montones de ellos. —Me puse a su lado y él me rodeó con un movimiento ágil.

—La colmena se habrá hecho con toda la ciudad. Como se puede ver, excavan sus colmenas bajo tierra, pero, hasta donde yo sabía, no salían del Altermundo. Aquí hay menos exposición solar. Alguien debe de haberlos traído. De lo contrario no sé cómo habrían podido llegar tan lejos por sí mismos. Quizá una nave de transporte, o algo así.

—Supongo que tiene sentido. Pero me pregunto quién los traería aquí, y para qué. —Suspiré y me crucé de brazos.

—No lo sé, pero lleva mucho tiempo anidada aquí. No hay manera de saber cuántos huevos habrán eclosionado. Hay que encontrar a la reina. Si la matamos, la horda muere. Pero si la dejamos con vida, reconstruirá la colmena y la repoblará.

—Sami.

Se volvió con una mirada de dolor, no de esperanza. Levantó la mano para detenerme, pero cerró los dedos poco a poco en un puño.

—Aquí, no. Ni ahora. Cuando nos vayamos, podremos hablar, pero ahora hay que encontrar…

—Pregúntame de nuevo —lo interrumpí.

Samkiel se giró a mirarme y recogió el yelmo, que desapareció en el collar de su armadura. Su rostro estaba empañado de confusión.

—¿Qué?

—Pregúntamelo de nuevo.

Di un paso al frente, con los dedos entrecruzados frente a mí. Ambos estábamos cubiertos de sangre y vísceras y los dioses sabían qué más. La situación no tenía nada de romántica, pero cuando lo miré solo detecté calidez. Era la única persona que jamás me abandonaba, por muy cruel, malvada o mezquina que fuese.

Samkiel estuvo a mi lado cuando perdí a una de las personas más importantes de mi vida, y me sacó de uno de mis momentos más oscuros. Nunca me juzgaba, nunca dudaba; su amor y su lealtad eran una constante. No me lo merecía, y quizá él tenía razón. Algún resquicio oscuro y profundo de mí se regocijó ante la idea de que, por fin, yo había hecho algo capaz de separarnos para siempre.

Mis temores ya no estaban presentes, porque se habían hecho realidad. Él era, en verdad, demasiado bueno para mí, y me sentía más cómoda abandonándolo. Era lo más seguro. Así podía proteger mi corazón, mi alma. El problema era que ni uno ni la otra me pertenecían ya a mí. Eran suyos desde hacía ya bastante tiempo. Había recogido una a una las piezas rotas y fragmentadas, y las había vuelto a unir. De algún modo, me había curado y gracias a él volvía a estar completa. Así que, aunque mi amor era algo oscuro, poderoso y brutal, no por ello dejaba de ser amor.

—Si te lo pregunto de nuevo, ¿me vas a decir que no? Porque no sé si soy capaz de soportarlo.

—¿Quieres saber la verdad?

Asintió. A ninguno de los dos parecía importarnos que todavía hubiese que matar a la reina, o que hubiera varias entradas por las que podían colarse esos malditos bichos.

—Pensé que era totalmente evidente. —Dejé escapar el aliento—. Soy una idiota.

Levantó la cabeza, sorprendido.

—¿Qué? No. Eres una de las personas más inteligentes que conozco, o que haya visto jamás.

Negué con la cabeza.

—En lo tocante a ti, no.

Su mirada se dulcificó; tragó saliva como si contuviera las palabras que había estado a punto de decir.

—Tienes razón en mucho de lo que dijiste —seguí—. Cuando las cosas se ponen difíciles, huyo. A veces, encierro las emociones en mi interior y dejo a todo el mundo fuera. Siempre me pongo en lo peor, así que pensar que me ibas a dejar tenía sentido. Cuando hiciste que me marchara, creí que por fin te habías dado cuenta de lo dañada y lo rota que estaba, y que habías decidido que te merecías a alguien mejor. Así que me propuse asumirlo. Decidí que, de todas formas, te ayudaría a recuperar a tu familia y a salvar esos malditos dominios que tanto te importan. Aunque me odiases por mentirte y por hacerte daño otra vez y no quisieras saber nada de mí. —Guardé silencio, retorciendo las manos, pero no quise apartar la mirada. Se merecía saberlo—. Por eso, cuando me preguntaste, me asusté. No era lo que esperaba. Samkiel, tú no eres en absoluto lo que yo podría esperar. Demuestras, a cada paso, que mis mayores inseguridades son falsas, y me enseñas que alguna gente es buena. Me haces sentir. A veces, tener una relación contigo es muy duro para mí porque me importa muchísimo. No quiero estropearla, estropear lo que hay entre nosotros, y no sé lo que estoy haciendo. De modo que sí, tienes razón. Soy una cobarde porque darme por vencida me pareció la opción más segura. Pero luego el suelo se abrió y tú desapareciste. Y eso me recordó, una vez más, que sin ti todo es mucho peor.

Cruzó los brazos sobre el grueso peto de la armadura. Me maravillé. Era el perfecto caballero de brillante armadura, y ahora me miraba con atención. Esperaba que me dijese que me equivocaba, quizá con unas palabras amables o un abrazo, pero no la sonrisa que se extendió poco a poco por su rostro.

—Tú también tienes razón.

—¿En qué parte de lo que he dicho?

—En que eres una idiota.

Dejé caer los brazos.

—¡Oye!

Dio un paso al frente, sin tratar de mantenerse a distancia como antes.

—Quiero que repitas, en esa magnífica cabeza tuya, lo que acabas de decir. Que me ibas a ayudar a salvar a mi familia y a los dominios, aunque creías que ya no te quería. Una vez más, pusiste a otros por delante de ti misma, de tus sentimientos y de tu corazón. No creas ni por un segundo que me merezco a alguien mejor que tú. No hay nadie mejor que tú. Jamás lo ha habido. Nadie es más valiente, ni más capaz de una generosidad tan absurda. Te lanzaste a una colmena llena de insectos con ácido que disuelve la carne…

—Espera. —Levanté la mano con un gesto de asco—. ¿Ácido que disuelve la carne?

—Sin preocuparte de ti misma, solo para salvarme. De modo que sí, eres una idiota.

—Yo solo…

Samkiel me cogió los brazos con suavidad.

—¿Cómo podría no estar completa y absolutamente enamorado de ti?

—¿Me amas? —Se me derritió el corazón.

—Con todo lo que soy y lo que llegue a ser jamás.

Mi mundo se paró, y esas palabras lo quebraron y lo reconstruyeron. No eran solo palabras, era una promesa, una declaración de dos personas a las que el mundo había quemado. Lo habíamos perdido todo y no queríamos volver a compartir la profundidad de nuestros sentimientos con nadie. Pero él me había ofrecido su corazón y yo, a cambio, le había entregado los fragmentos del mío. Lo que había entre nosotros era más que amor, y ahora sabía que siempre lo había sido.

Las lágrimas me impedían ver. Avancé hacia él y le rocé los labios con los míos. Movió la boca para profundizar el beso. Nos quedamos quietos y a continuación nos apartamos los dos con una mueca de asco.

—Un momento perfecto, estropeado por las tripas de los bichos. —Maldije y traté de quitarme la suciedad de la cara, sin lograrlo.

Samkiel hizo lo mismo y se echó a reír.

—No te rías. —Lo miré con mala cara—. No tiene gracia.

—Un poco sí. —Samkiel arrugó la cara mientras se limpiaba la boca de fluidos asquerosos—. No ha sido la mejor idea.

—No —coincidí—. Su sabor es igual de malo que su aspecto.

Samkiel hizo una mueca y bajó la mano.

—Siento haberme marchado como me fui. Mis intenciones eran buenas, aunque en aquel momento me sentía dolido.

—Yo siento haberte mentido —dije, y era totalmente sincera—. La verdad…

—Ya hablaremos más tarde. —Esbozó una sonrisa—. Primero tenemos que salir de aquí.

—Cierto. Matar a la megarreina.

—Pero antes. —Metió la mano bajo la armadura y sacó el anillo, envuelto en un fino tejido negro—. Dianna. Ayla. *Akrai.* Mi mundo, mi vida, mi amor. ¿Te casarás conmigo?

—No.

Frunció el ceño con tanta fuerza que me temí que se le quedase la cara congelada en esa expresión. Sonreí tanto que me dolieron las mejillas.

—Es una broma. Sí. Y mil veces, sí.

La caverna se estremeció con violencia y casi nos derribó. Un rugido resonó en el aire, demasiado fuerte para pertenecer a las bestias con las que nos habíamos enfrentado. Samkiel me sujetó mientras el suelo se movía a nuestros pies y nos hacía perder el equilibrio.

Nos dimos la vuelta en medio del abrazo. De todos los túneles surgían bestias, y los escombros y el polvo llovían a nuestro alrededor. La reina llevaba un cabreo de tres pares de narices y estaba sedienta de sangre.

—Espero que ese «sí» fuera en serio, porque ahora mismo tenemos un problemilla bastante grande.

Le ofrecí la mano, con el dedo extendido.

—Es un «sí». Ahora dame mi puñetero anillo.

Me puso el anillo en el dedo con una sonrisa adorable, presumida y masculina. El calor me cubrió la piel, como un hormigueo cálido que me recorrió todo el cuerpo y luego se desvaneció. Frotó la piedra con el pulgar, y una armadura plateada fluyó sobre mi cuerpo y me cubrió de los pies a la cabeza. Samkiel no solo me había ofrecido un anillo, sino además protección. Tenía muchas preguntas, pero la primera oleada de insectos ya caía sobre nosotros y la segunda no le iba muy a la zaga. Mi admiración y mi curiosidad tendrían que esperar.

XVII
DIANNA

La mano de Samkiel se cerró sobre la mía y, de un tirón, me sacó del agujero. Ambos respiramos hondo para llenar los pulmones de aire fresco. Samkiel se agachó y tiró de la pata amputada que, aún después de muerta, se aferraba con las garras a mi armadura. Consiguió liberarla y la tiró al suelo, donde siguió moviéndose de forma espasmódica. Le di una patada con mi bota blindada y cayó por el agujero.

La armadura de plata que me envolvía era idéntica a la de Samkiel, pero más femenina, y muy bien ajustada a mi figura. Lo miré a través de la rendija de la visera. Su armadura era muy impresionante, pero ahora sabía que no impedía respirar ni moverse. Era como una combinación de cuero y licra y con una capa endurecida por fuera, pero mucho más ligera de lo que me esperaba.

—¿Crees que hemos acabado con todos? —Mientras lo preguntaba escalé unos cascotes y me aparté del agujero, por si acaso.

Encogió el hombro poderoso.

—Da igual. La reina ha muerto, y los demás lo harán también. Están hechos de la misma sustancia que fluye a través de ella. Y no había eclosionado una nueva reina, así que ese linaje ha terminado.

—Qué listo eres. —Le sonreí, aunque él no pudiese verlo.

—No por gusto —resopló—. Yo antes me metía en muchos líos, ¿sabes? Y mi castigo era pasarme horas encerrado, estudiando, memorizando textos y lenguajes y… Bueno, ya te imaginas.

Asentí. Él devolvió la espada al anillo. Bajé la mirada hacia la mía y roté la muñeca para trazar la figura de un ocho entre nosotros.

—¿Por qué ahora no me quema?

—Mientras lleves esto —tocó mi hombro blindado—, no lo hará. Me he asegurado de ello. Las armas ardientes matan casi todo. Así es más seguro y no tengo que preocuparme.

—Sabes que vomito fuego y me convierto en una bestia gigante y escamosa, ¿verdad?

—Es por mi propia tranquilidad —dijo, con el ceño fruncido oculto por el yelmo.

—De acuerdo. —Con una risita, hice desaparecer mi armadura como lo hacía él. Solo quedó la espada—. ¿Cómo hago ese gesto tan guay que haces tú para que desaparezca?

Con el yelmo no podía verlo sonreír, pero sí las arrugas en las comisuras de los ojos. Me sujetó la muñeca y la torció para que el anillo me rozase el nudillo. La hoja desapareció al instante.

—Así.

Lo miré, sin acordarme de que no podía ver la sonrisa que le devolví.

—Gracias.

—No hay problema —dijo, y se me quedó mirando.

—¿Qué pasa?

Sacudió la cabeza.

—Nada. Es que es muy agradable tener a alguien que es tu igual en todo. Eres perfecta.

Cuando me miró, una calidez se extendió por mi subconsciente, atrayente y acogedora como la brisa marina en la orilla. Era una sensación encantadora, tranquila, pero, nada más tocarme, se desvaneció.

Aunque él no pudiese verme sonreír, la sonrisa seguía ahí.

—Luego, cuando diga algo que te moleste, recuerda lo que has dicho.

—Desde luego. —Asintió sin tratar de negarlo.

—O te haga enfadar —añadí.

—Ya haré una lista —respondió con humor.

Puse los brazos en jarras.

—¿Así que tenemos una gran pelea, discutimos y, tres días después, me arrastras a una ciudad derruida y abandonada para declararte y que matemos una especie de insectos invasores?

Señaló con la barbilla el gran edificio semejante a una catedral que había más adelante y empezó a caminar hacia él.

—No solo eso. Estamos aquí para recoger a la última oficiante en todos los dominios que puede llevar a cabo el ritual de Dhihsin.

—¿Qué? —grité. Lo seguía y casi perdí pie.

—¿Me he expresado mal? —Me miró de reojo por encima del hombro blindado.

—No, es que ha sonado como si quisieras llevar a cabo un ritual que en realidad no podemos celebrar porque no tengo alma. Ya no somos compañeros superespeciales, ¿lo has olvidado?

—Para mí, sí lo somos —dijo, sin la menor vacilación—. Y aún podemos celebrarlo. La marca no aparecerá, pero en todos los aspectos serás lo que en tu mundo llamarían «mi esposa».

En ese punto sí que tropecé de verdad. Estábamos doblando una esquina y me tuve que agarrar a un edificio medio destruido.

—Espera, para.

Lo hizo y se volvió para mirarme.

—¿Nos vamos a casar ahora? ¿Aquí? —Señalé con un gesto la ciudad destruida, llenad de cascotes, y que apestaba a muerte.

—No. —Miró de reojo lo que yo señalaba, y luego a mí—. Mientras estaba fuera encontré otro sitio. Quiero que el ritual se celebre allí.

—Sami. —Tenía un nudo en la garganta. De repente, me vino algo a la cabeza—. ¿Planeaste todo esto mientras estabas por ahí?

Me lanzó una mirada como si me hubiesen crecido cuernos.

—Sí. Ya que no podemos compartir la marca, quiero la siguiente mejor opción. Que todos los que nos crucemos sepan a quién pertenecemos. Quiero algo que pueda protegerte cuando yo no puedo hacerlo. Pensaba que había dejado claras mis intenciones…

—No, sí lo hiciste. Y es muy romántico. —Se me secó la boca al ver todo el cuidado y la planificación que había dedicado al asunto mientras yo creía que no quería saber nada más de mí—. Pero…

—¿Pero…?

Me encogí de hombros.

—Es que, en mi mundo, las parejas planean las bodas entre los dos. Y asisten la familia y los amigos, y es una gran celebración.

—Y en el mío. Pero nuestra familia no está con nosotros en este momento. Además, con lo que sabemos de mi resurrección y de lo que tú ya no tienes, me niego a buscarlos o a ponernos en peligro a ninguno de los dos hasta que hayamos terminado con esto. —No dije nada, pero detectó el cambio de mi postura—. Te lo juro, cuando podamos estar todos juntos tendrás la ceremonia más extravagante que puedas imaginar. Para celebrar ese día moveré hasta la última estrella. —Se me acercó y me cogió las manos—. Pero, ahora mismo, no sabemos si volveremos a tener tiempo para esto, ni cuándo será. Cada vez que tenemos un momento de felicidad, nos lo arrebatan. Me niego a esperar más. Quiero tenerte entera. Quiero amarte por completo y, si tengo que encontrar tiempo para ello, para nosotros, por los dioses antiguos y modernos que lo haré.

La tensión de mis hombros se relajó. Inspiré hondo.

—De acuerdo.

Samkiel me pasó la mano por la nuca blindada y luego se apartó y me tiró de la mano. Seguimos avanzando por la ciudad destruida, en silencio excepto por el sonido de las botas sobre las losas quebradas. Luego me vino a la mente otra idea.

—¿Sabes? —lo miré de soslayo mientras caminábamos cogidos de la mano—, no tengo vestido.

Siguió avanzando a grandes zancadas, sujetándome la mano con firmeza; me costaba un poco seguirle el ritmo. Era como si, ahora que yo estaba de acuerdo, no estuviese dispuesto a esperar más. Dejamos atrás más casas abandonadas y seguimos el camino hacia una pequeña colina.

—Sí tienes. Te he comprado uno.

—¿De verdad? —No pude contener la sonrisa, ni la calidez que me inundó el pecho.

—Sí. En nuestra tradición es parte de la ceremonia. Quien pide en matrimonio tiene que completar tres tareas. La primera es encontrar una joya para su pareja, y tiene que ser poco común. Es una señal de cómo ven a esa persona. Tu gema solo se encuentra en el centro de un pozo de lava activo y muy peligroso. La segunda es que debe encargarse de coordinar el evento. Al hacerlo demuestra que es capaz de cuidar a su pareja. La tercera es seleccionar los atuendos. Si a su pareja no le gusta lo que ha escogido, eso es que no se conocen ni se aman de verdad, y la ceremonia se cancela.

Sacudí la cabeza de puro asombro.

—La verdad es que es muy romántico.

—Sí, lo es. —Me apretó la mano un poco más fuerte.

Unas estúpidas lágrimas amenazaron con nublarme la visión. Nunca me habían amado así. Le devolví el apretón de manos, sin saber si lo sentía a través de los guanteletes.

—Así que, si odio el vestido, ¿podemos cancelar el compromiso?

—Sí —rio—, pero sobre eso no tengo la menor preocupación.

—Creído. —Choqué a propósito contra él.

Qué tonta era. Todo el tiempo que estuvo fuera me lo pasé poniéndome en lo peor. La parte de mí que seguía dañada estaba convencida de que sería como Kaden. Aunque sabía que Samkiel nunca me trataría como lo había hecho Kaden, todavía esperaba lo peor. Creí que había perdido la confianza en nuestra relación, cuando era yo la que había amenazado con echarme atrás. De verdad que no me merecía a este hombre, pero ya no me importaba. Era mío y me lo iba a quedar.

No tenía palabras bonitas que ofrecerle y se me daba fatal mostrar mis emociones, así que hice lo que siempre hacía.

—Te voy a follar hasta que pierdas el conocimiento —dije.

Se quedó rígido por completo y se detuvo casi tropezando. Los ojos estaban orlados de plata; no necesité verle toda la cara para saber cómo le habían afectado mis palabras.

—Bueno..., quiero decir..., en teoría, ahora podríamos. ¿Quieres? Este sitio está abandonado.

Con una mueca burlona, le solté la mano y, al pasar a su lado, le di un golpecito en el hombro.

—Ya me reventarás después de la ceremonia.

Primero exploramos los niveles superiores de la vieja estructura en ruinas, y luego decidimos adentrarnos escaleras abajo.

—¿Estás seguro de que aún vive?

Samkiel asintió y avanzó por delante de mí. Se tuvo que agachar para esquivar una viga.

—Eso dice mi fuente. Lo bueno es que es algo así como un hada de los aires. La energía del viento los alimenta, así que no pasan hambre. Son muy capaces de defenderse, y expertos en ocultarse, pero en general suelen ser dóciles. No creo que haya sentido la necesidad de huir atemorizada de las bestias que tan amablemente hemos destruido.

Extendió la mano y se la cogí. Bajamos los escalones de piedra labrada que descendían en círculo.

Al llegar al final de la escalera Samkiel me soltó la mano. Giró el pomo de una puerta de madera, pero no se movió. Se quedó inmóvil y ladeó la cabeza, atento.

—Está atrincherada por dentro. Y se oye un latido.

—Qué encanto —comenté.

Samkiel se echó atrás y golpeó la puerta con el hombro. La puerta cedió y lo que fuera que la retenía al otro lado arañó el suelo de piedra con un sonido atroz. Di un respingo y me tapé los oídos.

—Lo siento —susurró. Invocó una bola de luz en la mano y atravesó la puerta destrozada. No se movió nada, excepto un animal diminuto que siseó y huyó de la luz. Nos adentramos en la sala, que era un completo desastre. Había cajas amontonadas en un lado, volcadas y vacías; otras estaban hechas añicos. Samkiel se detuvo en el centro de la habitación y levantó la mano al tiempo que miraba a su alrededor. Se detuvo cuando su luz mostró un pasillo a la izquierda, junto a la esquina más lejana, medio oculto por una viga de soporte.

—Quédate aquí, por si acaso.

—¿Por si acaso qué? —quise saber.

No me respondió, pero al acercarse al pasillo oí un ruido de pasos a la carrera que llegaban de mi derecha. Un grito de guerra taladró el aire justo antes de que alguien me embistiera por el costado. Caí al suelo con gran estruendo, pero la armadura absorbió casi todo el impacto. Levanté las manos por instinto y detuve la cuchara oxidada que se dirigía hacia mi cara.

Una mujer de piel pálida y remolinos blancos dibujados en la cara me gruñó, dejando al descubierto unos dientes cónicos. En un momento me miraba con odio, y al siguiente Samkiel la había puesto de pie. Le arrancó la cuchara de la mano y la tiró a un lado.

—Cálmate, Everrine. —La voz de Samkiel estaba impregnada de poder.

Los ojos de color zafiro se apagaron y el labio inferior tembló. Le echó los brazos al cuello y sollozó. El vestido blanco y vaporoso que llevaba estaba sucio y andrajoso. Sin soltarse de él, empezó a hablar a toda velocidad. Menos mal que Samkiel me había enseñado la lengua común, o no habría pillado ni una palabra.

—Samkiel —sollozó. Se apartó para poderle echar un buen vistazo. Le sujetó el yelmo con las manos y tiró de él para darle un beso en cada mejilla.

La agarré del brazo y se la quité de encima sin hacer caso del siseo que me dirigió cuando la aparté.

—Es mío —aclaré. Al hacerlo me aseguré de que mis ojos brillasen con un rojo intenso.

Me echó una única mirada y salió corriendo escaleras arriba, gritando a cada paso.

—Conque dócil… —dije, de brazos cruzados.

—Suelen serlo. —Samkiel me puso la mano en el hombro—. Lo siento, yo…

—Ve a por ella antes de que la queme viva y tengamos que celebrar la ceremonia nosotros mismos.

—Sí, *akrai.*

XVIII
DIANNA

Salí del portal, inhalé casi como si fuese la primera vez que lo hacía, y mis pulmones recibieron con alegría el aire puro y dulce. Al avanzar, se me abrieron los ojos de par en par, y mi mirada saltó de un sitio a otro para tratar de encontrarle sentido a tanta belleza increíble. Cadenas montañosas y estrechas agujas se alzaban sobre los valles y los picos perforaban el azul deslumbrante del cielo. Los bosques se extendían en todas direcciones, los verdes y azules de los árboles entremezclados con manchas de rojo y con las cintas plateadas de los ríos. Unas pequeñas islas flotantes proyectaban sombras inmensas, y por sus bordes se derramaban cascadas que alimentaban lagos cristalinos y añadían a la escena una niebla resplandeciente que flotaba en el aire y estallaba en arcoíris al ser alcanzada por los rayos del sol.

—¿Qué sitio es este? —Me volví hacia Samkiel, que arrastraba a la oficiante a través del portal que se estaba cerrando.

—Esto será el nuevo Rashearim.

—¿Aquí?

Asintió.

Everrine cayó de rodillas en cuanto Samkiel la soltó. Alzó las manos sobre la cabeza e hizo una reverencia hasta tocar el suelo con la cara.

—Perdóname, oh gran y futura reina. Prometo consagrar mi vida a protegeros a vosotros y los secretos de vuestro reino. Por favor, perdóname por mi error. —Y siguió divagando.

—¿Qué hace? —Miré de soslayo a Samkiel—. ¿Qué le has dicho?

Se encogió de hombros.

—Le he dicho que eres mi futura reina y que quiero que ella oficie la ceremonia. Supongo que se siente mal por haberme tocado, aunque fuese por gratitud. Te está pidiendo que la perdones. Ah, y además no quiere que te la comas.

Puse los ojos en blanco; luego me adelanté y la cogí del brazo para obligarla a levantarse.

—Para, por favor. Ni te voy a matar ni te voy a comer. —Se calló, pero el labio inferior aún le temblaba—. A menos que te niegues a casarnos. En ese caso, tal vez sí.

—No, no, lo haré. Lo juro. —Asintió con la cabeza—. Mi vida está para siempre en deuda contigo, reina de Rashearim.

Me dio un vuelco el corazón.

—No soy la…

—Lo serás. —Samkiel, que pasaba a nuestro lado, me interrumpió antes de poder negarlo. Solté a Everrine, que se estiró el vestido, con los brazos y la cola colgando detrás—. Sé que ahora no parece gran cosa, pero ese lugar es el más hermoso de todos los dominios.

—Qué adecuado —murmuré al ponerme a su lado. Entendió mi chiste, porque se acordaba de que le había dicho lo guapo que era la primera vez que lo vi.

—Mi objetivo es que este sea nuestro hogar y, algún día, el epicentro del Nuevo Rashearim. Una vez haya recuperado todos mis poderes, claro.

—Y hayamos derrotado a tu malvada hermana.

—Sí, eso también —coincidió.

—Y a tus malvados hermanos.

—Sí.

—Y hayamos rescatado a tu familia.

—Sí, sí —rio—. Todo eso.

Asentí, incapaz de apartar la mirada de la vista que se desplegaba ante nosotros. Podía ver lo que imaginaba Samkiel, pero me preocupaba que creyese que recuperar sus poderes iba a ser fácil. En cualquier caso, lo ayudaría tanto como pudiera.

—¿Así que era esto lo que querías enseñarme? ¿Nuestro futuro? —Le regalé una sonrisa.

—Sí, pero —extendió la mano y yo puse la mía encima, con las armaduras plateadas a juego— lo que quería que vieses era eso.

Me guio hasta el borde del acantilado y se puso detrás de mí. Señaló a la izquierda y su enorme brazo casi me tapó la visión.

Allí, excavado en medio de la montaña, estaba el castillo más grande que había visto jamás.

—¿Qué? —Incliné la cabeza hacia atrás para mirarlo, atónita.

—Este es el primer lugar al que vine después de nuestra pelea. Necesitaba un sitio para mantener a salvo a la persona que más quiero. Ninguno de los sitios por donde hemos pasado estaba a la altura, y cuando me acordé de este dominio, tuve que venir a ver si aún seguía en pie. Así es, y está abandonado. Lo exploré por completo. Incluso se dejaron los muebles.

—¿Tenemos una bronca de la leche, y tú te vas a buscarnos una casa y a planear una boda?

—Bueno —se encogió de hombros—, si lo dices así supongo que suena un poco raro.

Una vez más, demostraba que no se parecía a nada que yo hubiese podido soñar. Después de la pelea me había sentido miserable durante días. Había llorado y me había deprimido por echar a perder lo mejor que me había pasado nunca, y mientras tanto él estaba, en el sentido más literal, construyendo nuestro futuro.

—Quemaría el mundo por ti —le susurré, cada palabra una certeza—. Quítate el yelmo.

Desapareció al instante. Extendió la mano y tocó mi anillo para que el mío también lo hiciese. Su sonrisa se ensanchó y le llenó la cara mientras se inclinaba a besarme. Cuando nuestros labios se tocaron, cada preocupación de los últimos días se disolvió y desapareció; a ninguno de los dos nos importó la suciedad y los despojos que aún nos cubrían. No había comprendido hasta ese momento lo mucho que me asustaba haber estado tan cerca de perderlo.

—¿Podemos entrar antes de que empecéis con todo eso, por favor? —se oyó la voz de Everrine detrás de nosotros.

Samkiel y yo nos separamos y nos dimos la vuelta. Nos habíamos olvidado de que estaba allí.

Estaba rígida; temblaba de frío y el viento le azotaba la ropa.

—Yo no voy vestida con una armadura aislante, y a esta altura me estoy quedando congelada. Celebremos la ceremonia y luego podéis besaros hasta quedaros sin aliento.

Seguí a Samkiel hasta el inmenso vestíbulo y me fijé en cada detalle del edificio; «edificio», por decir algo, claro. No solo me había dejado para ir a crear un anillo de bodas diseñado para protegerme, sino que además nos había encontrado un nuevo hogar digno de una reina.

Cuando sonrió y abrió de par en par la puerta doble se me secó la boca. Las bisagras crujieron por la falta de uso. Samkiel entró y yo me detuve en el umbral para contemplar la habitación que se extendía ante mí. Me adentré con paso vacilante y giré sobre mí misma para estudiar el altísimo techo y el enorme espacio.

—Este dormitorio es aún mayor que el que teníamos en Rashearim.

Asintió y me miró, complacido.

—Sí, lo es.

—¿Y lo dejaron todo? —Miré a mi alrededor. A mi izquierda había una cama de cuatro postes helicoidales, cubierta de pieles, pero lo que me llamó la atención fue la repisa del otro lado de la habitación. Se erguía como un centinela sobre una chimenea que ocupaba casi media pared.

—Sí, que Nismera se hiciese con el poder no es para tomárselo a la ligera. No me cabe duda de que, con los dominios bloqueados y Unir moribundo, se deben de haber sentido abandonados a su suerte y a merced de ella. El problema es que Nismera no suele ejercer la merced. Saberlo los habrá llenado de pánico.

Podía percibir en su voz el profundo sentimiento de culpa. En ese momento, le pesaba la corona por tener que encarar las realidades a las que se habían enfrentado esas personas sin que él estuviese ahí para protegerlas.

—Me preguntó qué fue de ellos.

—Lo más probable es que los capturaran y los esclavizaran, o algo peor. —Carraspeó—. Ya he quitado sus recuerdos para que no te encuentres con ningún retrato suyo. Faltan muchas cosas por hacer aquí todavía, pero creo que podríamos hacerlas juntos. Solo he podido traer de Rashearim lo imprescindible.

Tragué saliva con dificultad y estiré la mano para tocar el marco que descansaba sobre la repisa de madera partida. La imagen se volvió borrosa, pero acaricié con los dedos el rostro sonriente de Gabby.

—Lo imprescindible —logré decir por fin, con la voz anegada de lágrimas.

—Sí —dijo Samkiel; se mantenía detrás de mí—. Quiero que hagas de este tu nuevo hogar… que lo conviertas en nuestro nuevo hogar. Que lo llenes de risa y alegría como solo tú eres capaz. Quiero pelear contigo aquí, amarte aquí, y llenarlo con nuestra familia. Eso es algo que solo puedes darme tú, Dianna. Yo puedo ofrecerte la casa, pero solo tú puedes convertirla en nuestro hogar.

Me volví y le eché los brazos al cuello para besarlo una vez, y dos, y tres. Hundí los dedos en su cabello y me aparté, lo justo para que las puntas de nuestras narices se rozasen.

—No deberías haber ido al viejo Rashearim sin mí.

—No había ningún riesgo —me susurró.

Me sorbí la nariz; el torrente de emociones abrumadoras amenazaba con desbordarse.

—No puedo creer que hicieses todo esto en tres días.

Se encogió de hombros como si no tuviese importancia.

—No dormí.

Con mucho cuidado, casi con reverencia, me aparté de él y me liberé de su abrazo. Luego me giré para colocar la fotografía de nuevo en la repisa y mirar la siguiente. Neverra e Imogen poniendo caras graciosas. Recuerdo que Neverra insistió en que me uniese a ellas, y acabé encajada entre las dos. Yo parecía tan distinta entonces, tan triste… Habían hecho todo lo posible para traerme de vuelta y obligarme a vivir, y no solo a existir. Yo haría lo mismo por ellas.

Inspiré y me volví hacia Samkiel.

—Ya estoy enamorada de nuestro nuevo hogar.

La alegría que invadió su rostro me dejó sin aliento. Mis palabras, estaba segura, significaban para él más que un trono o una corona. Lo eran todo. Este hogar nos pertenecería a todos porque yo iba a reducir a nuestros enemigos a jirones sanguinolentos para recuperar a nuestra familia.

Me apartó un mechón de la cara con los dedos.

—Miska, Orym y Roccurrem también estarán aquí.

—Un pleno, entonces —dije, con la ceja arqueada.

Samkiel asintió y me cogió de la mano.

—Una cosa más.

Me guio hacia el fondo de la sala, más allá de una puerta. La siguiente habitación era más pequeña, pero lo bastante espaciosa para que varias personas se pudiesen mover con libertad. A la derecha se erguía orgulloso un espejo alto medio descubierto. Una esquina quedaba tapada por un biombo decorado que había visto días mejores, roto en parte e inclinado hacia un lado. Una gran cómoda redonda, con cajones por todas partes, ocupaba casi todo el centro de la sala.

—Sé que te encantan los vestidores y pensé que esto sería perfecto una vez lo arreglásemos. —Me sonrió y me soltó la mano. Apartó el biombo y desveló un vestido largo dispuesto sobre un sillón de felpa de color granate.

Se hizo a un lado y esperó mi reacción sin perderse un detalle. El corazón me dio un vuelco.

—¿Es el...? —Me quedé sin palabras.

Asintió en silencio.

Me acerqué al vestido con paso vacilante. Lo cogí por la percha, me acerqué al espejo y lo sostuve frente a mí, teniendo mucho cuidado de que no tocase mi armadura pringosa. El contraste del metal sucio frente a la fragilidad del encaje, blanco e inmaculado, era casi cómico. El tejido parecía tan suave que me daban ganas de tocarlo, pero no me atrevía, por miedo a estropear su perfección.

Samkiel se puso detrás de mí y nuestros ojos se cruzaron en el reflejo. Siempre estaba ahí, detrás de mí. Sabiendo que me guardaba las espaldas, me sentía capaz de enfrentarme a cualquier cosa. Era mi escudo, mi fortaleza; y pronto sería mi marido.

—Lo odio —dije—. Se cancela la boda.

Samkiel cerró los ojos una fracción de segundo, hasta que vio la sonrisa que brotó en mi rostro. Con una mueca, se inclinó hacia mí y me mordisqueó la oreja. Chillé y bajé la cabeza.

—Qué graciosa —gruñó sobre mi mejilla.

—Es muy hermoso —dije—. No, no es la palabra correcta. Samkiel, es asombroso.

Sonrió de oreja a oreja y me besó la mejilla.

—Como tú.

—¿Sabías que me encanta el encaje?

Torció los labios en una adorable sonrisa de presunción.

—Puede que alguna que otra vez me haya fijado en lo que dices.

—Ah, ¿sí? —Me pareció un reto divertido—. ¿Cuál es mi color favorito?

—El negro, aunque yo te digo que no es un color, sino la ausencia de color, y tú haces un gesto de exasperación y me dices que soy demasiado literal.

—Vale —reí—. Esa ha sido fácil. ¿Y...?

—Sé que te rompiste la muñeca cuando eras joven, mientras protegías a tu hermana. Me enseñaste la cicatriz cuando estábamos en aquel pequeño motel en Onuna y querías que me sintiera mejor tras mi arrebato. Sé que el océano es tu lugar favorito, aunque todavía te duele. Cuando eras joven, mentiste y dijiste que Gabriella y tú cumplíais años el mismo día, para que la gente creyese que erais mellizas. Lo primero que aprendiste a cocinar fue la pasta, pero lo que más te gusta es la repostería. Prefieres la seda antes que otros tejidos, la piel antes que los vaqueros, y crees que una de las mayores ventajas de la inmortalidad es que puedes llevar tacones durante horas sin que te duelan nunca los pies.

Al oír eso último se me escapó una risita. Recordaba haber hablado de eso durante una larga caminata cuando buscábamos el libro de Azrael.

El brillo de sus ojos se hizo más intenso. Bajó la barbilla para besarme encima de la cabeza.

—¿He aprobado?

Fruncí los labios, como titubeante.

—No ha estado mal.

—Ya te lo dije. Siempre te escucho, aunque tú creas que no es así. —Centró su atención en el vestido reflejado en el espejo—. Entonces ¿te gusta? La mayoría de los que vi eran demasiado vibrantes, o demasiado esponjosos. Me pareció que este era perfecto para ti. Es sencillo, pero elegante. Y cuando tú lo lleves, va a ser irresistible.

—Es perfecto. —Le sonreí. Ya no me refería al vestido. Lo colgué con infinito cuidado y me volví en sus brazos, con los ojos relucientes. Me puse de puntillas y me incliné para besarle los labios, un beso tierno y lleno de promesas—. Absolutamente perfecto —susurré antes de apartarme—. Ahora, sal de mi habitación para que pueda vestirme.

Se echó a reír de buena gana. Luego me miró a los ojos y retrocedió.

—Como desees.

Me volví a mirar el vestido mientras él se dirigía a la puerta.

—Sabes que con esto no puedo llevar bragas, ¿verdad? —exclamé con una sonrisa pícara.

Se detuvo junto a la puerta, con una expresión tranquila e inocente, como si mis palabras no hubiesen desatado una ola de ardiente deseo.

—Oh, vaya...

—Nunca me habían peinado. —Miska, inquieta, se miraba en el espejo. Llevaba un vestido de color champán cuyo borde le bailaba sobre los pies cada vez que se movía. El tejido era ligero y suave, pero brillaba al menor contacto con la luz.

—¿En serio? —le dije, mientras retorcía otro mechón y lo sujetaba con una horquilla.

—Sí, siempre me peinaba yo sola. En Ciudad de Jade todo el mundo me evitaba.

—Cierto.

—Se te da bien.

Le sonreí mientras aseguraba la última parte del moño.

—Yo peinaba a mi hermana, y ella a mí. Fue ella quien me enseñó a trenzarme el pelo.

Miska volvió la cabeza hacia mí.

—¿Eso qué es?

—Un día te lo enseño. —Le pasé un espejo de mano y la hice girar hasta que estuvo de espaldas al espejo alto para que se pudiese ver el cabello—. ¿Qué te parece?

—Guau —susurró. Lo tocó con mucho cuidado—. Se me ve muy guapa.

—La más guapa de todas. —Sonreí y me aparté—. Ahora tengo que vestirme.

Miska asintió y se bajó del taburete; luego se encaminó al dormitorio. Me quedé mirando el vestido. Toda la situación era irreal; me daban ganas de pellizcarme para asegurarme de que no era un sueño. Me quité la ropa y la dejé caer al suelo, y luego saqué el vestido de la percha con todo cuidado.

El encaje era de un tejido tan suave que me daba miedo romperlo si me movía demasiado rápido. Desabroché los botones de las faldillas y luego me metí dentro. Poco a poco me lo subí por encima de las caderas y me pasé los tirantes por los hombros. Luego me llevé las manos a la espalda para abrochar las faldillas y me ajusté los pechos en las copas. El corpiño era lo bastante firme como para que no se me viera nada si me agachaba.

Me volví hacia el espejo y me quedé mirando, con una sonrisa esbozada en los labios, mientras me pasaba la mano por encima del abdomen. Bajo el encaje blanco había cosida una pieza sedosa cortada para imitar mi silueta de reloj de arena, y que me llegaba desde los pechos hasta la mitad de los muslos. Otra pieza me recorría la espalda y se ajustaba a mi culo a la perfección. Entre ambas tapaban todo lo que Samkiel no quería compartir con nadie. En los costados, lo único que trazaba la curva de mis senos hasta el pliegue de la cintura y las anchas caderas era encaje transparente. Se derramaba hasta el suelo y más allá formando una cola que quitaba el aliento. Llevaba la espalda desnuda; el borde del vestido empezaba justo por encima de la cintura. Al verme en el espejo me quedé asombrada.

—Ya está —llamé.

Oí los pasos de unos pies pequeños que se acercaban.

—Tu dormitorio es tan grande que podrías meter cincuenta maridos —dijo Miska al entrar en el vestidor. Se paró y en el espejo vi que abría mucho los ojos.

—Vaya…

Sonreí.

—¿Te gusta?

—Pareces una diosa. —Miska estaba boquiabierta—. No, qué va. Eres mucho más guapa.

Se me escapó una risilla, con la vista todavía clavada en mi reflejo.

—Ya sabía yo que me había quedado contigo por algo.

—¿Qué? ¿De verdad? —preguntó. La inseguridad le ensombreció la mirada.

—No —dije con guasa—. Era una broma.

—Ah. —La cara se le iluminó con una sonrisa tímida. Se acercó para mirar la larga cola—. Este castillo es digno de un dios y una diosa. Me pregunto quién vivía antes aquí.

Me toqueteé el pelo, sin acabar de decidir lo que quería hacer con él. Había usado casi todas las horquillas con el de Miska. Reuní todos los mechones sedosos y probé varios estilos, hasta que me decidí por llevarlo mitad recogido y mitad suelto, sujeto apenas lo justo para que no me cayese sobre la cara.

—Samkiel me dijo que se abandonaron muchos sitios durante la conquista de Nismera. Todo este planeta se quedó vacío —dije.

—He oído que el hogar puede estar en cualquier parte, si uno se esfuerza por que lo sea. Quizá este sea el lugar, un nuevo comienzo para una nueva era.

Mis ojos se posaron en ella y me invadió una sensación familiar.

—Una nueva era, sin duda.

Cogí el velo que estaba en el tocador.

—Vamos, necesito los zapatos.

Miska casi salió corriendo; yo recogí la cola del vestido y la seguí al dormitorio. Ella tenía razón. Era gigantesco. Me senté en el borde de la cama, me puse los zapatos y me abroché las tiras alrededor de los tobillos. Luego me puse de pie.

—Ahora, Miska, solo faltan los últimos detalles —continué. Me encaré al espejo. Eché la parte más larga del velo sobre el hombro, para que me cayese por la espalda. Me lo pasé sobre la cabeza y deslicé las peinetas por la cinta hasta el pelo, para fijarlo en su sitio. Ladeé la cabeza y estudié mi reflejo para hacer los últimos ajustes.

—He oído historias sobre ceremonias de amatas, con bailes de gala y fiestas que duran varios días. Pero nunca he participado en ninguna —dijo Miska; se agachó para asir el borde del velo y lo sacudió para estirarlo y que me cayese por la espalda.

—Para mí también es la primera vez. Y espero que la última —bromeé.

Miska me respondió con una mueca burlona.

—Gracias por dejarme formar parte de esto.

—A ver, desde que destruí tu casa estás atrapada con nosotros, en cierto modo. Pero de nada.

Me sonrió.

—Pareces triste. Las parejas suelen estar tan contentas que a duras penas pueden contener la excitación.

Me miré las manos y jugueteé con el anillo, dándole vueltas.

—No, en realidad no estoy triste. Me gustaría que Neverra e Imogen estuvieran aquí. Te caerían muy bien, y tú a ellas. Y Logan, Cameron y Xavier, si estuviesen aquí, volverían loco a Samkiel, pero él también los necesita. Y además... Querría que estuviese mi hermana. Le encantaban las grandes celebraciones, y el amor, y cualquier cosa ñoña y sensiblera que se te ocurra. —Ahogué una risa, con los ojos llenos de lágrimas—. Si pudiese verme ahora, me estaría calentando la cabeza. Yo era la que se burlaba de la idea del amor, y de las parejas para siempre, y aquí estoy, a punto de desposarme con la persona sin la cual no puedo vivir.

—¿Desposarte?

Asentí.

—En mi mundo a veces se dice así. Allí también es una gran celebración. Aunque depende de la persona, la verdad. Gabby siempre soñó con una boda a lo grande. La planeaba desde que éramos adolescentes. Ya tenía elegidos el vestido, la tarta, todo.

—¿Y tú?

Negué con la cabeza.

—No, yo solo soñaba con sobrevivir y mantenerla a salvo. Nunca creí que las bodas, las palabras bonitas y las flores de los amantes fuesen lo mío. Este era su sueño, y ahora no está aquí para reírse de mí.

Miska puso los brazos en jarras para darme la bronca.

—¿Cómo sabes que no está? Cuando era pequeña me contaron que nuestros seres queridos nos vigilan desde el más allá, aunque ya no podamos verlos.

Se me escapó una carcajada al verla con esa nueva actitud. Desvié la mirada a la ventana abierta y al cielo nocturno. ¿Me habría seguido a esta nueva existencia?

—Es posible, sí —dije. Miska siguió alisando y ajustando el velo y la cola.

Permanecimos unos momentos en silencio, y luego retrocedió.

—Todo listo —aseguró. Me estudié en el espejo, sin reconocer del todo a la mujer que me devolvía la mirada—. Tienes mucha suerte de que no estén aquí todas las diosas. Se morirían de celos.

—¿Yo? —reí—. En absoluto. Pero ¿te has visto tú? En un libro viejo que leí hace mucho había una diosa de las flores y las plantas, una sanadora. Me recuerdas a ella.

Sonrió y sus mejillas, de por sí rosadas, se enrojecieron aún más. Estaba tan poco acostumbrada a recibir cumplidos que me gustaría poder quemar Ciudad de Jade por segunda vez.

—No soy nada especial. Las otras eran mejores sanadoras que yo. A estas alturas ya tendrían a tu rey curado del todo.

El extremo del vestido se me enganchó en el tacón cuando di un paso al frente para ponerle las manos en los hombros.

—Samkiel está como está por la traición de los más cercanos a él, ¿entendido? No por tu culpa.

—Tendría que haberme dado cuenta de que lo estaban envenenando. Siempre estaban cuchicheando y me dejaban al margen de todo.

—Miska. —Me agaché frente a ella y le sonreí—. No está enfadado contigo, ni yo tampoco. Lo salvaste. Tú creaste el antídoto.

Miska asintió.

—Gracias por cuidarme y por no hacerme trabajar hasta que me sangren las manos.

—Quiero que empieces de nuevo. Puedes ser algo a lo que este mundo no le ponga ninguna etiqueta. Con nosotros tienes un hogar, Miska. Nuestra familia es pequeña ahora mismo, y está un poco rota, pero es una familia que siempre, siempre te apoyará.

Miska sonrió y me dio un tierno abrazo. Llamaron a la puerta, y ella retrocedió y yo me puse de pie.

—¡Ya te he dicho que todavía no me puedes ver! —grité en dirección a la puerta cerrada.

—Soy yo. —La voz de Reggie se filtró a través de la gruesa madera.

—Ah. —Me acerqué a la puerta, oyendo las risitas de Miska a mis espaldas—. Perdona. Es que Samkiel se puso muy pesado antes, y he supuesto que volvía a ser él.

Abrí la puerta y Reggie se quedó mirándome con una enorme sonrisa de orgullo.

—¿Qué pasa?

—Discúlpame. —Sacudió la cabeza—. He visto muchísimas variaciones de esta situación, pero esta es mi favorita. Se te ve… —Calló y me miró, y habría jurado que había lágrimas en sus ojos—. Como si hubieses hallado tu hogar.

Esbocé una sonrisa y me hice a un lado para dejarlo pasar.

—Tú tampoco tienes mala pinta, la verdad.

Asintió y entró del todo en el dormitorio.

—Le he ajustado el velo —intervino Miska mientras la puerta se cerraba.

Reggie la obsequió con una sonrisa.

—Es precioso.

—Tu traje también —dije—. Ya veo que también tuvo tiempo de encargarse de eso.

—Sí. —Reggie asintió—. Y de varias cosas más. Es muy impresionante, dado el poco tiempo transcurrido.

Recogí los pliegues de mi vestido y volví a la cama y me senté con todo cuidado.

—Necesito beber algo.

Ambos se me quedaron mirando.

—No me refiero a sangre. Necesito alcohol. —Suspiré; me temblaban un poco las piernas.

—Es comprensible —señaló Reggie.

—¿Todo esto está pasando de verdad? —me sorprendí.

Reggie sonrió de oreja a oreja.

—Así es.

Me levanté otra vez y empecé a caminar de un lado a otro mientras me estrujaba las manos.

—Si no fuese así me lo dirías, ¿verdad? No creo que un Reggie soñado me mintiese. ¿Y si cambia de opinión?

Reggie se llevó las manos a la espalda.

—Puede decirte con un cien por cien de precisión que jamás he tenido una visión en la que él cambie de opinión respecto a ti.

Me detuve y dejé caer las manos a los costados.

—De acuerdo, pero las realidades cambian continuamente, ¿no? ¿Y si, mientras hablamos, él está abajo planeando la fuga? Gabby vio una vez una película en la que…

Reggie se llevó la mano al bolsillo.

—Ahora mismo está ocupado con la oficiante y con Orym, organizando los últimos detalles, así que le he dicho que te traería esto. Son las palabras que debes decir cuando te lo indiquen.

—Ah. Palabras… Me gustan las palabras. —De repente me temblaban las manos, pero sujeté con fuerza el papel y lo desdoblé para leerlo—. No puedo creer que esto esté pasando.

—Te voy a dejar unos minutos, y luego podremos empezar —dijo mientras se dirigía a la puerta.

—¡Espera! —lo llamé, quizá demasiado fuerte. Reggie se volvió y esperó pacientemente, como si no tuviese nada más importante que hacer que escuchar lo que le iba a decir—. Hummm…

Le entregué el papel a Miska, que me miró como si fuese un bicho raro, mientras Reggie seguía a la expectativa. Me pasé la lengua por el labio inferior. Me tiré de un mechón de pelo suelto, pero Miska me propinó un manotazo para que no me lo tocara. Le respondí con un mohín, pero di un paso hacia Reggie, decidida a hacer lo que pensaba.

—En Onuna, la novia suele tener a alguien que la entregue a su prometido. Lo más habitual es que sea el padre, pero Gabby y yo estábamos de acuerdo en que, cuando ella se casase, yo la acompañaría, ¿sabes? Y yo no tengo a nadie. —Me resultaba muy difícil decirlo—. Desde hace tiempo, tú has sido para mí mucho más que un amigo. Eres lo más parecido que tengo a una figura paterna…, bueno, del estilo «te secuestré en otro dominio», ya me entiendes. Me has guiado y orientado incluso en mis peores días. Así que, Roccurrem, ¿me acompañarías al altar?

Cruzamos las miradas y su rostro mostró una expresión que nunca le había visto antes. Sonrió, con los ojos brillantes de alegría.

—Eso no me lo esperaba.

—¡Ajá! —Lo señalé con el dedo—. ¿Ves? Ni siquiera un hado lo sabe todo.

Reggie me devolvió una mirada inexpresiva.

—Eso no cambia el resultado. Samkiel no te va a abandonar.

—Claro, claro. —Bajé la mano—. Entonces ¿qué dices? Mis padres adoptivos murieron cuando cayó Rashearim, y mi auténtico padre me envió lejos, y luego le alteraron la mente y trató de matarme. Así que ¿quieres ser mi papi suplente?

—No vuelvas a decir eso. —Se frotó la frente y luego inclinó un poco la cabeza—. Pero sí. Será un honor escoltarte al altar, Dianna.

Me sentí tan contenta que me dolieron las mejillas de sonreír. Reggie se marchó por fin y yo me volví hacia Miska, respiré hondo para calmarme, y extendí la mano.

—Pásame esa nota.

Su risa fue como un tintineo de cascabeles. Me entregó el pequeño pedazo de papel.

—Venga, vamos a aprendernos de memoria unas cuantas palabras y a casarnos.

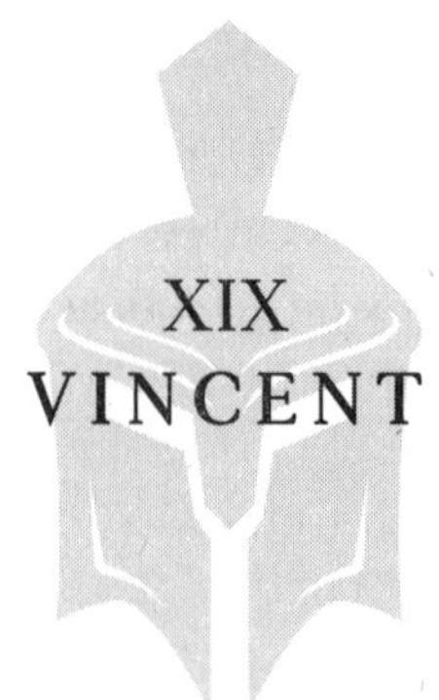

XIX
VINCENT

Los gritos ultraterrenos de los dos últimos hados resonaron por la habitación. Apreté los dientes mientras Nismera daba vueltas de un lado a otro.

—¿Por qué no paran? —le preguntó Tessa a la bruja rubia, mientras sacudía las manos. Tara mantenía las suyas alzadas para impedir que los gritos llegasen a los niveles superiores. Nismera y sus ilusiones se aseguraban de que quienes estaban arriba no sospecharan en ningún momento qué horrores se escondían en las profundidades del palacio.

—Tedar ha muerto —dijo Nismera.

—Eso he oído.

—Asesinado con toda su legión en una ciudad de mala muerte.

Asentí, sin cambiar la posición de firmes: los pies muy separados y los brazos a la espalda.

—No puedo permitir que pasen estas cosas, Vincent —siguió—. Quiero que cualquier ciudad que tenga siquiera un atisbo de actividad rebelde arda hasta los cimientos.

—Si, mi señora.

—Sin supervivientes. —Se mordió la yema del pulgar—. Tienen que saber que, si sospecho siquiera que traman algo, la consecuencia será sangre y cenizas.

—Sí, mi señora.

—Llévate tu legión al este. Empieza por allí.

—Sí, mi señora.

Asintió y, acariciándome la mejilla, posó sus labios sobre los míos. Cerré los ojos. Ella creía que era porque lo disfrutaba, pero en realidad me imaginaba a Camilla, para tratar de distanciarme del tacto y del sabor de esa zorra. Pensaba en su risa, su olor, la suavidad de sus labios contra los míos. El sabor de su boca cuando la empujaba contra la pared más cercana de camino al comedor para poderle robar unos cuantos besos.

Nismera se apartó y yo traté de fingir el mismo interés que sentía muchos años atrás.

—Eres la perfección, mi mascota —susurró—. Nos reuniremos en el campo de batalla en cuanto termine unos cuantos asuntos.

El corazón se me desbocó. Dianna había logrado encolerizarla tanto que sentía que su presencia era necesaria. Cuando Nismera se unía a nosotros en el terreno era para erradicar, no para capturar. La cara se me cubrió de sudor, pero le respondí con una falsa sonrisa. Los hados aún repetían las mismas palabras, las gritaban una y otra vez. Las cadenas impregnadas de magia les rodeaban el cuerpo y los mantenían inmóviles.

Me los quedé mirando hasta que, por fin, se callaron. El silencio repentino era más inquietante que los gritos. No se parecían en nada a Roccurrem. Su apariencia natural era un continuo estado de cambio, pero ahora se habían quedado atrapados en formas horribles y desfiguradas. Los harapos que Nismera les obligaba a llevar se estiraban sobre sus cuerpos deformes. Sus miradas me atravesaban y llegaban a mi alma, y los vacíos de sus bocas se abrían en un grito silencioso.

Sabía por qué estaba Nismera tan enfadada, por qué me había enviado a tantas misiones, y por qué me mantenía cerca de ella cuando estaba en el castillo. Estaba nerviosa, y cuando Nismera se sentía nerviosa, eso solía ser perjudicial para todos los habitantes de los dominios, sin excepción.

Abandonamos la cámara inferior sin decir palabra. Tessa y Tara hicieron un último hechizo para cerrar la habitación mientras los hados reanudaban sus gritos. La magia se hundió en la puerta con un destello verde y la selló, y nos fuimos.

Mientras subíamos las escaleras, Nismera me ordenó que me pusiera al mando de mi nueva legión y volase esa misma noche. Que fuera al este y aplastase cualquier indicio de rebelión; pero ambos sabíamos que a quien quería era a Dianna. La siguiente vez que la encontrásemos, Nismera haría acto de presencia y la mataría. Me pregunté si se lo había dicho a Kaden. ¿Era consciente de lo mucho que Nismera detestaba a Dianna, y del plan que él había trazado? Dianna era un cabo suelto y, al margen de lo que le hubiese dicho a Kaden, Nismera no iba a permitir que siguiese viva. No, mi intención era cumplir sin falta lo que Nismera me había pedido.

Me puse la armadura y salí de mi cuarto. Me paré fuera de la habitación de Camilla y planté la palma en la puerta. Con un profundo suspiro, agaché la cabeza y me fui.

La legión y yo guiamos a los rifores a través del portal, de ciudad en ciudad, quemando, matando y capturando. Durante todo ese tiempo, el aviso de los hados permaneció grabado a fuego en mi cerebro. Las palabras que gritaban resonaban a través del tiempo y del espacio.

«¡Temed!».

«¡Temed!».

«¡Temed!».

«A la reina de Rashearim».

XX
DIANNA

Reggie me recogió en mi puerta. Me sentía mareada por culpa de los nervios. Lo cogí del brazo y nos dirigimos hacia las escaleras que descendían. El castillo estaba en silencio, pero a medida que nos acercábamos a la planta principal, el olor de la menta y un aroma floral me llenaron las fosas nasales. Se me escapó un gemido al ver cómo habían cambiado el nivel inferior. Todo estaba limpio y reluciente, y de las paredes colgaban flores de todos los colores, como si creciesen en la misma piedra. Largas enredaderas cubrían las barandillas y las puertas, y unas flores blancas y delicadas perfumaban el aire. Una gran alfombra de felpa de color crema me condujo hasta el vestíbulo principal, hasta él.

—Ha usado sus poderes, ¿no es así? —le susurré a Reggie, que asintió.

—Dadas las circunstancias, le ha parecido lo más adecuado.

Esbocé una sonrisa. Seguro que había sido un gran esfuerzo, con la herida del costado aún sin curar del todo y después de tres días sin dormir, pero significaba tanto... Solo esperaba que no estuviese demasiado cansado.

Una música suave y una luz cálida se filtraban a través de la gran puerta doble. El suelo de madera había sido sustituido por una piedra brillante con líneas doradas que seguían el trazado de las paredes. Mantuve la mirada baja y dejé que Reggie me guiase hasta las puertas. La música cambió y adquirió un carácter más vivo para señalar mi llegada.

Agarré con más fuerza el brazo de Reggie y, cuando se detuvo en el umbral, me obligué a levantar la vista. Me quedé sin aliento, incapaz de procesar lo que veía. No era el salón que había cruzado antes; Samkiel lo había transformado por completo. El techo se elevaba hasta alturas vertiginosas; casi parecía seguir y seguir para siempre. En lo alto, unas inmensas lámparas de araña derramaban su luz cálida en la sala y rebosaban de flores tan hermosas que me dieron ganas de llorar.

Parecía sacado del viejo mundo de Samkiel, como un recuerdo de la belleza que había visto en los ensueños de sangre. Eran habitaciones sagradas, dedicadas a homenajear a los dioses y las diosas. ¿Era eso lo que quería para mí? Se me aceleró el corazón. ¿De verdad me consideraba digna de todo eso?

Reggie siguió guiándome en nuestro recorrido y, por fin, reuní la valentía de mirar al frente de la sala. Se me cortó la respiración. Allí, sobre un estrado, me esperaba Samkiel.

Era impresionante. Aparte de los ensueños de sangre y de las ropas del consejo, nunca lo había visto de uniforme, pero ese día lo llevaba. Una chaqueta de brocado blanco, hecha a la medida y que se ajustaba a la perfección a su forma corpulenta, con botones dorados que llamaban la atención. Los pantalones blancos a juego se ceñían a sus muslos poderosos y terminaban dentro de unas botas altas. Una capa le envolvía el brazo izquierdo, y el derecho quedaba libre para empuñar un arma. El grueso tejido estaba bordado con intricados diseños dorados y sujeto en su sitio por una gruesa correa de cuero oscuro que le cruzaba el ancho pecho. Se derramaba sobre sus poderosos hombros de modo que el borde llegaba a barrer el suelo a sus pies. Samkiel pertenecía a la realeza y aquel día lo estaba demostrando. Era un rey a la espera de su futura reina.

Mi nerviosismo se desvaneció en cuanto intercambiamos una mirada. Mi sonrisa era tan grande que me dolían las mejillas. Me observaba como si no hubiese nada en el mundo más hermoso que yo. Ojalá él viese la misma adoración en mis ojos. No entendía cómo podía haber mirado o tocado a otro antes que a él.

No había duda; era el momento adecuado, la persona adecuada. Lo era todo para mí.

El corazón no me cabía en el pecho mientras caminábamos hacia él, y si Reggie no me hubiera sostenido por el brazo, estoy segura de que me habrían fallado las piernas. La música se suavizó cuando llegué a los escalones. La piedra blanca y dorada parecía brillar bajo mis pies. Al llegar arriba, Reggie me soltó el brazo y retrocedió, pero no tenía ni idea de a dónde había ido. Solo tenía ojos para Samkiel.

Everrine tosió con discreción y ambos nos sobresaltamos y nos volvimos hacia ella. Nos detuvimos uno al lado del otro, como siempre desde la primera vez que nos vimos. Con las primeras palabras de Everrine traté de ocultar la sonrisa que se negaba a abandonar mi rostro; en vano. Sostenía un cáliz enjoyado en una mano. Con la otra trazó una runa en el aire frente a nosotros y dijo algo en una lengua que yo no conocía. La runa brilló unos instantes y luego se disipó. Pronunció otra palabra y dibujó una runa diferente, que cobró vida y se desvaneció.

Everrine dejó el cáliz y extendió las manos hacia nosotros, a la vez que asentía. Miré de reojo a Samkiel y, al verlo ofrecerle la mano, con la palma hacia arriba, seguí su ejemplo. Everrine cogió primero la de él, y con la mano libre extrajo un puñal.

El gruñido que salió de mi garganta la hizo retroceder, con los ojos abiertos de sorpresa. Ni siquiera me había dado cuenta de que me había puesto delante de Samkiel.

—Tranquila —dijo Samkiel, divertido—. Es parte del ritual.

—¿No se lo habías dicho? —chilló Everrine—. Oh, alabados sean los viejos dioses.

¿Ritual?

—Sangre de mi sangre —dije, al recordar lo que me había contado Reggie en el túnel.

—Exacto —dijo Samkiel. Tiró de mí para devolverme a mi sitio e hizo un gesto a Everrine—. Sigue, por favor.

Traté de aplacar mi nerviosismo. Al parecer estaba más tensa de lo que creía.

Sin quitarme ojo, Everrine se colocó de nuevo en su sitio y cogió con timidez la mano de Samkiel. Bajo mi atenta mirada, le hizo un corte en la palma con el arma y la sangre de plata se elevó en el aire. Mi ig'morruthen interior se debatió y peleó para liberarse y reducirla a cenizas solo por atreverse. Pero tragué saliva, apreté los puños y me obligué a mantenerme en mi sitio. No le pasaba nada. No estaba en peligro. Estaba vivo. Me lo repetí como un mantra, aunque mi cuerpo no terminaba de creérselo. Después de ver morir a Gabby y a Samkiel, ¿sería capaz algún día de controlar la ansiedad que sentía al ver a mis seres queridos amenazados? ¿O era quizá un efecto secundario sobreprotector por haber perdido las marcas?

Everrine se volvió hacia mí y me hizo una seña. Extendí la mano, palma arriba. Me tembló el labio cuando la desgarró con el acero y sentí que el poder me rodeaba como una prensa. Levanté la vista y vi que Samkiel me observaba con atención. Quizá verme sangrar también le resultaba difícil a él.

Everrine unió nuestras manos y yo apreté la palma contra la de Samkiel.

—Sangre para sellarlo —dijo Everrine. Cogió una cinta de seda del color de la luz del sol—. Una prenda de Dhihsin para simbolizar las dos almas que se funden en una. —Ató la cinta alrededor de nuestras manos.

—¿Esa Dhihsin? —le susurré a Samkiel.

Samkiel hizo una mueca y levantó un hombro.

—En realidad, no, pero hemos tenido que improvisar, ya que íbamos con poco tiempo.

Everrine nos hizo callar con una mirada muy seria que solo consiguió que sonriésemos más.

Retrocedió y levantó las manos como si fuese a dar un gran discurso, pero mis ojos estaban pegados a Samkiel. Era tan hermoso… Me encantaba el modo en que la capa se curvaba y le envolvía los anchos hombros y los brazos musculosos. Esos brazos poderosos me habían sostenido pese a todas las cosas duras y crueles que había hecho. Cuando lo único que yo quería era caer.

Samkiel me sonrió como si pudiese leerme la mente. Así era el amor. Así se sentía. Como se suponía que tenía que ser. Por fin comprendía por qué algunos irían a la guerra por esa razón, y por qué su desaparición podría desatar la cólera y el conflicto. Tuve la certeza de que, si los perdiese a él y a su amor, el universo temblaría al oír pronunciar mi nombre.

—... Ahora, todos los que os vean sabrán que a esta unión no se puede renunciar.

Habló para toda la sala, pero aparte de nosotros solo estaban ellos tres.

—Ahora —juntó las manos—, repetid mis palabras. Por mi sangre, de la que estoy hecho. En la enfermedad y en la salud, estoy a tu lado. Comprometido contigo, y no con otros, soy tuyo para siempre. Mi corazón será tuyo a perpetuidad y más allá. La eternidad aguarda, y desde hoy en adelante, tú y yo seremos uno en corazón, cuerpo y mente. Estas palabras, este juramento, están grabados en mi alma.

Miska pasó de Reggie a Orym y de vuelta, y las risas inundaron la gran sala. Mientras daba vueltas, la sonrisa le llegaba de oreja a oreja, y estoy segura de que la mía no era muy distinta. Agarré las manos de Reggie cuando Samkiel me lanzó hacia él y Miska ocupó mi lugar. Otro giro, y nos intercambiamos de nuevo. La oí decir algo de ir al aseo y los otros dos mencionaron la comida. Me cobijé de nuevo en los brazos de mi marido.

—¿Qué cara es esa? —Samkiel me levantó la barbilla con el dedo.

—¿Esta? —Arrugué la nariz—. Es mi cara de felicidad.

—Aaah. ¿Quieres saber un secreto?

Asentí.

Se inclinó hacia mí.

—Vendería el mundo para poder verla cada día —susurró.

Me aparté con un gemido teatral.

—¿El mundo entero?

—Entero —confirmó.

—Eso no es muy heroico por tu parte.

Se encogió de hombros y me hizo girar.

—Tengo mis momentos —dijo con sorna.

Me volví hacia él con una carcajada, le cogí mano y me incliné para pegar mi cuerpo al suyo. Le apoyé la cabeza en el pecho, con un brazo extendido y mi mano acunada en la suya, mientras bailábamos una lenta melodía de piano. Una ligera niebla se arremolinaba alrededor de nuestros pies. No tenía muy claro de dónde había salido, pero tampoco me importaba.

—Ha sido casi perfecto —murmuré—. Ojalá estuviesen todos aquí.

Se puso tenso un instante, como si hubiera pensado lo mismo.

—A mí también me habría gustado.

—Cameron ya habría hecho alguna trastada, ayudado por Xavier. Estoy segura de que Logan y Neverra nos habrían sacado a bailar varias veces, Imogen tendría varios guardias rendidos a sus pies y yo me aseguraría de que no se fuese sola a casa.

Me apoyó la mejilla en la cabeza mientras seguíamos con nuestro baile.

—Los conoces muy bien.

Me aparté un poco de él.

—Cuando estemos todos juntos, quiero otra gran ceremonia —pedí.

Me miró a los ojos, con una sonrisa no del todo alegre.

—Yo también.

—No te voy a mentir —dije, con un nudo en la garganta—. Ya no, pero al principio creía de verdad que no había esperanza para ellos.

—Lo sé —susurró—. Veía cómo apartabas la mirada cuando yo hablaba de ellos. Y también sé que nunca lo dijiste porque sabes lo mucho que los quiero.

—Me equivocaba.

Levantó la cabeza.

—¿Qué?

—En la prisión, cuando encontramos a Logan, no reaccionó al verme, así que te llevé para que lo vieses tú. Al principio me fastidió porque tampoco reaccionó al verte a ti, y no quería que te sintieses decepcionado. Pero cuando te diste la vuelta para irte, y esto lo juro por la vida de Gabby, te prometo que lo vi parpadear. Solo una vez.

Samkiel no respondió, pero ralentizó nuestro baile.

—¿Lo viste? —se sorprendió—. ¿Y por qué no dijiste nada?

—A la mañana siguiente estabas muy triste y no quise darte falsas esperanzas. Pero sí, lo vi. Los vamos a recuperar, Sami. —Le apreté el brazo—. Te lo juro.

—Lo haremos. —Me rozó la frente con los labios mientras me hacía girar—. Pero esta noche solo baila conmigo. De planes de batalla y de estratagemas podemos hablar mañana.

—Me parece bien. —Sonreí y, para despejar los nubarrones que se le habían formado en los ojos, le dije—: Entonces ¿qué te parece que te llamen mi marido?

Se le iluminó el rostro.

—Mucho mejor. Así no tendré que volver a oír que me llamas «amigo».

Me eché a reír de buena gana. Cuando lo miré de nuevo, vi que me contemplaba estupefacto.

—¿Qué pasa? —quise saber.

—Nada —respondió con un susurro ronco—. Es solo que te amo.

Mi sonrisa se desvaneció poco a poco. Me ofrecía esas palabras con tanta libertad, y sin esperar nada a cambio. No tenía que completar ninguna misión, ni recuperar ningún artefacto, ni había nadie a quien matar o mutilar. No tenía que esforzarme para conseguir su afecto, ni suplicarle que me concediese su atención. Nunca creí que nadie me fuese a decir esas palabras, así que cerré mi corazón, me doté de garras y colmillos, y me amé a mí misma. Pero Samkiel me las entregaba sin condiciones y de mil amores.

—Te amo, Samkiel, y no necesito un alma para sentirlo.

Su mano era un peso en mi cintura mientras bailábamos y sus dedos acariciaban la piel sensible de la espalda. Era un compendio de cada puñetero momento mágico que pudiese soñar, solo que no era un sueño; era real. Le apreté el hombro y descansé la cabeza contra su pecho. Un latido, luego otro, e incluso con aquella música deslumbrante, su corazón era mi canción favorita.

XXI
DIANNA

Samkiel se detuvo junto al portal abierto, hablando con Orym; al otro lado se intuía una pequeña oficina.

—¿Ves esto? —Miska cogió una flor de tallo amarillo—. Es una zumbaya. Sirve para preparar un ungüento que me calmará el dolor de los pies.

Bufé y aparté los ojos de Samkiel para mirarla.

—Seguro que puede ser útil a veces.

Asintió y recolectó más flores y pétalos para guardarlos en un pequeño zurrón de color pardo.

Reggie se detuvo a mi lado.

—Es muy especial, ¿verdad? —preguntó.

—Sin duda —dije—. Pero quizá tenga razón. Una crema para los pies puede venir muy bien, según cómo vayan las cosas.

—Ella es importante para lo que está por venir. —Reggie sonrió—. Y hay más como ella que todavía no has encontrado.

Fruncí el ceño.

—¿Ya empezamos otra vez con los mensajes inquietantes?

Reggie sacudió la cabeza y se llevó la mano a la sien.

—¿He dicho algo?

—¿No te acuerdas? —Di un paso hacia él, pero la voz de Samkiel he hizo volverme.

—Roccurrem. —Samkiel señaló el portal. Miska le estaba enseñando a Orym lo que había encontrado mientras lo cruzaban.

Reggie me puso la mano en el hombro.

—Ha sido una ceremonia preciosa.

Lo vi marcharse algo preocupada. Sabía lo que había oído, pero no tenía ni idea de lo que significaba. No se le habían puesto los ojos en blanco, como solía pasar cuando veía el futuro; y no parecía recordar lo que había dicho. El portal se cerró tras ellos y yo me quedé con una sensación de malestar. Algo iba mal.

Samkiel subió los escalones de dos en dos y el ligero contacto en el brazo me devolvió a la realidad.

—¿Estás bien?

Sacudí la cabeza y le sonreí.

—Sí. —Ya averiguaría otro día lo que le pasaba a Reggie. Aquel día nos pertenecía a Samkiel y a mí—. ¿Puedes creerlo? —dije. Me había apoyado en él, con la mano extendida, y sacudía el dedo con la alianza matrimonial—. Estamos casados.

Extendió la mano junto a la mía, y la gruesa banda de plata lanzó unos cuantos destellos. Me acerqué su mano para mirar más de cerca la franja de piedra triturada que recorría el centro del anillo y que le rodeaba todo el dedo. Al tocarse los dos anillos mi cuerpo reaccionó y me dio un escalofrío.

—Guau. ¿Qué ha sido eso?

Señaló con un gesto las manos y los anillos uno junto al otro.

—Es la magia que se asienta en ellos, ahora que el mío está activo. Es muy potente, pero debería estabilizarse en unas cuantas semanas.

Volví la mano y puse la palma contra la suya para que los anillos se conectasen. Otro escalofrío me recorrió el cuerpo, rápido e involuntario, e hizo que se me tensara el vientre.

Me sonrió. La luz plateada le brillaba en los ojos.

—Es intenso, ¿verdad?

—Mucho —dije, sin aliento.

Pero «intenso» no era la palabra correcta. Era más bien como una presión que me cubría como una manta cálida y me envolvía con su seguridad, como si hubiese estado helada y él me rodease con los brazos. Samkiel era la pieza que me faltaba, y ahora por fin estaba donde correspondía: total y absolutamente conmigo. Por fin comprendía por qué la gente se volvía loca, se dejaba arrastrar por la ira, por qué se rompía si perdía a su pareja. Si tenerla era así, su ausencia sería más que dolor, más que agonía. Yo antes pensaba que era una bestia maldita y colérica, pero si alguien me arrebatase lo que tenía ahora, el más malvado de los malvados parecería un santo a mi lado. Clavé la mirada en la suya como si hubiese aprendido a respirar de nuevo y me pregunté si aún sería mejor durante el sexo.

—Es posible.

Me quedé boquiabierta y aparté la mano.

—No me jodas. ¿Me acabas de leer la mente?

—Otra ventaja de la magia.

Abrí los ojos como platos, no de miedo, sino de excitación.

—¿Cómo?

Samkiel se encogió de hombros y miró el anillo.

—Es un hechizo incorporado en la piedra. Jaski, la esposa de Killium, puede infundir poder a los objetos. Fue alumna de Kryella, una de varias, y era capaz de usar la magia arcana. Toda una hazaña. He tenido mucha suerte de que haya sobrevivido todos estos años, pero también es la razón por la que volví con ese olor. Killium y ella se han ocultado en sitios poco seguros para mantenerse fuera del alcance de Nismera. Sus poderes los hacen a los dos blancos preferentes. A mi hermana malvada le encantaría hacerse con ellos, así que tienen que ocultarse.

Mi sonrisa no titubeó. Habían hecho tantas cosas por mí..., por nosotros.

—¿Les hiciste hacer anillos que imitan la marca?

—Tanto como fuese posible, sí. Por desgracia, aún no podemos compartir poderes. Sin las marcas auténticas, eso quedará fuera de nuestro alcance para siempre; pero sí hay algunas ventajas.

Me acerqué y le cogí la mano otra vez; el escalofrío volvió. No me había dejado porque le hubiese hecho daño. No, me dejó porque, sin la marca, jamás podría mantenerme a salvo en este ancho mundo si algo nos separaba. Y quería la siguiente mejor opción.

—Siento haberte mentido. De verdad. —Le sostuve la mirada—. ¿Puedes sentirlo, con los anillos?

Estudió mi rostro y por fin asintió con lentitud.

—Siento tu tristeza, pero no necesito los anillos para saber eso.

—Pasó el pulgar por mi alianza—. Lo que te dije entonces… No lo pensaba de verdad. Confío en ti más que en cualquier otra persona. Pero me sentía herido. Toda mi familia me había mentido y me había ocultado cosas. Yo… Tú… Quería que tú fueses diferente.

Le acaricié la cara.

—Te juro que ese era el último gran secreto que me quedaba. El único. No quería volver a hacerte daño, y al final, fue cuando más daño te hice. Tenía miedo de lo que dijeses, de lo que podía significar. Quería fingir que lo nuestro seguía siendo ese épico amor predestinado, aunque lo hubiese estropeado.

Su expresión se dulcificó. Me besó la palma de la mano.

—No estropeaste nada. Con marca o sin ella, eres todo lo que veo, todo lo que quiero. Y a la mierda el destino, ¿verdad?

—A la mierda el destino.

Le cogí las manos y las llevé alrededor de mi cuerpo, hasta la parte baja de la espalda. Le rodeé el cuello con los brazos y empujé los pechos contra su tórax.

—¿Todavía me deseas?

Se mordió el labio inferior y enarcó una ceja.

—Claro. Si no, ¿para qué me iba a casar contigo?

Mi carcajada se transformó en un gritito cuando me levantó en brazos y caminó hacia las escaleras.

Samkiel me dejó sobre mis pies frente a la puerta del dormitorio y se interpuso delante de mí. Con una sonrisa pícara, me tomó de la mano y abrió la pueta.

—¿A qué viene tanto misterio? Ya he visto el…

Las palabras se me murieron en los labios. Había luces parpadeantes y flores en todas las superficies; un aroma floral especiado flotaba en el aire. Las gruesas cortinas estaban recogidas y a través de los ventanales se veía el espectacular paisaje del exterior iluminado por la luz de la luna. La cama estaba recién hecha, con sábanas limpias y mantas, recogidas en parte, como una invitación.

—Vaya —se me escapó mientras trataba de asimilarlo todo—. ¿Cuándo has preparado esto?

—Durante la ceremonia.

Enarqué las cejas. Samkiel no solo estaba allí, sino además decorando el dormitorio en el piso superior. Sabía que se le daba bien la multitarea, pero eso era... impresionante.

Me lanzó una sonrisa pícara por encima del hombro.

—Ya me han dicho antes que soy bastante impresionante.

Me volví hacia él con una sonrisa contenida en los labios. Todavía no estaba acostumbrada a tenerlo dentro de mi cabeza.

—¿Y arrogante?

Se rio.

—Me lo ha dicho un par de veces una belleza morena.

Fruncí el ceño.

—Espero que te ayude a mantener la humildad.

—Lo hace.

—Es precioso —dije—. Más que precioso.

Samkiel sonrió y se dirigió a la chimenea del fondo.

—Quería hacer más cosas, pero he gastado tanto poder que empiezo a estar quemado.

—Sami. —Hice un gesto de asombro—. Esto sobrepasa todos mis sueños, pero no tienes que impresionarme, y menos a ese precio. Te aseguro que ya estoy impresionada.

—Estoy bien, y ya dormiré después. —El modo de decir «después» hizo que otro escalofrío recorriese mi cuerpo; no sabía si eran mis emociones o sus sentimientos. Se agachó y echó al fuego un par de troncos. Luego chasqueó los dedos y una llama plateada brilló hasta que prendió fuego y se volvió de un anaranjado intenso. Poco a poco, una calidez reconfortante sustituyó el frío de la habitación.

—Ya verás cuando hagamos otra ceremonia, una vez haya recuperado todo mi poder y estén todos presentes. Va a ser mucho más extravagante que esta.

Sonreí porque sabía que hablaba en serio, pero esa ya había superado todas mis expectativas. Gracias a ese día, me sentía completa.

—No sé si lo sabes, pero en Onuna, la novia suele llevar alguna prenda escandalosa bajo el vestido para atormentar a su marido con ella.

—Curioso. —Samkiel se limpió las manos según se levantaba y se volvió a mirarme. Se me acercó, desabrochándose la chaqueta. Se detuvo frente a mí y pasó los dedos por el tirante de mi vestido—. Pero tú no necesitas hacer eso para atormentarme. Solo tienes que mirarme y ya se me pone dura. Tu simple existencia me produce ciertos efectos.

—Qué cosas… —Le pasé la mano por el pecho hasta llegar a los anchos hombros.

—Pero —dijo Samkiel— disfruto mucho con las prendas diabólicas y perversas que encuentras.

—Ah, ¿sí? —Lo miré a través de las pestañas, con una sonrisa taimada—. Yo también encuentro excitantes algunas cosas que te pones.

Samkiel rio entre dientes.

—¿Cómo qué, por ejemplo?

Lo rodeé y le pasé la mano por el brazo mientras me dirigía al pie de la cama. Le lancé una mirada lasciva de reojo. Al bajarme los tirantes por los brazos se me endurecieron los pezones. Podría jurar que se me hincharon las tetas solo del contacto de su mirada hambrienta.

Dio un paso decidido hacia mí, pero levanté la mano para detenerlo.

—Ahora estamos casados, ¿cierto?

La confusión se asomó a sus ojos.

—Cierto.

—Eso significa que soy tu reina, ¿verdad?

Las comisuras de sus labios se alzaron de satisfacción.

—Verdad.

—Por tanto, tú obedeces a tu reina, ¿correcto?

El deseo brilló en sus ojos y me quedé hipnotizada mientras la plata le inundaba los iris.

—Sí.

—Bien —dije. Me llevé las manos a la espalda del vestido y el movimiento levantó los pechos hacia él. Poco a poco desabroché los botones de la parte baja de la espalda—. Sigue ahí hasta que yo te ordene lo contrario.

Flexionó las manos y luego cerró los puños y se los llevó a la espalda.

—¿Qué estás haciendo?

—Te dije que tenía mis fantasías, ¿no es cierto? —El vestido se deslizó por mi cuerpo con un suave susurro y cayó al suelo alrededor de mis pies; me quedé completamente desnuda frente a él—. Bueno, pues esta fantasía ocurrió en los restos de Rashearim, mientras llevabas la ropa del consejo.

Sus *adyin* se encendieron con una luz plateada. Bajó poco a poco las manos. La silueta de la polla se engrosó entre sus piernas.

—¿Una fantasía? —Tragó saliva—. ¿De mí?

Asentí. Me senté en el borde de la cama y retrocedí solo un poco. No necesitaba verle los brazos para saber que, mientras me miraba, tenía los músculos tensos. Apoyé los tacones en el borde del colchón y me abrí de piernas para que me viese bien. Tragó aire con un estremecimiento y sus ojos se dirigieron a mi sexo, ya lubricado.

—¿Quieres ver lo que hice una noche, mientras tú estabas fuera? No podía dormir, y la tensión intermitente entre nosotros me tenía frustrada. Así que me deslicé la mano así.

Moví la mano sobre mi sexo y Samkiel se quedó rígido. Dibujé con los dedos círculos lentos y suaves alrededor del clítoris. El placer me atravesó y de los labios se me escapó un gemido. Samkiel miraba cada caricia con una necesidad feroz y salvaje, y a mí me encantaba.

—Dianna. —Su voz contenía un aviso—. No soy tan fuerte.

—Si te mueves —dije con una sonrisa taimada—, paro.

Samkiel gimoteó, gimoteó de verdad y frunció los labios con fuerza. Estaba disfrutando el poder que tenía sobre él, cómo podía volverlo loco sin siquiera tocarlo. Me acomodé más hacia atrás y la mano libre se dirigió al pezón para acariciarlo y tironearlo.

—Joder —jadeó Samkiel, mientras me observaba. Entre su desesperación y lo que yo estaba haciendo, la necesidad me dominó y gemí un poco más fuerte.

—Llevabas varios días fuera. —Me estremecí—. Estaba sola en mi habitación, de noche, y solo podía pensar en ti. Lo único que me venía a la mente eras tú. —Mis dedos descendieron y se metieron dentro; la húmeda calidez agradeció la intrusión—. Me preguntaba qué pasaría si volvías y me encontrabas totalmente mojada solo de pensar en ti.

Retiré los dedos y me los llevé a la boca. Los lamí hasta dejarlos limpios. Juraría que un rayo se deslizó por el techo de nuestro dormitorio.

—¿Quieres saber lo que habría hecho? —dijo con voz grave, ronca y enfadada.

Asentí.

—Muéstramelo.

Antes de que la palabra terminase de salir de mis labios el chisporroteo de calor de su poder me rodeó los puños y me obligó a abrir los brazos.

—Primero, me aseguraría de que no pudieses tocar lo que es mío. —Samkiel me acechó con esa turbulenta mirada de plata—. Luego te preguntaría en qué estabas pensando para hacer algo tan perverso por ti misma. —Dobló los dedos bajo mi barbilla y me hizo levantar la cabeza. Puso su boca contra la mía y deslizó la lengua sobre mis labios antes de hacerse con mi boca. Gruñó cuando froté mi lengua contra la suya y compartimos el sabor residual de mi placer. Interrumpió el beso—. ¿Y tú, qué dirías?

—Que pensaba en ti. —Las palabras salieron de mis labios, casi inaudibles—. Siempre en ti.

—Y luego me pondría de rodillas y lamería hasta el último rincón mojado de ti, haciendo que te corrieras una y otra vez hasta que no pudieses aguantar más y me suplicases que parase. —Me separó más las piernas y se arrodilló entre ellas, y el corazón me dio un vuelco—. Y cuando creyeses que ya no podías más, te follaría tan fuerte que la siguiente vez que pensases en tocarte sin estar yo presente, lo único que sentirías sería la carne magullada que dejaría a mi paso.

Una mano me cogió de los muslos y me abrió hasta casi dolerme. El aire fresco me hacía cosquillas sobre la carne sensibilizada. Me miró y, de modo lento y deliberado, me lamió desde el centro hasta el clítoris.

El gemido que se me escapó al sentir la lengua cálida y húmeda en el punto más sensible de mi cuerpo fue a la vez fuerte y estimulante.

Lo repitió y mis terminaciones nerviosas latieron y el vientre se tensó con fuerza. Gemí cuando se alejó del coño y se puso a lamer y mordisquear el interior de los muslos. Luché contra el poder que me sostenía inmóvil, decidida a poner esa boca donde yo la necesitaba, pero no cedió; sus manos sostuvieron mis caderas justo donde él las quería. Su aliento era cálido y provocador; la lengua lamía el pliegue del muslo y me estaba volviendo loca.

Samkiel estaba cumpliendo su promesa, limpiando cualquier rincón que se hubiese manchado cuando me metí los dedos. La boca se acercó a mi sexo y yo levanté las caderas. La lengua hizo otra pasada, pero esta vez empezó por la piel justo bajo la entrada.

—¡Samkiel! —grité. Me temblaba el cuerpo, lo necesitaba otra vez en mi clítoris. No respondió, pero noté en mi carne la vibración de su risa—. Joder —me quejé. Mis caderas se retorcían bajo sus manos. No podía mover nada más; su poder me sostenía con fuerza—. Sami, por favor, cómeme el coño.

Me lamió una última vez, con una lentitud agónica, y luego me clavó la lengua dentro. Gemí y mi coño se cerró sobre él; la sensación era maravillosa, pero al mismo tiempo necesitaba más. Sacudí las caderas para follarle la cara; la nariz presionaba contra mi clítoris y la lengua me follaba, hasta que, por los dioses del cielo, me corrí. El orgasmo me atravesó antes de darme cuenta siquiera de que estaba llegando. Samkiel bebió con ansia los jugos de mi placer, saboreando cada estremecimiento y cada temblor mientras yo gritaba su nombre.

Traté de moverme para provocar otra oleada de placer, pero Samkiel me retuvo con fuerza. Movió la cabeza de un lado a otro y estimuló mi clítoris, ya demasiado sensibilizado. Mi cuerpo tembló mientras él me trabajaba como un maestro, llevándome una y otra vez hasta el límite, pero sin dejarme ir más allá. Entonces hice lo que él había dicho que haría.

Supliqué.

Supliqué mientras él seguía lamiéndome y provocándome, supliqué hasta que por fin me dejó llegar, y volví a suplicar cuando me soltó las manos. Necesitaba más, su boca y sus labios y su lengua por todas partes, y después necesitaba que me llenase del todo.

La mirada de Samkiel saltó hacia la mía como si hubiese oído mis pensamientos; una sonrisa lenta y seductora se extendió por su rostro. Me agarró el culo para acercarme más y los dedos casi me dejaron marcas.

—Te necesito —gimoteé, pero no me hizo caso.

Me volvió a saborear; la lengua presionó a fondo, un lametón largo y lento, y luego succionó mi clítoris. Mi visión se llenó de estrellas, blancas, puras y cegadoras.

—¡Joder! —grité, con la cabeza echada para atrás. Samkiel era implacable; me chupó y me acarició el clítoris y luego me metió los dedos a fondo, dilatándome. Los dobló dentro de mí y mi espalda se despegó de la cama.

Ya no podía mirar lo que hacía. Casi ni podía respirar. El éxtasis lamía mi interior y se iba convirtiendo en un infierno. Otra necesidad palpitante y desconocida creció, mientras me lanzaba a otro orgasmo. Grité cuando la sacó y me arrancó un jadeo quejumbroso tras otro.

—Sami. —Mis palabras eran exigencias sin aliento mientras me debatía y me retorcía bajo su agarre. Los dedos presionaban un punto concreto de mi interior y lo masajeaban con avaricia, y lo único que yo podía hacer era gemir y retorcerme.

—Cariño, por favor, por favor, por favor...

El éxtasis que me había hecho sentir era tan inmenso que los ojos se me llenaron de lágrimas. Mi cuerpo exigía más de esa boca tan habilidosa, aunque me matase.

—Oh, dioses. Oh, dioses. —Los dedos se curvaron de nuevo y mi cuerpo se dobló. El calor me desgarró con la llegada de un nuevo orgasmo. Iba a morir, aquí y ahora. Ni siquiera sabía si los ruidos que hacía eran palabras.

—Esa es mi chica. —Sentí su sonrisa contra mi carne empapada—. Dame uno más, ¿de acuerdo?

Gemí y sacudí la cabeza, incapaz de hablar. Lo único que me salían eran gritos y gemidos con cada lametón, con cada latigazo de la lengua, con cada empujón de los dedos. Alcanzó ese punto de mi interior y se lo trabajó, y mi cuerpo se dobló y se arqueó siguiendo su ejemplo.

Extendí las manos y le agarré la cabeza y le metí los dedos en el pelo, mientras embestía sus dedos y su lengua. Me tensé, me estremecí y me dejé ir. El orgasmo me atravesó por completo; eché atrás la cabeza, con la boca abierta, esperando no haberlo aplastado. Le solté la cara y la mano chocó con la sábana mientras mis piernas se cerraban sobre su cabeza. Mis manos se engarfiaron a la sábana y mi cuerpo se retorció, asaltado por oleada tras oleada de placer.

Jadeaba sin control y mi cuerpo se estremecía; ya no cabalgaba las olas de placer, sino que me ahogaba en ellas. La presión de Samkiel sobre mis caderas se aflojó. Abrí los ojos. Mis muslos temblorosos se tensaron, reacios a dejar que se apartase.

Samkiel besó mi clítoris hinchado y me sonrió, con la boca brillante de mis jugos.

—Eso ha sido la compensación por haberte abandonado.

Se me estremeció el corazón, y el bajo vientre se tensó, al verlo llevarse un dedo a los labios y lamer los jugos de su cara.

—¿Orgasmos múltiples por abandonarme? —Mi risa era áspera y débil—. Hazlo más a menudo.

Ni siquiera me di cuenta de que estaba llorando hasta que él se inclinó y me secó las mejillas. Las lágrimas que me cubrían el rostro no eran de dolor, si no de euforia, pura y conmovedora.

—Y también por hacerte llorar.

Se me escapó un sollozo ahogado.

—Ahora ya me parece bien.

Su mirada reflejó lujuria mezclada con... ¿dolor?

—Solo quiero ser responsable de tus lágrimas cuando seas un despojo sollozante y dolorido. Cuando te haya hecho correrte tantas veces que llores de felicidad.

Lo agarré de la barbilla y lo atraje hacia mí. Sus labios se posaron sobre los míos y oí que se llevaba las manos a las solapas. Me incorporé y le sujeté las manos, para ponerme de rodillas mientras él se levantaba. Sentía las piernas como si fuesen de gelatina, pero mi necesidad era más importante. Su sonrisa se desvaneció cuando lo agarré del cuello de la camisa y tiré de él otra vez para forzar sus labios sobre los míos.

Puede que yo iniciase el beso, pero estaba famélico y enseguida tomó el control. Deslicé las manos entre nosotros y rompí y arranqué el tejido que nos separaba. Los botones rodaron por el suelo y la capa, la chaqueta y la camisa pronto los siguieron. Le pellizqué un pezón, lo que le arrancó un gemido. Bajé las manos sobre los abdominales y más abajo para arrancarle los pantalones. Lo besé con más pasión y él me chupó la lengua, pero se apartó cuando le cogí la polla con las manos. Echó la cabeza atrás y jadeó. Mis movimientos, al deslizar la mano arriba y abajo de su grueso miembro no fueron ni suaves ni delicados. Tensó el estómago y se inclinó para apoyar la frente contra la mía. Gimió y nuestros alientos se mezclaron.

Samkiel ladeó la cabeza para volverme a besar, pero lo obligué a echarse para atrás y me bajé de la cama. Me puse de rodillas y me metí la polla en la boca. Gritó y me entrelazó los dedos entre el cabello, sujetándome por los mechones más largos. Cerré la mano alrededor de la base y apreté los labios sobre su miembro. Moví la lengua de un lado a otro para humedecerlo en toda su longitud, mientras subía y bajaba la cabeza. Con la mano libre le agarré el culo para obligarlo a entrar más dentro de mi boca, hasta que sentí la punta en mi garganta.

—Joder —gruñó, y dio una embestida—. Sí, *akrai,* sigue así, por favor.

Me dejé caer más sobre las rodillas para adaptarme a sus empujones en mi garganta. Lo miré a través del velo de mis gruesas pestañas y tragué saliva. Abrió la boca y se aprovechó de que me sujetaba el pelo para hacerme inclinar la cabeza. Echó la suya hacia atrás, sumido en el éxtasis, y dejó expuesta la gruesa columna de su cuello.

—Te amo. Te amo. Te amo.

Lo solté con un chasquido, pero seguí meneándosela mientras alzaba la vista para mirarlo y tragaba grandes bocanadas de aire. Me miró con los ojos entornados; apenas se veía una rendija de plata que brillaba tras las pestañas. Pensé que había pronunciado esas palabras en voz alta, pero tenía los dientes apretados, y comprendí que no las había dicho; las había pensado. Recorrí con la punta de la lengua la *adyin* que le brillaba sobre el miembro, y luego me lo metí otra vez en la boca. Latía contra mi lengua, y las caderas le temblaban. El calor se abrió paso en mí y sentí cómo mi necesidad descendía muslos abajo mientras me lo metía hasta el fondo y me lo tragaba una vez más. Me atraganté y la garganta se cerró sobre su polla. Dejó caer la cabeza y los músculos de los antebrazos se hincharon; me sujetó el pelo con más fuerza. Los abdominales se contrajeron y se relajaron. Las caderas se alzaron en un movimiento instintivo para llegar lo más adentro posible.

—Mía, mía, mía. ¡MÍA!

Una necesidad desesperada me desgarró; retorcí el puño alrededor de la base de la polla y, con ternura, le acaricié y le apreté los testículos. Gimió y un estremecimiento sacudió su cuerpo poderoso. Ver el efecto que tenía sobre él, notar las primeras gotas que se derramaban sobre mi lengua y oír lo que pensaba a través de los anillos me empujó al borde del orgasmo. Sabía que, con un solo toque, me correría de nuevo. Chupé y rocé con la lengua el sensible borde inferior de la cabeza y noté que se hinchaba. Le pasé las uñas con suavidad sobre las pelotas y sus gemidos resonaron por toda la habitación mientras las caderas empujaban hacia delante.

—*Akrai.* —Tiró de mi cabeza para deslizar la polla fuera con un ruido seco—. Me voy a correr.

—Estupendo. —Jadeé y moví la mano de punta a punta de su brillante longitud. Traté de liberarme de su agarre para volvérmela a meter en la boca.

—Así no, esta noche no —gruñó—. Necesito metértela. Ya.

Samkiel me levantó y ambos caímos en la cama. Sus labios se inclinaron sobre los míos y se movió más arriba en la cama antes de dejar caer su peso sobre mí. Apretó la polla contra mí y la frotó contra la humedad entre mis muslos, como si no pudiese contenerse. Doblé las rodillas y se las puse a los costados para abrirme más para él, mientras no dejaba de besarme con besos lentos y apasionados. Me agarró del pelo de la nuca y tiró de mi cabeza hacia atrás para poderme mirar. Me lamí los labios y esperé, creyendo que iba a decir algo sucio, pero su mirada era dulce y cálida, llena no solo de lujuria, sino de…

—Te amo —susurró.

Le sonreí y deslicé el pulgar por su labio inferior, como si pudiese tocar esas palabras, además de oírlas.

—Te amo —dije, e incluso a mis propios oídos sonó como un voto.

Para nosotros no eran solo dos pequeñas palabras. Nunca lo habían sido. Las piezas rotas que habíamos perdido hacía tanto tiempo parecían volver y encajar de golpe en su sitio.

Los labios de Samkiel y los míos se encontraron en una danza lenta y rítmica. Desplazó las caderas para colocar la punta de la polla contra mi coño. Empujó para meterse dentro poco a poco, forzando a mi cuerpo a dilatarse para acomodarlo. Jadeé y dejé de besarlo. Le clavé los ojos mientras él se mecía en mi interior. Su cuerpo enorme brillaba y sus marcas *adyin* divinas pulsaban con cada latido de su corazón. Su aliento se derramó sobre mis labios mientras se metía dentro de mí hasta las pelotas. El fuego estalló en mis venas y me cerré sobre él en una dulce bienvenida.

Se hizo de nuevo con mi boca y empezó a moverse con acometidas lentas y apasionadas. Oh, dioses, lo sentía por todas partes, cada movimiento en mi interior, las manos sobre mis caderas, la lengua en mi boca. Me estaba tocando de una forma tan profunda que, si tuviese un alma, estaría gritando y fundiéndose con él.

Nunca había sentido tal nivel de intimidad; y sabía que para él era igual. Lo saboreaba en sus besos, lo sentía en cómo adoraba mi cuerpo con cada embate. La prueba era la letanía de pensamientos que no sabía cómo expresar en voz alta.

Samkiel apoyó la frente sobre la mía; nuestras bocas estaban a centímetros de distancia. Sentí que algo volvía a cambiar entre nosotros, sin intercambiar palabras, solo ese vínculo hambriento y doloroso que, por un instante, se sentía cerrado, se sentía completo. Cerró las manos sobre mi culo y movió el miembro dentro y fuera de mí, de modo lento y deliberado, como si el momento fuese tan precioso que no quisiera verlo acabar jamás.

Me encantaba, pero necesitaba más. Le clavé las uñas en la espalda y le mordí el labio inferior.

—Sami, por favor.

Su siguiente empujón me arrancó un jadeo. Tiró de mi pierna para subirla más arriba sobre su muslo y luego casi sacó la polla del todo y la empujó hasta el fondo. Grité y arqueé el cuerpo bajo él para obligarlo a adentrarse más. Cerró las manos con fuerza sobre mi culo para mantenerme inmóvil.

—¿A quién perteneces? —gruñó, mientras me la metía de nuevo hasta el fondo.

—A ti.

Otra embestida, profunda y poderosa, que me hizo gritar y que mi cuerpo se estremeciese alrededor de su polla.

—Otra vez —exigió—. Dímelo otra vez.

Sus caderas se sacudieron otra vez, con un embate brutal que me alcanzó en ese punto de mi interior que casi me hacía llorar de placer.

—¡Soy tuya! ¡Soy tuya! ¡Tuya! ¡Tuya!

De mi boca solo salieron gemidos, pero supe que había oído las palabras por la forma en que me embistió aún más fuerte. Metió la mano entre ambos y me presionó el clítoris hinchado con el pulgar, trazando un círculo. Los ruidos que se escapaban de mi garganta no eran humanos, ni de ninguna lengua conocida. La piel se me erizó de calor, y el placer me atravesó desde el centro hasta los dedos de los pies. Agachó la cabeza y me mordió un pezón con tanta fuerza como para enviar descargas eléctricas hasta mi mismo sexo. Grité y me cerré sobre él y él me embistió mientras seguía presionándome el clítoris. Mi cuerpo se estremeció, y me corrí.

—¡Samkiel!

Me agarró las caderas con ambas manos y me sostuvo con fuerza para asegurarse de que seguía en él mientras me hacía pedazos. Gruñó y la sacó, resistiéndose al agarre de mi cuerpo. Sin pausa, me la volvió a meter a tanta profundidad que se me contrajo el vientre. Otro orgasmo me barrió y mi cuerpo se cerró sobre su miembro con tanta fuerza que le arrancó un gruñido. Mi nombre se escapó de sus labios a la vez que sentía la polla que se movía dentro de mí, pero lo que me derritió el corazón fue lo que oí en mi cabeza.

—Mi *akrai.* Mi Dianna. Mi amor.

XXII
DIANNA

—¿Seguro que la comida está en buen estado? —pregunté.

La risa de Samkiel resonó dentro de la gran nevera. Me llevé la mano a la barbilla y disfruté viendo los músculos que se movían en la espalda y admirando los pequeños arañazos rojos de su piel. Se volvió, con los brazos llenos, y cerró la puerta con un golpe de cadera. Fruncí los labios al ver más marcas en el pecho, así como una serie de mordiscos en el cuello. Me invadió una abrumadora sensación de orgullo. Lo había marcado.

—Mío.

Desvió la mirada hacia mí y a sus labios asomó una sonrisa.

—¿Me has leído la mente?

Sin responderme, dejó el surtido de frutas y otros vegetales sobre la mesa. Los había de todos los colores, incluso algunos que no había visto jamás. Me senté en el banco de madera, y el dolor entre mis piernas me arrancó un respingo.

—¿Estás bien? —se interesó, con una mirada atenta.

—Sí. —Le devolví la sonrisa—. Estoy un poco dolorida. Pero es un dolor bueno. Dolor de felicidad.

—Ah. —Sus ojos mostraron una satisfacción muy masculina, y sonrió para sí mismo. Hizo un gesto con la muñeca y en la mano se materializó una daga ardiente que no había visto nunca.

—Dolor bueno —repitió con presunción.

Sacudí la cabeza; pero tuve que admitir que tenía motivos para presumir. Había cumplido su promesa previa y nuestra noche de bodas se había convertido en mañana de bodas, y mediodía, y tarde. Ahora estábamos por fin en la cocina, después de casi matarme a polvos.

Apoyé la barbilla en la mano mientras él troceaba los diversos alimentos. La gran mesa de madera tenía cabida para cincuenta, pero parecía más adecuada para preparar la comida o para servirla. La cocina era inmensa, pero por experiencia sabía que no era nada en comparación con el auténtico comedor. Sobre un enorme fogón colgaba un estante metálico del que pendían ollas y sartenes cubiertas de polvo. Samkiel me dijo que cuando lo encontró, el lugar olía a rancio. Se encargó de limpiarlo y quitar lo peor, pero el suelo seguía cubierto de polvo y basura.

—¿Te dije que te perdono si me vuelves a abandonar? —le pregunté mientras él cortaba y picaba y reunía los trozos diversos en otro cuenco.

—Sí. —Sonrió y me miró—. Pero prometo que no lo volveré a hacer.

Sabía que no lo haría. Era una sensación extraña pero familiar, ese vínculo entre nosotros, tan estrecho como podía llegar a ser sin tener las marcas.

Entre sesión y sesión de sexo habíamos hablado y se lo había contado todo. Pude ver su dolor por la pérdida de nuestra marca y las heridas aún sin curar que mis mentiras le habían provocado en el corazón. Le conté que había visto a Gabby y que, aunque me encantó, supe que sería la última vez que la vería. Él compartió conmigo la carga de esas emociones agridulces y besó cada lágrima que derramé. Ahora ya no había secretos entre nosotros, y pretendía que siguiese siendo así.

Le sonreí cuando cogió el cuenco y se desplazó hacia el fogón para seguir preparando lo que fuese que estaba haciendo. Después de dos días llenos de acontecimientos, no me cupo duda de que se moría de hambre. Mi mirada descendió hacia la marca de dientes de su pectoral izquierdo. Desde luego, yo ya no estaba hambrienta.

Me alcé un poco sobre el banco y lo estudié unos instantes.

—Samkiel, este sitio no está muy limpio que digamos. ¿Estás seguro de que la comida está en buen estado?

Cogió una especie de verdura de tallo verde y se puso a pelarla.

—Sí —rio—. Es todo fresco.

Levanté las manos en un gesto defensivo; las mangas de su camisa se me deslizaron brazo abajo.

—Lo digo por si acaso. Ya te han envenenado una vez; mejor ir sobre seguro.

Terminó de preparar su comida y pasó sobre el banco, una pierna tras otra, para sentarse a mi lado. Luego metió el tenedor en el cuenco y le dio un buen bocado al alimento.

—¿Qué te has hecho?

Terminó de tragar y lo movió para que yo lo viera.

—¿Te acuerdas de aquello que nos preparaste en Rashearim?

—¿Durante nuestra maratón sexual de tres días? Sí.

Inclinó la cabeza, casi con timidez.

—Es lo más parecido que he podido conseguir con las verduras a mano.

El resultado era mediocre, para ser generosos, pero el esfuerzo había sido adorable.

Posé los ojos en los suyos.

—No sabía que te había gustado tanto.

Asintió y, tras recuperar el cuenco, se llevó a la boca otra buena cantidad.

—Te tendré que preparar más —dije, mientras lo miraba comer—. Sin queso te pierdes un componente clave.

Puso los ojos en blanco en un gesto dramático y se echó a reír.

—El queso no estaba en mi lista de prioridades mientras estuve fuera.

Le acaricié el pelo corto de la nuca y la calidez se extendió de nuevo por mi pecho. No, no estaba. Pero un hogar, un anillo y una boda entera sí lo estaban.

—Pues qué pena —dije.

—¿Qué? —El tenedor se detuvo antes de llegar a la boca.

—No se te permite volver a hacer la compra jamás.

Casi se atragantó de risa. Le pasé la mano por la espalda. Me dirigió un gesto de fingida resignación y luego engulló más comida. Le froté la espalda en pequeños círculos y mis ojos se fueron sin querer al anillo.

—En Onuna, cuando una pareja se casa, la mujer a menudo adopta el apellido del marido.

—Ajá. —Me miró a los ojos sin dejar de comer.

Se encaró hacia mí. La luz de la luna le acariciaba la piel y arrancaba destellos de su cabello. Oh, dioses, qué hermoso era este hombre. Me cortaba la respiración, y no creía que llegase el día en que dejase de pasarme.

—No quieres mi apellido —dijo, con los labios torcidos en una pequeña sonrisa.

—De ti lo quiero todo.

Se acomodó en el banco; el amor se reflejaba en sus ojos.

—¿Dianna Unirson? No.

—¿Ese es tu apellido? —Fruncí el ceño—. Supongo que tiene sentido, para continuar el legado, y todo eso.

—Exacto —confirmó, y clavó de nuevo el tenedor en el cuenco—. Así que, ¿por qué no continuamos el tuyo?

Levanté la cabeza, asombrada; él siguió comiendo como si no acabase de decir algo extraordinario.

—¿El mío?

Asintió y removió la comida.

—Sí. ¿Por qué no adopto yo tu apellido?

—Mi apellido no es real —dije en voz baja; la pregunta me había estremecido.

Dejó el tenedor, con el ceño fruncido.

—¿Quién te ha dicho eso?

Me encogí de hombros.

—Nadie. Pero, por si no te acuerdas, Gabby escogió nuestros nombres. Mi auténtico nombre…

—Tu auténtico nombre es el que tú elijas —dijo, tan serio que pensé que lo había hecho enfadar.

—Solo quería decir… —No sabía qué quería decir.

—Dianna. Gabby te lo dio, os lo dio a ambas. Para mí es real. —Levantó la mano y me apartó de la cara un largo mechón rizado—. Y yo también lo quiero. Lleva consigo un poderoso legado. El de una mujer que desafió todas las expectativas y arriesgó su vida para mantener a salvo lo que amaba.

—Una mujer que fracasó —añadí. Los ojos empezaban a quemarme.

—¿Cuándo? —Ladeó la cabeza—. Gabby vivió tres..., no, cuatro vidas humanas y disfrutó de cada segundo que pasó contigo. Y yo casi ni había llegado al otro lado cuando me arrastraste de vuelta al mundo de los vivos. —Resoplé y abrí la boca, pero él me la cerró—. Yo diría que es un legado mucho mejor que el mío.

Me incliné hacia él y le planté un beso en los labios. Sus palabras curaban partes de mí que aún seguían rotas. Era real, como Gabby lo había sido para mí, y él lo veía y lo respetaba. Dioses, no creí que pudiese amarlo más, y sin embargo...

Sonreí sin dejar de besarlo y él me acarició la espalda.

—¿De qué te ríes?

Me encogí de hombros.

—Samkiel Martinez. Suena muy gracioso.

—Hummm. —Se movió para sentarse a horcajadas sobre el banco y me atrajo entre sus muslos abiertos y me envolvió en la calidez de sus brazos—. Suena a que yo soy tuyo y tú eres mía.

Inclinó la cabeza para besarme de nuevo, pero una luz brillante atravesó la cocina y convirtió la noche en día. Al unísono, nos pusimos de pie de un salto y corrimos a las ventanas. El miedo me recorría no solo las venas, sino también la mente; y supe que no era la única que lo sentía. ¿Nos había encontrado Nismera? ¿O su legión? Pero al alzar la vista y contemplar la estela luminosa, comprendí que no se trataba de ella. Algo similar a un cometa atravesaba el cielo nocturno.

—Vaya, los cometas en este planeta son mucho más bonitos. —Me puse de puntillas para mirar por encima de su hombro.

Samkiel negó con la cabeza y sentí que sus músculos se tensaban bajo mi mano.

—No es un cometa, ni una estrella.

Al mirarle el rostro vi que estaba pálido.

—Entonces ¿qué es?

—Una casmira. Había leído sobre ellas, pero nunca había visto una. Son seres mitológicos, muy poco frecuentes, que solo cruzan el cielo para anunciar la llegada de un nuevo gobernante. Una voló para anunciar a mi padre, y ahora otra vuela para…

No terminó la frase. Se le fueron los ojos a mi mano, y ambos nos quedamos mirando mi anillo.

—Oh.

XXIII ROCCURREM

Un día después

Una música lenta llenaba el pequeño estudio, y Miska aplaudía, pero mi atención se centraba en la esquina de la calle, bajo la ventana. Un hombre al que había visto cambiar su destino veinte veces por fin conocía a su futura esposa al tropezar con ella en la esquina.

—Tenían ese pequeño reproductor musical que pedí, y solo costaba tres monedas de plata —dijo Miska—. ¿Puedes creerlo?

—Desde luego que no —respondí.

Soltó una risita.

—Vale, eran cinco, pero Orym me ayudó.

Orym sacudió la cabeza.

—Miska —dijo—, ¿nos dejas un momento a solas, por favor?

Abrió mucho los ojos y nos miró a ambos.

—Claro, pero el reproductor musical es para ti, Reggie. Siempre te oigo tararear por la noche, así que ahora tienes algo para cantar. —Miska sonrió otra vez y al salir de la habitación cerró la puerta tras ella.

—¿Tarareas? —se sorprendió Orym.

Me encogí de hombros.

—No soy consciente de hacerlo.

—¿Hay muchas cosas de las que no seas consciente últimamente?

Respondí al elfo con una breve sonrisa y luego me senté junto a la mesita del centro de la sala. Di un sorbo al té que había preparado Miska antes y la lenta pulsación de mi cabeza se redujo.

—Tengo entendido que traes noticias, ¿correcto?

Orym asintió y se detuvo a mi lado.

—Nada bueno.

Esperé en silencio a que continuase.

—El otro día se vio a una casmira cruzar el cielo. Supongo que sabes lo que significa.

—Desde luego. Solo he visto cinco en toda mi existencia. Nunca se equivocan en sus elecciones.

Orym se rascó el entrecejo.

—Entonces ya sabes que el este ha caído. —Dejó sobre la mesa una pequeña nota manuscrita—. Veruka me ha puesto al día. Y la causa de esa caída es…

—Dianna —lo interrumpí, y dejé la taza en la mesa.

—Eso es lo que pensamos Veruka y yo. Cuanto más reta Dianna a Nismera y más tropas suyas mata, más osados y hostiles se vuelven los rebeldes, que reclutan a más gente y crecen en número. Nismera está nerviosa.

—Tiene razones para estarlo, sí.

—Veruka dice que Nismera cree que la casmira apareció por ella, porque ha librado al mundo de Dianna y su bestia y así ha eliminado la amenaza.

—La arrogancia no es solo un don de los dioses, ¿sabes? —dije. Le eché un azucarillo al té y lo removí.

Orym se sentó frente a mí.

—¿Qué sabes? Es decir, Roccurrem, hablamos de aniquilación a gran escala. Ahí fuera había al menos cincuenta planetas.

—Es una diosa que procede del miedo y la destrucción. Si aquellos a quienes gobierna ya no la temen, pierde su ventaja. Ahora cree que la ha recuperado —expliqué.

—¿Y eso no te asusta? —El pánico de Orym iba en aumento. Allí ya no quedan más que fragmentos de roca flotantes—. ¿Qué arma tiene que pueda hacer algo así?

—Muchas. —Me acomodé en la silla y di otro sorbo—. Pero lo que me asusta no ha llegado aún.

—¿Qué significa eso? —quiso saber Orym.

—Deberías dormir un poco y dedicar al menos un día más a descansar.

Orym palideció.

—Tenemos que decírselo a ellos —dijo mientras se levantaba.

—Lo haremos cuando regresen.

Orym suspiró y se frotó la cara.

—Voy a enviarle otro mensaje a Veruka. Quizá, si obtenemos más información, podamos adelantarnos a Nismera.

No dije nada mientras se dirigía a la puerta. Nada sobre sus preocupaciones e inquietudes por lo que se avecinaba, y nada sobre el frío intenso que lo siguió fuera de la habitación.

XXIV CAMILLA

Me senté ante el tocador, con el pendiente en la mano, y a través del espejo vi las sombras que se formaban detrás de mí. Puse los ojos en blanco y dejé escapar el aire poco a poco. Kaden surgió de entre las sombras, ocupado en ajustarse el gemelo de la muñeca derecha.

—Un pelín dramático, ¿no? —le dije, y me encaré hacia él. Kaden me miró y enarcó las cejas—. ¿Qué pasa? —Bajé la vista hacia el vestido resplandeciente que se ajustaba a mi cuerpo.

—Bonitas tetas.

Cerré los ojos ante tamaña grosería y me llevé la mano a la frente.

—¿Piensas robarle a Vincent a mi hermana con ese vestido? —preguntó.

Bajé la mano, con las mejillas sonrojadas, y le di la espalda.

—No voy a robar nada.

No podía negar que me encantaba el vestido que me habían enviado a mi cuarto. En parte, era un placer poderme acicalar y llevar algo bonito. Quizá tenía la esperanza de que me mirase y no fuese capaz de apartar la vista. La idea hizo que mi magia zumbase de felicidad.

—Y hablando de trajes, ¿qué llevas puesto? —le pregunté tras recorrer su reflejo con la mirada mientras me repasaba el carmín—. Con ese cuello alto, pareces un vampiro gótico.

Kaden hizo una mueca y apartó la vista, y yo sonreí. Ojo por ojo, cabrón. Su traje era una mezcla de negro y rojo. La camiseta que llevaba debajo era de cuello alto, pero se abría para dejar al descubierto la parte superior de sus pectorales. Desde luego, el traje le hacía justicia. Igual que sus hermanos, Kaden era un hombre muy atractivo. Dejando aparte, claro, que era el mal encarnado y que mataría sin pensárselo dos veces.

—¿Dónde está tu sombra? —pregunté. Me refería al hermano que casi nunca desaparecía de su lado.

—Muy graciosa.

Kaden se me acercó y pasó los dedos por el extremo de una de mis brochas de maquillaje.

—Si Nismera se entera de que estáis follando os matará a ambos, ¿sabes?

—Cree que hay algo entre tú y yo. Dudo mucho que sospeche de lo que hay entre Vincent y yo —dije. Le arranqué la brocha de la mano.

Arqueó una ceja y me miró con suficiencia.

—Créeme, me estás haciendo un favor.

No le pregunté qué quería decir. Quizá se refería a las incontables guardias y brujas que trataban de visitar su dormitorio y a las que él rechazaba. Tal vez me usaba de tapadera, como yo a él.

—Además, Vincent y yo no tenemos relaciones sexuales —corté, ruborizada.

No era mentira. ¿Besarnos y tocarnos a la menor oportunidad? Eso era otra historia, aunque tampoco es que fuese gran cosa. Llevaba días evitándome y dejando que los guardias me escoltasen.

No lo había visto desde el día en que se marchó volando con ella y las legiones a lomos de los rifores. Cuando volvieron esa noche, venían empapados de sangre y vísceras. A la mañana siguiente, el silencio era como un manto que cubriese el palacio. Hasta la cafetería era un pueblo fantasma. Eso me bastó para saber que debían de haber cometido horribles atrocidades; y el que Vincent no me buscase significaba que había participado en ellas. Al parecer, asesinar juntos a millones de seres los unía, porque desde que volvieron los había oído retozar muchas veces.

Una vez más, Nismera era la prioridad y a mí me dejaba de lado.

—No hay demasiada diferencia. —Se metió las manos en los bolsillos.

—En todo caso, ¿a ti qué más te da? —atajé, un poco más a la defensiva de lo que debería. Estaba siendo demasiado transparente—. ¿No nos odias a ambos?

—No os odio a ninguno de los dos; no me importáis lo suficiente. —Su sonrisa era puro veneno—. Además, eres la bruja más poderosa en esta parte de los dominios, Camilla. Sería una lástima perderte.

Puse los ojos en blanco, al tiempo que me ajustaba una última horquilla.

—¿La más poderosa? ¿Me estás haciendo un cumplido?

Mascullό algo inaudible. Le clavé la mirada.

—El fin del mundo se avecina —ironicé.

Un trueno restalló en las alturas; aparté la vista de él y miré hacia el ventanal. El sol brillaba, así que supuse que eran más invitados que llegaban para la coronación de Nismera.

—¿De verdad vuelan todos hasta aquí para jurarle lealtad, ahora que ha destruido un cuarto del universo conocido?

—Es más que eso. —Karen dejó vagar la vista por la ventana.

—Así que admites que tu hermana es una chiflada.

—Ella prefiere «conquistadora» —me corrigió.

Sacudí la cabeza para asegurarme de que la última horquilla estaba bien sujeta.

—¿Y a qué viene esto? ¿Y por qué ahora? Creía que tu psicótica hermana ya era reina, o rey, o el título que se haya inventado.

Kaden por fin me miró.

—¿No la viste, anoche?

—¿Ver qué?

—La casmira.

Arqueé las cejas. Conocía esa palabra, o al menos me sonaba vagamente. Kaden vio mi mirada de confusión y suspiró.

—Es un mito más viejo que tú y yo juntos. La casmira recorre los cielos cuando un nuevo gobernante está a punto de ascender. Anoche una casmira surcó el cielo y Nismera está convencida de que anuncia su reinado, ahora que Samkiel ha muerto y ella ha erradicado la amenaza de la rebelión de Dianna. Cree que, tras su exhibición de fuerza, los rebeldes darán marcha atrás. Por ahora, parece que la brutalidad le está funcionando.

—En ese caso, ¿por qué no…?

Mi puerta se abrió de par en par, y yo me arrojé a los brazos de Kaden y le planté los labios sobre los suyos.

—Es la hora —escupió el guardia, impaciente. Me odiaban tanto como yo a ellos. Les molestaba mucho que les asignaran la tarea de hacerme de canguro cuando Vincent no estaba disponible para escoltarme a todas partes. Nismera no confiaba en mí, y por buenas razones. En cuanto se me presentara la oportunidad, la haría pagar por tantísimas cosas…

Me aparté de Kaden con un golpe; esperaba que nuestra treta hubiese funcionado. Todos parecían aceptar sin rechistar que dos antiguos rivales que se odiaban se hubiesen convertido en amantes. Al menos, por el momento.

Entró un segundo guardia, que hizo todo lo posible por evitar el contacto visual; el miedo lo volvió tímido y callado. Kaden retiró la mano de mi cintura, sin demasiada prisa.

—Enseguida sale —dijo, con más poder del necesario en sus palabras.

Los guardias hicieron una reverencia y se marcharon sin hacer preguntas.

—Tenemos que encontrar otra tapadera mejor —dije. Me limpié los labios.

Kaden miró de reojo la puerta sin hacer caso de mi comentario.

—¿Has oído algo más?

—No. —Sacudí la cabeza—. Sigue haciendo sus experimentos, y ese maldito talismán me está volviendo loca. Ya casi lo he terminado, pero los últimos fragmentos son los más difíciles de arreglar, incluso con mi poder. A Hilma no se le ha escapado ni una palabra más. Pero ¿a ti qué más te da? Pensé que, en cuanto te hablase del Olvido, ya no querrías saber nada más.

Kaden dejó escapar un profundo suspiro y, sin hacer caso de mi pregunta, extendió el brazo.

—¿Nos vamos?

—¿Has sabido algo más de Dianna?

Los ojos lanzaron un brillante destello rojo por un instante, pero lo sofocó. Entrelacé mi brazo con el suyo.

—Creo que estuvo en una ciudad en ruinas en la que vivía una colonia de reveros. He enviado a Cameron para que lo compruebe.

—¿Le gusta su nuevo puesto? —me interesé.

Habían nombrado a Cameron comandante de la legión, al mando de una pequeña unidad, como premio por la información que le dio a Nismera.

—Lo odia, pero es un paso más que lo acerca a quien él realmente quiere. Tenéis eso en común.

Le lance una mirada fulminante mientras salíamos por la puerta; no me sorprendió en absoluto que no hubiese guardias esperándonos. Procuraban esquivar a Kaden tanto como fuese posible, y si él me escoltaba, ellos no eran necesarios.

Caminamos cogidos del brazo hacia la galería principal, siguiendo el sonido de las voces y del entrechocar de los vasos. La entrada estaba flanqueada por enormes jarrones rebosantes de flores blancas. Unas pequeñas luces, dispuestas con gran habilidad, proyectaban un resplandor etéreo sobre la sala. Todo estaba diseñado para ofrecer una imagen ilusoria de paz y de bienvenida, pero la presencia de Nismera era como una mancha. Esto era un señuelo, y ella el depredador a la espera, acechante.

Al entrar jadeé de sorpresa. Debía de haber al menos un centenar de asistentes, si no más, todos ellos ataviados con ropas que brillaban y resplandecían. Las coronas descansaban sobre las cabezas de reyes y reinas y proclamaban su poder real. Apreté el antebrazo de Kaden al tiempo que se abría un hueco delante de él. Nadie lo miraba o reconocía su presencia, pero la gente, de modo instintivo, se apartaba de su camino.

—¿Quién es toda esta gente?

Cogió una copa de una bandeja, con algún líquido burbujeante, y le dio un sorbo antes de desviar los ojos hacia mí.

—Justo lo que te imaginas. Miembros de la realeza que vienen a jurar lealtad a Nismera.

Le sonreí como si estuviésemos charlando de naderías, pero nadie nos prestaba la más mínima atención.

—¿Y hay tantos?

Me devolvió una sonrisa igual de falsa y acercó la cabeza para responderme.

—¿Dabas por supuesto que no quedaría ninguno?

Le puse la mano en el bíceps para seguir con mi papel.

—Solo he oído hablar de los páramos arrasados que deja a su paso. No se me ocurrió pensar que hubiese tantos gobernantes que no se hubiesen enfrentado a ella.

—Por eso existen esos páramos, Camilla. Los que se le han opuesto ya no son más que polvo arrastrado por el viento. Además, los dominios son colosales. ¿De verdad creíste que nadie se agacharía ante ella para no ser aniquilado? Solo un idiota retaría a Nismera y creería tener esperanzas de ganar.

Asentí mientras me hablaba. Quería hacerle más preguntas, pero Isaiah se nos unió. Le dio una palmada en la espalda a Kaden.

—¿Has visto a nuestra encantadora hermana? —Miró a su alrededor, asomándose por encima de la cabeza de un ser muy alto que tenía a su izquierda.

Kaden negó con un gesto.

—No, pero ya sabes cuánto le gustan las entradas triunfales. Dale tiempo.

Isaiah le sonrió, y no pude evitar mirarlos con asombro, maravillada por lo extraño que era que los dos guardias eminentes más mortíferos de Nismera se intercambiasen sonrisas como si no fuesen capaces de inclinar un mundo sobre su eje sin más ayuda que su propio poder. Me preguntaba hasta dónde llegaban los sentimientos de Kaden. Miraba a Isaiah con mucho cariño, mientras que los demás tenían suerte de no acabar muertos si lo ofendían. Su hermano sacaba a la luz un lado de la personalidad de Kaden que solía ser invisible. Puede que Isaiah fuera la única persona a la que amase de verdad, dejando aparte su extraña obsesión con Dianna.

Una coleta rubia se movió junto al hombro de Isaiah. Di un pasito para rodear a Kaden y ver de quién se trataba. Imogen estaba parada junto a Isaiah, con las espadas en la espalda y enfundada en su armadura.

—¿Has traído a Imogen? —siseé.

Isaiah me miró como si hubiese hablado cuando no me tocaba, pero no me respondió. Le dio una palmada a Kaden en el hombro y prometió buscarlo más tarde; luego se dio la vuelta y se marchó. Imogen lo siguió, con esa expresión vacía y descorazonadora en la cara.

Sujeté a Kaden del brazo con un poco más de fuerza de la que pretendía.

—¿Por qué la lleva de un sitio a otro como a una muñeca? ¿Qué está...?

—Cálmate. —Kaden se apartó de mí con un movimiento sutil—. Mi hermano se encariña con las cosas. Yo le echo la culpa a que de niño se lo quitaron todo.

—No es un juguete. Si quiere uno, estoy seguro de que la chica elviana que lo mira ahora mismo como si quisiera matarlo estará encantada de ofrecerse voluntaria.

Kaden siguió mi mirada hasta ella. Estaba de pie junto a una mesa cubierta de comidas y dulces variados. Tenía las orejas puntiagudas decoradas con joyas que resplandecían a la luz. Iba envuelta en una franja de tejido brillante que se curvaba sobre su cuerpo y le daba a su piel de color malva un brillo resplandeciente. La cola se agitó cuando Isaiah pasó a su lado sin dedicarle ni una mirada para adentrarse entre la multitud.

—¿Veruka? —Kaden resopló—. Una pareja para follar, como mucho. Ya aprenderás que, para los inmortales antiguos y poderosos, el sexo significa muy poco.

Lo taladré con la mirada.

—Ah, ¿sí? Entonces ¿por qué no te das el gusto?

Me clavó los ojos.

—¿Quién dice que no lo he hecho?

—Todo el mundo. Las brujas murmuran que lo han intentado y las has rechazado a todas. ¿A qué se debe? ¿A la reacción de Dianna después de que te pasases años tratándola como plato de segunda mesa? ¿Temes que, cuando la traigas a rastras, te rechace si se entera...?

Kaden me sujetó por la nuca, con tanta fuerza y con un movimiento tan rápido que siseé de dolor. Me acercó la cara a la suya y yo le agarré la muñeca. Para cualquiera que nos mirase, parecería que éramos dos amantes incapaces de mantenerse a distancia.

—Vamos a dejar una cosa clara —siseó Kaden, sin perder su sonrisa deslumbrante—. No somos amigos, ni colegas. No puedes hablarme como te dé la gana. Te podría arrancar esa linda cabecita y no me lo pensaría dos veces.

—Pues hazlo. —Lo reté con la mirada—. O admite que tienes miedo. —Apretó tanto los dientes que pensé que se iban a romper—. Lamento reventar tu burbuja, pero que después de tantos años hayas decidido que es lo bastante buena para ti no va a funcionar. Aunque consigas arrastrarla hasta tus pies después de asesinar a su hermana y al amor de su vida, nunca te volverá a tocar, y nunca te volverá a amar. Tú nunca vas a ser Samkiel.

Esperaba que me partiese el cuello, que me hiciese daño, cualquier cosa excepto lo que hizo. La ira desapareció de sus ojos, y la mano que me sujetaba la nuca se aflojó.

—Tengo un plan para eso.

—¿Un plan?

Me soltó y dejó escapar el aliento poco a poco. Era evidente que no quería compartir su plan. Se dio la vuelta, y a mí se me encogieron las tripas.

Se metió las manos en los bolsillos.

—Sé que te gusta pensar lo peor de mi hermano, pero Isaiah es lo único que mantiene a esa chica fuera de las camas de cualquier general que decida que quiera darse un gusto con la Mano. La mantiene cerca de él para evitar que la violen.

—¿Cómo? —dije, asombrada.

—¿Qué crees que le pasó a la última unidad en la que estuvo? —Kaden bufó—. En comparación con muchos comandantes y generales que ha reclutado Nismera, yo soy un dulce gatito. Imogen tiene suerte de que él se hiciese con ella cuando lo hizo.

Hilma me había hablado de ello, pero apenas me acordaba. Busqué a Isaiah e Imogen entre la multitud. Se paró para hablar con alguien y, al levantar la vista, nuestras miradas se cruzaron. Isaiah los había matado a todos por ella, porque habían intentado tocarla.

—No… No lo sabía —dije. Aparté los ojos de Isaiah.

—Exacto. No lo sabías. Como tantos otros, no sabes nada de nosotros. —Apuró la bebida y dejó el vaso en la bandeja de un camarero que pasaba.

—Salvar a alguien de algo horrible no te convierte en buena persona. Solo te hace honesto. Que te asqueen ese tipo de cosas debería ser lo normal —dije—. Pero no sabía que él y tú tuvieseis la más mínima honestidad.

Kaden resopló.

—Cres que somos los monstruos más crueles imaginables, pero ni siquiera somos los peores de este dominio.

No hice ningún comentario, pero volví a mirar a Isaiah y vi que desaparecía entre el gentío, seguido por una obediente Imogen.

Detrás de nosotros se oyó un sonido de trompeta que sobresaltó a la multitud. Todos nos callamos a la vez y, uno por uno, nos volvimos hacia el origen del ruido, al tiempo que alguien empujaba las puertas para abrirlas de par en par. Kaden me sujetó por el codo y nos guio de vuelta entre la gente, que se había dividido colocándose a ambos lados de la sala. Me empujó para que quedase detrás de él, y yo traté de mirar por encima de su enorme figura.

—No veo…

Me indicó que guardase silencio, y yo fruncí el ceño. ¿Qué demonios…?

—¿Es Nismera?

Negó con la cabeza, sin apartar la vista de la puerta.

—No. Peor.

Como a una señal, los soldados atravesaron la puerta de dos en dos. Sus armaduras nacaradas brillaban bajo la luz, espectaculares. Los brazos y las piernas tenían grabados unos complicados diseños espirales y sobre el pecho un blasón que representaba una enorme bestia alada.

Parecían ángeles. Ángeles poderosos, majestuosos. Los altos yelmos se elevaban sobre sus cabezas siguiendo líneas curvas, con un par de alas que imitaban las de sus espaldas. Todos nos quedamos observando cómo entraban en la sala, cargados con cajas de diferentes tamaños. A través de algunas tapas entreabiertas distinguí el brillo de las joyas.

Cerré la mano sobre el costado de Kaden; la muchedumbre susurraba. Mis ojos cayeron sobre un hombre que estaba al otro lado y que me devolvía una intensa mirada. Los lazos y los botones de su chaqueta no lograban ocultar la figura delgada y musculada que había debajo. El pelo moreno se ensortijaba en sus orejas y le caía sobre la frente. Mientras me miraba tuve una extraña sensación de familiaridad. Sonrió, y el contraste con la barba que le oscurecía la mandíbula fue muy hermoso. Otro grupo de guardias alados se interpuso entre nosotros y, cuando terminaron de pasar, el hombre ya no estaba.

Paseé la vista sobre la multitud, buscándolo, pero me detuve al ver entrar a una mujer que dejaría sin trabajo a todas las modelos de Onuna, acompañada de un hombre. Llevaban las alas plegadas sobre la espalda. A él lo conocía. Bueno, no es que lo conociese, pero lo había visto antes allí. Ennas. Vincent me había dicho que su hermana era muy poderosa. Pero no era solo poderosa. No: a juzgar por la corona que llevaba, era una reina. Cuando entró, no se oyó ni siquiera un susurro.

La multitud la miraba como si les diese miedo apartar la vista. Su vestido blanco ajustado se arrastraba detrás de ella, y la falda abierta permitía que sus piernas largas y pálidas se moviesen con libertad. Mientras pasaba, el hechizo parecía romperse y la gente volvía a sus charlas y sus risas.

Empujé a Kaden para abrirme paso, con intención de seguirla, pero solo vi las puntas de las alas entre la muchedumbre que se dirigían hacia el fondo de la inmensa sala.

—¿Quién es esa? —pregunté al regresar junto a Kaden.

Kaden, como siempre, parecía relajado; pero me di cuenta de que él también vigilaba las figuras que se alejaban.

—La reina de Trugarum. Se llama Milani.

—Lo dices como si fuese una maldición. Es muy hermosa. Y las alas parecen muy suaves.

Kaden rio sin alegría.

—Hermosa, pero mortífera. Te desafía a que las toques. Parecen plumas, pero son más afiladas que cualquier espada.

—¿Es alguien importante? Nunca había visto a nadie hacer una entrada así.

—Mucho —susurró Kaden—. Es la dueña del dominio sur y de todos sus territorios. Su ejército es una de las fuerzas más poderosas de Nismera.

—¿Cómo es posible? —Lo miré boquiabierta—. Suponía que Nismera no querría cerca a nadie con un poder similar.

—Las alianzas entre poderes similares significan que a nadie se le ocurra nunca ponerlas a prueba —dijo Kaden.

Abrí mucho los ojos y miré de reojo el pasillo al fondo de la sala por el que habían desaparecido.

Kaden y yo nos abrimos paso por el salón, mezclándonos entre la gente. Había mesas repartidas con habilidad por toda la sala, como islas en un mar de gente. Del techo colgaban por todas partes grandes lámparas de araña resplandecientes; hasta que levanté la vista no me di cuenta de lo mucho que recordaban la luz de las estrellas.

Llegamos a otra puerta altísima y me detuve, atraída por el sonido de la música. En un escenario, cantando, había un hombre cuya piel expuesta estaba cubierta de pálidas líneas giratorias, que cambiaban de color y de diseño siguiendo el ritmo de la música. Los dedos volaban sobre las cuerdas del instrumento que sostenía, mientras cantaba una balada plena de pasión. La gente se agolpaba a sus pies, hipnotizada por la canción. Nadie parecía notar las cadenas plateadas que le rodeaban los tobillos, ni los guardias situados a ambos lados del escenario.

—Es una musa —me susurró Kaden al oído—. Un regalo de una reina vecina, como penitencia. A cambio, Nismera no destruyó su reino.

—¿Una musa? —Palidecí—. ¿Cambió una musa por protección?

—No te sorprendas. No hay nadie más vil y desalmado que un líder que protege a la gente que ama.

Observé a la musa y traté de sobreponerme al malestar que me producía. No debía de tener más de veinte años, y era hermoso como lo son los dioses, con un cabello oscuro y desgreñado. No estaba muy delgado, lo que significaba que lo estaban alimentando, pero se podía distinguir el dolor atrapado en sus dulces ojos castaños.

—Creo que es la última que queda —dijo Kaden con absoluta tranquilidad, al tiempo que me ponía la mano en la espalda y me sacaba de allí.

—Su voz es…

—¿Embriagadora? ¿Hipnotizante? Por supuesto. Inspira esos sentimientos.

—No me extraña que se haya incrementado el número de espectadores.

—Ajá —respondió Kaden, distraído.

No le había visto coger otra bebida, pero dio un trago de un líquido de color rojo fuego, sin apartar la vista de un balcón situado más arriba. Lo observé y me pregunté si estaba nervioso por algo. La música cambió de ritmo, pero se calmó, y oí que alguien carraspeaba. Seguí la mirada de Kaden, con el dolor atascado en la garganta.

El silencio se extendió por la sala y todos se volvieron a mirar la gran escalera. Comprendí por qué no había podido encontrar a Vincent. Estaba junto a ella y la miraba con una sonrisa tenue. Los celos me impulsaron a morderme el interior del labio. Llevaba días sin verlo, y la vez que lo oí llegar y pararse frente a su puerta, luego los oí a los dos dentro. Tal vez el hecho de besarme le había hecho darse cuenta de que la echaba de menos, y ahora que ella volvía a hacerle caso, ya no quería saber nada de mí. Supuse que para él solo había sido una distracción.

Debería haberlo sabido. ¿Por qué creí que podría cambiarlo? Ni siquiera cambió por la familia que había elegido. Yo no era nada para él, ni para nadie. Supongo que la magia se me empezó a descontrolar, porque Kaden me cogió de la mano y entrelazó los dedos. Absorbió el choque de la magia, y no reaccionó a la quemazón, pero su tacto me sirvió para asentarme. Fue un gesto sencillo y amable, y amabilidad era algo que no me esperaba de Kaden. Quizá tenía razón. No sabía nada de él, ni de Isaiah.

Cuando levanté la vista habría jurado que los ojos de Vincent estaban clavados en nosotros, pero es probable que fuese solo mi imaginación. Ambos estaban rodeados de guardias con brillantes armaduras doradas; comprendí que esperaba un ataque. Levantó una mano. El magnífico vestido negro se ajustaba a su figura esbelta como un guante. El escote le llegaba casi hasta el ombligo y dejaba al descubierto las curvas interiores de sus pechos generosos. El contraste del color oscuro del vestido con su piel inmaculada era asombroso, pero lo que arrancó murmullos fue la corona. Las puntas plateadas se elevaban hacia el techo y se ramificaban como centellas de luz solar. Jamás había visto nada tan hermoso.

Kaden hizo un ruidito con la garganta y yo incliné la cabeza hacia él sin apartar la vista de Nismera.

—¿Qué pasa?

—La corona. —Mantuvo la mirada al frente y habló sin apartar el vaso de la boca—. Es la de mi padre.

La corona de Unir.

Santos dioses del cielo y del infierno.

Al verla bajar las escaleras poco a poco, hasta llegar al fondo, se me secó la boca. Todos y cada uno de los seres que estábamos ante su presencia caímos de rodillas, incluso Kaden y yo, porque la corona que llevaba decía, más allá de cualquier duda, qué y quién era ella ahora.

Rey de los dioses.

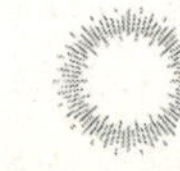

Nismera pidió a todo el mundo que se mezclaran y que bailaran. La musa cantaba una melodía lenta. Tal vez nadie más pudiese oírlo, pero yo sí oía la tristeza y el miedo subyacentes a la canción, y la odié. Odiaba estar allí incluso mientras Kaden y yo bailábamos. De vez en cuando veía a Vincent y a Nismera que bailaban mezclados entre la gente. Todo este asunto era tan falso como su sonrisa.

Los cuerpos muertos se amontonaban en las profundidades del palacio y los gritos de aquellos a los que torturaba resonaban en las paredes de los niveles inferiores; y al mismo tiempo, ella fingía ser la salvadora de la paz y la gobernante de los dominios que, en su bondad, había liberado. ¿Acaso no veían el monstruo que se agazapaba bajo su piel? ¿No percibían su aliento fétido, sus ojos muertos y putrefactos? Su piel de porcelana parecía perfecta, el cabello tan ligero como los dorados rayos del sol, pero en su pecho anidaba un demonio de los mismísimos pozos de Iassulyn, que amenazaba con devorarnos a todos y al mundo entero.

—Te los has quedado mirando —me susurró Kaden al oído.

—No es cierto —repliqué, a la vez que apartaba la vista.

—Por si te consuela, él también te mira a ti. —Dejé de respirar un instante, y una risotada retumbó en el pecho de Kaden. Sabía que me afectaba.

Su siguiente susurro al oído hizo que se me pusiera el vello de punta.

—Te observa cada vez que dejas de mirarlo. Deberíais andaros con cuidado los dos. Si Nismera averigua que tiras de las cuerdas de su juguete favorito, os despellejará vivos a los dos.

Me aparté un poco. Los labios de Kaden estaban a pocos centímetros de los míos. Por el modo en que inclinaba la cabeza, me pregunté si fingía besarme para que Vincent sintiese una parte del dolor que sentía yo. Pero no era eso lo que yo quería. No quería nada de esto. Mi vida y mi corazón no eran un juego.

Me dolió el pecho cuando comprendí la verdad sobre la situación. No quería estar en un castillo que era en realidad una prisión y cuya gobernante era un demonio que fingía ser amable. No quería sentir nada por un hombre que había traicionado a todos los que decía amar y que ahora me trataba como a una distracción pasajera. No quería bailar, ni una relación falsa con mi archinémesis.

Ya no podía seguir más. Un ligero temblor me atravesó el cuerpo; los ojos me ardían. Llevaba mucho tiempo siendo fuerte, pero ahora me sentía como si me fuese a hacer pedazos. No era tan fuerte, después de todo.

—No puedo seguir viendo esto, seguir fingiendo.

Kaden enarcó las cejas como si me hubiese leído cada pensamiento.

—Camilla, si tratas de huir te darán caza. Jamás escaparás de este lugar.

Le solté la mano y me recogí el borde de vestido. Luego me volví, me abrí paso entre la multitud y salí del salón de baile. Mientras corría pensaba en la corona que lucía Nismera. La había reclamado con la sangre de los inocentes que había pisoteado. Todo esto me superaba.

Me llegaron las risas, falsas y forzadas. El cielo estaba teñido del poder del último rey verdadero, uno que habría gobernado con bondad y justicia. Pasé a toda prisa junto a las mesas con comida preparada por seres obligados a trabajar, azotados hasta sangrar a su servicio.

Subí corriendo las escaleras del segundo piso, pidiendo perdón mientras me escurría entre reyes y reinas. Eché un vistazo atrás, pero Kaden no me había seguido. Nadie me seguía. Quizá había ido a chivarse de mí a Nismera.

Tropecé con alguien y extendí una mano para agarrarme a algo y mantener el equilibrio. Sentí un pequeño pinchazo en la mano, que me arrancó un siseo de dolor. La aparté y me la froté. Al darme la vuelta me encontré cara a cara con el hombre guapo del salón. Junto a él había una mujer esbelta de cortos rizos castaños pegados a la cabeza. Llevaba un vestido granate oscuro, casi transparente. Me ofreció una sonrisa casi tan seductora como ella misma.

—Lo siento mucho. —El hombre me miró la mano—. ¿Te he hecho daño? Los estúpidos alfileres del traje se han soltado y los bordes afilados, por bonitos que sean, no dejan de cortar.

—Estoy bien, gracias —dije, con una falsa sonrisa. Llevaba una pequeña corona, cuyas formas y remolinos me recordaban el flujo del viento—. Es culpa mía, por no mirar a dónde voy.

—¿Escapabas de la fiesta? —ronroneó su acompañante.

—Me duelen los pies —dije. Sabía que sonaba ridículo, pero la cabeza aún me daba vueltas.

Les echó un vistazo rápido y luego me lanzó otra sonrisa diabólicamente atractiva.

—Yo los veo bien.

—Bueno, las apariencias engañan —dije.

La sonrisa vaciló.

—Muy cierto, reina bruja.

—¿Qué?

Su mirada saltó a algún punto detrás de mí y a la vez su acompañante le dio un golpecito en el antebrazo. Se le dilataron las pupilas y se apartó de mí antes de excusarse. Miré hacia atrás y vi que Vincent subía las escaleras a la carrera. Joder. Cuando me volví, mi misterioso interlocutor ya se había ido. Recogí de nuevo mi vestido y me dirigí hacia el pasillo que llevaba a las habitaciones privadas. Detrás de mí se hizo el silencio. Sentía el peso de la mirada de Vincent sobre mí.

—¿A dónde crees que vas? —oí que me decía.

Maldije la velocidad de los celestiales, y a Kaden y su gran bocaza.

Seguí caminando sin molestarme en frenar el paso.

—A la cama. Tú puedes quedarte en esa fiestucha, pero yo paso. Y luego puedes ir a folla…

Mis palabras terminaron en un quejido, porque me cogió del brazo y me apartó de mi camino y me metió en un pasillo lleno de cuadros y estatuas.

XXV
CAMILLA

Le di un golpe en la mano mientras me arrastraba pasillo abajo.

—Suéltame.

Vincent no hizo caso de mis forcejeos, sino que me cogió con más fuerza hasta casi hacerme daño. Pensé en crear una cadena mágica y cortarle el brazo a la altura del codo.

—¿Quieres parar? —me reprendió. Me llevó hasta una habitación y cerró la puerta.

—Déjame salir.

—¿Para que puedas huir? ¿De verdad crees que puedes escapar de aquí? ¿Que nadie lo ha intentado antes? —me espetó.

—Puto Kaden —dije con desprecio—. Lamento que te haya arruinado la cita, pero lo único que quería era salir de esa estúpida fiesta.

Se rio y me dio la vuelta para encararme a él.

—No me mientas, por favor. Reconocí la expresión de desafío y determinación de tu rostro desde la otra punta de la sala.

—Ah, ¿lo notaste? Me sorprende que logres ver nada aparte de ella.

—Mira quién habla —replicó.

—¿Qué significa eso?

—Nada. —Frunció el ceño y me soltó.

Me aparté. Con él dentro, la habitación era demasiado pequeña. Sobre el escritorio ardían velas aromáticas y cerca había un gran globo terráqueo erizado de alfileres.

Me volví hacia él y recogí el borde del vestido.

—¿Todavía te acuestas con ella? —estallé.

—¿Por qué me preguntas eso? —gruñó. Giró la cabeza para mirarme.

Me costaba respirar. Mis emociones, ya de por sí inestables, se habían desbocado en el momento que cerró la puerta. Llevaba días sin hablar con él, aunque me parecía mucho más. Me sentía atrapada en la maldita rutina, y me estaba volviendo loca.

—Sí que lo haces, ¿verdad? —bufé—. ¿Qué pasa? ¿Te pones cachondo conmigo y luego acudes a ella para rematar el trabajo?

Frunció los labios y la frente se le oscureció de cólera. Dio un paso en dirección a mí.

—¿Eso es lo que crees?

Giramos uno en torno al otro, como un baile. Vincent me acechaba como un depredador, pero me había hartado de darle lo que quería. A cada paso que daba, yo respondía, para seguir fuera de su alcance. Estaba tan… frustrada con él. Las miradas robadas y los besos a medianoche habían aumentado mi deseo y me habían hecho sentir… esperanza. Me había hecho creer que tal vez podría haber algo, que tal vez no estuviese sola. Y después tuve que ver cómo le ponía la mano a ella en la cintura y se reían mientras danzaban. Ella no podía mantener las manos apartadas de él y eso hacía que me hirviera la sangre.

—Te quejas mucho de ella, ¿sabes? Pero, por los dioses, luego desempeñas muy bien tu papel. No os quitáis las manos de encima el uno del otro. Y no se te ocurra intentar mentirme. Sé que no es solo de cara a la galería. Os oí a ambos hace dos noches.

—Camilla. —Trató de alcanzarme, pero me escapé hacia la puerta. Estaba muy enfadada, pero el desengaño amenazaba con hundirme. Otra vez era la segunda mejor opción. Siempre me pasaba lo mismo. Por mucho que hiciera, o por poderosa que fuera, nunca era suficiente. Ni para ella, ni para mi familia, ni para el mundo. Y desde luego, no para él. Los ojos se me llenaron de lágrimas y los últimos pasos hasta la puerta los di a ciegas. No podía permitir que me viese llorando. Me negaba a entregarle mi dolor.

Su mano cerró la puerta de un golpe y me cortó la vía de escape. Apoyé la frente contra la puerta y me esforcé por no llorar. Apoyó las manos a ambos lados de mi cabeza. Sentía su figura poderosa que se cernía sobre mí.

—Como si tú tuvieras derecho a decirme eso, cuando tienes a Kaden siguiéndote como una mascota con su correa. Todo el mundo os vio ahí abajo, incapaces de mantener las manos y las bocas quietas.

Así que el engaño de Kaden había funcionado. Daba igual. Todo ese ir y venir no era más que un preludio de lo inevitable. Nismera tenía las garras bien clavadas en Vincent y yo nunca iba a tener una oportunidad.

—¿Yo? —dije, burlona. Me volví para encararlo y me apoyé en la puerta. El olor y el calor de su cuerpo me rodeaban. Las siguientes palabras se las arrojé con todo el dolor y la pena que sentía—. Por favor. He visto cómo la mirabas, cómo le sonreías, cuando a mí no te atreves ni a mirarme. Todo eso son tonterías. Yo te cuidé cuando tu rey te dejó pudrirte en aquella cama. Ni siquiera le importaba si vivías o morías. ¿Lo sabías? Porque yo desde luego que sí. Me aseguré de que no se te infectaran las heridas, pero tu lealtad inquebrantable se sigue plegando a cada uno de sus deseos. ¿Por qué la dejas hacer todo lo que quiera? —Grité la última parte casi sin querer.

Agachó la mirada.

—¿Y qué otra opción tengo? —preguntó y, aunque no se movió, sentí que se alejaba de mí.

Esta vez no le iba a dejar refugiarse en esa imagen que cultivaba con tanto ahínco. No iba a permitir que se escondiese tras el miedo a Nismera y a su castigo, y que volviese a fingir que no le importaba nada ni nadie.

—A mí —susurré—. Me tienes a mí.

Algo se quebró en su interior. Lo sentí, vi que su cuerpo se quedaba rígido y que las venas de sus antebrazos se hinchaban como si tratase de decir algo, pero estuviera bloqueado.

—No puedo —dijo entre jadeos.

—Lo cierto es que sí que puedes. —Lo sujeté de los brazos y levanté la mirada hacia la suya—. Y si no puedes, me niego a permitir que esto sea mi vida. No aceptaré la mitad de ti. Los besos robados tras unas puertas cerradas no son suficientes. No me quedaré aquí sometida a su mandato. Me marcharé en cuanto tenga oportunidad, pese al riesgo de que me mate si me pillan. Pero me niego a vivir aquí insatisfecha y solitaria, como un fantasma. —Al oír mis palabras abrió los ojos de par en par y empezó a jadear. Le clavé los dedos en los brazos—. Lucha, Vincent. Por una vez, lucha por aquello que quieres. O de lo contrario, deja que te mate. Porque… ¿esto? Esto no es vida. Ni para ti, ni para mí.

Algo centelleó en el fondo de sus ojos. Esperanza, promesa o determinación, pero, en cualquier caso, era un cambio. Tuve medio segundo para pensarlo antes de que sus labios se aplastaran contra los míos. No fue lento y suave como otras veces. No, fue salvaje, animal, posesivo. Jadeé al sentir que me sujetaba la nuca con las manos y me inclinaba la cabeza. Los dedos se entremetieron en mi pelo y tiró, exigiendo entrar. Separé los labios y él profundizó el beso; su lengua se deslizó sobre la mía en un recorrido ardiente y abrasador. Lo rodeé con los brazos y le clavé las uñas en la espalda.

Se le escapó un gemido de desesperación mientras presionaba su cuerpo contra el mío, sin separar los labios en ningún momento. La boca se apartó de la mía y trazó un sendero de besos hambrientos en mi cuello y mi mandíbula. Jadeé. No, desde luego esto no era como antes.

Le empujé el pecho para apartarlo, con la respiración entrecortada.

—¡No me beses después de haber estado con ella!

—No he estado —susurró sobre mi cuello; después levantó la cabeza y me cogió la cara con las manos para obligarme a mirarlo—. Desde hace meses. Me ha dejado en paz, concentrada en cualquier poder que la tenga obsesionada ahora mismo.

—Pero ha acudido a visitarte, te ha usado.

Sus ojos se fueron a mis labios.

—Tedar murió por culpa de Dianna. Destruyó su legión entera. Para Nismera, eso fue una declaración de guerra. A Nismera le preocupa que los rebeldes vean a Dianna como un foco de esperanza, así que… El este ya no existe, pero ahora me tiene guiando a los soldados en busca de piezas para un arma.

Respiraba con dificultad y tenía el pulso acelerado, pero sabía lo que había oído.

—Pero os oí —dije. Deseaba creerlo, pero no podía olvidar lo que sabía—. La otra noche fui a ver cómo estabas, y te oí. Los sonidos…

Vincent se irguió un poco más y apretó cada parte de su cuerpo contra mí. Se coló entre mis piernas y me clavó su dureza donde yo más lo necesitaba. Sus ojos de color azul cerúleo ardían mientras me miraba.

—Era yo solo. —Me acarició los labios con un movimiento del pulgar y luego empujó las caderas contra mí—. Después de que me «pusieras cachondo», como dices tú.

Esas palabras aliviaron el peso de mi pecho, pero mi vientre ardió y se tensó ante la idea de Vincent complaciéndose a sí mismo. Nos miramos el uno al otro, sintiendo el mordisqueo de la verdad. La situación nos superaba y no había ninguna salida fácil para las circunstancias en las que nos hallábamos.

Vincent me miró desde lo alto, con todo el peso de su cuerpo sobre mí, durante una inspiración o dos, como si sopesara lo que estaba haciendo. Su mano se alejó de mi rostro y descendió hasta el hombro, apartó los pelos sueltos que caían sobre la clavícula, y luego aterrizó no sobre mi pecho, sino sobre mi corazón.

—Vincent. —A mi voz le faltaba aire, y a mí también.

—No lo hagas. —Me clavó la mirada, y supe que esto era un error—. No me dejes. He hecho daño y he alejado de mí a todo el mundo, a cualquiera que significase algo para mí. Tú eres todo lo que me queda.

Bajé las pestañas para ocultar mi expresión y disimular mi confusión. De eso se trataba. Mis palabras lo habían alcanzado en alguna parte que había enterrado muy profunda, y que ahora se abría camino. Suspiré y me tragué las lágrimas y el dolor. Puede que nunca tuviese un final feliz, pero al menos podía ayudar a este hombre roto. Lo apoyaría porque ya era demasiado tarde para mí.

Le acaricié la cara.

—No te abandonaré. —Le di un beso en los labios y luego me separé un poco—. Nos vamos juntos, o no nos vamos. ¿Trato hecho?

Asintió y nuestros alientos se mezclaron antes de que sus labios chocasen con los míos.

XXVI
VINCENT

Podría besar a Camilla por el resto de la eternidad y no cansarme de ello. Era el único momento en que mi alma herida y magullada encontraba sosiego. El único momento en que sentía algo que no fuese un vacío doloroso y desgarrador. La anhelaba a ella, y esto, sobre todo los sonidos suaves que hacía cuando mi mano la recorría y le apretaba los pechos. Al decir que se iba me había dejado aterrorizado, y algo había saltado en mi interior y había despertado a la horrible bestia que llevaba dentro, protectora y salvaje, que tenía más miedo de perder a esta bruja altiva que de la diosa demoniaca que la había creado.

—Vincent —gimió, con la boca contra la mía. La besé otra vez y luego me obligué a separarme de sus labios. Bajé la cabeza y recorrí con la lengua el escote de su vestido, lamiendo su piel suave. Sabía como el mar, una fuerza furiosa y poderosa que podía ahogarme y en la que, por todos los dioses, yo deseaba ahogarme.

Deslizó los dedos entre el pelo de mi nuca y lo agarró mientras yo tiraba de la parte superior del vestido con los dientes para dejar el pezón al descubierto. Cerré la boca sobre él antes de que tuviese tiempo de darse cuenta de lo que estaba haciendo. Camilla descansó la cabeza contra la puerta y su cuerpo se arqueó hacia delante con un jadeo, al tiempo que frotaba las caderas contra las mías. Le lamí aquel botón erecto y tiré de él con los dientes. Siseó. Con cada chupada me empujaba un poco más fuerte. Me volvía loco. Metí la mano bajo el vestido y le pellizqué el otro pezón.

La mano que me sujetaba el pelo tiró con más fuerza.

—¡Vincent!

Le deslicé las manos por los costados y, de mala gana, liberé el pezón, que quedó hinchado y resbaladizo por mi saliva. Agarré el vestido entre los puños y tiré de él hacia arriba.

—Me pondría de rodillas ahora mismo solo para saborearte —dije, al tiempo que trazaba un camino ardiente por su cuello—. Para ver cuánto te podría meter la lengua antes de que gritases. Pero ella notaría el sabor.

—Bien —respondió Camilla, sin aliento, antes de morderme los labios.

Con un gruñido, le levanté el vestido hasta las caderas y le metí la pierna entre los muslos para separarlos.

—Tengo tantas ganas de follarte, Camilla... No hago más que pensar en ti, soñar contigo... Eres lo único que quiero.

Apreté con más fuerza y ella gimió, mientras me acariciaba la cara y me besaba los labios. Se frotó contra mi pierna, pero no era suficiente, ni para mí, ni desde luego para ella. Apoyé la mano en la puerta, junto a su cabeza, y la otra se deslizó bajo su muslo. Levantó la rodilla y la apoyó en mi cadera, abriéndose a mí de buena gana. Aparté la cadera de su entrepierna para poder acceder con la mano, y deslicé los dedos sobre sus bragas hasta rozarle el clítoris con suavidad.

Abrió los ojos y la lujuria se asomó a ellos; los labios dejaron escapar otro jadeo.

—Quiero poseerte entera, cada parte de ti, pero no aquí, de este modo. ¿Me dejas que pruebe un poco?

Le pasé de nuevo los dedos y me maravilló lo húmeda que la sentía a través del tejido.

Bajó las manos hasta mis solapas y las cerró sobre la tela.

—S... Sí —tartamudeó.

Sonreí y la volví a besar. De un tirón rompí el suave tejido de sus bragas y luego las tiré a un lado. Le puse la mano sobre el coño y la moví arriba y abajo; sus flujos cálidos y resbaladizos me cubrieron los dedos. Mi contacto la hizo arquear la espalda; tiró con fuerza de las solapas y empujó su sexo contra mi mano. Mis labios se inclinaron sobre los suyos y la lengua se movió en círculos como me gustaría poderle hacer entre las piernas.

Camilla profundizó el beso. Le rodeé el clítoris con los dedos y todo su cuerpo tembló. Deslicé el dedo corazón dentro de ella, y gimió, dejándome saborear su placer. Una calidez húmeda y prieta me recibió y casi entré en combustión. Montó mi mano y me apretó el dedo, mientras emitía breves gemidos de desesperación en nuestro beso. Se me puso la polla dura; la presión de los pantalones resultaba dolorosa. Me moría por sacar el dedo y meter la polla en su lugar, pero no me importaba mi placer, solo el de ella.

Todo lo que me importaba era Camilla.

Se sacudió contra mí, hambrienta y desesperada. Separó los labios, y sus ojos se mostraron salvajes, necesitados. Jadeó y tiró de la chaqueta, usándola como apoyo para buscar su placer. Dioses, era la mujer más hermosa de todos los dominios.

—Otro —susurró, y no tuve que preguntar a qué se refería.

Al sacar el dedo, el coño se estremeció. Luego metí dos dedos dentro de ella.

Gimió y apretó con tanta fuerza que casi resultaba incómodo. Gruñí al imaginar esa presión sobre mi polla. Echó la cabeza para atrás y empujó el coño contra mi palma.

—Dioses, Camilla, quiero sentirte chorreando sobre mi polla mientras te penetro.

—Fóllame —suplicó—. Por favor, Vincent, necesito…

Las súplicas de Camilla eran mi nueva cosa favorita del mundo, y supe que quería oírselo decir una y otra vez. El coño se contrajo y tembló sobre mis dedos; su boca estaba a centímetros de la mía y nuestros alientos se mezclaban. Poseerla, pero no hacerlo, era la puta tortura perfecta.

Giré la mano y doblé los dedos dentro de ella y los deslicé con firmeza sobre la pared interior. Inclinó la cabeza hacia atrás y me cogió de la muñeca para frotarse el clítoris con mi palma.

—Córrete para mí —le susurré, y me incliné para meterme un pezón en la boca. Se quedó rígida, y luego se corrió; un flujo caliente se derramó desde su coño tembloroso. Le tapé la boca con la mano libre y ella gritó contra mi palma. Le temblaba todo el cuerpo. Me apoyé contra ella para presionarla contra la pared y mantenerla de pie. Le aletearon los párpados y luego se sacudió contra mi mano mientras yo le arrancaba hasta la última pizca de orgasmo.

Le saqué los dedos con delicadeza y ella jadeó. No me soltó la muñeca, sino que se llevó mi mano a los labios. Vi con asombro que se metía ambos dedos en la boca y los chupaba hasta dejarlos limpios, y habría jurado que casi podía sentir su lengua hacer lo mismo con mi polla. El miembro me latía de forma dolorosa; se me escapó un gemido mientras jugaba con la lengua sobre mis dedos. La miré y vi la magia que se arremolinaba en sus ojos y entendí lo que hacía. Chupó con más fuerza, hasta ahuecar las mejillas, y mi cuerpo se sacudió.

—Camilla —susurré, y oí la súplica en mi propia voz.

Se metió los dedos más adentro de la boca, chupándolos y lamiéndolos. Eché la cabeza atrás y abrí las piernas. Mis caderas batieron contra ella como si pudiera sentir su cabeza entre mis piernas y sus labios alrededor de mi polla. Continuó con delicadeza, metiendo los dedos hasta la garganta. Sentí un hormigueo en la columna y se me tensaron las pelotas.

—Jodeeer, Camilla. —Se le humedecieron los ojos y las mejillas se tiñeron de un hermoso color rosado—. Por favor… Por favor…

Ni siquiera sabía qué le estaba pidiendo, solo que no podía parar. Otra caricia de la lengua sobre las puntas de mis dedos y mi mano chocó con la pared mientras me corría, y me corría.

Me soltó los dedos con un ruido de succión y se relamió los labios hinchados. Me sonrió, y yo devoré su sonrisa, me hice con su boca y con el sabor de su felicidad. Me encorvé sobre ella y sus manos me sostuvieron cerca. Me devolvió el beso como si no quisiera dejarme ir jamás. Me retiré y apoyé la frente en la suya mientras ambos tratábamos de recuperar el aliento. Nos miramos el uno al otro, conscientes de que había algo afilado y prohibido entre nosotros, algo que podría condenarnos a ambos…

—Camilla, eres… No tengo palabras.

Sonrió y, por los puñeteros dioses, ¿cómo no me había dado cuenta de que era la cosa más hermosa que había visto jamás?

Un silbido grave atravesó la habitación y el corazón se me paró. La aparté de la puerta y abrí una rendija para descubrir que al otro lado estaba Cameron.

—¿Sabéis? Si estabais los dos tan desesperados por un polvo rápido, deberíais haber buscado algún sitio un poco más privado. A ver cómo te lo explico… Estas puertas no es que sean un prodigio de insonorización.

XXVII
VINCENT

—No te olvides las bragas —le dijo Cameron a Camilla.

Ella cogió del suelo los restos de la prenda y me sonrió antes de darse la vuelta, pasar junto a Cameron con la cabeza muy alta y abandonar la habitación.

—Si me dieran una moneda por cada vez que me he tropezado contigo destrozando las bragas de alguna mujer, podría comprar este puto palacio.

—¿Qué quieres? —pregunté, con los dientes apretados.

—Me cuesta creer que hayas convertido a Camilla en otra muesca de tu cama cuando tu diosa de Iassulyn está justo abajo. Pero, por otra parte, lo cierto es que no te conozco en absoluto.

—Cameron. —Su nombre sonó como una súplica—. Ella no debe enterarse.

—Ah, ¿no debe? —Cameron se apartó de la puerta. La forma de hablar y de moverse eran por completo las suyas, pero sabía que, a nivel fundamental, había cambiado. Las sombras de la habitación lo seguían, y la luz intentaba esconderse.

La conexión que antaño había entre nosotros se había roto para siempre, y no solo por mi traición. La bestia que vivía bajo su piel ahora lo controlaba. En ese mismo instante podía ver el parpadeo rojo de sus iris.

—Deberías ducharte antes de volver con tu diosa malvada. No puedes ir por ahí oliendo a sexo con bruja maciza, ¿verdad? Nismera la ejecutaría ante todo el mundo. Pero eso ya lo sabes.

La preocupación me retorció las tripas.

—No puedes contar nada.

Cameron silbó.

—No me digas que al mismísimo traidor le importa una mierda nadie, excepto él mismo. Por favor, el Vincent que yo conocía, o que yo creía conocer, murió hace mucho. Ahora sé que eres tan desalmado como la zorra que te creó.

—Lo digo en serio —insistí—. Nismera le cortará las manos y la encerrará en una mazmorra solo para hacerme daño.

—De acuerdo —Cameron se encogió de hombros—, pero quiero algo a cambio.

Di un paso hacia él; la ira había sustituido a la preocupación. ¿Se atrevía a usar a Camilla contra mí?

—¿Me estás chantajeando?

Cameron cuadró los hombros sin mostrar ni un ápice de miedo. Ahora parecía más grande, más fornido. No sabía si se había entrenado para ganar músculo, o si era otra ventaja de morir y renacer.

—Estoy copiando tus métodos. No es agradable, ¿verdad?

—Puedes odiarme tanto como quieras, Cameron, pero cuando ocurrió tú también estabas allí, conmigo.

—Como si hubiese tenido elección. En cuanto fue a por Xavier, ya sabías que lo escogería a él. No te hagas el inocente ni el sorprendido.

No hice ninguna de las dos cosas.

—¿Eso es lo que quieres? ¿A Xavier? ¿Aunque carezca de mente?

El puño de Cameron se disparó y me golpeó la mandíbula, con fuerza suficiente para echarme la cabeza a un lado.

—Ten cuidado con lo que dices —dijo; las palabras fueron acompañadas de un atisbo de gruñido bestial.

Me froté la mandíbula y resoplé.

—Es la verdad, y ambos lo sabemos. Lo que quieres, ya no puedes tenerlo. No hay ninguna manera de devolverlos a su estado anterior.

El rojo ardió en sus ojos e inundó los iris.

—¿Y de quién es la culpa? —atajó; los colmillos casi se asomaron.

—Mía —dije, y levantó la cabeza, asombrado. Era evidente que no esperaba que lo admitiese—. La culpa es mía. Mira, no sé dónde está Xavier.

—Pero algo sabes.

Me callé un segundo. Las palabras de Camilla me rondaban la mente. Lucha por algo. ¿Cuántas veces las había oído? Pero, por ella, por su seguridad, pelearía hasta caer muerto.

—Pauule. Es un campamento militar, pero Nismera tiene un plan para atraer a Dianna. Llega antes que ella. Quizá pueda ayudarte. —Me encogí de hombros—. Van a enviar un equipo. Parten mañana por la mañana.

Cameron no dijo nada más antes de darse la vuelta, y una parte de mí se dolió por el hermano que había perdido.

—No llegarás muy lejos con esa pinta —le dije antes de que pudiera irse—. Yo que tú robaría la apariencia de un general. Es una misión que requiere discreción. Nismera no quiere que nadie se entere. Está nerviosa. Si te pillan, estás muerto.

Cameron se cruzó de brazos y asintió.

—¿Sabes una cosa curiosa?

—¿Qué?

—Odiabas a muerte a Dianna, pero ella estaba dispuesta a morir por aquellos a quienes amaba. Es verdad, tiene colmillos y garras y es el monstruo que tú piensas que es, pero al menos tiene corazón. Tú... —Cameron sacudió la cabeza—. Me sorprende no haber visto antes lo desalmado que eres.

Desalmado. Era una forma de describir cómo me sentía.

—Te conseguiré información sobre la misión. No digas nada de Camilla.

Cameron había reanudado su trayecto a la puerta, pero se detuvo y me miró por encima del hombro. Vi el ig'morruthen que ahora vivía bajo su piel. Era un depredador al cien por cien; la bestia lo mantenía a salvo. Era una consecuencia de mis actos.

Me lanzó una sonrisa cargada de malicia.

—A diferencia de ti, yo no condenaría a otra persona.

—¿Pero lo arriesgarías todo por Xavier? —indagué.

Cameron se giró una vez más para mirarme.

—Quizá, si hubieses amado a alguien más que a ti mismo, lo comprenderías, pero dudo mucho que seas capaz.

Asentí mientras me mordisqueaba el interior del labio.

—Nismera lo ha cambiado de destino varias veces. Sabe que lo estás buscando y creo que piensa usarlo como una correa para tenerte bajo control. No sé dónde está.

Sus ojos se volvieron rojo brillante.

—¿Por qué no me lo has dicho antes?

Le resté importancia con un gesto.

—Ya te he causado bastante dolor. No iba a darte además falsas esperanzas.

Cameron se detuvo y me estudió unos instantes, con expresión suspicaz. Por fin se volvió para marcharme, y esa vez ya no lo detuve.

XXVIII
DIANNA

Samkiel se frotó los ojos mientras Orym seguía hablando de alguna ceremonia que Veruka le había mencionado en una carta. Al parecer, tras lo ocurrido en el este, habían acudido gobernantes de todas partes para jurarle lealtad a Nismera. Aún no lograba hacerme a la idea. Todo el este había desaparecido. Al mirar al cielo oriental, no se veía más que polvo y rocas desperdigadas.

Habíamos vuelto para recoger a todo el mudo y llevarlos al nuevo castillo, pero Orym nos apartó para hablar en cuanto llegamos. Conocía muy bien esa mirada lúgubre, y al verla cada pizca de felicidad se había escabullido. Llevábamos varias horas en el estudio mientras Orym y Samkiel discutían qué hacer a continuación.

Y yo estaba otra vez frustrada. Habían pasado meses. Teníamos a Logan, a duras penas, y no sabíamos dónde estaban los demás. Orym dijo que Nismera mantenía en secreto sus ubicaciones y con quién estaban.

—Cómo odio todo esto. —Suspiré ruidosamente y me hundí más en la silla—. No estamos más cerca de librar al mundo de ella y, por los dioses, en cuanto nos paramos y dedicamos un minuto a nosotros mismos, el mundo arde.

Orym y Samkiel se volvieron hacia mí y la mirada de Samkiel se dulcificó.

—Dianna.

Me senté.

—Ya lo sé —dije—. Qué egoísta soy. Medio dominio está reducido a polvo y lo que me preocupa es que nuestra luna de miel duró cero coma cinco segundos.

Orym carraspeó y se irguió un poco más.

—Siento haberos cargado con esto justo después de la ceremonia, pero...

Samkiel lo calló con un gesto.

—Orym, no pasa nada. Necesitamos saber, y necesitamos planear nuestros próximos pasos.

—¡Tengo una idea! —dije, con la mano alzada—. Vamos a matarla. —Me miraron como si tuviera dos cabezas, así que me encogí de hombros—. Es un plan terrible. Ni siquiera sé si es a prueba de fuego, como tú. —Suspiré—. Pero tenemos que hacer algo. Aún tiene el poder. ¿Qué le impedirá hacerle a más gente lo que hizo en el este, si no le besan el culo?

Orym arrastró los pies y Samkiel se apoyó en el escritorio.

—Estoy de acuerdo en que sería la mejor solución si pudiésemos hacerlo, pero Nismera no es una diosa cualquiera. Está dotada para el combate, es rápida y despiadada.

—¿Y yo no?

Había una gran calidez en sus ojos.

—*Akrai,* cariño, ella es una guerrera en su forma más pura. Por sí sola es muy difícil derrotarla; pero con su ejército y sus guardias para defenderla es casi intocable.

—No se equivoca —añadió Orym, con la mano en la barbilla—. En sus campos de exterminio la apodaban la Sombra. Es mucho más rápida que casi cualquier otra diosa, y dicen que, cuando lucha, lo único que ves antes de morir es un fogonazo de su cabello plateado.

Cambié de postura en la silla, irritada.

—Que manía con los apodos estúpidos.

A Samkiel se le escapó una risita. Se acomodó en la silla, y dio unos golpecitos sobre los diversos pergaminos repartidos por todo el escritorio. La luna colgaba en el cielo detrás de él, como si el cuarto creciente escuchara nuestros planes.

—No le tengo miedo —dije, sin faltar a la verdad.

—Soy muy consciente de ello. —Samkiel sonrió y supe que se acordaba de que entré corriendo en aquella maldita sala a rescatarlo—.

Pero, en lo que a ella respecta, tenemos que pensar de forma racional. No podemos dejar que las emociones guíen nuestros actos.

—Tú has peleado con ella. Os vi a los dos en aquel ensueño de sangre, hace tanto tiempo. Aguantaste firme, y me has ayudado a entrenarme.

—Sí —coincidió—, pero sobreviví a duras penas, y entonces tenía todo mi poder, este no estaba desperdigado en el cielo. Además, también viste que me derrotó y por poco me decapita. Has besado la cicatriz que lo demuestra.

—Pero ahora me tienes a mí.

—Eso es cierto. —Al oír mis palabras, un gesto de satisfacción le recorrió el rostro.

Orym no nos prestaba atención, pero sus ojos se fueron al cuello de Samkiel en busca de la cicatriz.

—Ahora piensa en todos los años que me pasé apartado, los años que ella ha tenido para entrenarse y perfeccionar su destreza con la espada —dijo—. Por muy fuertes que seamos, no será fácil echarla del trono. Tenemos que ser más inteligentes.

Mientras me mordía el interior del labio, una idea se formó en mi mente.

—¿Quieres decir destruirla desde dentro?

La sonrisa de Samkiel me produjo un escalofrío.

—Exacto.

XXIX
DIANNA

—Y este es tu cuarto. —Abrí la puerta y me hice a un lado para que Reggie pudiese pasar.

—Es muy bonito.

—¿Te gusta?

Me acerqué al escritorio que había en la esquina, para enseñarle lo que había encontrado: un enorme globo terráqueo y grandes mapas coloreados de los dominios y sus estrellas.

Reggie miró la cúpula de cristal del techo. A veces costaba adivinar lo que pensaba, pero enseguida vi que estaba sorprendido y feliz. Lo dejé que explorase la habitación, y mientras tanto abrí la ventana para dejar entrar una brisa dulce y cálida.

—Estamos a tanta altura que se ven las cimas de las montañas y, de noche, casi toda la galaxia —dije. Reggie parecía disfrutar de verme revolotear por la habitación, excitada. Acaricié el gran telescopio de latón, que apuntaba hacia la ventana—. Y si echas de menos tu hogar, puedes mirar por aquí.

Reggie asintió, con una sonrisa benévola.

—Todo es precioso. Muchas gracias, Dianna.

Junté las manos.

—De nada. Me he asegurado de que dispongas de una mesita y sillas. Quizá podamos conseguirte varios juegos de mesa de esos que te gustan.

Reggie miró la mesita sin decir nada.

—Y Miska puede traerte esos tés que te encantan.

Asintió.

—Bueno, a ver —dije, exasperada—. Escupe de una vez. ¿Qué te pasa?

Reggie me miró a los ojos.

—No sé qué quieres decir.

Puse un brazo en jarra.

—Sueltas un mensaje raro, lo que hacía tiempo que no pasaba, como también hace tiempo que no usas esos ojos tuyos. Y has estado bebiendo un montón de té, así que le pregunté a Miska y me dijo que llevaban un sedante y analgésicos. ¿Cuál es el problema?

—Ya veo. —Asintió—. No es nada en concreto, supongo. Algo de malestar y pequeños dolores aquí y allá.

—¿Desde lo del túnel?

Asintió.

Me acerqué a él, preocupada.

—¿Te puedo ayudar en algo?

Negó con la cabeza.

—Me temo que no, pero me pondré bien, Dianna. Nismera es una diosa muy poderosa, pero las secuelas de lo que me hizo terminarán por desaparecer. Solo hace falta tiempo.

Mi preocupación no desapareció del todo, pero sonreí y asentí. No quería molestarlo ni presionarlo más. Le di una palmadita en el hombro y lo dejé que se acomodase a su nueva habitación. Parecía que le había gustado, y eso me hacía feliz.

Bajé las escaleras hacia el estudio de Samkiel con pasos silenciosos. Le había costado decidirse, pero por fin había escogido una de las casi cien habitaciones disponibles. Al final le sugerí que escogiese el estudio del tercer piso. Estaba cerca de nuestro dormitorio y era muy amplio, con espacio de sobra para los libros y pergaminos que sabía que terminaría por acumular. No me cabía duda de que en breve tendría las estanterías abarrotadas con sus tesoros.

Al acordarme del escritorio que habíamos movido al despacho, se me escapó una gran sonrisa. Lo encontramos en un piso inferior, y era lo bastante grande para cualquier cosa que pudiese surgir. Habíamos comprobado su resistencia tres veces, solo para asegurarnos de que era justo lo que necesitábamos.

Aún estaba riéndome cuando abrí de par en par la gran puerta doble. Los rayos de sol que se derramaban desde las ventanas de la izquierda hacían relucir las motas de polvo. Samkiel y Orym parecían estar en medio de alguna discusión, pero ambos se volvieron a mirarme. La expresión recelosa de Samkiel y los labios apretados de Orym me dijeron de inmediato que había algún problema. Una elfa alta y esbelta salió de detrás de Samkiel. Estaba tan cerca de él que no la había visto hasta que se movió, pero ahora que la veía… Demasiado cerca. Fruncí los labios y supongo que los ojos se me pusieron rojos, porque Orym se interpuso entre nosotros y levantó una mano.

—Dianna —dijo Orym—, te presento a Veruka.

Parpadeé, tan asombrada que me detuve un momento.

—¿Veruka? ¿Veruka la que trabaja para Nismera? ¿Y la has dejado entrar en mi casa?

Antes de que nadie pudiese procesar mis preguntas, la tenía tirada contra el sólido escritorio y le sujetaba el cuello con tanta fuerza que el mueble crujió. Me incliné sobre ella y respiré hondo. Los colmillos se alargaron, pero mi dicción siguió siendo perfecta.

—Si le informas de algo a esa zorra, te comeré el puto corazón.

Samkiel me rodeó con los brazos y me sujetó con fuerza para levantarme en el aire, con los pies colgando.

—¡Dianna! —exclamó—. Cálmate.

—¿Que me calme? —grité—. ¿Se te ha ido la puta cabeza? ¿La dejas entrar en mi casa pese a que trabaja para esa zorra?

—Ha venido en son de paz para darnos información. —Samkiel me depositó en el suelo, sin dejar de retenerme contra su cuerpo.

Orym la ayudó a incorporarse y la sostuvo mientras recuperaba el aliento. Yo no le quitaba ojo de encima.

—Ah, ¿sí? —Me estiré la camisa y los miré a ambos con dureza desde la jaula de los brazos de Samkiel—. Pues ¿sabes qué información huelo yo? Lo que huelo en ti es a Isaiah. Eso es lo que huelo. ¿Sabes lo que le hizo a Samkiel?

—Escucha —dijo Veruka; una brisa se coló por la ventana y me trajo de nuevo su aroma—. Yo no…

Jadeé, con las aletas de la nariz dilatadas.

—¡Sami! —susurré, excitada. El corazón me atronaba en el pecho y una breve ola de alivio casi me hizo fundirme con su cuerpo. No había perdido la esperanza, pero a la vez nunca me había atrevido a creerlo.

—¿Dianna? —preguntó Samkiel al notar que mi estado de ánimo había cambiado.

Me revolví en sus brazos, le cogí las manos y lo miré para hablar con él de mente a mente.

—Huele a Cameron y a Imogen. Lo noto. Es muy tenue, pero no hay duda. Están vivos, Sami, y están allí.

Volvió el rostro hacia Veruka y su pecho se dilató al inhalar con fuerza. Me llegó de él una abrumadora sensación de esperanza, pura y cegadora. Ya sabíamos dónde había dos más. Por los dioses, los quería en casa de inmediato.

—¿Sueles estar cerca de mi familia? —le preguntó Samkiel.

Los ojos de Veruka se dilataron un poco; luego asintió.

—Sí, están allí. Imogen está a las órdenes de Isaiah, en su legión.

—De acuerdo —dije—. Lo mataré el primero.

Veruka me miró de reojo, y luego otra vez a Samkiel.

—Y Cameron lo han nombrado comandante.

—¿Qué? —se sorprendió Samkiel—. Jamás trabajaría para ella, jamás la serviría.

Cerré la mano sobre su camisa y tiré de él.

—Lo haría, si no le quedase otra opción. Como me pasaba a mí, ¿recuerdas?

Sentí el tacto refrescante de Samkiel que alcanzaba mi mente y mis emociones y aliviaba la quemazón de los recuerdos de lo que yo había sido y había hecho. La bestia que habitaba bajo mi piel se aplacó. Me acomodé entre sus brazos.

—Está buscando al otro miembro de la Mano —siguió Veruka.

—Ah, ya veo. —Samkiel asintió.

Orym, más relajado ahora que la tensión casi había desaparecido, nos miró.

—Veruka ha traído una nota. Sabe dónde tenemos que atacar a continuación.

Me giré de nuevo entre los brazos de Samkiel y él me estrechó contra su pecho. Ambos necesitamos el consuelo, así que me aferré con fuerza a su antebrazo, cruzado sobre mis senos.

—¿Y esta vez has decidido venir a contárnoslo?

—Sí —asintió Veruka—, porque después de esto me van a considerar una traidora.

Samkiel se puso frente al espejo y ladeó la cabeza para quitarse los pelillos de la barbilla y a lo largo del nacimiento del cabello. Se lo dejó muy corto, sin preocuparse de rehacer las marcas que le había afeitado yo tiempo atrás. Ahora, cuando se quitase el yelmo, nadie pensaría automáticamente que se trataba de un miembro del Ojo. Solo verían a un soldado muy atractivo.

—Coqueta. —Me sonrió mientras me sentaba en el lavamanos.

Me acomodé hacia atrás para admirar la flexión de los músculos en su ancho pecho y el contraste de la toalla blanca que le envolvía las caderas sobre su piel bronceada.

—¿Estás siempre en mi cabeza?

Dio unos golpecitos con la navaja sobre la pila y la pasó bajo el agua corriente. El chorro azul que salía del grifo no dejaba de sorprenderme; el color me recordaba el océano, pero el agua era fresca y casi dulce. Samkiel me dijo que se alimentaba de un manantial de montaña, o algo así, y que el color y el sabor únicos se debían a los minerales.

—No —dijo, divertido—. Me es más fácil entrar cuando estás pensando en mí y yo en ti. Además, solo me cuelo cuando haces eso con los ojos.

Ladeé la cabeza.

—¿Cuando hago qué?

Sonrió y cogió una toalla pequeña para limpiarse el cuello y la barbilla. La tiró en la encimera y me rodeó, con cuidado de guardar las distancias después de haberse duchado. Veruka quería quitarle de la piel mi olor y el de nuestras actividades matutinas. Decía que colarse en el campamento militar sería más fácil.

Me bajé del lavamanos, pero esperé a que Samkiel desapareciese antes de dirigirme al dormitorio. Me tumbé en la cama, abierta de piernas y brazos, con la mirada puesta en el dosel. Oí ruido de cajones que se abrían y cerraban; Samkiel, que rebuscaba su ropa. Aunque le había dado la lata con que conservase su poder, venía bien que nos hubiese creado una cómoda y otras cuantas cosas.

—No estaré lejos.

Oí su risita.

—Estaré bien, Dianna. Y ya sabes que no debes salir de allí.

Gemí y me puse boca abajo.

—Estoy empezando a odiar este plan.

Oí las pisadas de Samkiel y me incorporé sobre los codos en el momento en que entraba en la sala. Llevaba la camisa oscura, larga y ajustada, y los pantalones que solía vestir bajo la armadura. Solo tuve unos segundos para admirar cómo se ajustaban a todas mis partes favoritas antes de que tocase el anillo y la armadura plateada se materializase sobre su cuerpo. Se quitó el yelmo y lo sostuvo bajo el brazo.

Apoyé la barbilla en la mano y paseé la mirada sobre él.

—¿A qué hora decías que teníamos que irnos? —Ronroneé y me mordí el labio inferior.

Samkiel soltó una risotada y le dio una palmada a la cama; luego se dirigió a la puerta.

—Vámonos o tendré que darme otra ducha. Eres demasiado tentadora, *akrai.*

Le respondí con un mohín, pero lo seguí fuera del dormitorio. Mientras caminábamos por el pasillo, hacia su estudio, miré de reojo los tapices que colgaban de las paredes y las mesas rectangulares vacías.

—Me tengo que poner en serio a redecorar este sitio.

—¿Nos preparamos para infiltrarnos en un campamento de Nismera —preguntó con sorna— y tú estás pensando en la decoración?

—Sí —respondí al tiempo que él abría la puerta del estudio. Esperó a que yo entrase y luego me siguió. Orym y Veruka estaban sumidos en una profunda conversación. Nunca había visto a Orym tan feliz, la verdad. Su sonrisa era amplia y sincera y dejaba los caninos al descubierto. Las colas de ambos se agitaban casi al unísono. ¿Cuánto tiempo llevarían separados? Al entrar nosotros se levantaron, ambos enfundados en la armadura dorada de la legión de Nismera. Respiré hondo y luego dejé salir el aire, para recordarme a mí misma que no eran una amenaza.

Los ojos de Veruka recorrieron a Samkiel de arriba abajo, no con lujuria, sino para evaluarlo.

—El color plateado te delata. No podremos franquear el cordón de seguridad.

—Soy consciente de ello —dijo. Pasó el pulgar sobre el anillo y una mancha de color se extendió sobre la armadura. La plata se convirtió en oro, y en las caderas apareció una cinta de tela color bronce con las insignias de guerra de Nismera. Sobre el peto se dibujó el grabado de dos bestias aladas, largas y sin patas, entrecruzadas formando una gran equis sobre su pecho. El yelmo que llevaba en el brazo fue lo último que cambió de color; ver aparecer la marca de Nismera en el metal me resultó odioso.

—Es asombroso, mi rey. —La admiración era evidente en la voz de Veruka.

—Relájate. —Fruncí el ceño al oír que la voz de Samkiel se derramaba por mi mente.

Orym se dio cuenta de mi cambio de actitud. Me miró a los ojos y me hizo un gesto deliberado con la cabeza, que siguió con un codazo a su hermana. Veruka hizo una pequeña reverencia que me dejó un poco confundida.

—Veruka jura su lealtad a la casa Martinez.

—¿Casa Martinez? —Miré en dirección a Samkiel.

—Sí —dijo, con la mirada seria—. Lo podemos discutir después.

Veruka se incorporó y nos sonrió a Samkiel y a mí.

—Con el regreso del rey y la reina de Rashearim, puede que aún quede esperanza, después de todo.

No supe qué responder. Las últimas semanas habían sido un torbellino; no sabía si llegaría a acostumbrarme al tratamiento de reina. No es que me molestase, pero Samkiel y yo no habíamos tenido oportunidad de hablar del tema.

Veruka volvió la vista hacia Samkiel.

—Eso servirá. Pareces un soldado cualquiera, y yo tengo la pulsera, así que yo también oleré como ellos durante un breve tiempo.

Se llevó la mano al bolsillo de los pantalones lisos que llevaba bajo la armadura y sacó una pequeña pulsera trenzada. En cuanto Samkiel la tocó y se la deslizó en la muñeca, fue como si su olor hubiese desaparecido. Era extraño que no me hubiese dado cuenta hasta ese momento de lo mucho que me había acostumbrado a su aroma, pero en cuanto se puso la pulsera lo eché de menos. No me gustaba, ni a mi ig'morruthen tampoco. Los colmillos atravesaron las encías y hasta que se volvieron todos a mirarme no comprendí que se me había escapado un gruñido. Me tapé la boca con la mano.

—Perdón. —Aparté la mano—. Es que… por un instante sentí como si Samkiel hubiese desaparecido.

Su mirada se dulcificó; fue a extender la mano hacia mí, pero se detuvo.

Veruka se me acercó y me ofreció otra pulsera.

—Esta es para ti, y te pido disculpas por el olor.

En cuanto me la puse comprendí a qué se refería. Orym estornudó y se llevó la mano a la nariz. A Samkiel le lloraban los ojos, pero hizo un esfuerzo por aguantar firme y no reaccionar.

—Genial. —Puse los brazos en jarras—. ¿De dónde las has sacado?

Veruka se encogió de hombros.

—Una bruja.

—¿Camilla? —se me escapó. No me había atrevido a esperar que siguiese viva, pero desapareció con Vincent y Kaden cuando cruzaron aquel maldito portal, y no se me ocurría nadie que tuviese un poder semejante. Samkiel esperó la respuesta de Veruka, tan interesado como yo misma.

Veruka frunció el ceño y paseó la vista del uno al otro.

—Sé quién es, claro, pero no, tengo otra persona dentro. —Me posó la mirada, confundida—. ¿La conoces?

—¿Sigue viva? —dije, una vez recuperada la voz.

Veruka abrió los ojos y asintió.

—Sí, y bajo la atenta mirada de Nismera. Por lo que tengo entendido, no la dejan ir sola ni a mear. Nismera la tiene preparando encantamientos y objetos para ella, al menos cuando no le está echando miraditas al guardia eminente de Nismera.

—¿Guardia eminente?

Pero fue Samkiel quien respondió, con una voz gélida como la muerte.

—¿Vincent?

—Sí. Tu antiguo lugarteniente —dijo Veruka.

—¿Hace poco? —pregunté.

Veruka asintió, algo confusa.

—Sí.

Samkiel y yo nos miramos.

—Juro que lo maté —dije.

—¿Tú? —Veruka retrocedió y Orym se irguió un poco.

—¿Era él el miembro de la legión que nos atacó en la prisión? —preguntó Orym.

Asentí mientras daba vueltas de un lado a otro. ¿Cómo había sobrevivido a que le atravesara el corazón, y más con el arma que lo hice? Sabía que no había visto su luz atravesar el cielo, y esto lo confirmaba.

—No me sorprende —dijo Samkiel—. Si sigue vivo, eso es que Camilla y él deben de compartir un vínculo.

—¿Un vínculo? —resoplé—. ¿Desde cuándo?

Se encogió de hombros.

—En Rashearim, él solía visitarla en su celda. Camilla había aludido a una relación entre ambos.

Veruka se encogió de hombros, sonriente.

—Hay algo entre ellos. Todo el mundo lo sabe, y esos dos son idiotas si creen que Nismera no está enterada también.

Se me puso el vello de punta.

—Si está viva —dije, con la mirada puesta en Samkiel—, quiero rescatarla. —Samkiel estrechó los ojos y apretó los dientes—. No es solo una aliada. Me ocultó de ti durante meses. Imagínate lo que Nismera podría obligarla a hacer. La necesitamos y lo sabes. Además, me devolvió el cuerpo de mi hermana, aunque no tenía por qué hacerlo. No dejaré que sufra.

El chispazo de celos se esfumó de sus ojos. Sonrió con pesar.

—Has hablado como una auténtica reina que lucha por proteger a su pueblo.

Veruka carraspeó.

—No habrá ningún título si no llegamos allí pronto. Por suerte, conozco un atajo a Pauule.

XXX SAMKIEL

Atravesamos las masas movedizas de las nubes dejando remolinos a nuestro paso. Apreté los muslos contra la silla de metal mientras descendíamos; el aire era cada vez más cálido.

—Menudo fastidio —dijo Dianna a través de nuestro vínculo—. ¿Por qué tengo que ser un gusano gigante volador?

El viento ahogó mi risita.

—En realidad, no eres un gusano. Los rifores son bestias antiguas, mucho más inteligentes que un gusano.

—Es un puto gusano, Sami, y te odio.

Le di una palmadita y la dejé que se quejase a gusto. Lo cierto era que la forma del ser sí que recordaba un gusano gigante. La gruesa placa gris metalizada que le cubría la cabeza formando una corona semicircular recorría toda la longitud del cuerpo y se estrechaba hacia la cola. El vientre suave tenía unos orificios redondos que, de alguna forma, le permitían elevarse en el aire. La boca era, sin ninguna duda, una pesadilla. Los dientes aserrados y las mandíbulas hendidas ya eran horribles de por sí, pero lo verdaderamente inquietante era la pequeña lengua tentacular con una boca en el extremo. Los rifores eran impredecibles, violentos y agresivos, pero, de algún modo, Nismera había conseguido domesticar uno y hacerlo criar.

—Creo que son parientes más cercanos de los hoklokes que acechan en los arrecifes que de los gusanos. Ya sabes: viscosos, salvajes, estúpidos, y atacan cualquier cosa que se mueva.

—Sigo odiándote.

Me reí de buena gana. Veruka, cuyo rifor culebreaba en el cielo junto a nosotros, me miró asombrada. No le había dicho nada del poder que había imbuido en los anillos porque, dijera lo que dijese Orym, no confiaba del todo en ella. Dianna tenía razón. Veruka olía a mi hermano, y no estaba del todo convencido de que fuese solo por la misión.

Atravesamos las nubes bajas y divisamos debajo de nosotros hilera tras hilera de tiendas de campaña hexagonales. Se me fue la vista a una tienda, en el centro del campamento, que se elevaba un poco más que las otras. Los soldados se movían de aquí para allá, e incluso a esta altura nos llegaba el sonido de sus voces.

Veruka silbó. Viramos y nos dirigimos hacia el extremo sur del campamento. Volamos sobre los rifores sujetos a sus postes, que levantaron la cabeza al vernos pasar. Recé para que la bruja de Veruka fuese lo bastante poderosa para enmascarar nuestro olor; y supe que estábamos a salvo al ver que ninguno de ellos gritaba o trataba de perseguirnos.

Veruka tiró de las riendas y flotó sobre una tienda alargada, y Dianna la imitó. Veruka y yo saltamos al suelo y el polvo se arremolinó alrededor de nuestros pies. Señaló con un gesto la tienda que tenía a mis espaldas, antes de dirigirse a la que estaba justo al otro lado. Dianna entró detrás de mí, enroscando el largo cuerpo serpentino para que cupiese. En cuanto el faldón que tapaba la puerta se cerró, recuperó su figura delgada y se estremeció de alivio.

—Al sobrevolarlos he contado al menos cien —dijo, mientras se asomaba con cuidado—. Eso, sin tener en cuenta los que hubiese dentro del establo.

Dianna se echó atrás y Veruka entró con una pequeña luciérnaga que revoloteaba alrededor de su cabeza y con el rabo agitándose tras ella. Se detuvo para no acercarse demasiado a Dianna.

—Orym está en la colina más cercana. Aparte de nosotros, nadie ha llegado ni ha partido en la última hora, así que Illian está aquí.

Asentí. Illian era el comandante, y su legión, la que solía frecuentar esta zona. Según la información que nos dio Veruka, era un carviano, una especie con cuatro brazos, piel del color del mar y púas que le brotaban de los codos.

Me resultaba inconcebible que aquellos que odiaban a los dioses con tanta desesperación estuviesen ansiosos por unirse a las legiones de Nismera y ponerse a sus órdenes. Hasta los más violentos y rebeldes se sometían a su voluntad, y no lograba entender la razón. ¿Por qué trabajar para una diosa que había destruido tu forma de vida?

—De acuerdo —dije. Dianna se puso a mi lado, con mucho cuidado para no tocarme. Me ponía furioso—. Primero tenemos que encontrar su tienda de campaña y luego reunir los documentos.

—Bueno, hemos volado sobre una más grande. Apuesto a que es esa —dijo Dianna.

Veruka y yo negamos con la cabeza.

—Seguro que no —dijo Veruka—. Sería como hacer señales a cualquiera que quisiese atacar el campamento. Más bien debe de ser una trampa por si alguien se acerca a fisgonear.

—Correcto —convine—. He visto una más pequeña al fondo. Podemos empezar por ahí.

Veruka hizo otro gesto de negación y se dio unos golpecitos en la barbilla.

—Demasiado cerca de la linde del bosque. Estará en el centro del campo, pero oculto. Ahora mismo Nismera está demasiado nerviosa, no va a descuidar ningún detalle. Tenemos que buscar una tienda que tenga guardias alrededor, pero que no actúen como si estuvieran vigilándola.

—De acuerdo. —Asentí.

Me volví a Dianna, que nos miraba a ambos.

—Volveré en cuanto hayamos recogido lo que buscamos, y nos iremos. Dianna, espera aquí y mantente oculta.

—Y en silencio —añadió Veruka.

Dianna frunció los labios.

—Parece que vosotros dos tenéis el plan perfecto, así que me quedaré aquí esperando. —Le enseñó los dientes a Veruka—. En silencio.

Extendí la mano hacia ella, pero me detuve y la dejé caer. No dijo nada, se limpió las manos en los pantalones oscuros y retrocedió. De su piel brotó una niebla oscura que se expandió y se solidificó para formar de nuevo el rifor, grande y temible. Veruka señaló la salida de la tienda y yo le ofrecí a Dianna una breve sonrisa desde debajo del yelmo antes de salir.

Caminamos lado a lado, mezclándonos con los soldados que nos cruzábamos. Veruka recibía inclinaciones de cabeza casi imperceptibles, pero yo permanecí en silencio hasta que pasamos junto a otra tienda.

—Ten cuidado cuando te dirijas a ella —dije, en voz baja y sin desviar la mirada.

Veruka carraspeó y pude sentir la tensión que emanaba.

—No pretendo faltarle al respeto, pero no está entrenada para el combate.

Le puse la mano en el brazo y luego tiré de ella para que se volviese hacia mí.

—Será tu reina.

Vi la resignación en sus ojos y la solté.

—¿Y ella lo sabe?

—¿Qué significa eso? —pregunté en un susurro mientras pasaban varios soldados.

—Apenas sé nada de ella, solo lo que me ha contado Orym. Su voluntad y su lealtad están contigo y con tu familia. Pero ¿con los dominios? Sus actos no lo demuestran. Orym me ha contado lo que ha hecho. Lo que muchos interpretan como una rebelión contra la tiranía de Nismera no era más que para mantenerte a ti a salvo.

Guardé silencio.

—¿Estás seguro de que quiere ser reina —siguió—, o solo quiere estar contigo? ¿Le has preguntado, o estáis ambos cegados por el amor, más que centrados en el deber?

Un chillido hendió el aire y nos hizo levantar la vista. Unos cuantos rifores nos sobrevolaron y viraron hacia la derecha hasta tomar tierra más allá de las tiendas del establo, entre una nube de polvo. Reconocí al comandante que cabalgaba la bestia más grande. Veruka y yo intercambiamos una mirada y asentimos, de nuevo centrados en nuestra misión.

—Supongo que ahora ya no hace falta adivinar de qué tienda se trata —dijo. Nos dirigimos hacia el origen del ruido.

Pasaron junto a nosotros varios soldados que iban en sentido opuesto, para regresar a sus puestos. Al parecer el comandante llevaba tanto tiempo fuera que algunos habían decidido tomarse un descanso; y el recreo se había terminado. Veruka y yo nos agazapamos junto a una tienda cercana al punto donde habían tomado tierra y fingimos estar enzarzados en una conversación mientras mirábamos a nuestro alrededor. Los rifores estaban amarrados a sus postes, pero Illian y su guardia personal no se veían por ningún lado.

—Voy a echarle un vistazo rápido al perímetro —dijo Veruka, tras otra mirada alrededor—. Luego nos moveremos. Quédate aquí.

Asentí y ella se marchó sin perder tiempo. Me acerqué a unas cajas y fingí estar ocupado lo mejor que supe.

—Dianna. —Extendí la mente hacia ella, ansioso. Sentí el tirón de la conexión, pero no hubo respuesta—. Dianna —repetí con más firmeza.

—¿Qué pasa? ¿Ya te has cansado de tu nueva novia? —Su frustración fue como el roce del hielo sobre mi mente.

—Qué graciosa.

—Solamente digo que me podía haber quedado en la colina con Orym en vez de esperar en una tienda sudada que apesta a mierda de gusano.

Apreté el puño y la tensión sobre el anillo que llevaba bajo el guantelete aumentó.

—Ojalá estuvieses tú aquí. Solo llevo unos minutos con la hermana de Orym y ya me está empezando a fastidiar.

Su ira fue como el picotazo de alfileres sobre mi cuero cabelludo.

—¿Qué ha hecho?

Me concentré y le mostré a Dianna la conversación. Escuchó lo que me había dicho Veruka, y a mí se me hizo un nudo en el estómago. Era cierto que nunca le había preguntado a Dianna si quería ser mi reina. Estaba demasiado excitado por estar con ella y la había arrastrado a mi mundo y a mis responsabilidades sin…

—Sami. —Su voz fue como un bálsamo reparador que frenó en seco mis pensamientos—. No me has arrastrado a nada que yo no quisiera hacer. Te escogí a ti, Sami, y lo volvería a hacer una y otra vez.

Además, cuando intenté matarte la primera vez ya sabía que eras un rey. —Se me escapó una risa que disimulé con una tos. Un soldado que pasaba me lanzó una mirada de curiosidad; pero no dijo nada y siguió su camino—. Eso no cambia nada. Que Veruka se meta en sus putos asuntos. No me has cargado con nada que no yo quisiera. Todo eso de salvar el mundo y reinar viene en el mismo lote que tú, y no lo cambiaría por nada.

—Pero nunca te pregunté, Dianna. Y ahora estamos casados. Fue egoísta por mi parte.

—En absoluto. Soy una chica lista y sabía dónde me metía. Siempre que te tenga a ti, me da igual que sea con o sin corona.

La calidez no solo se extendió por mi mente y mi cuerpo, sino que también me inundó el puñetero corazón. Esta mujer… Lo era todo para mí. Veruka apareció a mi lado y me volví para mirarla.

Asintió.

—He encontrado la tienda. Acaba de salir de ella acompañado de un general, así que nuestro tiempo es limitado —dijo—. Tenemos que movernos ya.

XXXI SAMKIEL

Veruka y yo esperamos a que pasaran dos soldados y a continuación nos colamos en la tienda. Una ola de inquietud me asaltó. Me quedé inmóvil y miré hacia todos los rincones. No vi nada, pero sentí que no estábamos solos.

—¿Qué pasa? —preguntó Veruka al tiempo que se acercaba a una mesita cerca del fondo.

Sacudí la cabeza y la seguí.

—Nada. —Me centré en los libros y pergaminos desperdigados sobre la mesa. Veruka asintió y volvió al frente de la tienda, atenta y vigilante.

Pasé la mano sobre unos cuantos documentos cubiertos de números; casi ni me di cuenta de que Veruka se alejaba. Parecían pagos de suministros; en cada línea, junto al pago había un nombre. Los cogí, los plegué y me los guardé en el bolsillo. Podía tratarse de benefactores, gente que trabajaba para ella, o de personas a las que había chantajeado para que se aliasen con ella. Rebusqué en otro montón hasta que vi una tinta roja que me llamó la atención. Hice a un lado otros documentos, extendí el pergamino para verlo bien y me incliné sobre él con una mano apoyada en la esquina del mapa.

—Veruka.

Volvió la cabeza en mi dirección.

—Esto no es solo un plano de este mundo. Es un plano de todos los que planea atacar.

Cando la miré, abrió los ojos de par en par. Al principio creí que era una reacción a mis palabras, pero la mirada se dirigía a un punto más allá de la mesa de escritorio. Giré la cabeza de inmediato, pero fue demasiado tarde. Una mujer cruzó el portal abierto y me atravesó la mano que se apoyaba en la mesa con una daga aserrada. Algo se agitó en mi interior, mientras se formaba un charco de sangre plateada sobre el mapa. Apreté los dientes de dolor. Unos ojos cerúleos y brillantes me clavaron una mirada asesina.

—Neverra —jadeé. La sorpresa fue más fuerte que el dolor.

Cuando pronuncié su nombre, parpadeó por un instante fugaz. Los laterales de la tienda se ondularon al abrirse un portal tras otro, de los cuales brotaron soldados. Illian se plantó entre ellos, con los gruesos brazos blindados sujetos a la espalda.

—Vaya, vaya. A ti no te esperaba —dijo, con una sonrisa.

Alzó la mano y dos soldados flanquearon a Veruka y le clavaron una espada en el vientre. Gritó. Tiraron de la hoja y ella se derrumbó sobre sus brazos.

—A ella, sin embargo, sí la esperaba —dijo Illian, con un giro de muñeca—. Ponla en la caravana con el traidor de su hermano. Pronto nos iremos.

Abrí los ojos y el sudor me cubrió la espalda. Tenían a Orym. ¿Habrían descubierto también a Dianna? No, o el campamento estaría envuelto en llamas. Extendí la mano hacia ella al tiempo que Neverra giraba la daga de mi mano. Siseé de dolor.

Mientras los soldados se llevaban de la tienda el cuerpo exánime de Veruka, Illian sacó un colgante verde brillante de debajo de la armadura. Era un encantamiento creado por una bruja muy poderosa.

—Como digo —caminó hacia mí, con la cabeza un poco ladeada—, a ti no te esperaba. Nismera dijo que aparecería la puta de Kaden, pero tú, amigo mío, eres más grande que hasta el más temible de mis soldados, y además eres varón. ¿Estás liado con su zorra?

Enseñé los dientes.

—Si lo repites, te arranco la cara del cráneo.

Soltó una risita, con una expresión que me dio ganas de matarlo.

—Ya veo que sí. —Se frotó la barbilla—. A Nismera le encantará saber que tiene alguien más que trabaje para ella, pero me pregunto quién eres tú.

Rodeó la mesa, y Neverra volvió a doblar la daga con crueldad. Desvié la mirada hacia ella, lo que fue un error, porque Illian extendió la mano, la metió bajo mi yelmo y me agarró del cuello. El cerebro me ardió a causa de esas malditas manos y sus compuestos paralizantes. Era el comandante perfecto, capaz de tocar a alguien y dejarlo fuera de juego. Tiró del yelmo y el aire fresco me acarició la barbilla. Relajé los hombros. Lo que él no sabía era que yo tenía refuerzos.

—Dianna. —Un susurro, de mi subconsciente al suyo, con la esperanza de que me oyese antes de que nuestra tapadera saltase por los aires—. Es hora del plan B.

No me respondió, pero noté el susurro de su sonrisa y, aunque incapaz de moverme, el vello se me puso de punta. El rugido más grave y poderoso que había oído en mi vida desgarró el cielo e hizo que cada guardia y cada soldado se volviesen a mirar.

Illian apartó la mano y se giró para abrir el faldón de la tienda. Lanzó una mirada a Neverra y murmuró una palabra en voz baja. No llegué a oírla, pero ella se volvió hacia él y asintió. Aprovechando que estaba distraída, la golpeé en el pecho con la mano y la lancé volando por la tienda. Me arranqué el cuchillo de la mano, con los dientes apretados y un siseo de dolor.

Busqué a Neverra con la vista. Estaba caída en el suelo, pero respiraba. No sabía lo que Illian le había dicho, pero sospeché que sería una orden de que me matase. Abrí la palma e invoqué un portal tras ella. Solo tenía energía para enviarla al bosque, pero allí estaría a salvo del plan B de Dianna.

Su cuerpo se dobló al caer sobre la hierba. Esperé a asegurarme de que estaba inconsciente y luego cerré el portal. Iría a por ella en cuanto terminásemos aquí.

Oí el ruido de botas que corrían y salí de la tienda. En el campamento, tan organizado pocos minutos antes, ahora reinaba el caos. Unos soldados salían a toda prisa de sus tiendas, otros se paraban de repente y se quedaban mirando, boquiabiertos.

El suelo tembló y se estremeció cuando la forma enorme de Dianna saltó hacia el cielo y bloqueó el sol. Sobre su espalda se desplegaron unas alas negras y poderosas; los restos de la tienda, que colgaban de sus púas, se desprendieron y cayeron.

—¡Ig'morruthen!

El grito resonó por el campamento, y a continuación el mundo estalló en llamas.

XXXII SAMKIEL

Salté sobre un alto muro de llamas y tras atravesarlo rodé y me puse de pie. Dianna rugía a cada nueva pasada que daba sobre mí; el espeso humo negro tapaba el sol y dificultaba respirar. Las inmensas alas batían el aire y los gritos se convertían en polvo cada vez que pasaba. Por otro lado, no sabía con exactitud qué había cambiado, pero su fuego ya no me quemaba; pero el calor sí me hacía sudar. Me abrí camino entre los guardias, que huyeron en retirada. Otros trataron de improvisar una defensa, pero no tenían armas que fuesen efectivas contra ella. Todos los ig'morruthens que quedaban en el mundo estaban en el bando de Nismera.

Me adentré en el humo al tiempo que lanzaba dos cuchillos, que alcanzaron sus objetivos y se hundieron en los cráneos de un par de guardias. Los cuerpos cayeron como fardos y levantaron una nube de polvo.

—Vas en la dirección equivocada —gruñó Dianna en mi mente.

—Oh, perdona. Igual es que con tanto humo espeso no veo a donde voy. —Me paré y entorné los ojos para tratar de discernir al menos la torre de los guardias.

—Por aquí.

Miré a mi izquierda y vi las llamas doradas y anaranjadas que se derramaban desde el cielo. Me volví y corrí hacia ellas. La cola de Dianna se sacudía entre las nubes y levantaba remolinos. Tenía que llegar hasta Veruka y Orym y salir de aquí. Bastaba con que a Nismera le llegase una palabra, y abriría un portal para presentarse aquí. Aún no estaba preparado para ella.

Illian echó a correr en cuanto vio a Dianna, en dirección a los rifores, pero Dianna mató a su montura antes de que pudiese llegar hasta ella.

Apreté el paso, esquivando guardias y tiendas en llamas, para tratar de llegar a la torre. De algún modo, entre el ruido y el caos, oí la pisada de una bota. Gruñí al ser embestido por el costado; caímos sobre un banco de madera y mi espalda lo hizo añicos. Gemí y abrí los ojos, a tiempo de esquivar la espada que buscaba mi cabeza. Neverra. Debía de haberse despertado y había venido a la carrera para terminar conmigo. Sí, estaba claro; tenía órdenes de matarme.

Me levanté de un salto e invoqué una espada a la vez que Neverra se me echaba encima, tratando de alcanzarme en el cuello. La bloqueé y el acero se entrechocó con el acero; la vibración me resonó por todo el brazo. Presionó con todas sus fuerzas. Sus ojos eran una llama de puro color azul. La aparté de un empujón y ella volteó la espada sobre la cabeza. Seguí bloqueando los ataques y dejé que me obligase a retroceder. Lo último que quería era hacerle daño, y desde luego matarla era impensable. Sentí el susurro de Dianna en mi mente, pero estaba demasiado concentrado en Neverra para prestarle atención.

—Neverra —dije, mientras nuestras espadas chocaban de nuevo—. Sé que estás ahí.

La empujé y salió volando por los aires y aterrizó en cuclillas. Su rostro no mostraba ninguna emoción. Ni siquiera sudaba. Era el arma perfecta.

—Tengo a Logan —dije—. Es hora de que tú también vuelvas a casa.

Se levantó poco a poco y alzó el arma entre nosotros, pero al oír mis palabras se detuvo. Dioses, se me paró el corazón. Si podía llegar hasta ella, a los demás también. La esperanza llenó mi pecho. Podía salvarlos a todos.

Torció la espada para sujetarla por la empuñadura y la punta a la vez, y la estrelló contra la rodilla. Con un chasquido, la hoja se convirtió en dos. Me arrojó un fragmento, y yo me eché atrás y lo desvié de un golpe, pero ya era tarde. Neverra era mi guerrera más rápida, fuerte e inteligente. Se aprovechó de mi distracción sin perder un instante. En un parpadeo estaba detrás de mí y la otra mitad de la espada se dirigía a mi cuello. Se oyó una palmada; Dianna había sujetado la muñeca de Neverra y había detenido el descenso de la hoja.

—Hola, Nev —dijo—. Tiempo sin verte.

Neverra soltó la espada sin dudar y se liberó; de una patada circular lanzó a Dianna sobre mí y ambos caímos en una tienda de campaña cercana.

Sujeté a Dianna por la cintura para amortiguar su caída y aterrizó encima de mí.

Cubrió con la mano la mía, que descansaba sobre su abdomen.

—Joder. Es más fuerte que antes.

—No. —Rodé para levantarme y alcé a Dianna conmigo—. Neverra siempre ha sido dulce y humilde, pero es, de lejos, mi celestial más fuerte.

—Oh, genial.

Neverra se agachó para coger la espada rota, lista para completar su misión.

Aferré el hombro de Dianna. Me miró de reojo, poco dispuesta a apartar la vista de Neverra.

—Necesito que te encargues de Illian.

—No —dijo—. No voy a dejarte aquí.

—Tiene a Orym y a Veruka. Si se los lleva a Nismera, están muertos.

Arrugó la cara, pensativa. Sabía que, en parte, no le importaba. No porque fuese fría o insensible, como todo el mundo suponía, sino porque me amaba y estaba harta de perder a sus seres queridos.

—No me va a pasar nada. Yo entrené a Neverra y soy capaz de someterla.

Algo brilló en los ojos de Neverra, pero se desvaneció casi al instante. Empezó a desplazarse a un lado y a otro, con movimientos tan gráciles y elegantes como siempre. No teníamos mucho tiempo: en breve se lanzaría de nuevo sobre mí. Solo estaba pensando cómo esquivar a Dianna.

—Dianna —insistí.

—Eres muy mandón —dijo, con los puños apretados. No iba a dejarme, y que pasase lo que tuviese que pasar; pero yo necesitaba que lo hiciera. De lo contrario perderíamos a Orym y a Veruka.

—Por favor. —Le envíe una oleada de desesperación, pero también amor—. Salva a los demás. Yo me encargaré de Neverra.

—Pero si ni siquiera me caen bien.

—Dianna.

Dianna gruñó por lo bajo y se apartó unos pasos; luego cambió de forma y se lanzó al aire. Batió las alas, y la ráfaga de aire que produjo casi aplastó todo lo que nos rodeaba. Era su forma de tener la última palabra.

Respiré hondo y levanté las manos.

—Nada de armas, Nev —dije—. No te voy a hacer daño. Logan me patearía el culo. —Otro chispazo en el fondo de su mirada—. Te acuerdas de él, ¿verdad?

Se tiró hacia mi pecho con la espada rota en la mano. La esquivé y levanté el brazo para amortiguar el golpe. La hoja chocó con mi armadura y la fuerza del golpe me provocó un hormigueo en el brazo. Le arrebaté la empuñadura y me eché atrás para evitar el puño dirigido a mi cara; no me dio en la mandíbula por poco.

Se abalanzó sobre mí y desencadenó una tormenta de puñetazos y patadas; era infatigable en el cumplimiento de su misión. Algunos los bloqueé y otros no, pero me negué a pelear con ella. No era mi enemiga, sino mi familia.

—Todas las mujeres de mi vida quisieran darme una paliza —bromeé. Me dio un rodillazo que me arrancó un gruñido de dolor. La aparté de un empujón, y nos movimos en círculos. Oí otro estallido de llamas a mis espaldas. Dianna debía de haberlos encontrado.

—¿Sabes? El otro día me acordaba de lo mucho que te costó tomar la decisión de unirte a la Mano.

Neverra hizo un amago de golpearme en la cara y, cuando me moví para apartarme, me dio un codazo en la barbilla que lanzó mi yelmo por los aires. Lo siguió con una patada al pecho que me hizo caer de espaldas. Me zumbaba la cabeza.

—Y ahora, mírate. —Me incorporé con un gruñido de dolor—. Uno de mis guerreros más fuertes.

Levantó el pie para estamparlo contra mí. Retrocedí arrastrándome sobre el culo para esquivarlo. Me dio otra patada, pero esa vez le agarré el pie y empujé. Voló a través de una pila de cajas. Me levanté de un salto y caminé hacia ella. Se apoyó en el suelo para levantarse; a su alrededor había restos esparcidos por todas partes.

—Una vez, un hado me dijo que el amor es poderoso. Quiero poner a prueba esa teoría.

Sabía que no debería, y cuál iba a ser el precio, pero tenía que salvar a mi familia por mucho poder que tuviese que gastar. Ellos eran más importantes. Neverra cargó contra mí, y yo abrí un portal a nuestro nuevo hogar justo delante de su trayectoria. Logan estaba en una celda; los barrotes azules brillaban tras él, y sus ojos cerúleos nos miraron. Me rompió el corazón verlo mirar así a su amata. Cuando la miraba, nunca había visto en sus ojos otra cosa que amor.

Neverra se detuvo en seco y dejó caer los brazos. Lo miró y parpadeó una única vez. Le tembló el labio, y supe que había funcionado. Su mirada se cruzó con la mía.

—¿Sa… Samkiel? ¿Cómo? ¿Qué está pasando?

—Estás aquí. —No pude evitar que se me llenasen los ojos de lágrimas, pero mi alegría no duró. Cayó de rodillas con un grito que helaba la sangre y se llevó las manos a la cabeza. Corrí hacia ella y me arrodillé a su lado. Le sujeté las manos engarfiadas para impedir que se arañase el cuero cabelludo.

—Neverra. No pasa nada, estoy aquí. Estás…

Se zafó de mí y me dio un puñetazo que me alcanzó la nariz y me lanzó hacia atrás. El dolor me hizo lagrimear, pero noté como empezaba a curarse. Se levantó con un sonido de botas contra el suelo, y vino hacia mí. Alcé la vista hacia ella y se me encogió el corazón. Lo que quiera que fuese que la había traído de vuelta, ya se había desvanecido; pero había sido real. Lo había visto, y había oído su voz. Era todo lo que necesitaba para recuperar la esperanza. Si había forma de llegar hasta ellos, nada me impediría recuperar a mi familia.

Neverra era la más veloz de mis guerreros, pero no era más rápida que yo. Me levanté y aparecí a sus espaldas. Busqué con los dedos un punto de presión entre el cuello y el hombro y se desplomó entre mis brazos. La sostuve y crucé el portal mientras llamaba a Roccurrem.

XXXIII DIANNA

Era una máquina de matar, hecha de fuego y bordes afilados. Todos decían que era un arma, y así me sentía: como un arma. Del cielo llovieron trozos de rifores, enormes pedazos que se esparcieron por el campo de batalla. A todos los que se creían capaces de huir de mí los alcanzaron mis garras, mis dientes, mi fuego. Su sangre me manchaba las mandíbulas. Derribé sin piedad a cualquiera que se atreviese a alzar el vuelo. Solo quedaba un puñado, y ese maldito comandante cabalgaba uno de ellos.

Illian y uno de sus guardias me embistieron; los dientes de los rifores se me clavaron en la piel. El dolor me estalló en la cadera. Reduje a cenizas a su aliado y golpeé con la cola a la bestia del comandante con fuerza suficiente para quebrarle los huesos. Cayeron al suelo dando tumbos y yo los seguí y aterricé a su lado. Recuperé mi forma humana.

Gruñó y se incorporó sobre las manos y las rodillas. La sangre le manaba de una herida de la cabeza y le caía por la cara manchándole los dientes de rojo. Se reía de mí.

—No sé dónde ves la gracia —dije—. Tú sangras más que yo.

Su sonrisa se hizo más amplia. Se puso de pie y se sujetó el brazo herido. El rifor que nos separaba exhaló un último aliento y luego se quedó quieto, casi como si se desinflase.

—Así que tú eres esa de la que hablan. Desde luego, has llamado mucho la atención, ¿sabes?

—Sí, sí. Ya ha llegado a mis oídos que Nismera está cabreada, tanto que diezmó unos cuantos planetas. Menuda pataleta se ha pillado.

—Eres idiota, mujer, si crees que solo fue eso —escupió—. Ahora tiene un arma que no dejará nada a su paso. Supongo que puedes agradecérselo a tu examante muerto.

Lo tenía cogido por el cuello antes de que terminase de hablar. Lo levanté en el aire e intenté decir algo más, pero mi cuerpo decidió que no era necesario y un hormigueo frío recorrió cada nervio y cada músculo de mi ser. Me temblaron las piernas y él se rio y me rodeó la muñeca con una mano enorme. Me fallaron las piernas y caí al suelo.

—Esperaba que fueses tan fácil de provocar como decían. —Cerró la mano con más fuerza y la sensación de frío se extendió. Una expresión de triunfo le iluminaba los ojos. Se inclinó hacia mí y me traspasó más de esa sustancia paralizante—. Me darán una medalla por capturarte.

Oí un silbido y algo cortó el aire. La mirada de Ilian siguió clavada en mí, pero abrió mucho los ojos y su mano se aflojó. La sangre volvió a correrme por las venas. Abrió y cerró la boca, pero no salió sonido alguno. Una línea brillante creció y burbujeó sobre su cuello; parpadeó otra vez, y la cabeza rebotó en el hombro y cayó al suelo.

Samkiel apartó el cuerpo de una patada y me tendió la mano.

—No te puedo dejar sola ni cinco minutos. —Me alzó y me sostuvo mientras recuperaba el uso de mis miembros.

—Han sido más de cinco, y contempla todo a tu alrededor. Prácticamente he destruido el campamento entero mientras tú salvabas a Neverra —bromeé. Luego me puse seria—. ¿Está bien?

—Sí —dijo con un profundo suspiro—. ¿Y Orym y Veruka?

Mi mano, que ya volvía a moverse con normalidad, le golpeó el peto de la armadura. Me miró, confuso.

—No vuelvas a hacerlo.

—¿Hacer qué? ¿Destruir con mi espada a los que te amenazan?

—No. No vuelvas a pedirme que escoja.

Su mirada se suavizó.

—Dianna.

—No me vengas con «Dianna» o «cariño» o *«akrai»* —dije, con absoluta seriedad. Lo empujé otra vez. No trastabilló, y ni siquiera se movió, y eso todavía me puso más furiosa—. Si me vuelves a pedir que elija entre otros y tú, el resultado no te va a gustar. Y me da igual si bufas o gruñes o te enfadas conmigo. Yo no soy un héroe. Ese es tu trabajo.

Hizo una mueca. Su cálida admiración revoloteó por mi mente, e incluso detecté que mi instinto protector le había provocado un atisbo de excitación.

—Entonces ¿cuál es tu trabajo?

—Mantenerte con vida y asegurarme de que no cometas errores estúpidos. —Me crucé de brazos y ladeé la cadera, cuya curva recorrió con la mirada—. Se te da fatal.

—De acuerdo, pues —dijo, con una breve carcajada—. ¿Dónde están Orym y Veruka?

Señalé detrás de mí con el pulgar.

—A salvo. Detuve la caravana que trató de huir con ellos. El comandante era el último superviviente.

Me pasó las manos por los brazos en busca de heridas, y le dejé hacer. Sabía que oponerme solo alargaría el proceso. Notó los cortes y las rasgaduras de la ropa, pero sabía que no iba a encontrar nada grave. Ni siquiera me dolía demasiado la cadera. Supuse que los dientes del rifor solo me habían rozado.

—Estoy bien.

—Ajá —añadió, antes de pasarme las manos por la cabeza y enredar los dedos en mi pelo.

Lo aparté de un manotazo.

—Estoy bien, de verdad. ¿Y tú?

—También. —Paseó la vista por el campamento quemado—. La única herida que tengo es emocional, pero ya te lo contaré después.

—Vale —dije—. Tenemos que recoger a Veruka y a Orym. Ambos están bastante maltrechos.

—De acuerdo.

Me volví y abrí la marcha. Dejamos atrás los restos calcinados de rifores y tiendas de campaña. Llegamos a una caravana quemada, rodeada por cuerpos de guardias carbonizados. Veruka se agarraba el costado y gemía; Orym estaba en su regazo, todavía inconsciente.

—Cautericé sus heridas lo mejor que pude antes de que el comandante escapara.

Samkiel se arrodilló junto a ella y pasó sobre su vientre una mano iluminada de plata. Veruka se quejó y él me miró.

—Excelente trabajo —dijo con una sonrisa, mientras la curaba.

Me encogí de hombros.

—Supongo. Pero el comandante Manos Venenosas casi me atrapa.

—Eso ha sido un error mío —dijo. Veruka dejó escapar otro quejido—. Debería haberte avisado.

—No pasa nada. Me salvaste.

Veruka se acomodó un poco más recta, y Samkiel movió a Orym para incorporarlo. Le pasó la mano sobre la cabeza y la luz plateada brilló con fuerza. El cielo se dividió con un fuerte crujido, y al alzar la mirada vimos aparecer tres rifores, uno de ellos montado por un general. Flotaron unos momentos sobre nosotros antes de salir huyendo.

—Joder.

—Dianna. —Samkiel se levantó de inmediato mientras yo los miraba escapar.

—¡Te han visto! —grité—. Han visto la plata de tu poder. Se lo contarán a Nismera.

Ni siquiera me dolió el cuerpo al adoptar la forma de la bestia; el cambio nunca había sido tan rápido. Me lancé hacia el cielo y dejé a Samkiel con Veruka y Orym, junto al carromato destruido.

—Dianna. —El miedo se asomaba a su voz—. ¡No persigas a esos rifores!

—Si llegan hasta ella, estamos jodidos —dije—. No me va a pasar nada.

Arrojé llamas de mi garganta con un chillido que taladró el aire y abrasé al rifor más cercano. Su cuerpo envuelto en llamas cayó hacia el suelo trazando espirales como una cinta que se consume.

—¿Lo ves? —Sonreí en mi cabeza y me pregunté si lo percibiría.

—Sí, lo he notado —me respondió.

Adopté una pose más aerodinámica y batí las alas con todas mis fuerzas para tratar de ganarles terreno a los dos restantes. Ya me había alejado tanto que no veía a Samkiel, pero lo seguía notando. Era como una atadura que nos uniese, y aunque no podía verlo ni oírlo, la sentía tensarse y vibrar con la esencia de Samkiel. La parte de mí que llevaba tantos años vacía y solitaria se había colmado por fin. Otra ventaja del anillo que me había hecho. Igual esto del matrimonio era tan bueno como decían.

Los rifores se separaron, uno hacia la derecha y otro hacia la izquierda. Mierda. No podía dejar que se escaparan. Sabían que Samkiel estaba aquí, y ahora sabían que yo lo había estado protegiendo todo este tiempo. Si lograban decírselo a Nismera, todo se habría acabado. Volé tan rápido como pude, cortando el viento, según me desviaba a la izquierda. Si me daba prisa en acabar con uno, podría dar la vuelta e ir a por el otro.

El humo ascendía formando remolinos y me impedía ver más allá de mi hocico, así que me tuve que fiar del sonido y no de mis ojos. Extendí las alas para planear y escuché. Un suave silbido del viento a mi derecha me hizo girar sobre mí misma y vi que la bestia sin patas se adentraba en las nubes. Batí las alas un par de veces para ganar velocidad en contra del viento y su figura se hizo visible ante mí. El general miró por encima del hombro y abrió los ojos como platos al verme abrir las mandíbulas. Las llamas burbujearon y me acariciaron la garganta, pero su mirada de sorpresa se transformó pronto en una sonrisa de satisfacción. Se lanzó hacia abajo.

Chasqueé las mandíbulas, preparada para seguirlo, cuando un reflejo me llamó la atención. El humo se abrió y a cada lado apareció otro rifor. Una red se extendía entre ellos, sujeta a sus sillas. No estaba hecha de sogas, sino de luz plateada; su objetivo era reducirme a pedazos. La estiraron y comprendí que era una trampa. Todo aquello era una trampa, y yo era su objetivo.

Mierda.

Solo se nos puede herir de muerte en nuestra forma auténtica. Las palabras de Tobias me resonaron en la mente. Nismera lo sabía.

Volaba demasiado rápido y no podría parar. Tal vez, en esa ocasión, mi arrogancia fuese mi ruina. Alcé la cabeza y extendí las alas para tratar de reducir mi impulso, pero era demasiado tarde.

—Sami. —No comprendí que me había conectado con él a través de nuestro vínculo hasta que su terror me desbordó. Sintió mi miedo, mi aprensión, y lo oí gritar mi nombre.

Respiré hondo y me preparé para el dolor de chocar con la red, pero no llegó. Algo enorme, gris y negro, golpeó contra mi pecho desde abajo y me impulsó hacia arriba. Gritó de dolor, con un sonido grave y letal, y yo a mi vez también grité. Los bordes de nuestras alas ig'morruthen, que habían rozado la red, chisporrotearon.

Nuestras miradas se cruzaron y me quedé sin aliento. No era un ig'morruthen cualquiera. Era Cameron. Ambos caíamos hacia el suelo trazando espirales, con las alas dañadas e incapaces de volar. El aire era cortante y, pese a mi cólera y mi odio, lo rodeé con mis alas dañadas para envolvernos a los dos. Chocamos con el suelo sobre un montón de polvo y grava.

XXXIV
CAMERON

Me zumbaban los oídos y un dolor ardiente me recorría la columna y se me derramaba por los brazos. Abrí los ojos y parpadeé para tratar de enfocar la vista en la sala. Estaba tumbado boca abajo sobre un catre cubierto de gruesas pieles y edredones. Al ver los barrotes azulados con runas que giraban supe dónde me hallaba.

—¿Y qué querías que hiciera? —gritó Dianna. Tenía la voz ronca, como si llevase horas gritando. Habíamos caído una larga distancia, así que quizá fuera cierto.

Casi no llega a tiempo. El portal que había usado para llegar allí se abrió y me escupió sobre una escena de caos. El campamento entero ardía y humeaba, pero cuando la vi emprender el vuelo, directa hacia la trampa, no lo dudé. Jamás me había transformado antes, ni siquiera una vez, pero algún poder innato se despertó en mi interior y de repente estaba en el aire, lanzado hacia ella como un cohete. No sabía qué era aquella red, hasta ese momento nunca la había visto, pero ya entendía por qué Nismera había hecho aquellas largas jornadas de trabajo y por qué Vincent y llevaban meses sin olerse el uno al otro. Dianna se había convertido en su prioridad absoluta.

—Que creyesen que lucharías tanto por Reggie fue una estupidez. —Gruñí. El sonido de mi voz era tan áspero y ronco como el de Dianna. Reggie estaba parado en el otro extremo de la habitación, con las manos juntas frente a él. Me obligué a enfocar la vista en el hado y me mantuve tan inmóvil como me fue posible, porque hasta respirar me dolía—. Sin ánimo de ofender.

Reggie guardó silencio. Mi mirada se desvió hacia Dianna. Sus brazos estaban más curados que los míos, con una pequeña decoloración que sabía que se pasaría en unos días. Solo una persona podía curarle así de bien los efectos de aquella arma divina, y comprendí que era el hombre que estaba junto a ella.

La cabeza me dio vueltas y se me escapó un sonido de los labios. Me ardieron los ojos y me pregunté si había perdido la cabeza. O tal vez hubiese muerto y ese lugar era Iassulyn, donde me vería obligado a enfrentarme a todos ellos. Cuando llegué me pareció notar algo, pero creí que lo que había percibido era Dianna. Me incorporé para tratar de levantarme e ir hacia él. Sentí un desgarro en la espalda y me desplomé sobre el catre con un sollozo, mientras mi grito resonaba por toda la celda. Samkiel cruzó los barrotes a toda prisa, se arrodilló a mi lado y me cogió la mano.

—Tranquilo. Estoy aquí —dijo.

Su voz fue como música en mis puñeteros oídos. Cuando creí que había muerto no solo perdí a mi líder y a mi rey, sino también a mi puto mejor amigo.

—¿Eres real? —Se me quebró la voz—. ¿O es otro sueño?

Su mirada se suavizó. Pero yo hablaba en serio. Cada vez que cerraba los ojos, soñaba que lo salvaba. Soñaba que había peleado, que había salvado a Xavier y que no nos habíamos ido. Dioses, cómo me odiaba a mí mismo. Lloré, aunque me dolía. Los sollozos sacudían mi cuerpo y me reabrían las heridas. No podía detener las lágrimas. El miedo, la culpa y el arrepentimiento se me escapaban a borbotones.

—Soy real. —Posó la mano con suavidad sobre mi hombro y un frescor relajante se asentó sobre mi piel rota y dolorida. Pero había partes de mí que no estaban malheridas, y comprendí que había tratado de curarme a mí también. Sospeché que, después de curar a Dianna, el poder que le quedaba debía de haberse agotado. Y no me sorprendía, dado que gran parte aún teñía de color el cielo. Se inclinó sobre mí y me dio el abrazo más extraño en el que hubiese participado jamás, con su cabeza sobre la mía como si tuviese miedo de hacerme daño.

—Pero moriste. Todos lo sentimos. —Jadeaba y por poco me atraganto.

—Dianna me trajo de vuelta.

Levanté la cabeza para mirar a Dianna y casi tiré a Samkiel a un lado. La miré asombrado, con los ojos aún llenos de lágrimas. Dianna hizo una mueca burlona y se encogió de hombros.

—¿Te trajo de vuelta? ¿De entre los muertos? —Estuve a punto de gritar—. ¿Cómo es posible?

—Es una historia muy larga de contar —dijo Dianna—. Algún día escribiré un libro. Pero ahora, ¿qué sabes de Nismera y de su paradero?

Samkiel me dio una palmada en la cabeza, sin hacer caso de Dianna.

—Yo también te he echado de menos, Cameron.

Se me escapó otro grito.

—Oh, dioses. Si dices eso es que las cosas van realmente mal.

El toque de Samkiel desapareció de repente y el bálsamo fresco de su curación se disipó. Todavía sentía mucho dolor, pero ni de lejos la agonía de antes. El pánico me sobrecogió. ¿Era otro sueño? ¿Un castigo merecido por lo que había hecho? Levanté la mirada y vi que Dianna le sostenía la muñeca.

—Samkiel, tienes que parar —ordenó Dianna, que tiraba de él para apartarlo de mí—. Ya has gastado demasiado poder intentando curarnos a ambos. Casi ni te sostienes de pie y esto todavía te agota más.

—No puedo dejar que sufra —protestó Samkiel.

—Y no lo haremos, pero no nos sirves de nada si luego te pasas una semana durmiendo, exhausto —replicó ella—. Miska le puede preparar algún té curativo. Será un proceso más lento, pero también ayudará.

Se me escapó otro sollozo y ambos se volvieron a mirarme.

—Dioses, echaba de menos oíros discutir.

Dianna sacudió la cabeza y Samkiel soltó un bufido mientras se pasaba la mano por la frente.

—¿Recuerdas dónde estabas? ¿Dónde está Nismera? —preguntó Dianna de nuevo.

Abrí la boca, quería decírselo, pero se me cerró la garganta. Me esforcé, con el ceño fruncido, pero no salió nada. Quería decirles dónde había estado y lo que había visto, pero lo único que atravesaba la niebla de mi memoria eran destellos de crema y dorado.

—No... No lo recuerdo.

—¿Cómo es posible? —Dianna paseó la vista entre nosotros.

Samkiel se encogió de hombros.

—Brujas, supongo. Camilla tenía poder suficiente para ocultaros a Kaden y a ti de mí.

Dianna me recorrió con la mirada.

—¿Lo está haciendo ella? ¿Ocultándola?

—Lo dudo muchísimo. —Gruñí y me volví a mirarla—. Camilla está demasiado ocupada con su obsesión por Vincent, y viceversa. Sé que trabaja para ella, pero no creo que sea la responsable de eso. Nismera tiene otras brujas, aparte de Camilla. Es posible que sea obra de alguna de ellas.

Samkiel suspiró.

—Eso demuestra mi otra teoría.

—¿Que es...?

Estar allí, con la cabeza apoyada en las pieles, y verlos trabajar juntos me arrancó una sonrisa. Samkiel llevaba mucho tiempo buscando algo así. Por fin tenía a su reina, y ella era digna de él en todos los sentidos. Reduciría los dominios a jirones por él y ni siquiera había dejado que la muerte se interpusiera. Me hundí más en mi camastro. Pese al dolor de las quemaduras, mi cuerpo por fin se relajó tras meses de estar en guardia a todas horas. Samkiel estaba vivo, y yo, al fin, a salvo.

—No hay mapas de su reino ni planos de su palacio porque no quiere que la encuentren. Había supuesto que era para protegerse del Ojo, y creo que estoy en lo cierto. Puede que nadie la esté ocultando, pero quizá disponga de un hechizo que hace que todos los que salgan de las instalaciones se olviden de ellas —dijo Samkiel.

Dianna le lanzó una sonrisa coqueta.

—Dioses, qué guapo y qué listo eres.

—Estoy de acuerdo —convine, tumbado sobre la almohada—. Para ser un tipo medio muerto, tienes muy buen aspecto. O un tipo recién muerto. ¿Cómo fue eso? Tu luz arde en el cielo. La sentí. Todos la sentimos.

Samkiel iba a abrir la boca, pero el gruñido de aviso de Dianna lo detuvo. Él le lanzó una mirada y ella le respondió con otra; sus entrecejos se fruncieron en señal de desacuerdo. Por un momento me pregunté si hablaban con la mente, pero no les vi la marca. Otro gruñido amenazador retumbó en la garganta de Dianna. Me dio un escalofrío, pero Samkiel más bien pareció intrigado por el sonido. Sus ojos brillaron con más fuerza hasta que ella bufó y se cruzó de brazos, derrotada. Él esbozó una amplia sonrisa y luego se volvió hacia mí.

—Pese al desvergonzado coqueteo de Dianna, tiene razón —dijo Samkiel—. Estamos en un aprieto. No estamos más cerca de encontrar a Nismera, y ni siquiera los que han estado en su fortaleza sabrían decirnos dónde está.

—Lo siento. Ojalá pudiera seros de más utilidad —me disculpé.

—¿Quién ha dicho que no puedes serlo? —dijo Dianna, con la cabeza ladeada.

La preocupación me subió por la columna hasta convertirse en un escalofrío que me atenazó la garganta.

—¿Por qué tengo la sensación de que quieres arrancarme la cabeza cada vez que me miras así?

—No quiere. —Samkiel le lanzó una mirada significativa.

—Entonces ¿qué hacemos ahora? —pregunté, no muy convencido de que tuviese razón.

Dianna se encogió de hombros y tamborileó las uñas contra su bíceps.

—Te mantenemos encerrado.

—Por el momento —señaló Samkiel.

Verlos juntos resultaba cómico. Dianna era una fuerza destructiva y Samkiel era quien los mantenía de una pieza, a ella y a todo lo demás. En verdad, eran dos caras de la misma moneda.

—Vale, pero... —Le lancé una mirada a Dianna—. ¿Por qué? Yo nunca... No lo haría. Nunca más...

El silencio se adueñó de la sala, como si el aire se hubiese vuelto más denso. Sentí como si un yunque me presionase el pecho. ¿Cómo iba a disculparme, si lo había hecho por Xavier?

Dianna me sostuvo la mirada.

—Aún estás en plenos revuelcos, lo que significa que harás cualquier cosa que te pida Kaden.

—No, no lo haré —repliqué de inmediato. Traté de incorporarme en el camastro, pero se me escapó un quejido de dolor.

—Cameron. Hace meses que te convirtieron. ¿Te ha ayudado a alimentarte? ¿A cambiar de forma? ¿Te ha entrenado? Lo dudo mucho. ¿Tienes tu hambre bajo control? Dime.

Aparté la mirada y me fijé en el hado, que observaba todo aquello con algo parecido al asombro en sus ojos inquietantes.

—Exacto —insistió Dianna—. Ahora mismo, si te pidiera que le hicieses una mamada, se la harías.

Me volví hacia ella, sorprendido. Su rostro tenía una expresión de desagrado y Samkiel la miró con cara de preocupación. No me cupo duda de que se estaba preguntando si Kaden le había pedido algo así cuando la convirtió.

Dianna levantó las manos.

—Era una forma de hablar, ¿de acuerdo? No digo que haya ocurrido. Al principio tienes un vínculo muy fuerte con quien te haya convertido. Se tarda un tiempo en purgarlo de tu organismo. Piensa en ello. ¿No te ha pasado que te pida que hagas cosas, y tú las has hecho? Supongo que te habrá enviado a varias misiones y tú has vuelto con él, aunque ambos sabemos que lo normal sería no hacerlo.

Samkiel me observaba con atención, y no aparté la mirada, porque sabía que Dianna tenía razón. Había hecho justo lo que decía. Una extraña sensación de volver al hogar me hacía regresar al maldito palacio, aunque lo odiaba, y odiaba a Kaden. Había supuesto que era porque creía que Samkiel estaba muerto y no tenía otro sitio a donde ir, pero si lo que Dianna decía era cierto, estaba bien jodido.

—De acuerdo, mantenedme encerrado. —Suspiré—. No quiero acudir a su llamada ni hacer nada que me pida. Y, más que nada, no quiero volver a hacerte daño. —Me acomodé en el camastro. Me pesaba demasiado la cabeza para mantenerla en alto. Ojalá percibiesen la sinceridad de mi voz.

—Prometo que te mantendré tan cómodo como sea posible hasta que resolvamos este asunto —dijo Samkiel, que se había agachado otra vez a mi lado. Me había olvidado de lo enorme que era. Me puso una mano en el hombro y respiré hondo para captar su olor familiar. Me hizo sentirme como en casa.

XXXV
CAMERON

El sueño no llegaba. Mi cuerpo se negaba a concederme el consuelo de la inconsciencia. El castillo se había sumido en el silencio y mi reloj interno me decía que debía de ser pasada la medianoche. El aire fresco que circulaba en mi celda era dulce y traía consigo millares de nuevos olores que, en otras circunstancias, estaría ansioso por explorar. Pero en ese momento lo único que hacían era agravar mi dolor de cabeza. Solo podía concentrarme en el ardor de mi garganta y el rugido de mi estómago.

Me revolví en la cama, con la piel empapada de sudor y una necesidad dolorosa que me corroía las tripas. Dianna tenía razón. No había salido de los revuelcos, ni mucho menos. Las malditas peleas clandestinas y la sangre no habían sido más que formas de sublimarlos. Me puse de costado, tratando de encontrar una posición cómoda, y se me escapó un jadeo. Dos ojos rojos me vigilaban desde la oscuridad fuera de la celda. Sobresaltado, di un respingo de forma instintiva, y el movimiento brusco hizo que me doliese la espalda.

Dianna salió de las sombras, con un vaso alto en la mano. Cuando me llegó el aroma salí de la cama de un salto, con los colmillos extendidos. El dolor de espalda y de brazos eran una nadería, comparados con el hambre. El estómago me rugía tan fuerte que Dianna lo debía oír, y mis uñas se transformaron en garras.

Se apartó, no por miedo, sino para evaluar mi estado y mi reacción. Hizo girar el líquido en el vaso. El olor me estaba volviendo loco. Sin pensar, extendí los brazos y me aferré a los barrotes azules. Siseé de dolor y aparté las manos.

—Yo tenía razón —dijo. Se acercó—. Estás famélico. Kaden no te enseñó a alimentarte, ¿verdad?

—Sé cómo alimentarme.

—¿Has matado? —preguntó en voz baja.

Apreté los puños quemados y me recosté contra la pared. Cerré los labios para tapar los colmillos.

—Sí —dije, con la mirada baja.

Oí que se acercaba más y luego el sonido del vaso que se deslizaba sobre las losas del suelo. Al levantar la vista vi que estaba de rodillas junto a los barrotes y empujaba el vaso al interior de la celda. Lo cogí con manos temblorosas, me lo llevé a los labios y tragué el líquido oscuro. Primero lo noté en la lengua, y su sabor me hizo tensar la mandíbula; luego se derramó garganta abajo.

Dianna se sentó y me miró mientras me alimentaba. Paseé la vista por su forma ágil y esbelta y el estómago gruñó de nuevo. Me contempló, con las piernas cruzadas y reclinada hacia atrás sobre las manos. Luché contra el deseo, pero no podía controlar las reacciones de mi cuerpo. Nunca había experimentado la más mínima lujuria hacia Dianna, ni una sola vez, pero me sentía famélico, y no solo de comida.

—¿Quieres devorarme? —me preguntó. Su sonrisa era casi una mueca burlona.

Apuré la sangre y bajé el vaso.

—No —dije, demasiado brusco—. Sí… No… Así no.

La sonrisa se difuminó y la mirada se le llenó de preocupación.

—No te preocupes. Es algo natural durante los revuelcos. Estás muerto de hambre, Cameron. Kaden no se ha preocupado de ti en absoluto. Te convirtió en un arma y luego te dejó abandonado a tu suerte. Todo su ser reacciona a cada necesidad primordial que siente. No te agobies pensando que es nada más que eso.

Asentí y me limpié la boca con el dorso de la mano. Luego me deslicé pared abajo hasta quedar sentado en el suelo.

—Quizá debería ser Samkiel quien viniese a alimentarme.

—No serviría de nada. Seguirías queriendo alimentarte y follártelo.

Dejé escapar una risotada.

—¿Y quién no?

La mirada de Dianna se iluminó y se echó a reír de buena gana, con un sonido que animaba a reír con ella.

Suspiró y se sentó con las manos sobre los muslos.

—Te ayudaré todo lo que pueda. Cuando por fin se te pasen los revuelcos, te enseñaré a alimentarte sin matar. Pronto estarás como una rosa, o como lo digan en Onuna.

Sonreí con esfuerzo y levanté las rodillas para apoyar los antebrazos en ellas.

—¿Has tenido relaciones sexuales desde que te convirtió? —quiso saber.

—No.

—¿Por qué?

—Porque es el motivo de que Xavier se apartase de mí. —Se me encogió el corazón y los ojos se me llenaron de lágrimas—. Por eso lo atraparon. Por lo de Elianna.

Dianna asintió.

—No sabía cómo le había echado el guante Kaden.

Me sequé las lágrimas de las mejillas. Era la primera vez que hablaba de él en meses.

—Después de la fiesta que montasteis Samkiel y tú, nos peleamos. Tardé demasiado en decirle lo que sentía, y lo de Elianna fue la gota que colmó el vaso. Me dijo que se iba a casar con su novio, y se marchó. Luego recibí una llamada suya; pero era Kaden. Me tendió el anzuelo, y el resto es… —Dejé la frase a medias.

El silencio se alargó y me preocupó que me culpase. Pero, al mirarla, fue angustia lo que vi en sus ojos.

Vio que la estaba mirando y borró la expresión de su cara.

—Lo siento.

—¿Tú lo sientes? —Me erguí—. Soy yo quien lo siente, por…

Alzó la mano para hacerme callar y me rendí por completo. No supe si era porque su ig'morruthen imponía respeto, o porque era la viva encarnación de una reina y la compañera de Samkiel, pero la escuché.

—No te disculpes, Cameron. Por mi hermana hice cosas mucho peores que cualquier cosa que hayas podido hacer tú. Te entiendo, de verdad. Si alguien puede, soy yo.

—A veces me pregunto si no sería mejor dejarme llevar, como hiciste tú cuando perdiste a Gabby —admití. La idea se me había cruzado varias veces por la mente en aquel maldito palacio de los horrores—. Quemar el mundo hasta los cimientos. Quizá así me doliese menos.

—No te ayudaría —dijo.

La miré de reojo.

—Daba la sensación de que a ti sí te ayudaba.

Dianna se pasó la mano por la cara y suspiró; luego me miró a los ojos. Me preocupaba que tomase mi comentario como un insulto. No era mi intención echarle en cara su pasado.

—Era diferente. Yo estaba… muy triste y sola, y eso era lo único que me ayudaba a sentir algo, o al menos eso me parecía. ¿Alimentarse? Sí, te hace más fuerte, pero no tienes que ser un asesino, como yo. En cuanto al sexo, no significaba nada. En eso tienes razón. Lo único que hice fue dañar a Samkiel, que ya sabes que era mi intención. Quería que se alejase de mí para demostrarme a mí misma que lo nuestro nunca había sido real, que nunca significó nada. Quería que me odiase como yo misma me odiaba; que me castigase, incluso. Pero, en el fondo, lo único que hacía era engañarme a mí misma y tratar de enterrar mis sentimientos. Lo amé antes de que Gabby muriese, así que nos culpé a ambos por su muerte. Creía, con toda sinceridad, que amarlo a él era lo que la había matado. Era una tontería, por supuesto. La culpa era del psicópata que te ha convertido a ti, a las órdenes de una psicópata que quiere gobernar los dominios. Así que no, no ayuda.

La estudié y sentí que se establecía entre nosotros un vínculo profundo. Dianna me comprendía.

—Me odio a mí mismo.

—¿Por qué?

Las palabras se agolpaban en mi garganta, queriendo salir. Me quemaban, y suplicaban ser libres. Las dejaría libres. Para curarse, Dianna había tenido que admitirse a sí misma muchas cosas; era hora de que yo hiciese lo mismo.

—Porque su hermana murió por mi culpa.

Nada más pronunciar esas palabras sentí que se me quitaba de encima un gran peso. Como si ocultarlo me hubiese atrapado en un pozo de odio hacia mí mismo. Una decisión estúpida e insensata que nos había puesto a todos en peligro.

Frunció el ceño.

—¿Cómo?

—Fue mucho antes de que se formase la Mano, antes de que fuese amigo de ninguno de ellos. —Tragué saliva con dificultad—. Es mi turbio secreto, y Kaden lo usó contra mí. La hermana de Xavi murió porque yo salí de marcha. En vez de ir a la misión con Athos, quise quedarme a pasar la resaca. Así que enviaron a Kryella y su equipo y… Quizá mi destino siempre fue convertirme en un ig'morruthen. Ahora mismo es la única forma de sentirme bien; supongo que a ratos también te pasa a ti.

Dianna me sostuvo la mirada.

—No te voy a mentir —dijo—. Me siento más yo misma cuando me convierto. Saber que tenía el poder de proteger a quienes amaba fue un sueño hecho realidad, y lo disfruté. Pero Cameron, tú no mataste a su hermana. Eras joven, y estabas borracho, y querías dormir la mona. ¿Qué tiene de malo? No tenías ni idea de lo que iba a pasar, ni lo podías predecir. Deja de echarte la culpa; y, si lo amas, lucha por él. Sea lo que sea lo que pasó entre vosotros, no me cabe duda de que él lucharía por ti.

Sus palabras alcanzaron las partes de mí que estaban rotas, dañadas. Las que tapaba con humor, risas y palabrería para hacer felices a otros mientras yo moría por dentro. En cierto sentido, ella tenía razón. Lo sabía; y aun así, jamás podría perdonarme a mí mismo. Xavier perdió la persona que más le importaba en el mundo y fue por mi culpa. Quizá estaba mejor sin mí. Por eso nunca le había confesado mis auténticos sentimientos. ¿Cómo podría hacerlo? Toda nuestra amistad se basaba en mi sentimiento de culpa. Amaba a un hombre al que había condenado. Si alguien estaba jodido, ese era yo.

Sacudí la cabeza.

—Me siento muy culpable.

—No fue a propósito —dijo.

—Mi amistad con él sí —contesté. Me abracé las piernas. Ni siquiera el tirón de las quemaduras a medio curar se podía comparar con el dolor que me ardía en el pecho—. Estaba muy triste, Dianna. Solo quería que se sintiese mejor, y así fue... Pero no puedo contárselo. Me odiaría.

Enarcó una ceja.

—Primero vamos a salvarlo, y luego ya decidirás lo que debes contarle. Pero créeme si te digo que mentir solo servirá para haceros más daño a los dos.

Dibujé con los labios una sonrisa triste. Era tan extraño ver lo mucho que había cambiado. Era un ser de rabia y cólera pura, y ahora me estaba reconfortando y aconsejándome sobre las relaciones. Samkiel le había sido de gran ayuda, pero él siempre la había visto como era. Tenía razón sobre ella, desde el principio. No conocimos su auténtico ser hasta que perdió a su hermana. Dianna siempre había sido una protectora. Ahora tenía la potencia de fuego para ejercer como tal.

—¿Lo de dar discursos se debe a que por fin estáis juntos? —me interesé.

—Puede. —La sonrisa le iluminó los ojos, pero no con el rojo de su bestia interior, aunque sospeché que la ig'morruthen sentía lo mismo. Pero lo que vi en su mirada fue amor, puro y sin adulterar.

—Samkiel es buena persona. Siempre lo ha sido, como Gabby. Ellos siempre ven lo mejor de la gente y de las situaciones, y si digo que los quiero, tengo que ser digna de ellos. Así que intento, cada día, estar a la altura de la persona que ellos ven cuando me miran. Con mayor o menor éxito. Pero la verdad es que tengo suerte de saber lo que significa ser amada por ellos y haré cualquier cosa para protegerlo.

Esbocé una sonrisa.

—Has dicho dos veces que lo amas. ¿Habéis...?

La atmósfera de la sala cambió, y la sonrisa que le invadió las facciones no se la había visto antes. Alegría, pura y radiante.

—Oh, mucho mejor incluso. —Levantó la mano y agitó un dedo, en el que brillaba un anillo que resplandecía incluso en la oscuridad de la celda. Reconocí la piedra, que solo se formaba en la roca fundida. Me pregunté si se lo habría dicho.

—No me jodas. —Jadeé de sorpresa y me puse de pie para acercarme a ella, haciendo caso omiso del dolor que me atravesaba los nervios—. ¿Significa lo que yo pienso?

Asintió, mirando el anillo como si para ella no hubiese nada más valioso en el mundo.

—Sí. Perdí nuestras marcas de amata cuando lo devolví a la vida.

—¿Qué? —se me escapó.

Dianna hizo un gesto para restarle importancia.

—Es una larga historia. Ya te la contaré. El caso es que Samkiel decidió que esto era la siguiente mejor opción.

Sacudí la cabeza, en un esfuerzo por procesar todo lo que me había contado.

—Estaba seguro de que erais el uno para el otro. Nadie más habría podido aguantarlo, la verdad. Menudo ego tiene el tipo.

Se echó a reír, y yo reí con ella. Me llenó el corazón de alegría saber que por fin había encontrado lo que llevaba toda la vida buscando. Luego llegó la tristeza, porque me acordé de que Xavier y yo habíamos hecho una apuesta antes de que todo se fuese a la mierda. Ojalá estuviese aquí, porque lo echaba muchísimo de menos.

—No te falta razón —coincidió, sonriente.

—¿Dónde? —Se me atropellaban las palabras. Quería oír hasta el último detalle. Todos queríamos ver feliz a Samkiel, feliz de verdad, y ahora por fin lo era. Ambos lo eran—. ¿Dónde?

—En realidad, celebramos la ceremonia aquí mismo. —Miró a su alrededor—. Ya te enseñaré el resto del castillo cuando puedas moverte con libertad.

—Ya verás cuando se enteren los demás. Se van a volver… —Me callé al ver que su sonrisa desaparecía.

Se hizo el silencio; no hacía falta poner palabras a lo que ambos sabíamos. Dirigí la mirada a Logan, que ocupaba la celda que había tras Dianna, y a Neverra, al otro lado. Ambos se mantenían erguidos, con las espaldas rectas y los ojos azules resplandecientes. No se movían, como si fuesen estatuas perfectas.

—¿Crees que volverán a ser ellos mismos?

—Samkiel sí lo cree. —Dianna me sostuvo la mirada, en la que no había la menor vacilación—. Y yo haré todo lo posible para que así sea.

—Gracias. —Lo dije con absoluta sinceridad—. Por todo.

Dianna asintió y se puso de pie con un suspiro. Se limpió las manos en los elegantes pantalones oscuros.

—Para eso está la familia, ¿no? Y tú dijiste hace mucho que era parte de la vuestra y no voy a dejar que te eches atrás.

Me sonrió de nuevo y se encaminó a las escaleras.

—Tiene una armada, Dianna —exclamé—. Eso sí lo recuerdo. Una flota lo bastante grande para hacerse con todos los dominios. Y tú eres su principal prioridad.

Dianna se detuvo y la oscuridad llenó la habitación.

—Descubrirá, como muchos otros antes, que capturarme, con o sin ejército, no es una tarea fácil. —Me miró por encima del hombro, con los ojos ardientes de color carmesí—. No temo a ningún dios, ni a ningún rey.

Esbocé una breve sonrisa.

—Creo que eso también lo sabe.

XXXVI
DIANNA

La puerta se cerró a mi espalda con un chasquido. Oí que Cameron se acomodaba para dormir. Era noche cerrada y el castillo apenas estaba iluminado, pero no necesitaba visión nocturna para saber que por allí rondaba un dios malhumorado.

—¿Ahora te dedicas a escuchar a escondidas?

Samkiel estaba apoyado contra el muro, de brazos cruzados. Parecía relajado, pero por la postura de su cuerpo sabía que estaba enfadado.

—No se te permite alimentarlo sola.

Resoplé. No necesitaba el anillo para saber lo que sentía. Sus ojos eran duros y brillantes, y podía distinguir cualquier emoción que destellase en sus profundidades. Sí, malhumorado. No cabía duda. Sonreí y luego me puse de puntillas y le tiré de la pechera de la camisa para que se agachase y poderle dar un beso en los labios.

—¿Seguro que no eres en parte ig'morruthen? —me burlé, con los labios pegados a los suyos—. Porque los celos y la territorialidad son idénticos.

Hizo un ruidito con la garganta y luego me devolvió el beso. Me aparté antes de dejarme llevar y morderle el labio inferior.

—No puede evitar sentirse como lo hace —dije—. No se lo pongas aún más difícil, ¿vale? Lo convirtieron, lo usaron y lo dejaron tirado.

—¿Como a ti? —preguntó.

Me mordí el interior del labio mientras buscaba un modo de formular con delicadeza lo que quería decir.

—En realidad, no. Kaden me ayudó bastante más.

Mala idea. Samkiel se erizó y la línea perfecta de su mandíbula se agitó.

—¿Antes o después de pedirte que…? ¿Cómo lo has dicho? ¿Que le hicieras una mamada? —dijo Samkiel, y sentí la tormenta en su voz.

Puse los ojos en blanco.

—Vale, no era el mejor momento para hacer ese chiste. Kaden es escoria y la misma encarnación del mal, pero nosotros… Él y yo… No nos acostamos hasta que sobreviví a los revuelcos, y siempre fue consentido, aunque luego resultase ser un gilipollas infiel. Pero no fue siempre así.

Era la verdad, y Samkiel me había dicho que era lo que quería oír de mí, así que se la daría por mucho que se enojase. Entre Kaden y yo hubo buenos momentos, pero breves, y los malos los superaban por amplio margen.

Samkiel apartó la vita, con la mandíbula tensa.

—Me gusta esa fantasía que tengo en mi cabeza, en la que tú eres mía y solo mía, y lo has sido durante siglos.

Al pensar en otras fantasías que le había mostrado se me escapó una breve carcajada.

—A mí también me gusta, pero, si fuese cierta, no sabría cómo hacer eso que ya sabes y que tanto te gusta.

Se encogió de hombros con toda la arrogancia y la confianza que tanto había llegado a amar en él. Me acarició el cuello con la nariz y me susurró mientras su aliento caliente me hacía cosquillas en la oreja.

—Te sorprendería saber lo buen maestro que soy.

Me reí y le di un cachete en el hombro al tiempo que me apartaba de él.

—De acuerdo, maestro. Ahora dime de verdad por qué escuchabas a escondidas. ¿Me echabas de menos?

—Lo cierto es que sí. —Se irguió—. Pero también porque Orym ha enviado un mensaje.

Orym y Veruka se quedaron unos días para curarse y luego hicieron las maletas y se fueron. Fue una despedida agridulce. Sabía que Orym, en cuanto recuperase a su melliza, no se quedaría; pero la que peor se lo tomó fue Miska. Estaba tan acostumbrada a no tener amigos, que no quería separarse de los pocos que tenía. Orym prometió enviarle luciérnagas y venir a verla cuando pudiera, pero yo sabía que esas visitas no iban a ser demasiado frecuentes. Eran espías, y además le habían puesto un precio a su cabeza.

Me crucé de brazos.

—¿Ha averiguado algo?

Samkiel asintió.

—Sí, él y Veruka, juntos. Supongo que se trata de otro miembro de la Mano. Diría que fuéramos los dos, pero ahora estoy preocupado por Cameron.

Me mordí el labio inferior, pensativa.

—No vamos a pasar mucho tiempo fuera. Puedo llevarle otra comida antes de que nos vayamos. Aun estando famélico, esa sangre le tendría que durar un día, o quizá dos.

Samkiel miró hacia la puerta, con el ceño fruncido de preocupación.

—¿Estará bien?

No supe a qué se refería. Desde el punto de vista físico, sí, lo estaría. Pero ¿desde el emocional? Ese tipo de heridas podían tardar años en curarse; y lo más probable era que, una vez curado, ya no volviera a ser el de antes. Un dolor tan intenso dejaba cicatrices.

—Sí —dije, consciente de que leía lo que me pasaba por la mente, aunque no lo reconociese. Así que cambié de tema—. Creo que aún tendrán que pasar unas semanas antes de que pueda practicar alimentarse de otros sin matarlos. Y sí, antes de que me lo preguntes, ya contaba con que me acompañases en esas aventuras tan superdivertidas.

Su sonrisa me dejó sin aliento.

—Gracias.

—Entonces ¿en qué consiste el plan?

Samkiel suspiró y se frotó la barba de pocos días.

—Nos reuniremos en un piso franco local. Quiero llevarme a Miska por si nos metemos en una pelea de verdad y hay heridos. He pensado que también deberíamos llevarnos a Roccurrem.

—¿A Reggie por qué? —me interesé.

—Amo a Cameron, pero lo he oído alimentarse. Si, por alguna razón, se escapase, no quiero dejar a nadie detrás de quien se pueda alimentar. Sé que se quemaría por completo tratando de llegar hasta Logan y Neverra.

Asentí, de acuerdo con él. Los revuelcos eran algo complicado y que yo no entendía del todo. Casi ni me acordaba de mi cambio. Los recuerdos de antes de hacerme con el control eran borrosos.

—Estupendo. ¿Cuándo nos vamos?

—Ahora.

Suspiré y empecé a subir las escaleras.

—Diría que ya nos van tocando unas vacaciones.

Samkiel caminaba un paso por detrás de mí, como siempre hacía. Era mi alma encarnada. Ese era el único modo que se me ocurría de describir lo que sentía por él. Como si una parte de mí viviese dentro de él.

Carraspeó.

—Lo suponía, dado que te has puesto todo protector —bromeé.

—No solo eso —dijo.

Me detuve a mirarlo, con un pie en el siguiente escalón.

—¿Todo?

Samkiel asintió dos veces.

—Entrometido.

—¿Hablabas en serio? —Las emociones se arremolinaban en sus ojos, que brillaban, pero no de forma sobrehumana, como cuando se enfadaba, sino con una vulnerabilidad pura y lastimera, y supe a qué se refería antes de que pronunciase las siguientes palabras—. Cuando dijiste que me amabas. Antes de…

Sonreí al volverme para encararme con él, y bajé un peldaño para que quedásemos cara con cara. Le acaricié la mejilla y la barba incipiente me rascó la palma de la mano. En el caos de todo lo que nos había pasado estos últimos meses, y de admitir por fin lo que nuestros corazones ya sabían, comprendí que nunca se lo había llegado a decir.

—Samkiel, te amo desde que dejamos el vórtice de Reggie, y a veces, si me paro a pensarlo, creo que ya te amaba antes de ese momento.

Samkiel se inclinó y me dio un beso fugaz; no un beso de necesidad o lujuria, sino de puro amor. Aunque mi cuerpo fuese un cascarón vacío y dolido, y ningún alma llenase su oscuridad, y lo único que me sostuviese fuese el latido de mi corazón, él era el dueño de cada rincón de ese cuerpo, de cada rincón de mí.

—Tú también eres mi dueña. —Sonrió y luego apartó los labios.

Le di una palmada juguetona en el brazo y me respondió con una sonrisa.

—No dejo de olvidarme de que me puedes leer la mente. Eso es hacer trampas.

Sonrió y me cogió de la mano para guiarme escaleras arriba.

—Aún no me acostumbro del todo. —Agité los dedos cogidos a los suyos.

Guiñó un ojo, sin dejar de sonreír.

—No te preocupes. Soy un gran maestro.

Me reí de buena gana, y el sonido reverberó en las paredes y llenó nuestro nuevo hogar.

XXXVII
CAMILLA

Dos días después

Apenas podía dominar los nervios. Aunque sabía que tenía que hacerlo, en el fondo no quería. Hilma, Tessa y Tara, que seguían mis movimientos con la máxima atención, contuvieron la respiración cuando levanté la última pieza del medallón y pronuncié el encantamiento. La magia, poderosa y feroz, anudó nuestras manos, y sus zarcillos de color verde esmeralda se extendieron hacia los fragmentos. Me animaba una nueva fortaleza, un nuevo propósito; sabía que tendría éxito.

El último fragmento encajó en su sitio y una explosión silenciosa, la fuerza que deseaba mantener el medallón roto en mil pedazos, barrió la habitación y nos lanzó rodando por los suelos. Me apoyé en la mesa para ponerme de pie. Hilma me miraba desde el otro lado de la mesa, con los ojos muy abiertos y el pelo erizado, mientras Tessa y Tara chillaban desde el otro extremo de la sala.

—Lo has conseguido —susurró Hilma.

—Lo he conseguido.

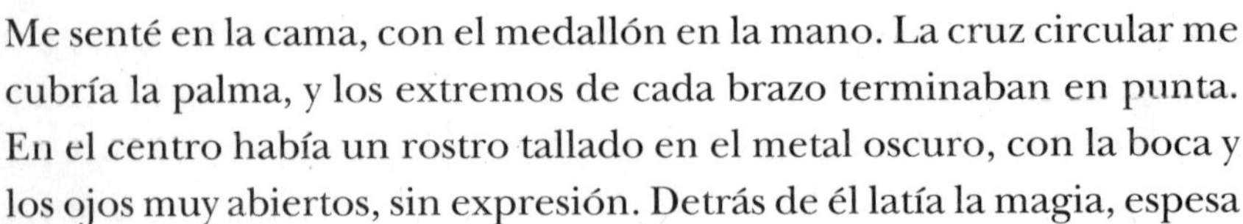

Me senté en la cama, con el medallón en la mano. La cruz circular me cubría la palma, y los extremos de cada brazo terminaban en punta. En el centro había un rostro tallado en el metal oscuro, con la boca y los ojos muy abiertos, sin expresión. Detrás de él latía la magia, espesa y potente, como remolinos iridiscentes sobre la oscuridad, similares al aceite en el agua. Seguí con el dedo los bucles y espirales grabados en los brazos de la cruz. Los diseños no me eran familiares, pero comprendí que no eran solo unos dibujos al azar. Le di la vuelta para tratar de identificar de qué metal estaba hecho, pero dudé si no sería piedra, en realidad. Fuera como fuese, nunca había visto nada igual. Acaricié las letras grabadas con precisión, que formaban palabras en una lengua que no comprendía.

Miré por la ventana la puesta de sol mientras mis dedos recorrían sin pensar la forma del medallón. La intención de Hilma era decírselo a Nismera al instante, pero la convencí de que esperase, que me diese un día para asegurarme de que no había defectos y no se iba a desmoronar. Les había pasado a algunas piezas antes, así que el razonamiento tenía sentido.

Pero era mentira. Tenía otro plan, y el que Nismera estuviera en paradero desconocido era una gran ayuda. Al parecer, se había ido. Nadie sabía a dónde, ni cuándo volvería; supuse que estaría por ahí amenazando e intimidando como de costumbre. Los dominios por fin se estaban asentando y la aceptaban como gobernante. Las brujas no habían oído nada sobre rebeliones desde que arrasó el este.

De repente alguien llamó a la puerta y me arrancó de mis pensamientos con un sobresalto. Me puse de pie, escondí el medallón bajo la almohada y corrí hacia la puerta. Al abrirla, Vincent me sonrió y entró. Casi ni se había cerrado la puerta y ya me había cogido en brazos y me besaba. Una calidez semejante a un jarabe espeso fluyó por mi cuerpo y se me acumuló en el vientre, pero aparté la cara al notar que estaba inquieto. Tensó un poco los brazos, como si temiese la posibilidad de que rompiera el contacto. Le rodeé la nuca con las manos y se la acaricié mientras apoyaba la frente sobre la de él.

—¿Algo va mal? —pregunté. Rocé la mejilla contra la suya, con cuidado de no interrumpir el contacto ni apartarme de él.

Negó con la cabeza.

—Ha sido un día largo.

—Ah. —Sabía que sería inútil pedir más detalles.

Me besó y luego retrocedió; el aire frío se coló entre nosotros de repente.

—Lo logré —dije.

Abrió los ojos, sorprendido.

—¿Lo has terminado?

Asentí y me dirigí a la cama. Saqué el medallón de su ridículo escondrijo y volví a toda prisa con Vincent, que lo miró con atención sin moverse de su sitio. Lo estudió unos instantes y luego extendió la mano.

—¿Puedo?

Asentí y se lo puse en la palma de la mano. Se estremeció.

—Poderoso —dijo.

—Sí —coincidí—. No tengo ni idea de qué tipo de magia lo hizo pedazos, pero recomponerlo ha sido casi imposible.

—Pero lo has conseguido —repuso, y se lo guardó en el bolsillo—. Nismera estará muy contenta.

—Sí. —Sacudí la cabeza—. Excepto que no pienso entregárselo. Le dije a Hilma que me diese un día para asegurarme de que no iba a estallar en llamas y de que mi magia era lo bastante fuerte para mantenerlo de una pieza. Ya está, Vincent. Podemos marcharnos y llevárnoslo. Ya nos podemos ir.

—Yo no voy a ningún sitio, Camilla. —Su sonrisa se desvaneció—. Pero tú sí.

—¿Qué? —Los latidos de mi corazón se hicieron eco de los pasos de sus botas mientras se acercaba a la puerta y la abría de par en par. Entró un soldado con un largo tridente dorado de extremos romos. De las puntas brotó una corriente eléctrica que me envolvió en una red chisporroteante. Todo mi cuerpo se estremeció y mi magia se desvaneció. Caí de rodillas al suelo.

Los ojos, muy abiertos, se me llenaron de lágrimas.

—Eres una serpiente traicionera.

Vincent cruzó los brazos sobre el ancho pecho.

—Nunca he mentido acerca de quién soy. Pero tú fuiste demasiado necia para creerlo.

—¡Te mataré! —Apreté los dientes y traté de invocar mi magia para luchar. La piel expuesta se cubrió de sudor, pero no ocurrió nada.

—No —dijo, mientras el mundo se oscurecía—. No lo harás.

Me arrastraron por los brazos hacia los niveles inferiores del palacio, con la cabeza colgando a un lado. Algunas voces atravesaban la oscuridad que me cubría la mente; parpadeé en un esfuerzo por disipar la niebla. Comandantes y generales se alineaban en el perímetro de la habitación, pero fue ella quien atrajo mi atención. No me cabía duda de cuál era la mayor amenaza presente.

Nismera estaba en el centro de la sala, junto a un bloque de piedra. Sus soldados los rodeaban, a ella y al tipo enorme con un solo ojo que había a su lado, y cuya sonrisa burlona me heló la sangre. Me arrastraron hacia ellos, y en la mirada del hombre vi un hambre que casi era lujuria. Vestía de cuero gris oscuro, con el cuello sujeto por una hilera de botones, pero tenía los brazos desnudos. En una mano, enorme y de tres dedos, sostenía la empuñadura de una gran hacha de bordes desgastados y manchados de sangre seca. El poder que emanaba del arma me produjo un escalofrío de miedo.

Los soldados se detuvieron y me tiraron de los brazos para levantarme. Vincent pasó a mi lado sin dirigirme ni una mirada y se dirigió a Nismera.

—Tengo entendido que mi medallón está terminado.

Me ardió la cara y el dolor me retorció las tripas. ¿Cuánto le habría contado Vincent? Se detuvo frente a ella con ojos relucientes e hincó una rodilla; luego levantó el medallón en la palma de la mano y se lo ofreció. Desvié la mirada, incapaz de soportar que se lo entregase con tanta facilidad.

—Maravilloso —ronroneó Nismera. Le arrebató el medallón y lo sostuvo frente a la luz para observar la magia oscura que se arremolinaba en su interior. Nismera dirigió su mirada ardiente a Vincent, aún arrodillado.

—¿De verdad creíste que no estaba al tanto de lo que ocurría en mi reino? —me dijo con aire despectivo.

Chasqueó los dedos de la mano libre y Vincent se incorporó y se puso al lado del hombre de un solo ojo. Con el corazón desbocado, traté de invocar mi magia, al tiempo que oía unos pasos ligeros que se acercaban. Entró Hilma y, con toda tranquilidad, se acercó a Nismera, que le puso en la mano el medallón sellado. Hilma hizo una reverencia, con una fría sonrisa en los labios. Besó la mano de su reina guerrera y luego retrocedió y, sin dedicarme ni una mirada, abandonó la sala.

Nismera se me acercó.

—Y tú ya no me sirves para nada. Creo que es hora de mostrarte lo que pasa cuando la gente toca lo que me pertenece.

Vincent tragó saliva. Le clavé la mirada. Se lo había contado… Todo.

—Traedla aquí. Ya es hora de encargarse de mi bruja.

Los guardias me arrastraron hacia el tajo; no gemí ni grité. Me tiraron de los brazos hacia delante, pero la red aún me envolvía el cuerpo, que se retorció al recibir una nueva descarga eléctrica. Acepté mi destino y no intenté escapar en ningún momento. A decir verdad, debería haber muerto con mi aquelarre.

Los miembros de la legión formaron junto a sus generales para ver mi castigo público. Nismera quería convertirlo en un espectáculo, que fuesen todos testigos de lo que ocurría cuando ya no le eran necesarios o convenientes. Sobre todo, quería hacerme daño delante de Vincent por sus pecados. Solo que él estaba de su lado.

Los soldados me colocaron sobre el bloque de piedra, con el pecho apretado sobre su fría superficie.

—Idiotas —siseó—. ¡Quiero sus manos, no su cabeza!

Los soldados tiraron de mí y me obligaron a arrodillarme, con las muñecas sobre la losa. ¡Mis manos! Oh, dioses. Quería arrebatarme mi magia. Desgarrada por el pánico, clavé la mirada en ella.

—Sí —dijo con una mueca burlona; saboreaba mi miedo—. Te quitaré las manos, te privaré de tu preciada magia, y te veré sufrir día tras día. Eso es.

Se acercó a Vincent, lo cogió por la barbilla y le estampó los labios. Traté de apartar la mirada para no tener que verlo, pero los soldados me obligaron a permanecer inmóvil. La lengua de Nismera se adentró en su boca, que él abrió para ella.

Una magia espesa y violenta se arremolinó alrededor de las puntas de mis dedos. Los soldados jadearon. Nismera se apartó de Vincent con una mirada de orgullo, satisfecha por haberme arrancado una reacción. Por fin comprendía mi auténtico poder. Mantuve la mirada sobre Vincent, aunque las lágrimas desdibujaban su imagen. Parecía preocupado, pero me daba igual. Nismera rio entre dientes y, con un gesto, le indicó al hombre de un ojo que avanzase. Se hizo el silencio, roto solo por el chirrido del acero arrastrado sobre el oscuro suelo de piedra. Lo miré e intenté controlar la respiración mientras mi verdugo se acercaba renqueando. Nismera se volvió para encarar a los presentes y levantó los brazos en señal de triunfo. Del interior del medallón emanaba un intenso resplandor esmeralda.

—Como podéis ver, la última fase de nuestro gran plan ha terminado con éxito. Esta es la última llave antes del Ascenso. Una vez tenga lugar, a esos dominios, los pocos que aún se resisten, no les quedará más remedio que arrodillarse frente a su legítimo rey. Hay un nuevo mundo a nuestro alcance, y con él acabará el antiguo.

Los vítores y los gritos de alegría se apagaron cuando se volvió hacia mí. Todas las miradas se clavaron en mí; de repente me había convertido en el centro de atención.

Nismera cerró las manos alrededor del medallón.

—Pero antes, necesito una prueba de auténtica lealtad, porque los próximos meses van a ser difíciles y su resultado determinará el futuro. —El verdugo se detuvo y apoyó la barbilla escamosa en la enorme hacha aserrada—. Tú, mi amado —le dijo a Vincent—. Esta mujer es el último vínculo con tu vida pasada. Temo que puedas recaer. Y, como ya ha cumplido su propósito, no necesitamos más distracciones. —Le clavó la mirada—. Paga por tus pecados, y así podré perdonarte.

Me tiró del pelo para levantarme la cabeza y mi cuerpo se puso rígido. Me dolía el cuello por la tensión, y las manos estaban sujetas con firmeza sobre la piedra. Miré a Vincent.

—Lo perdonaré todo y no haré que te ensarten en una pica a las afueras de la ciudad junto con todos los que me han fallado. Solo tienes que desarmar a la bruja. Quiero sus manos como trofeo para que todo el mundo vea lo que pasa cuando alguien toca mis cosas.

Vincent frunció el ceño.

—¿Y qué pasa con el medallón? —preguntó—. ¿Y si su magia es volátil, y se quiebra antes del ritual?

Nismera sonrió y el silencio se apoderó de la sala. Todo el mundo sabía que Nismera era más peligrosa cuando sonreía.

—No te preocupes por eso, mascota. Solo falta un evento celestial y ya no será motivo de preocupación. Lo ha terminado a tiempo. Siete lunas más, y se producirá la fusión. Tenemos tiempo de sobra.

Una fría calma suavizó las facciones de Vincent. Tragué saliva. Por eso me había presionado tanto. Necesitaba otro evento celestial, como con la muerte de Samkiel.

Clavé la mirada en Vincent. La aceptación me dejaba un regusto amargo en la boca, pero no pasaba nada. Era el destino que creía merecerme, por ayudar durante tanto tiempo a Kaden. Me merecía un castigo por lo que le había hecho a Dianna, al mundo. Nismera me soltó el pelo y se acercó a Vincent para ver mejor mi humillación.

—Ahora, córtale las manos —murmuró Nismera. Le puso una mano en el hombro—. Te lo ordeno.

Una revelación, enfermiza y retorcida, me revolvió el estómago, pero me contuve. Vincent se giró de nuevo hacia mí y Nismera, tomando su silencio por obediencia, le hizo una señal al verdugo para que se apartase. Se detuvo a unos centímetros de Vincent y le entregó el hacha. Vincent la cogió y de mis labios se escapó un suspiro. Agaché la cabeza y las espesas ondas castañas de mi cabello cayeron sobre mis ojos y me taparon la visión del mundo. Mi cuerpo estaba inerte, resignado, con los brazos estirados y las palmas levantadas como en una súplica. Cerré los dedos una vez para sentir la calidez del brillo esmeralda por última vez antes de perder las manos y la magia para siempre.

Vincent y yo éramos peones. Ambos buscábamos el castigo como penitencia por haber traicionado a quienes nos amaban, por lo que habíamos ayudado a orquestar, y porque, al hacerlo, habíamos permitido que nos utilizasen para cometer crímenes aún peores.

Un silencio sepulcral se adueñó de la sala cuando las botas blindadas de Vincent se me acercaron. Me dio un vuelco el corazón. Lo oí gruñir y luego el acero cortó el aire con un silbido casi musical. Apreté los ojos.

—Lo siento —juraría que le oí susurrar.

El sonido del metal que desgarraba la carne, del acero que golpeaba la piedra, resonó en la sala sumida en el silencio. El dolor me hizo pedazos la mente, y grité.

XXXVIII
KADEN

Los gritos resonaban en el campo de batalla empapado de sangre. Giré la moneda entre los dedos mientras los últimos di'llouneses peleaban para defender su villorrio. Las conchas blindadas de sus espaldas no les ofrecían ninguna defensa desde que Nismera equipó a sus soldados con armas que llevaban una fracción de su luz divina; solo una minúscula cantidad, no lo suficiente para reducir a cenizas a quienes las usaban, pero sí lo bastante poderosas como para que cualquiera que se enfrentase a ellos quedase como la tierra sobre la que peleaban. Yo observaba la batalla desde una roca que sobresalía de un pequeño barranco.

—¿Qué es eso? —se interesó una voz profunda cerca de mí.

Cerré el puño sobre la moneda y me volví hacia Bash. Sus ojos estaban al nivel de los míos y las plumas de la cabeza se le estremecían. Me miraba la mano.

—Nada.

Arqueó la ceja y se tiró del cuello de la armadura.

—Pues a mí me parece algo. Te pasas los días acariciando esa maldita cosa.

—Qué lástima —dije, con la mirada puesta en un rayo de luz que hacía pedazos a los rebeldes— que Nismera vaya a perder a uno de sus generales favoritos en un sitio de mierda como Di'lloune.

El ladrido de la risa de Bash se oyó con claridad sobre el ruido de la batalla. Se encogió de hombros.

—Solo era una pregunta.

—Déjalo —dije con una mueca de desagrado.

Levantó las manos y las pequeñas plumas de los dorsos también se agitaron.

—Vale, vale.

Suspiré y le di la espalda para observar el polvo que se elevaba sobre el campo de batalla. El recuerdo se negaba a ser enterrado.

—¿La guardaste? —Su voz me pilló por sorpresa y me hizo levantar la vista. Se había adaptado tan bien que ya era capaz de acecharme incluso a mí.

Cerré el puño sobre la moneda y deslicé la placa de piedra oscura bajo una pila de pergaminos antes de levantarme. Dianna estaba parada, con una sonrisa en esa cara perfecta y devastadora, y sostenía un bolso en la mano.

—Has vuelto un día antes de lo previsto —dije.

Arrugó la cara.

—No. Me dijiste una semana y ha pasado una semana. Pero si quieres que me vuelva a ir…

No me di cuenta de que me estaba moviendo hasta que estuve delante de ella, bloqueando la puerta. Su sonrisa se hizo más amplia.

Odiaba eso, y odiaba mis reacciones ante ella. No debería estar allí, sonriente, mirándome con esa expresión, ni tocarme como me tocaba. No me pertenecía, y como había dicho Nismera apenas unos instantes antes, en teoría debería estar muerta. Mi sangre tendría que haberla transformado en una bestia, como a los otros, pero mentiría si dijera que me disgustaba que hubiese sobrevivido intacta. Había despertado, y en los meses que llevaba aquí yo me había encariñado por completo con ella. Empezaba a ser un problema. ¿Tanta necesidad de afecto tenía que una sonrisa bastaba casi para desmoronarme?

No era mía.

Las palabras me resonaban en la cabeza. Aun así, me la había quedado. Solo tenía que hallar una forma de aniquilar al falso rey antes de que la encontrase.

—¿Quieres que hagamos algo? —La pregunta me sacó de mi ensimismamiento.

—¿Cómo?

—Solo nosotros. —Puso la mano sobre el tejido oscuro de mi túnica—. Sin Tobias ni Alistair, ni esos comentarios burlones que creen que no oigo.

—¿Por qué?

Se rio, y el sonido fue como una caricia sobre mi piel.

—No has tenido un amigo en tu vida, ¿verdad?

—¿Y qué haríamos?

Alzó los hombros.

—No he salido de Eoria en mi vida, y ahora llevamos en esta isla no sé cuánto tiempo. Llévame a algún sitio. Puede que te encuentre una moneda, más nueva y menos ensangrentada.

La mano de Dianna rozó la mía, y yo cerré el puño con más fuerza.

—No, esta me gusta.

Sin apartar la mano, me miró como si yo fuese algo digno de contemplar, pero en realidad no me conocía. No sabía todas las maldades que había cometido, en venganza porque nuestro padre nos hubiese querido muertos a Isaiah y a mí. Y, sin embargo, un contacto o una sonrisa de ella bastaban para que el pozo de aflicción de mi interior doliese un poco menos.

—De acuerdo —dije, ansioso por descubrir qué nuevo placer me mostraría a continuación.

El sonido de un portal que se cerraba detrás de mí me sacó de mis pensamientos. Bash miró hacia atrás, pero no tuve que ver su expresión para saber quién había llegado. La presencia de mi hermano me era tan reconocible como mi propio reflejo.

—Estamos listos —dijo.

Le lancé una mirada a Isaiah, que se sacudía la sangre de las manos enguantadas.

—¿Está hecho? —pregunté.

El enfado se reflejó en su mirada. Ambos teníamos cosas que nos hacían perder los papeles. La mía, por supuesto, era el abandono. Isaiah odiaba que lo engañasen o le mintiesen. Y había manejado la situación con su estilo habitual. Sus métodos le habían granjeado cierta reputación, y no hacía nada para disipar el miedo que provocaba.

Se acercó al borde del precipicio y observó la batalla que se libraba abajo.

—¿Crees que puedes encargarte de los que faltan? —le preguntó a Bash.

La sonrisa de Bash se volvió salvaje; el yelmo fluyó sobre su cabeza con un chasquido de metal. Asintió una vez y se lanzó a la refriega. Los gritos desgarradores se multiplicaron por diez y aún se elevó más polvo hacia el cielo. Fuese a donde fuese, Bash despejaba un camino entre los di'llouneses. Otro recordatorio de por qué era uno de los favoritos de Nismera.

—¿Estás listo? —repitió Isaiah.

Asentí y le eché una última mirada a la moneda; le pasé el pulgar por los bordes gastados y por la línea que la dividía en dos. Me la guardé en el bolsillo y me volví hacia mi hermano. Abrió otro portal y yo lo seguí. Atrás quedó la ciudad derruida de Di'lloune, cubierta de humo y ascuas.

XXXIX NISMERA

La muchedumbre se apartó y dejó un claro despejado para que aterrizase con el inmenso rifor. Su poderoso cuerpo se sacudió y se retorció hasta que por fin se detuvo. Varios guardias permanecieron en el aire para mantener la seguridad del perímetro.

—La legión —oí murmurar a alguien, y vi que una madre le daba un cachete en la cara al niño que había hablado.

Mientras descabalgaba de mi montura, otras más tomaron tierra. Los murmullos se apagaron. La gente se aferraba a sus seres queridos. Las tiendas no se atrevían a cerrar puertas ni ventanas por miedo a atraer mi atención. Por los dioses del cielo, cómo me gustaba el aroma del miedo. Era casi tan embriagador como mi otro capricho favorito.

Me quité el yelmo y lo sujeté a la silla de montar; mi cabello se derramó sobre la espalda.

—Sigue aquí —dijo mi comandante en jefe, y en la cara se me dibujó una sonrisa.

—Excelente.

Nos movimos al unísono, la legión entera detrás de mí, levantando el polvo del camino. Los que no se apartaron a nuestro paso fueron apartados a empujones, codazos y patadas. La gente murmuraba y nos observaba para tratar de ver a dónde íbamos y asegurarse de que no era hacia ellos.

Adoraba el control que tenía sobre los dominios. Había instigado el miedo desde cero y lo había hecho crecer para asegurar mi corona. A mis ojos, era el paraíso. Así era la paz para mí. Nunca más volvería a estar sometida a otro, como lo estuve muchos eones atrás. Por fin tenía la corona y el trono que me merecía, y ni en sueños iba a permitir a nada y a nadie que me lo arrebatasen. El Ojo caería. No podían esconderse para siempre y hoy iba a dar otro paso para exterminarlos. Estaba allí para cortar su suministro de armas.

El callejón era mugriento y asqueroso; lo recorrí con los labios fruncidos. Oí el chasquido de los cerrojos antes siquiera de doblar la esquina. El murmullo de los gemidos se transformó en gritos con voz queda y luego el sonido de pies que se escabullían. Esa gente vivía como alimañas; sopesé exterminarlos a todos.

Giré la muñeca y la lanza de punta dorada se materializó en mi mano. Mis guardias y el comandante retrocedieron. La apunté hacia la puerta y la atravesé con mi poder; donde había estado la puerta solo quedó un enorme agujero. Me adentré en el burdel, y entonces comenzaron los gritos.

XL
DIANNA

El viento se extinguió en un remolino de basura nada más cerrarse el portal. Miska se ciñó a los hombros las correas de la bolsa. Sostenía en la mano la pequeña brújula que le había regalado Orym. Mi mirada se fue a Samkiel, que tiraba de la capucha para ajustarla más a la cabeza. Todos nos habíamos vestido para pasar desapercibidos entre los ciudadanos de aquella pequeña ciudad industrial.

Samkiel hizo un gesto en mi dirección y esbozó una sonrisa, consciente de la preocupación que me revoloteaba por la mente.

—¿Me dirías la verdad si no te encontrases bien? —le pregunté mediante nuestro vínculo.

—Estoy bien, lo juro.

Pero sabía que solo era una verdad a medias. No solo podía oír los pensamientos de Samkiel si me esforzaba; además, podía sentirlo. Sentía el peso sobre sus hombros, la inquietud por nuestra presencia allí y, sobre todo, la ola de cansancio que lo recorrió al cerrarse el portal. Hacía ya unas semanas que derrochaba poder y se forzaba más allá de los límites. Dado que gran parte de ese poder aún estaba esparcido por el cielo, no era tan fuerte como antes y se agotaba con mucha rapidez.

Cada noche se sumía en un sueño profundo, derrotado por el cansancio. Ni siquiera se daba cuenta cuando me levantaba para ir al baño, y de día lo había pillado dando cabezadas. Mis ojos se posaron en su costado, pero le quitó importancia con un gesto y me cogió la mano con un apretón firme.

Salimos del callejón y nos mezclamos entre la muchedumbre que iba de compras o buscaba algo de comer. Doblamos una esquina y nos detuvimos. Samkiel señaló con la cabeza un edificio situado más adelante, ante cuya puerta charlaban tres guardias. Miska se quedó detrás y fingió interesarse por un escaparate de una tienda. Reanudamos la marcha, Reggie unos cuantos pasos por delante, y pasamos por delante de una pequeña casa de estilo cabaña.

Reggie comenzó a comportarse como si estuviese borracho.

—¡Pagarás lo que te toca! —gritó, para llamar la atención. La gente se apartó para dejarlo pasar, sin detenerse, pero dándole un amplio margen. Samkiel y yo nos hicimos a un lado y nos detuvimos. Dos guardias lo miraron, y uno de ellos le dio un codazo al tercero. Mientras todas sus miradas recaían en el borracho que iba hacia ellos, Samkiel y yo los rodeamos para situarnos por detrás.

Samkiel le rodeó a uno el cuello con la mano. Tiró del guardia hacia él e hizo presión hasta que el hombre se desmayó en sus brazos. Su amigo se volvió y abrió la boca para gritar, pero mi puño fue más rápido. Se oyó el crujido de los huesos y se desplomó hacia atrás con los ojos en blanco. Samkiel me miró, con el guardia inconsciente todavía entre sus brazos, y yo me encogí de hombros. Abrió los ojos una fracción al ver al tercer hombre que cargaba contra mí desde detrás, pero me di la vuelta y levanté el pie. La patada lo alcanzó en el pecho. Su cuerpo atravesó volando la puerta principal.

—¡He dicho que seamos silenciosos! —me siseó Samkiel.

—Para mí esto es ser muy silenciosa —respondí en el mismo tono.

Alguien rugió a nuestras espaldas. Varios guardias de la pequeña sala nos vieron y echaron a correr. Samkiel lanzó al guardia inconsciente al interior y derribó a varios. Yo lo seguí dentro y cerré la puerta medio rota tras de mí.

Reggie llevó al último guardia al pequeño armario, y yo intenté cerrar la puerta un par de veces, sin éxito. Una estúpida bota se interponía.

Me agaché y la empujé al interior, y ya por fin la puerta se cerró con un chasquido.

Me incorporé y me limpié las manos en los pantalones. Miska se dirigió al fondo de un pequeño pasillo y los demás la seguimos. Samkiel estaba junto a un escritorio cubierto de pergaminos y otros documentos. Un pisapapeles pesado y de forma extraña sostenía una gruesa página por un extremo, y la mano de Samkiel sujetaba el lado opuesto. Deslizó el índice sobre la hoja y, al oírnos entrar, volvió la cabeza hacia nosotros.

—Orym tenía razón —dijo—. Se trataba de una pequeña reunión, pero esto es un diagrama del sistema de suministro de agua de esta ciudad y de la ciudad vecina. También hay documentos que listan cultivos y algo de información sobre una empresa de transporte. Son muchas cosas.

—Y eso es bueno, ¿verdad?

Asintió.

—Sí. Ojalá tuviésemos más personal para encargarse de todo. Yo no podría llegar a todos estos sitios a la vez. Parece que está empeñada en cortar las líneas de suministro. Esos lugares cercanos están ubicados en rutas de larga distancia. Puede que el Ojo dependa de ellos para alimentar a sus soldados.

—Si sigue con ello —objeté—. Si los tenemos, puede que cambie de planes.

Me buscó con los ojos.

—Eso no me hace sentir mejor.

—No, pero este mapa... —Rodeé el escritorio hasta llegar a su lado y bajé la mirada—. Te da una ventaja y nos da una idea de cómo funciona su mente. Y también nos dice en qué lugares está interesada.

Sonrió y me pasó la mano por el pelo. Sentí una cálida sensación que se extendía por mi piel mientras me miraba con orgullo, o quizá fuese un afecto ilimitado. Ambos me valían.

—¿Ves? —Le sonreí—. No soy solo una cara bonita.

Se le escapó una risita, que duró poco porque el dispositivo que llevaba en el bolsillo vibró. Lo sacó. Era un círculo oscuro que pitaba. Lo dejó en la mesa y de él brotaron dos imágenes parpadeantes.

—Samkiel —saludó Orym—. ¿Lo has encontrado?

Samkiel cogió una silla cercana y la acercó a la mesa para sentarse.

—Sí —dijo—. He encontrado un mapa y algunos fragmentos de información sobre envíos de suministros y la bahía Havrok. El resto lo puedo examinar mañana cuando estemos en casa.

—Perfecto, pero esto te va a encantar —intervino Veruka, que pasó a ocupar más espacio de la imagen translúcida—. Estamos en un bar en la costa de Ravinne. Dos comandantes acaban de aterrizar a las afueras, con un cajón. Creemos que llevan armas y que se han tomado un descanso antes de volver con ella.

Samkiel se incorporó en la silla y me lanzó una mirada. Asentí, y él se volvió hacia ellos.

—Perfecto. Quedaos ahí y aseguraos de que no se marchen. Dianna y yo llegaremos enseguida.

Orym y Veruka se mostraron de acuerdo y luego desaparecieron en el dispositivo. Samkiel reunió las páginas que había encontrado y se volvió a mirarme.

—Tengo una idea —dije.

—No —respondió. Rodeó la mesa.

—No me has dejado terminar.

—Ya sé lo que vas a decir, y la respuesta es «no».

Lo seguí por la habitación, con los brazos en alto, exasperada. Llegó hasta Miska y Reggie antes de que lo alcanzase.

—Escucha, a mí me llevará menos tiempo hacerme con las armas. Nadie te verá, y yo puedo traerlas aquí. Además, si están tan preocupados por el agua, quizá tengamos que comprobar que no la han envenenado, o que han interrumpido el suministro.

Samkiel y Reggie me miraron; los músculos de la mandíbula de Samkiel no paraban de moverse.

—Mira, si el vínculo funciona con las conexiones emocionales fuertes, todo irá bien. Solo estaré a un pensamiento de distancia. —Samkiel volvió a apretar la mandíbula. Levanté la mano—. Puedo encargarme de un cajón de armas; y eso sin contar que Veruka y Orym están allí.

Samkiel me clavó la mirada.

—No me gusta la idea de que nos separemos. Al final nunca juega a nuestro favor.

Reggie inclinó la cabeza hacia Samkiel, en señal de acuerdo.

—Oye, tú no te metas —le solté, pero el hado fingió que no sabía de qué hablaba.

Samkiel volvió a sacudir la cabeza.

—No lo apruebo, *akrai*. Sé lo fuerte que eres, pero Nismera está desatada. Ya la hemos visto tenderte una trampa en el campamento. Seguro que esto es otra. Ya se nos ocurrirá algo.

—Estamos hablando de armas. Ya hemos visto lo que hizo en el este. ¿Y si lo que está enviando ahora es algo mucho peor y más potente? —pregunté—. ¿Y si no tenemos otra oportunidad?

—¿Quién dice que no la vayamos a tener? —respondió Samkiel, cada vez más agitado.

—Piensa en ello como en un nido de aalxates.

Arqueó una ceja, y yo le quité importancia con un gesto.

—O cualquier otro insecto con aguijón que haya en tu mundo, da igual. El caso es que tiene un nido, y le hemos dado una patada. Ahora todos los guardias van de aquí para allá, para tratar de averiguar de dónde ha venido esa patada. Tenemos que actuar mientras están fuera, antes de que vuelvan, se reagrupen y construyan un nido más fuerte.

La habitación se quedó en silencio, y me temí que mi analogía se les hubiese escapado a todos.

Samkiel suspiró y se apretó el puente de la nariz con los dedos. Dejó caer los dedos y me miró muy serio. Me mordí el labio inferior. La victoria era mía.

—Si… —y se paró, como si le costase extraer las palabras—, si lo haces, tienes que partir antes de que se ponga el sol esta noche. Dudo que se queden allí demasiado tiempo. Entras, coges el cajón, y te vas. Si hay el menor indicio de que pudiese ser una trampa, vuelves de inmediato. ¿Entendido?

—Sí. —Sonreí, llena de esperanza. Si el cajón contenía cualquier tipo de arma o piezas, podría ser una pista de lo que Nismera estaba preparando en realidad. Del este ya solo quedaban pedruscos flotantes, y la red que casi me captura nos había asustado tanto a Samkiel como a mí. Si tenía poder para eso, si era capaz de hacer pedacitos a un ig'morruthen, miedo me daba pensar de qué más sería capaz.

Samkiel levantó un dedo con aire admonitorio.

—Nada de peleas innecesarias. Nada de riesgos innecesarios.

Alcé la mano y extendí el meñique.

—Lo prometo. Además, me voy a reunir con Orym y Veruka. No estaré sola.

Dilató las aletas de la nariz.

—Hablo en serio, Dianna.

—Deja de apretar los dientes o vas a acabar rompiéndotelos —le susurré en la mente.

—Me volverán a crecer.

—Todo irá bien. A la primera señal de peligro volveré a ti corriendo. Lo prometo. —Eso último lo dije en voz alta. Sacudí el meñique.

Su mirada se dulcificó. Levantó la mano y atrapó mi meñique por el suyo unos instantes. Con todo, su temor y su preocupación se colaron en mi mente.

—Odio estar lejos de ti.

Me dio un vuelco el corazón. Cuadró los hombros y por fin se dio por vencido.

—Nada de vuelos. —Me volvió a señalar, y mi sonrisa se hizo más amplia—. Me da miedo que vuelva a usar esa red siempre que pueda. Vuela solo cuando yo esté contigo.

—Me parece bien. —Sonreí, porque sabía lo muy protector que era; su tendencia se había multiplicado por diez desde que me recuperó, y no pensaba quejarme en absoluto. Después de todo, ser amada era muy agradable.

—Y te mantendrás en contacto continuo conmigo. —Señaló mi mano con un gesto, y yo miré el anillo.

Sujeté la preciada joya y le di vueltas en el dedo.

—¿Funcionará a tanta distancia?

—Debería hacerlo, siempre que no te lo quites. Está ligado a ambos.

XLI
DIANNA

Samkiel no me quitó ojo de encima hasta que se cerró el portal, y lo único que pude hacer fue sacudir la cabeza. Vaya cabrón sobreprotector y divino. Lo amaba.

Crucé la calle para dirigirme a la pequeña pastelería donde me tenía que encontrar con Orym y Veruka. Mis botas resonaban en el adoquinado. Desde allí había una vista perfecta de los muelles. Al acercarme, la puerta se abrió; esperé a que saliese un cliente, y luego entré. La mujer menuda que había tras el mostrador me saludó con la cabeza, pero tras un vistazo rápido comprobé que Orym y Veruka no estaban allí. Miré por la ventana, hacia los muelles, pero tampoco vi ningún rifor.

—Disculpa —le pregunté a la dueña—. Estoy buscando a dos amigos míos. Quizá los hayas visto. Más o menos así de altos —señalé—, con las orejas puntiagudas, elfos…

—Ah, sí —dijo con una cálida sonrisa. Le dio los últimos toques a un expositor del mostrador—. Estuvieron aquí hace un rato. Hablaron entre ellos y luego se marcharon. Los vi ir en esa dirección. —Señaló los muelles.

—De acuerdo, gracias —dije, con una sonrisa forzada. Mi instinto me decía que algo no iba bien.

Eché un último vistazo a la mujer que se encaminaba hacia otra vitrina de dulces, con una mano en la creciente barriga. No olía a muerta. Había una parte de mí que nunca dejaría de mirar de reojo en busca de Tobias. Tampoco detecté en ella el hedor de la mentira. En fin, quizá no fuese una trampa.

La puerta se cerró a mis espaldas con un chirrido. Me ajusté la capucha sobre la cabeza y eché a andar. Los adoquines eran toscos y desiguales. Me llamó la atención el reflejo de unos ojos pequeños y levanté la vista. Sobre un letrero roto me observaba un pájaro hecho de medianoche, con el pelo tan negro como las plumas y un cuerpo tan largo como mi antebrazo. Inspiré, pero no me llegó ningún olor. Entorné los ojos. No era un metamorfo; la carencia de olor lo demostraba. Siseé y desnudé los colmillos, y el animal emprendió el vuelo y desapareció en la noche. Sacudí la cabeza y seguí mi camino hacia los muelles.

En este mundo la luna estaba suspendida más cerca que en otros; ocupaba gran parte del horizonte y tenía un anillo de rocas. En los muelles reinaba la tranquilidad; ni rastro de nadie, y apenas una leve huella de olor a rifores. Me detuve en seco al ver una daga clavada en un poste. Arranqué el papel que sujetaba y lo leí.

> La reunión se ha trasladado a Torkun. Date prisa. Han decidido que este lugar no era adecuado para un descanso. Te hemos dejado un transportador bajo el embarcadero.
>
> Orym

Estrujé la nota y la quemé con un pequeño chispazo de mis llamas. Me agarré al borde del embarcadero, y me dejé caer, sujeta con una mano a la madera desgastada. Vi un guantelete transportador escondido bajo un travesaño y lo cogí con la mano libre. Con un gruñido, balanceé las piernas y me impulsé de vuelta al embarcadero.

Subí la colina caminando. El barro que se me había pegado a las botas me hizo resbalar cuando pisé de nuevo los adoquines. Abrí el cierre del guantelete y las runas aparecieron en el aire, alrededor de un mapa circular. Un punto rojo parpadeaba para identificar mi destino. Orym, qué encanto, ya había fijado las coordenadas.

Mi dedo se detuvo sobre el botón de envío. Sabía que debería decirle a Samkiel que iba a cambiar de sitio, pero entonces se presentaría allí so pretexto de que tenía que acompañarme. Pero lo cierto es que necesitaba hacerlo sola. Tenía que demostrarle que no podíamos ir juntos a todas las misiones y que estaría bien, aunque no lo tuviese a mi lado. No podíamos salvar el mundo pegados el uno al otro. Los dominios eran demasiado extensos. Le lancé una última mirada a mi alianza y pulsé el botón.

El guantelete emitió un silbido. Lo agité y la parte superior chisporroteó. Al mirarlo más de cerca vi que tenía una pequeña abolladura y una grieta. Debió resultar dañado cuando Orym y Veruka se hicieron con él. Por suerte me había llevado hasta Torkun antes de fallar, pero hasta ese momento no había comprendido lo lejos que estaba este planeta. Era, sin duda, un lugar de paso entre mundos.

El grito de un rifor rasgó el aire. Levanté la cabeza. La bestia revoloteaba sobre una taberna. No vi ningún cajón de armas, pero supuse que Orym y Veruka estarían cerca. Tiré el guantelete a la basura, me subí la capucha y me dirigí a buen paso hacia el pequeño edificio.

—¿Va todo bien?

Di un salto y casi se me escapó un chillido. Me giré, esperando ver a Samkiel detrás de mí.

—Dioses, no consigo acostumbrarme a esto —respondí.

Su risa flotó en mi mente.

—¿Estás bien?

—Sí. —Me detuve frente a la taberna. No sabía si podría oír la música, pero no quería arriesgarme.

—¿Qué música?

—Ah, es que… hay un grupo de música. En la ciudad. Qué raro, ¿no?

—La verdad es que sí.

Canturreé en mi mente, como si estuviese escuchando música, con la idea de que ahogase mis otros pensamientos.

—Va todo bien. Pero tengo que concentrarme. He encontrado los rifores. Ahora solo necesito las armas. Te aviso en cuanto las tenga.

Samkiel guardó silencio; casi habría jurado que lo oía pensar.

—Cinco minutos.

—¿Qué? —repliqué en mi mente, al tiempo que me acercaba un poco más a la puerta.

—Contacta conmigo en cinco minutos o voy para allá.

—Oh, dioses.

—Tictac.

Puse los ojos en blanco y sonreí; luego lo expulsé de mi cabeza e irrumpí en la taberna. Tenía que darme prisa, porque sabía que Samkiel hablaba en serio. Una música suave y sensual llenaba la sala. La gente ocupaba mesas pequeñas; algunos bebían, otros hablaban y reían. Parecían pasárselo muy bien.

Me puse de puntillas para mirar sobre los hombros de varios seres más altos que yo, a ver si localizaba a mis compañeros elfos, pero no los vi. Hice una mueca. Mierda. ¿Dónde estaban? Distraída, esquivé a un borracho no muy estable, y casi lo empujé fuera de mi camino. Paseé la vista por la taberna, inquieta. Mis instintos estaban en alerta roja, pero no había ningún soldado a la vista y no veía ninguna amenaza obvia. Todo era justo lo que cabría esperar en un sitio así.

—¿Puedo ayudarte, muchacha? —me preguntó una voz por encima de la música y la charla.

Al volverme, vi a un camarero verde con pinchos en la cabeza, que limpiaba la barra.

—Sí. —Me dejé caer en un asiento vacío—. Estoy buscando a unos amigos. Tal vez los hayas visto. —Levanté la mano—. Un chico y una chica, altos, se parecen mucho. Con orejas puntiagudas y cola.

Alguien gritó su nombre. Miró al otro lado del bar y levantó el dedo. Luego me sonrió.

—Un momento.

Suspiré y me apoyé en la barra para esperar.

—¿Cómo va eso?

—No sabía que los dioses fueran tan protectores —murmuré mientras inspeccionaba la bulliciosa taberna.

—Ya han pasado cinco minutos.

Me giré en el taburete y paseé la vista por la sala. En la esquina parpadeaba el cartel de los aseos, que mostraba imágenes de seres lavándose las manos.

—Están en el baño. No me han secuestrado ni mutilado, y las partes que más te gustan siguen todas en su sitio.

Una risita.

—Está bien.

—Volvemos a hablar en cinco minutos, don Angustias.

Una vibración profunda me atravesó; luego el calor de nuestra conexión se desvaneció y me quedé de nuevo a solas en mi cabeza.

Me volví hacia el bar y estudié las hileras de botellas sobre la pared del fondo, unas transparentes y otras multicolores. El camarero regresó y dejó caer una bandeja frente a mí; la sangre goteaba de los bordes y el olor era casi insoportable. Encima estaban las cabezas de Orym y Veruka, con los ojos en blanco y la boca abierta, como si hubiesen muerto gritando.

—¿Es esto lo que buscabas? —me preguntó el camarero con una sonrisa amable.

Me puse de pie de un salto y el taburete repiqueteó en el suelo. Un escalofrío me recorrió el cuerpo. «Yo que tú no la seguiría, chico sin cabeza, o acabarás con una hermana a juego». A juego, desde luego. Miré al camarero sonriente a los ojos y negué con lentitud.

—No, no es lo que busco.

—¿Seguro que no estás buscando el doble especial? —preguntó una voz grave, a pocos pasos de distancia. Dio un sorbo de la sangre de su vaso y de sus labios escapó un sonido desdeñoso—. ¿Una mentirosa y un traidor?

Se parecía tanto a Samkiel y a Kaden que habría que ser muy ignorante para no reconocer que eran hermanos. Me sentía tan tonta por no haberme dado cuenta antes del gran parecido entre Kaden y Samkiel. El porte, la soberbia, la arrogancia desmedida, y esos enormes egos que les hacían creer que nada, vivo o muerto, podría tocarlos.

—¿Cuál es tu superpoder, entonces? ¿Eres como Alistair? ¿Controlas toda una ciudad con la mente para que se rindan a tu voluntad?

Levantó en la mano una esmeralda.

—Esto es cosa de brujas, en realidad.

Aplastó la piedra con el puño y la sala cambió al instante. Todos los seres que charlaban, bailaban, bebían y reían estaban muertos; había trozos de ellos por las paredes y la barra, como si hubiesen explotado desde dentro. La sangre que bebía debía de ser del camarero, que estaba medio desplomado en la silla que había a su lado.

—Era una ilusión —dijo. Alzó el vaso y dio otro sorbo. Con esa misma mano señaló la bandeja—. Excepto ellos, por supuesto. Llevan horas muertos.

Me dio un vuelco el corazón. Retrocedí un paso y casi resbalé sobre el suelo empapado de sangre.

Me miraba con la lengua asomando entre los dientes, estudiándome con atención, como un depredador observaría a la presa antes de lanzarse a matar.

—¿Así que eres tú? No nos han presentado en condiciones. Soy Isaiah. No te vi muy bien cuando entraste como una tromba y montaste un buen caos antes de marcharte con el cadáver de mi hermanito.

Cerré los puños a los costados y las uñas se me clavaron en las palmas.

De repente, Isaiah estaba de pie e invadía mi espacio personal. Era tan alto que tuve que echar la cabeza hacia atrás. Dejó vagar la mirada por todo mi cuerpo, de la cabeza a los pies; no fue una mirada de lujuria, sino de decepción.

—¿Lo has arriesgado todo por ella? ¿Dónde está lo que falta? —preguntó. Sus ojos descendieron hasta mi pecho—. Si casi no tiene tetas.

Se me puso el vello de punta y se me aceleró la respiración al oír el sonido familiar de botas, aquellos pasos mesurados que me había acostumbrado a esperar. Un paso, luego otro, y cada célula de mi cuerpo se puso en estado de alerta máxima.

—Lo compensa en otras partes.

Kaden.

Mi cuerpo se estremecía; la ig'morruthen se sacudía y mordía. Quería abrirse camino hasta la superficie y reducirlo a jirones por todas las cosas que me había hecho, por todo lo que me había arrebatado; pero la parte racional de mi mente, la que Samkiel había entrenado, me dijo que esperase y que calculase las probabilidades. Me habían atraído a aquel planeta desolado por alguna razón, y que ambos estuviesen allí significaba que no tenían intención de irse sin mí.

Me volví a mirar a la auténtica pesadilla de mi existencia. Me obligué a calmarme; me negaba a dejarle ver que todo mi cuerpo estaba en alerta. No habían venido solos. Detrás de ellos había varios generales, dispuestos en abanico. Fingí una sonrisa. Me llevé las manos a los costados y giré para tomar nota de cada puerta, cada ventana.

—He de decir que has sido muy inteligente al arrastrarme tan lejos, Kaden. ¿Te preocupaba que quemase un sitio al que le tuvieras cariño? —Me detuve y le dediqué una mueca burlona—. Me siento halagada, la verdad.

Incliné un poco el cuerpo y junté las manos a la espalda. Luego me quité el anillo y lo guardé en el bolsillo. Samkiel no podía enterarse de lo ocurrido aquí. No estaba curado aún, y si aparecía, no solo se pondría en peligro, sino que además sabrían que seguía vivo. De inmediato irían a Nismera con esa información, y ella no debía enterarse. Todavía no.

Kaden se reclinó contra el dintel, con una leve sonrisa que dejaba entrever un hoyuelo. ¿Cómo podía tener un hoyuelo un ser tan maligno? Eso no estaba bien.

—Admito que te subestimé durante muchos años. Pero con todo lo que ha pasado, no volveré a cometer ese error. Nadie lo hará.

—Genial.

Isaiah suspiró; lo sentí moverse a mis espaldas.

—¿Cómo lo hacemos, entonces? ¿Vienes por voluntad propia, o te llevamos gritando?

Cuadré los hombros y di un paso al frente. Mis palabras estaban cargadas de veneno.

—Oh, cariño, no podrías hacerme gritar ni en tus mejores momentos.

Las llamas me envolvieron la mano; me eché atrás y le estampé la bola de fuego en la cara. Isaiah gritó y se apartó mientras Kaden cargaba.

Lo que tiene el combate es que, si le dedicas mucho tiempo, acabas aprendiendo unas cuantas cosas. Si te enfrentas muchas veces al mismo oponente, empiezas a recordar las señales que lo delatan. Kaden me enseñó a sobrevivir. Samkiel me enseñó a vivir. Y ahora yo haría todo lo que estuviese en mi mano para asegurar que Samkiel hiciese ambas cosas. Agarré a Kaden del brazo y lo retorcí. Luego giré el cuerpo y lo tiré por encima de la barra.

Isaiah corrió hacia mí. Planté los pies para esperarlo. Me lanzó un puñetazo; yo me eché hacia atrás para esquivarlo y le devolví otro en la barbilla. Era muy rápido. Ambos lo eran. Los guardias se unieron al caos, pero no me costó mucho despacharlos. Brazos, cuellos, lo que quedó a mi alcance lo desgarré y pinté de rojo la sala.

—¡Sujétala si puedes! —gritó Kaden. Menudo idiota era si creía que algo me iba a retener allí. Con un gruñido, hundí los dientes en un guardia que se había abalanzado contra mí. Le desgarré el cuello y les tiré el cuerpo encima como si fuese una bola de demolición. Kaden e Isaiah cayeron sobre mí con una lluvia de patadas y puñetazos. Paré casi tantos como recibí, pero mis golpes rebotaban en esa maldita armadura.

Joder.

No iba a ganar esa pelea a base de golpes. Para ello tendría que arrancarles la maldita armadura, y no tenía tiempo. Mi mente evaluó todas las posibilidades mientras estudiaba la habitación en busca de algún tipo de arma. Esquivé una patada de Isaiah. Perfecto. Fingí un resbalón. Se lanzó para tratar de agarrarme mientras estaba desequilibrada. Me dejé caer y le planté el pie en el vientre y dejé que su propio impulso me ayudase a lanzarlo a través del muro de la taberna. Golpeó una viga de apoyo con un ruido sordo y las luces parpadearon. Me levanté a toda prisa y giré para encarar a Kaden. Me hizo una seña para que me acercase.

—Ven, chica linda. Hace mucho que no me doy un buen revolcón.

—Eres repugnante —dije en tono despectivo.

—Tú lo sabes mejor que nadie.

—¿No te parece que tu obsesión conmigo se te está yendo de las manos? —lo provoqué. Me intentó dar un puñetazo, pero lo desvié y le estampé en la cara la botella que había cogido del suelo. Retrocedió trastabillando, pero enseguida se recuperó.

Sonrió y se pasó la mano bajo la nariz ensangrentada.

—No es una obsesión. Es amor.

—Estoy en una sala llena de cadáveres, y aun así ese comentario me da ganas de vomitar.

—¡Déjate de tonterías! —gritó Isaiah desde la pila de escombros—. Apuñálala para que podamos irnos a casa.

¿Apuñalarme? Me aparté de Kaden, que sonrió y desenfundó una daga reluciente.

Me reí a carcajadas y el miedo desapareció.

—Qué típico, Kaden. Me han clavado cosas más grandes.

—Lo dudo. —Sonrió.

Isaiah se arrastró para salir del agujero que había hecho su cuerpo en la pared. Roté para mantenerlos a los dos a la vista y esperé su siguiente movimiento.

—Esta hoja lo arreglará todo, Dianna. El odio cegador y el corazón roto serán cosas del pasado.

Miré la daga con más atención y me quedé sin aliento. No era un simple artefacto brillante para satisfacer su ego. No, la hoja estaba empapada de magia. Magia para…

—¿Estás de puta coña?

Kaden negó con un gesto.

—Puedo hacer que todo eso desaparezca. No recordarás nada. Puedo hacer que me ames como antes.

Fruncí los labios y siseé. Los colmillos aparecieron.

—Lo nuestro no era amor. No puedes amar a alguien y tratarlo como nos tratábamos nosotros. No tienes ni idea de lo que significa esa palabra.

—Eso es mentira. Sé que te echo de menos.

Por el rabillo del ojo vi que Isaiah daba un paso hacia la derecha a la vez que Kaden lo hacía hacia la izquierda. Me situé para mantenerlos a ambos en mi campo visual. Kaden intentaba distraerme para acercarse lo suficiente para tenerme al alcance de la mano.

Kaden cambió su agarre sobre la empuñadura de la daga.

—Sé que aún me importas. Y que, por mucho que lo he intentado, no puedo sacarte de mis puñeteras venas. Tú eres lo que necesito, Dianna. Siempre lo has sido.

—Mataste a mi hermana. —Le escupí las palabras como si fuesen ácido, y mantuve el puño en alto entre nosotros—. Mataste a mi amata, ¿y ahora quieres borrar los recuerdos del único hombre que he amado?

—Entre nosotros había algo especial —insistió Kaden—. Tú y yo. Ahora solo estamos nosotros. No puedes negarlo.

—¿Negarlo? —bufé—. Eres la mismísima definición de una contradicción ambulante. Qué típico de ti, pedirme que vuelva contigo cuando por fin he eliminado hasta el último vestigio de los sentimientos que me despertaste. ¿Había algo entre nosotros? Quizá, hace muchos eones. Lo intenté, pero tú me apartaste de ti. Me rechazaste, en realidad, en el sentido más literal.

—Tuve que hacerlo —casi me gritó Kaden. Isaiah lo miraba; la confesión de Kaden lo hacía parpadear de perplejidad—. Ahora ya lo sabes todo. Por qué actué como lo hice, por qué me vi obligado a...

—¡Dilo! —lo interrumpí—. Dime por qué tuviste que matarla, que quitármela. O quizá explícame por qué estaba bien que la utilizases para obligarme a obedecerte. ¿Qué te parece? Háblame de eso.

Kaden abrió y cerró la boca, pero no tuvo el estallido de ira que yo esperaba.

—Puedo borrarlo todo. El dolor que sentiste, el que sientes ahora. Hacer que las cosas sean como antes de que todo se complicase.

—¿Volver a aquellos tiempos en los que olvidabas mi cumpleaños? ¿Y eras incapaz de recordar las comidas que odiaba a muerte? ¿Y qué hay de mi color favorito, eh? ¿Y de los sitios que me gusta visitar? Mis recuerdos más valiosos. ¿Qué me hace reír, Kaden? ¿Qué me hace sonreír? ¿Qué me hace llorar? No lo sabes, porque jamás estuviste ahí. Nunca. No hay ningún «nosotros»; ni momentos felices, o románticos, porque yo no era más que tu marioneta. Un arma que apuntabas y usabas. No había nada. No hay nada. Tú no eres nada para mí. Nada.

El ambiente de la habitación cambió, y también mi postura. Dejé caer las manos. Estaba hastiada de este jueguecito, hastiada de él. Por los dioses antiguos y modernos, ya no era la muchacha asustada que se contenía, sino una reina nacida de la oscuridad, las llamas y la cólera.

—Y ahora —seguí— voy a haceros pedazos a los dos por lo que habéis hecho, y cuando os despertéis en el otro lado, espero que retorciéndoos de agonía, comprenderás por fin que no albergo ni un ápice de amor por ti.

El fantasma de una sonrisa torció los labios de Kaden.

—Da igual. Serás mía. Te enseñé a luchar para sobrevivir. No estás entrenada para la guerra.

—Lo hiciste, sí —coincidí. Afiancé los pies en el suelo—. Pero desde que te dejé he aprendido mucho. —Esperaba que el fuego de mis ojos reflejase la intensidad del odio que sentía—. Solo uno de nosotros saldrá vivo de aquí. Y seré yo.

—Siempre has sido una soñadora —dijo Kaden. Lanzó el puñal al aire, lo atrapó y lo guardó en la funda.

Kaden notó lo que iba a hacer y vi que miraba a Isaiah. Con una sonrisa, le tiré una bola de fuego. Se hizo a un lado para esquivarla y la siguiente fue a por Isaiah. Se agachó y la pared que había detrás de él se hizo añicos.

Las garras brotaron de mis dedos. Mi bestia salió a la superficie y yo lancé un rugido de desafío. Kaden e Isaiah se transformaron entre una inspiración y la siguiente. El edificio se desmoronó cuando nos lanzamos al aire, como una tormenta de dientes y alas y odio desatado. Las cenizas y las llamas iluminaron el cielo y el suelo tembló con el peso de nuestra furia.

XLII SAMKIEL

«No pasa nada. Todo va bien».

Acaricié con los dedos el grueso anillo y me repetí las palabras a mí mismo. Tal vez la pérdida de su alma era lo que me incitaba a ser tan sobreprotector. O quizá siempre había sido así con ella. Odiaba que nos separásemos, fuese cual fuese el intervalo de tiempo. Siempre sucedía algo terrible, o eso era lo que me parecía. Suspiré, con el anillo aún entre los dedos, y, con los ojos cerrados, lo acaricié con el índice y el pulgar. Hacía ya más de cinco minutos que había conectado con ella; estaba seguro. Solo necesitaba oír su voz en mi mente y con eso todo iría bien… Al menos durante otros cinco minutos.

Traté de contactar con ella, pero tropecé con un grueso muro. Abrí los ojos de par en par. La sangre se me había helado por completo en las venas. No recibía nada. Ni una chispa, ni un cosquilleo en mi subconsciente. Ni calidez. Nada. Se había quitado el anillo. Tenía el corazón enloquecido, desbocado; el terror se apoderó de mí. Sabía que solo tenía una razón para hacerlo. Estaba en peligro, y creía que así me mantendría a salvo.

Maldita mujer testaruda.

—¡Roccurrem! —aullé. El hado se materializó al instante en la habitación. Yo ya estaba de pie y me ponía el manto.

—Sí, mi…

El sonido del vidrio roto y de la madera astillada interrumpió sus palabras. Las ventanas reventaron hacia dentro y ambos miramos los pequeños dispositivos tirados por el suelo. Emitieron un pitido y al momento la sala se llenó de un penetrante ruido blanco y una espesa nube de humo gris oscuro.

Me senté. Respiraba con dificultad y me pitaban los oídos. Tosí para intentar limpiar los pulmones, y me froté los ojos. La visión se aclaró y otra vez fui consciente de lo que me rodeaba. El sonido volvió a medida que se me curaban los oídos, y lo primero que oí con claridad fueron gritos. Me quité de encima una gran viga de apoyo y empecé a apartar los cascotes para desenterrarme.

—Asegurad al hado —oí decir a alguien—. Lo necesita intacto.

Me quedé quieto y levanté la cabeza. ¿El hado? Habían venido a por Roccurrem.

El humo formaba una espesa niebla en la habitación, pero podía distinguir el brillo de la armadura negra y dorada. Los soldados de Nismera. Joder. Nos habían encontrado, lo que significaba que todo había sido un engaño. Hice a un lado los cascotes y me levanté de un salto. Varios yelmos dorados se volvieron a mirarme. Un soldado sostenía unas cadenas que brillaban con el poder plateado. Las estaban apretando tanto alrededor del cuerpo de Roccurrem que me alegré de que el hado no necesitase respirar.

—¿Quién…?

Le di una patada que lo envió al otro lado de la habitación. Chocó con el muro, cayó y ya no se movió. Un fuerte dolor en la espalda me arrancó un siseo. Me giré hacia un soldado que sostenía una espada al costado y se preparaba para atacar. Salté hacia él y nos encontramos a medio camino. Levantó la espada; yo lo agarré de la muñeca y la retorcí hasta que los huesos se rompieron. Soltó la espada y yo la atrapé en el aire. Puso cara de asombro al ver la velocidad a la que me movía. Un golpe de espada, y la cabeza se separó del cuerpo.

El aire se movió a mis espaldas. Redistribuí mi peso para dar una patada que alcanzó en el estómago al soldado que se abalanzaba sobre mí. Su cuerpo golpeó la pared. Le tiré la espada con tanta fuerza que atravesé el peto y quedó empalado en el muro.

Entorné los ojos. El humo era todavía demasiado espeso para ver con claridad; pero, por los ruidos que hacía Roccurrem, las cadenas estaban pensadas no solo para sujetarlo, sino también para hacerle daño. Mierda. Se oyó un eco de pasos. Me dejé caer a tiempo de esquivar los mandobles de dos soldados que me apuntaban a la cabeza. Invoqué una daga ardiente, les barrí las piernas con una patada baja y, cuando estuvieron en el suelo, los apuñalé en el cuello.

Roccurrem tosía y gemía cuando por fin llegué hasta él. La piel se agitaba como si su forma suplicase liberarse de la cáscara que ocupaba. Me lo eché al hombro y salí corriendo sin mirar atrás. Salte las escaleras y caí en cuclillas, lo que le provocó otro ataque de tos.

De arriba llegaban gritos y peticiones de refuerzos, lo que significaba que solo disponía de unos minutos para encontrar a Dianna.

—Miska —murmuré—. ¿Dónde estaba?

Roccurrem tosió un poco más.

—En el estudio.

—De acuerdo —dije—. Esto te va a doler, pero una vez te quite las cadenas, busca a Dianna. Está en peligro.

Sin esperar su respuesta, lo lancé por la puerta rota, hacia el edificio vacío que había al otro lado de la calle, lejos del humo. Quizá lo estaba ayudando, o quizá seguía enfadado con él por lo mucho que me había ocultado, los secretos que había compartido con mi esposa. Por encima del caos lo oí caer e inspirar hondo, un suspiro de alivio, y no de dolor.

Eché a correr hacia el estudio que había detrás de la escalera, pero me detuve al ver a los guardias bajar los escalones con pasos pesados.

—Aunque mi primer instinto es golpearos hasta que me expliquéis cómo nos habéis encontrado, a nosotros y este lugar —hice acopio de poder sobre mi palma—, ahora mismo tengo cosas más importantes de las que preocuparme.

Alcé la mano y una ráfaga de viento los golpeó, tan fuerte como la peor tormenta; hizo girar a los soldados en un círculo, un tornado de armaduras doradas y cascotes, sostenido por mi poder. Lo lancé hacia la puerta y salieron despedidos calle abajo, lejos de la casa. El esfuerzo hizo que me doliese el costado y que las piernas estuviesen a punto de ceder. Necesitaba terminar con todo aquello, y lo antes posible.

Al menos, el pequeño tornado se había llevado el humo, y ya era mucho más fácil respirar. Corrí hacia el estudio y abrí la puerta de par en par. Miska yacía en el suelo, junto al escritorio. Aún tenía en la mano los rotuladores que le había dado Roccurrem, y el cuaderno que había estado coloreando estaba abierto frente a ella.

La levanté y acuné su cuerpo menudo contra mi pecho. Mientras me dirigía a la puerta me la acerqué más para comprobar su estado. Sentí un profundo alivio al ver que su corazón seguía latiendo y que, aunque respiraba con dificultad, estaba viva. No sabía si era el humo lo que la había dejado inconsciente, pero no tenía tiempo para hacerme preguntas. Salí del edificio en ruinas. Una niebla oscura se solidificó hasta adoptar la figura de Roccurrem, entero e indemne.

Extendió los brazos y yo le pasé a Miska con delicadeza.

—Creo que el gas ha sido demasiado para ella, pero está viva y respira —dije.

Roccurrem asintió.

—Saben dónde estamos, lo que significa que saben dónde está Dianna.

—Lo sé. —Parpadeé para terminar de aclarar la visión—. Tengo que llegar hasta ella. ¿La has encontrado?

Las facciones de Roccurrem se ensombrecieron. Negó con la cabeza.

—Los efectos del humo son muy fuertes aún. Necesitaré algo más de tiempo.

—No tenemos tiempo —gruñí—. Te enviaré de vuelta al castillo. Espéranos allí.

Roccurrem me miró el costado; sabía que la herida podía frenarme.

—Como desees.

El aire parpadeó cuando fracasé en el intento de abrir el portal. El dolor del abdomen me hizo retorcerme, pero apreté los dientes y lo intenté de nuevo. Al fin el portal se formó con un silbido y yo inspiré con fuerza para tratar de contener el dolor. Sentí la mirada de Roccurrem sobre mí y asentí. Se volvió hacia el portal abierto, pero se detuvo y miró atrás. Yo también lo había sentido. Mierda.

Estiré la espalda y me erguí. Un grupo de soldados de alas grises apareció en medio del camino, con Ennas a la cabeza. Era el hermano mayor de Milani, reina de Trugarum; y uno de los generales más prolíficos y despiadados que me hubiese encontrado jamás.

—Tú. Es a ti a quien protegía ella, y no al hado.

Se puso una mano en el tórax y se echó a reír de buena gana; las poderosas alas se agitaban tras él. Los guardias que lo rodeaban no se movieron.

La curva de su armadura alrededor de los hombros siempre me había recordado unas garras; sobre las botas, el peto y el yelmo había grabado un diseño semejante a plumas.

—Roccurrem. —Giré con el pulgar el anillo del dedo corazón y la armadura se formó alrededor de mi cuerpo, empezando por los dedos de los pies y deteniéndose al llegar al cuello—. Vete a casa con Miska. Volveré pronto con Dianna —dije.

Era la primera vez que percibía temor en el hado. Observó el pequeño ejército que había frente a nosotros y asintió.

—Como desees. Pero, por favor, ten cuidado.

Una media sonrisa se me asomó a los labios mientras se formaba el yelmo.

—Esto no va a llevar mucho tiempo.

Cerré el portal en cuanto Roccurrem lo cruzó.

Ennas frunció los labios y sujetó el yelmo con un poco más de fuerza.

—Tan arrogante como siempre.

Ladeé la cabeza e invoqué una espada larga ardiente que apunté hacia él.

—Confundes la arrogancia con la verdad. No eres rival para mí, ni siquiera con la ayuda de todos tus hombres.

La sonrisa de Ennas se ensanchó. Luego se colocó el yelmo en la cabeza y se lo sujetó bajo la barbilla. De la vaina que llevaba a la espalda sacó una espada ancha con punta en forma de pluma.

—El gran y poderoso Destructor de Mundos escapa de la mismísima muerte. Debería estar sorprendido, pero lo cierto es que… no lo estoy. ¿Quieres contarme cómo lo hiciste?

Me encogí de hombros.

—Prefiero separarte la cabeza de los hombros.

Levantó la espada hacia el cielo, y el ejército cargó.

XLIII
DIANNA

Ante nosotros se extendían llanuras calcinadas y restos de edificios caídos a pedazos, destruidos por bestias que fueron, en tiempos, mucho más grandes y demasiado poderosas. Kaden me habló una vez de seres mucho más antiguos que nosotros, capaces de tapar el sol. Los viejos tiempos habían sido brutales.

Batí las alas y me aparté de las mandíbulas de Kaden y de las garras de Isaiah, afiladas como navajas. Sangraba por un costado y tenía un ojo medio cerrado, pero me negaba a rendirme o a dejar de luchar. Quería que Kaden pagase con sangre lo que había hecho, y no iba a parar hasta conseguirlo. Me dolía el ala de una vez que no había sido lo bastante rápida y las garras de Isaiah me habían perforado la membrana. Vi la silueta de su cola que se movía entre las nubes de humo y ceniza. Inspiré con un sonido atronador y desaté un túnel de fuego. El grito de dolor de Isaiah fue música para mis oídos.

Un trueno retumbó por detrás de mí; el sonido de las alas de Kaden. En los mil años que habíamos pasado juntos, nunca había visto su forma verdadera. Nunca me ha había enseñado, como nunca había compartido nada conmigo. La chica que encontraron en el desierto se habría acobardado ante la visión de semejante bestia enorme. Las escamas negras y carmesíes fluían como la tinta sobre su cuerpo pesado y musculoso, y las púas que brotaban de su cabeza eran como una corona. Pero ¿yo? ¿Esta Dianna? La chica que luchó y sangró y se labró su propio camino hasta conseguir una cierta semblanza de paz lo veía, y eso solo la enfurecía aún más.

Kaden me siguió a través del cielo carmesí lleno de hollín. Con un chillido áspero le lancé fuego a la forma que me perseguía. Le había hecho daño a Isaiah, y en esta pelea había aprendido que Isaiah era una de las pocas debilidades de Kaden. Amaba a su hermano, así que yo haría todo lo posible por mutilarlo.

Me dejé caer en picado hacia la derecha mientras él se lanzaba hacia delante. Mi forma, más pequeña y ágil, era más rápida que la suya, pesada y enorme, pero eso no quería decir que él no fuese ágil y habilidoso. Lo oí cambiar de rumbo para seguirme. Planeé y luego viré hacia la izquierda, con las alas extendidas. Otro medio giro e incliné la cabeza a un lado y usé el ojo bueno para vigilar el cielo en busca del ig'morruthen, tan herido como yo. No necesitaba ver a través del humo para captar el olor de su sangre.

Las aletas de mi nariz se dilataron. Golpeé el aire con las alas y cargué a través de las nubes, preparada para arañar y desgarrar. Mi cuerpo se desplazó de lado. Dos contra uno era una pelea injusta, y estaba pagando el precio.

Joder.

Las fauces de Kaden se cerraron sobre mi costado, que dolió y sangró. Doblé el cuello para alcanzarlo y las mandíbulas chasquearon y le arrancaron escamas. Rugió, pero me sujetó con más fuerza y sus dientes se clavaron más en mi cuerpo. Sus colmillos rozaron el hueso. Azoté la cola y la estrellé contra él, desesperada porque me soltase. Se zambulló hacia el suelo y, cuando este se hizo visible, me lanzó contra los edificios en ruinas. Atravesé dos o tres casas reventando la madera a mi paso. Mi cuerpo se detuvo por fin y se estremeció al recuperar mi forma habitual. Me puse de pie apoyándome en los brazos temblorosos y escupiendo sangre mientras me aferraba el costado. La mano se manchó de sangre.

—Joder.

No era una herida tan profunda como para matarme, pero desde luego me iba a frenar. El corazón me golpeaba el pecho con fuerza y, a cada latido, se me escapaba más y más sangre. Me dolía todo el cuerpo sin excepción, y los pulmones se resentían con cada inspiración, pero no me iba a rendir ante él, ante ellos, ni ante nadie. Los arrastraría a Iassulyn conmigo.

Levanté la cabeza de modo instintivo al oír un golpe sordo que hizo temblar el suelo, seguido a los pocos instantes por otro. Estaban en tierra. Solo tuve una fracción de segundo para preguntarme qué iba a hacer cuando alguien arrancó de cuajo el lateral de la casa.

—Había olvidado lo bien que sabes —dijo Kaden mientras se acercaba. Se limpió mi sangre de la barbilla y luego se lamió los dedos.

Respondí con una mueca de asco. Me sujeté el costado y retrocedí sobre el suelo roto.

—Te odio.

Eso solo lo hizo sonreír más.

—Muy lista, Dianna. Si nos dañas cuando adoptamos nuestras formas auténticas puedes llegar a matarnos. ¿Quién te lo dijo? Yo no, seguro. ¿Fue tu novio muerto?

Isaiah chasqueó los colmillos mientras volvían a la normalidad. Las púas de la cabeza desaparecieron y recuperó la forma humana.

—En realidad —escupí sangre en el suelo—, fue Tobias, antes de que lo partiese por la mitad. Si quieres reunirte con él para echarle una bronca por compartir secretos, acércate.

Isaiah silbó, divertido. Entraron en el edificio en ruinas y sus sombras proyectaron siluetas desiguales sobre los muros.

—Entonces ¿mató a un rey de Yejedin?

Kaden enarcó las cejas.

—Sí, lo hizo. —El orgullo era perceptible en su voz—. Pero no te han entrenado para combates aéreos, Dianna.

Pasaron sobre unos tablones rotos; las losas agrietadas del suelo crujían bajo sus botas. Kaden tenía media cara y un hombro cubiertos de sangre, y vi marcas de mordiscos en los puntos donde mis dientes se habían clavado en el pecho cubierto por la armadura. Isaiah, que seguía a Kaden a unos pocos pasos de distancia y estaba casi igual de magullado, sonrió.

Me puse de pie, llena de satisfacción. Me dolía todo, pero había dado tanto como había recibido. Todo mi cuerpo estaba sumido en la agonía, pero no iba a dejar que se notase. Jamás les daría esa satisfacción.

Moví la mano y les dejé ver la herida, junto con los cortes de la cabeza y de los brazos.

—No sé, a mí me parece que lo he hecho bastante bien.

Isaiah sonrió y dejó a la vista los dientes ensangrentados.

—Ni mucho menos.

Me sujeté la muñeca rota y retorcida y me la recoloqué.

—Ya puedes quitarte esa sonrisa de la cara. Me han follado con más fuerza con la que tú pegas. No has hecho nada.

—Es una cosita desagradable —dijo Isaiah, con una mirada de reojo a Kaden—. ¿Por eso estás enamorado de ella?

—Entre otras razones —respondió Kaden.

Isaiah sonrió con satisfacción y sus ojos carmesíes se oscurecieron. La sangre que manchaba los brazos y la frente se movió por sí misma hacia las heridas de donde había brotado y luego la piel se selló. Me dio un vuelco el estómago al ver que las heridas de Kaden también se curaban.

Controlaba la sangre. No solo podía curarse a sí mismo, sino también a otros.

No pregunté cómo, porque no importaba. Ahora sabía que no saldría viva de allí. Ya no volverían a cambiar de forma. Mi arrogancia iba a ser mi perdición.

—No está mal, ¿eh? —bromeó Isaiah. Enarcó una ceja en señal de total y absoluta confianza.

Encogí un hombro con desinterés.

—Supongo que si no puedes curarte por ti mismo…

Me tiré a por un trozo de madera y se lo lancé. Kaden miró de reojo a su hermano y yo cargué contra él. Isaiah levantó el brazo y la madera se rompió contra las púas de su armadura maldición de dragón.

—Eso ha sido una estupidez —rio Isaiah al tiempo que se sacudía las astillas.

—No, idiota, es una distracción —dije. Me dolió la rodilla cuando se la clavé en la armadura sobre el tórax, pero era lo que necesitaba. En todo cuanto se refería a su hermano, Kaden bajaba la guardia; trató de sujetarme en el mismo momento en que yo bajaba la cabeza. La inercia de su intento fracasado de agarrarme lo hizo girar y exponer la espalda y la daga. Me retorcí y la herida del torso protestó con vehemencia. Sin hacer caso del dolor, cogí la daga y la saqué de su vaina;

luego retrocedí mientras Kaden se daba la vuelta. Parpadeó, sorprendido, mientras yo hacía bailar la hoja de cristal resplandeciente sobre mi palma.

—No quiero luchar contigo, Dianna —dijo Kaden, con tono cuidadoso.

—Lástima —me burlé—, porque yo sí.

Le lancé un puñetazo. Kaden bloqueó el primer golpe, y el segundo, pero no me detuve. Esquivó o desvió cada patada, giro o puñetazo. Aun así estaba retrocediendo. Isaiah trató de agarrarme y yo le dejé que tirase de mí hasta estar cerca; luego me giré para darle la espalda y le di un buen cabezazo en la cara. Me soltó con una maldición y la nariz chorreando sangre. Salté y giré, y le encajé una patada en el pecho. El golpe tuvo fuerza suficiente para enviarlo al otro extremo de la sala.

—Eres más rápida y letal que antes. Me encanta —dijo Kaden detrás de mí.

Volteé la daga en la mano.

—Pues no debería.

—No funcionará si la usa contigo, hermano —señaló Isaiah, que se puso de pie por su propia cuenta.

—Ya lo sé. —Kaden apretó los dientes y me vigiló con cuidado.

—Oh. —Sonreí pese a que tenía la boca llena de sangre, que me manchaba los labios—. Maldita magia y sus reglas tramposas. Pero no te preocupes, no pensaba usarla. Voy a romperla.

Kaden gritó una negación y se lanzó hacia mí. Tiré la daga al suelo y levanté la pierna para hacerla pedazos bajo mi bota, pero de repente, ya no estaba en control de mi cuerpo. Mi pierna dejó de moverse, como si un millar de manos la sujetasen. Mi cuerpo se dobló por sí solo, con los brazos abiertos a los lados y la espalda encorvada, y mi mirada se dirigió al frente.

Isaiah me miraba; sus ojos eran de un rojo oscuro e inquietante que parecía formar remolinos. Era como si mi sangre estuviese conectada a cuerdas diminutas e Isaiah fuese el titiritero. Kaden se adelantó con rapidez y me arrebató la daga. La pierna se me dobló y caí de rodillas al suelo. Traté de resistirme y cada célula y cada molécula gritaron como si las estuviesen partiendo en dos. Los brazos se plegaron contra los costados; los músculos solo obedecían a Isaiah.

Se detuvo junto a Kaden. La madera y los vidrios rotos crujieron bajo su peso. Traté de sacudir los brazos, de moverme y pelear, pero era incapaz de hacer nada. Hice una mueca y contuve los gritos que pugnaban por escapar. No les daría esa satisfacción.

—No tanto —exigió Kaden.

Los ojos de Isaiah se posaron en él un instante, y la presión se redujo un poco. El dolor de cabeza disminuyó y respirar dejó de ser una lucha constante. Gruñí desde el fondo de la garganta.

—¿Así que esto es lo que os pone calientes a vosotros? Atar a alguien para darle una paliza. Una vez es un error, dos veces es un hábito.

Kaden se arrodilló junto a mí. Quise retroceder, pero mi cuerpo no me lo permitió.

—La verdad es que yo no quería pelear. —Extendió la mano y me quitó de la cara el pelo empapado de sangre. Pese a mi incapacidad de controlar mi cuerpo, su contacto me hizo estremecer—. Lo que quiero es que vuelvas de una pieza, como siempre he querido.

—Estoy casi segura de que tus irvikuva trataron de hacerme pedazos para llevarme hasta ti.

—Pueden ser un poco bruscos, sobre todo contigo, que peleas muy duro, con garras y demás. Pero los que tú no mataste murieron tras regresar conmigo. Jamás te quise muerta, aunque tú lo creyeses. Te quería conmigo para siempre.

—Pues lamento decepcionarte, pero eso era completamente imposible, y no pienso ir contigo a ninguna parte. Prefiero morir. —Traté de morder la mano que tenía cerca, pero sin éxito.

Sonrió al ver mis intentos y sostuvo en alto la daga. La empuñadura brillaba por efecto de la magia y la hoja parecía burlarse de mí.

Kaden hizo girar la daga sobre la empuñadura.

—Tu padre me ayudó a fabricarla, ¿sabes? Aunque no es que tuviese muchas alternativas. Me di cuenta de que iba a necesitar un resquicio para abrirme camino hasta ti. Sabía que, con todo lo que me había obligado a quitarte Nismera, me odiarías.

Permanecí en silencio, con el corazón desbocado.

Isaiah le dio una palmadita en el hombro a su hermano.

—Kaden siempre ha sido más inteligente que yo, siempre ha ido diez pasos por delante. Hasta Mera lo sabe. Un pinchazo de esa daga, y cuando despiertes todos tus sentimientos y tu amor por Samkiel habrán desaparecido, habrán sido remplazados. Le habrás entregado tu corazón a mi hermano.

Una ola de calor se extendió bajo mi piel; la ig'morruthen que se debatía y luchaba por salir a la superficie. La necesidad de proteger a su compañero era casi abrumadora.

—No.

Kaden asintió.

—Nunca he dejado de amarte, Dianna. Solo necesito librarte de toda esa ira. Volverás a ser mía, y esta vez será para toda la eternidad.

El terror se apoderó de mí al oír lo que planeaban hacerme.

—No. Prefiero morir que permitir que vuelvas a tocarme.

—Jamás te dejaría morir, Dianna. Prometo mantenerte a salvo.

Luché por recuperar el control; me dolían los músculos de los brazos, de las piernas, de todo el cuerpo. La frente rompió a sudar. Jamás le dejaría que se hiciese conmigo.

Kaden levantó la mano para trazar con la hoja un camino hasta mi corazón; amenazaba con arrancar el amor que atesoraba en él. Con arrebatarme a la única persona que desafió a la propia naturaleza para ayudarme, amarme, protegerme. Algo se quebró en mi interior. El fuego me recorrió las venas y, por un momento, lo sentí en los ojos. De mi corazón fluyó una llama abrasadora que, con cada latido, se extendió más y más por mi cuerpo. Una chispa de fuego, brillante y anaranjada, me bailó sobre las manos y el hombre de mis sueños, el que se sentaba sobre un trono de hueso, se levantó. Sus ojos de color naranja brillaron con más intensidad y una ancha sonrisa dejó a la vista los dientes, blancos y afilados.

—Por fin. —La voz me raspó el cerebro como acero fundido.

Mis brazos se dispararon hacia delante y las manos se aferraron a las muñecas de Kaden. Isaiah retrocedió un paso, boquiabierto, cuando me zafé de su control. El blanco de los ojos de Kaden refulgió al ver que yo había detenido con facilidad el avance de la daga a unos centímetros de mí. Un reguero de fuego destelló en mis dedos y Kaden siseó como si se hubiese quemado.

—Jamás. —Era mi voz, pero más grave, más profunda y muy muy enfadada.

Isaiah cubrió las manos de Kaden. Traté de levantarme, pero solo parecía tener control de la parte superior de mi cuerpo. Con eso me bastaría. Gruñeron y trataron de empujar la daga y clavármela.

Los detuve usando toda la fuerza que me quedaba. Las llamas de mis manos se elevaron y chisporrotearon. Apreté los dientes. El sudor me corría por la cara y hacía que me picasen la miríada de cortes y heridas que me cubrían. El fuego se avivó, caliente e intenso, pero luego se apagó y el humo se arremolinó sobre mis nudillos. Una oleada de náuseas me invadió con tanta rapidez que casi me hizo vomitar.

La hoja se acercó un centímetro más.

XLIV
SAMKIEL

Caminé hacia Ennas sacudiendo la sangre de la espada. Luego la devolví al anillo. Lo agarré por el peto de su armadura, ahora empañada y lo levanté del suelo empapado de sangre. El ala rota colgaba inerte e inútil.

—¿Dónde está ella? —grité.

—Púdrete en Iassulyn —dijo con odio.

Me ardió la plata en los ojos, que despidieron una luz tan caliente e intensa que le cortó el brazo justo por debajo del hombro. Gritó y el dolor hizo que la saliva se le acumulase en los labios.

—¿Dónde está Nismera?

Tragó saliva. El latido de su corazón era visible en las venas del cuello.

—Alguien interceptó su llegada. Cambio de planes, ya conoces el procedimiento.

—¿Cambio a dónde? —Ennas sacudió la cabeza y, pese al dolor, su mirada era de desafío. Le quemé el otro brazo y sus gritos cortaron el aire—. ¡Dímelo!

Torció la boca como si quisiera reír.

—Tiene mucha gracia verte preocupado por otra persona. Nismera se enterará. Todo el mundo lo sabrá. El gran Destructor de Mundos tiene un punto débil.

Lo dejé caer al suelo y le puse el pie sobre el pecho. Estábamos rodeados de destrucción. Su flota ya no existía, y el campo de batalla estaba sembrado de muertos y moribundos.

—No quedará nadie para contar esa historia, me temo. Ni siquiera tú.

—Mi hermana me buscará. Yo ya debería haber vuelto. Seguro que ya está de camino. Te acuerdas de ella, ¿verdad? —Su sonrisa llena de sangre era tan desagradable como la mía.

Alcé los hombros con indiferencia.

—Me he follado a muchas hermanas. No recuerdo que la tuya fuese nada especial.

Ennas se sacudió bajo mi bota blindada.

—Morirás por lo que acabas de decir.

—Y tú morirás si no me dices dónde está Nismera. —Me incliné sobre él, le cogí el ala herida e hice entrechocar los huesos rotos. Gritó y se quedó pálido de dolor—. Dime dónde está. ¿Dónde está su nuevo castillo?

Apretó los dientes y me dirigió una sonrisa fría y amarga.

—Espero que la hagan pedazos y te los envíen.

—¿«Hagan»? —Mi bota le apretó el pecho un poco más, y al mismo tiempo le aplasté los huesos del ala entre los dedos.

Se retorció, pero al final logró hablar entre jadeos.

—Ah, sí. Tus hermanos.

Un sudor frío me corrió por la columna vertebral, pero me inundó la familiar calma de la muerte.

—Oh. —Ennas se rio con dificultad—. Así que eso asusta al poderoso rey. Kaden planea recuperarla y quedársela para él.

Le apreté tan fuerte la garganta que sentí que algo se rompía en su cuello.

—Dime dónde está, o lo siguiente serán tus ojos. Ya no quedan sanadoras de Ciudad de Jade para que te los devuelvan, y ya sabemos lo que piensa tu hermana de los que ya no le son útiles.

Jadeó y graznó tratando de hablar, pero lo retuve un poco más antes de soltarlo. Se atragantó y jadeó en busca de aire.

—Cambiaron la cita a Torkun. Lo único que sé es que él tiene una daga hecha por Azrael. Un pinchazo y la víctima se convierte en lo que tú desees. Y diría que lo que Kaden desea es recuperar a su antigua zorra, lo que significa que no quiere tener más recuerdos de ti.

No sabía si el tiempo se podía parar de verdad, nunca había conocido a nadie capaz de hacerlo; pero me imaginé que la sensación debía ser como esa. La lluvia se detuvo en su caída y cada latido de mi corazón pareció durar minutos. ¿Iba a borrarme? ¿A borrar lo que teníamos? ¿Y todo para convencerla de que era suya? El odio cayó sobre mí como una ira volcánica y abrumadora, pero el miedo fue incluso peor. Me aterrorizaba la idea de perderla, de haber perdido el tiempo con Ennas en vez de correr a buscarla. Si era demasiado tarde…

—Mi rey. —La voz de Reggie se filtró a través de la bruma turbulenta de mis emociones.

Salí de mi ensimismamiento. El trueno retumbaba en el cielo; por el rabillo del ojo vi a Roccurrem levantar la cabeza. No le pregunté por qué había vuelto. En ese momento, cuando estaban a punto de despojarme de todo mi mundo, no me importaba.

Ennas gruñó bajo mi bota.

—No llegarás a tiempo. La hoja que usamos contigo tendría que haberte matado. Si estás aquí, vivo, pero tu poder arde en el cielo, jamás llegarás a tiempo.

Dudé, y eso fue todo lo que Ennas necesitó. Usó como apoyo el ala buena para impulsarse hacia arriba. Nuestras cabezas chocaron y yo retrocedí a duras penas mientras él se ponía en pie de un salto. Extendió las alas y, con cierta dificultad, emprendió el vuelo. Se alzó con evidente esfuerzo y desapareció entre las nubes en movimiento.

—Mi rey.

Agaché la cabeza. Reggie me puso una mano en el hombro; jadeó y la quitó. Se miró la palma quemada.

—Torkun está a varios dominios de distancia. No dispongo de todo mi poder. No podré llegar a tiempo. —El dolor regresó, familiar y repulsivo, se aferró a mí con la misma presión irresistible que me había retenido en los restos de mi mundo natal. Sentía como si el pecho se fuese a colapsar sobre sí mismo. Mi Dianna era fuerte y valiente, pero estaba sola y en inferioridad numérica. Un ig'morruthen ya era una lucha injusta para la mayoría de la gente, por muy bien entrenada que estuviese, pero ¿dos? Y dos de los más letales. Me necesitaba—. Está demasiado lejos. —Se me quebró la voz.

—Si me permites, majestad —dijo Roccurrem mientras el cielo se abría y la lluvia nos azotaba. Me volví a mirarlo y parpadeé; el agua me empapaba la cara—. Una vez me dijiste que el amor tiene poder, y que el más puro, el más auténtico, puede prevalecer contra todo pronóstico. Es algo de lo que ya he sido testigo antes, y lo volveré a ser. Si te da poder, úsalo. Aprovéchalo. Eso que hay en el cielo —señaló hacia arriba— es tu poder, y de nadie más. Para salvarla, llámalo y que regrese a su hogar.

—¿El hogar? —le pregunté mientras se inclinaba sobre el lavamanos; la esperanza se abrió paso en mi pecho.

Me sonrió, apenas un esbozo de sonrisa que fue a más cuando se encogió de hombros, sin tratar de seguir escondiendo sus sentimientos.

—Esa es la sensación que tengo cuando estoy contigo.

La lluvia chisporroteaba y restallaba al golpear mi armadura, mi frente. Mi cuerpo ardía preso de la ira; las chispas eléctricas me bailaban sobre los hombros, las piernas y los brazos. La cabeza me palpitaba. El cielo retumbó y luego se abrió de par en par. La tierra se convirtió en barro y oí que Reggie retrocedía.

Me acordaba de cuando era joven, del momento exacto en que llegué a la pubertad. Recuerdo que el cielo tembló y que mi madre vino corriendo a mi cuarto. Mi grito me desgarró la garganta mientras mi mente se abría y los secretos del cosmos se abrían paso en mi interior. Me abrazó. Las lágrimas me corrían por la cara. Había comenzado la primera etapa de mi ascensión.

Seguimos así hasta que oí los pasos de mi padre. Miré por encima del hombro de mi madre y vi que mi padre observaba el cielo mientras yo trataba de procesar el nuevo poder que me llenaba. Esa noche no me dijo nada, pero más adelante me comentó que yo era como él, que por nuestra sangre corría un enorme poder que desafiaba la comprensión. Me explicó que tendría que aprender a controlarlo, a someterlo, o podría destruir mundos. Hasta mucho tiempo después no me di cuenta de lo proféticas que fueron sus palabras.

Después de aquello, llovió en Rashearim durante semanas. Recuerdo que los demás me evitaban, y que, durante un tiempo, el poder iba y venía en oleadas. En aquel momento yo era peligroso. Mi padre aumentó mi régimen de entrenamiento y estudios. Cuando murió mi madre y mi mundo volvió a sumirse en la confusión, en vez de perder el control, enfoqué toda aquella rabia oscura y fabriqué el anillo y la espada del Olvido. En cuanto lo tuve en mi dedo, todos esos sentimientos de angustia desaparecieron; ahora ya entendía por qué. Por fin comprendía la expresión de la mirada de mi padre, y las lágrimas de mi madre mientras me abrazaba aquella noche. Yo no fabriqué el Olvido. Yo era el Olvido.

El poder restalló sobre mis nudillos en ráfagas eléctricas purpúreas. Ennas, como tantos otros, se había reído de lo fácil que era arrebatármela. Se había burlado de mí, me había contado lo que planeaba Kaden y, en mi interior, algo se rompió, se desgarró y se enroscó. Había tardado mucho en conocer la verdad, en aceptarla, y ahora iba a usar ese conocimiento en mi beneficio, aprovechar cada maldita parte para mantener a salvo a quienes amaba.

Sentí como si el fuego estallase sobre mi piel, fluyese por mis venas e incendiase mi alma. El mundo se estremeció y otro trueno sacudió el aire. La masa de poder que se arremolinaba en los cielos se detuvo y se volvió como si hubiese estado esperando. Alcé un solo brazo y mi poder se lanzó hacia él, la plata descendió a tal velocidad que la noche se volvió día. Chocó con las puntas de mis dedos y luego se extendió en oleadas sobre mí.

Mi cuerpo reclamó ese poder, mis células absorbieron la energía. Bajé el brazo y el yelmo se deslizó sobre mi rostro; el suelo ardía bajo mis botas.

Reggie me sonrió, y fue la primera sonrisa auténtica que le veía en mucho tiempo.

—Trae a tu reina a casa.

Asentí con un breve gesto y salí disparado hacia el cielo, dejando a mi paso el retumbar del trueno.

XLV
DIANNA

No supe si había sido un trueno a lo lejos, o los huesos de mis manos que se quebraban por la presión. Gruñí y sostuve la empuñadura de la daga con ambas manos mientras Kaden e Isaiah intentaban empujarla hacia mi pecho. Éramos tres fuerzas inamovibles, implacables, y que nos negábamos a rendirnos. La madera se rajó bajo mis rodillas. Apreté los dientes.

Me temblaron los brazos y un reguero de humedad me descendió por la mejilla. Creí que era sudor hasta que noté el olor a hierro que se derramaba por el aire. Me sangraba la nariz y me dolía todo el cuerpo. Isaiah me clavaba los ojos, y comprendí que estaba usando de nuevo sobre mí su maldito poder. No iba a permitirles que se me llevasen. Nadie iba a subestimar mi voluntad y no iba a caer sin luchar.

Hice una mueca. La sangre se me acumulaba en la boca y se escurría por mis labios. Oí un estallido detrás de los ojos y luego otro en los oídos. Eran vasos sanguíneos que reventaban. Por muy fuerte o poderosa que fuese, si me llegaba al cerebro, caería inconsciente en segundos.

Mi bestia rugió; su cuerpo se agitaba dentro de los confines de mi piel. Derramó más fortaleza, más poder sobre mí, en un intento de reforzar mis menguantes reservas. La madera seguía rompiéndose debajo de mí y, cuanto más me empujaban, más me hundía en el suelo. Los músculos de los brazos gritaron de dolor y la daga se acercó un poco más. Me costaba respirar. Otro empujón más, y estaría acabada. Perdida.

Iban a ganar.

Me iban a llevar con ellos y nunca más volvería a ver a Samkiel.

«Me das los mejores recuerdos».

Se lo había dicho aquella noche, y así había sido. Bajo las estrellas, una noche en el lago, con bengalas y los crestalunas, escasos y eternos. Y pronto ya no lo recordaría, ni la primera vez que me hizo reír. No recordaría el festival, ni la cara que puso la primera vez que probó el algodón de azúcar, y mi corazón desbocado mientras me reía, me reía de verdad por primera vez en siglos. No recordaría el fotomatón en el que casi no cabía, ni el estúpido jardín de la mansión de Drake, o aquella maldita flor que tiré la primera vez que nos peleamos. Por aquel entonces creía que me despreciaba, pero aun así la vi marchitarse y secarse durante días. No recordaría el castillo que me hizo cuando yo no quería nada excepto que me dejasen sola. No recordaría el océano, ni cómo metí los dedos en el agua mientras él vigilaba y esperaba para asegurarse de que no me desmoronaba. No recordaría que me curó, o el patinaje sobre hielo y las risas. No recordaría nuestra boda, pequeña pero perfecta. No recordaría lo que tuvimos: las peleas, las risas, los juegos. Nada de eso. Todo desaparecería, corrompido por Kaden. Le había fallado a Samkiel como le fallé a Gabby. Tendría que haberle dicho más a menudo que la amaba. Se lo tendría que haber dicho más a menudo a él. Ahora ya no tendría la oportunidad.

Se me escapó un grito de los labios, una súplica sin palabras que se repetía en mi mente. La daga se acercó otro poco más. Pese a toda mi fortaleza, mi cuerpo empezaba a rendirse. Traté de sujetar la daga con más fuerza, pero la sangre se me escapó por las puntas de los dedos y se deslizó por la hoja. Isaiah hacía que se agarrotase hasta la última célula sanguínea de mi cuerpo. Empujó todavía más fuerte y ya no sabía si lloraba o si los ojos me supuraban sangre. Un sollozo de dolor me quemó la garganta.

No. No podía olvidar. No lo haría.

Mientras las manos resbalaban sobre la empuñadura, prometí abrirme camino, arañando, desgarrando y rompiendo, para volver con Samkiel. Lo juré.

Mis músculos ya se estaban agarrotando. Una batalla perdida. Dejé caer los brazos y cerré los ojos.

—Recordaré que te amo. —Sabía que no podía oírme, pero lo prometí de todos modos.

Se hizo el silencio y el mundo se detuvo. Todo se paró mientras yo luchaba por encontrar una forma de guardar alguna parte de él encerrada en un rincón de mi mente, de elegir al menos un recuerdo para ponerlo a buen recaudo. Podría guardarlo y revisitarlo. Era un salvavidas al que aferrarme hasta que regresase con él. Porque volvería con él.

Mi mundo. Mi corazón. Mi alma perdida.

Un estampido sónico rompió el silencio, tan fuerte y violento que me pregunté si el cielo seguiría intacto. Abrí los ojos con un jadeo. Caí hacia delante y sentí que recuperaba el control de mi cuerpo. Me aparté el pelo de la cara y me froté los ojos para limpiar la sangre y las lágrimas y poder ver de nuevo. Al sentarme y mirar a mi alrededor, me quedé boquiabierta de asombro.

Era como si me hubiesen transportado a otro mundo. El edificio en que me hallaba había desaparecido. Todos los edificios se habían convertido en cenizas; el mundo estaba cubierto de una nieve grisácea. No había árboles, ni montañas, ni seres vivos. Todo lo que me rodeaba se había desvanecido de repente. Una luz plateada residual surcaba el cielo en el punto donde se había abierto un agujero. Un portal. Inspiré hondo al darme cuenta de que Isaiah y Kaden ya no estaban, que lo único que quedaba de ellos eran cenizas arrastradas por el viento.

Y comprendí.

—Samkiel.

Mi voz sonó como un susurro. Sabía lo que significaba. Todos sabrían que seguía vivo. Nismera sabría que seguía vivo.

Me rodeé el cuerpo con los brazos, porque por fin comprendí las historias y las leyendas. Samkiel nunca necesitó la espada del Olvido para ser temido. Había dejado claro por qué tantos se inclinaban ante él, por qué lo celebraban, por qué lo seguían. Al contemplar la desolación que había creado, al fin entendí la auténtica naturaleza de su poder destructivo, y por qué lo llamaban el Destructor de Mundos.

XLVI SAMKIEL

El aire sobre la isla de Detremn se estremeció y se rasgó bajo el peso del portal. El planeta entero estaba cubierto de vida vegetal, pero desierto. Ni siquiera había animales; y, más importante, estaba a varios dominios de distancia de Dianna.

Tiré a Kaden e Isaiah al suelo y en su caída derribaron árboles que se amontonaron bajo ellos. Un poder que no había usado desde el reinado de mi padre emanaba de mi piel en forma de zarcillos plateados que se extendían y se movían, ansiosos por defenderla y vengarla. El poder afectó a la atmósfera; las nubes se compactaron y se oscurecieron y se desató una lluvia torrencial. Los rayos caían alrededor de ellos y el viento les impedía moverse. Mis pies se posaron en el suelo y el planeta entero se estremeció.

Kaden e Isaiah se pusieron de pie no sin problemas. Sus rostros eran máscaras de odio y asombro. Primero uno y luego el otro activaron los yelmos maldición de dragón, en un gesto fútil de protección, pero ya era tarde.

—Se supone que estás muerto —se quejó Kaden desde detrás de su yelmo astado.

Doblé la muñeca y el poder destelló sobre mi piel y se coaguló sobre mi mano. En la palma se formó una hoja tan oscura y odiosa como ellos me habían hecho sentir a mí. La espada se solidificó, y sus tentáculos de magia, negra y púrpura, se estiraron en busca de una nueva víctima. Apunté a Kaden con ella.

—No estoy muerto, pero muy pronto, tú sí.

—El Olvido —susurró Isaiah—. ¿Cómo se la has quitado a Mera?

Fruncí los labios con desagrado.

—No se la he quitado. El Olvido soy yo, no un objeto que alguien pueda arrebatarme.

Retrocedió sin pensar, pero su miedo y su sentido común no duraron demasiado. Las puntas aserradas que brotaban de las muñecas de sus armaduras eran tan afiladas y retorcidas como ellos mismos. Un ojo de Isaiah se cerró en un tic involuntario, y luego miró a Kaden. Yo sabía cuán poderosos eran. Por separado eran letales; pero juntos podrían hacer pedazos el mundo sin usar más que las garras y los dientes. Tenía que ser más listo que ellos. Mi padre me había insistido en el valor de la inteligencia durante un combate.

—Hasta el enemigo más fuerte tiene alguna debilidad. Somos guerreros feroces, pero también somos de carne y hueso. Y, por encima de todo, somos seres emocionales, por muy duros e implacables que nos creamos. Las emociones, hijo mío, atraviesan nuestro sistema mucho más rápido que la sangre.

Mientras seguíamos con el entrenamiento, volteó la lanza sobre su cabeza y apoyó la punta en mi pecho, junto a mi corazón.

—Busca esa debilidad y úsala, si es necesario. Ninguna pelea es justa, ni siquiera entre dioses.

—Entiendo que estés obsesionado con ella, hermano. —Escupí la última palabra como si fuese veneno. Aunque no me gustara reconocerlo, su obsesión y su amor por Dianna eran tan fuertes y poderosos como mis propios sentimientos—. Después de hacerla mía, entiendo por qué no puedes renunciar a ella.

Los ojos de Kaden se iluminaron con una furia ardiente; apretó los puños con fuerza, y las garras se le clavaron en las palmas hasta hacerlas sangrar.

—¿Quieres que te muestre por qué no volverá jamás contigo? ¿Por qué nuestro padre nunca te habría escogido a ti? —Sonreí con sorna; quería ver su reacción antes de retorcer la espada de mis palabras en la herida—. ¿Quieres saber por qué yo soy el rey, y vosotros dos solo una página olvidada de la historia, que se arranca y se arroja a un lado?

La rabia borboteaba en ellos. Isaiah dio un paso al frente, pero Kaden levantó la mano para detenerlo.

—Así que el hijo pródigo ha vuelto —siseó Kaden. Bajo la armadura, las llamas rojas y anaranjadas chisporroteaban—. ¿De verdad crees que unas cuantas provocaciones nos harán reaccionar a ciegas? Conozco el poder que yace bajo tu piel. Es idéntico al de nuestro padre.

—Lo que creo es que eres un idiota, en serio. Estás convencido de que puedes derrotarme aquí y volver con Diana. —Alcé la mano e hice desvanecerse el guantelete para mostrar el anillo que había fabricado, a juego con el de ella—. Dianna nunca te va a elegir a ti, por muchos planes retorcidos y a prueba de fallos que creas tener. Me escogió a mí, y lo ha hecho cada día desde que me puso los ojos encima. En aquel momento te dejó y nunca se ha arrepentido. Ni una sola vez.

—¿Qué es eso? —siseó Kaden.

—Nos quitasteis nuestra marca de amata, así que esta es la siguiente mejor opción. Es mi esposa, mi otra mitad, y nunca volverá a ser tuya de nuevo. Jamás.

Kaden perdió el control y me atacó con esa furia ciega que unos momentos antes había proclamado que no le afectaba. Y fue el primero en caer.

Me hice a un lado y el guantelete se materializó de nuevo en mi mano. Usé mi impulso para completar el giro y golpeé con la espada. Las rodillas de Kaden chocaron con el suelo con un golpe apagado. Tenía los ojos abiertos por la sorpresa. Contemplé satisfecho como la cabeza se inclinaba a un lado y resbalaba sobre los hombros.

Esperé con los pies bien asentados y el cuerpo relajado pero listo. Sostenía el Olvido con indolencia, la punta hacia el suelo. Miré a Isaiah. Se había detenido en medio de un paso al ver que el cuerpo de su hermano se marchitaba, reducido a unas cenizas oscuras que flotaban entre nosotros como una neblina. Me lanzó una mirada de odio, sus ojos carmesíes inundados de rabia y dolor. Le sostuve la mirada con fría satisfacción; Kaden ya no volvería a molestar a Dianna. Giré el Olvido en la mano y ajusté el agarre sobre la empuñadura. Isaiah miraba la espada como si quisiera huir y no pelear.

Con una mueca burlona, hice desvanecerse la espada y levanté las manos en señal de rendición. Entornó los ojos fríos, rojos.

—Vamos, ni siquiera la voy a usar contigo.

—¿Qué es esto? —escupió—. ¿Una trampa?

—Quiero mostrarte por qué hicieron falta cadenas y antiguas runas para derrotarme.

No se movió.

—No me seas tímido. Te pones en ridículo, Escarnio Sangriento. —El tono de burla al pronunciar su apodo fue evidente.

Gruñó y se lanzó corriendo hacia mí, con la espada girada para tratar de partirme por la mitad.

Me hice a un lado.

Descargó el golpe.

Agarré la parte posterior de la armadura y tiré de él hacia abajo; al mismo tiempo, levanté la rodilla y le rompí la columna; luego le sujeté la cabeza y la retorcí.

Me deslicé hacia el suelo mientras el portal se cerraba por encima de mí. Llevaba a Isaiah en una mano, inconsciente pero vivo…, por el momento. Un trueno resonó en el cielo; la lluvia caía como una cortina plateada. El aire era grisáceo y, en el suelo, las cenizas se habían convertido en barro. La desolación era absoluta, destrucción en estado puro. Era lo que me había esforzado por no desencadenar.

Mis botas blindadas casi no habían tocado el suelo cuando un cuerpo fuerte y esbelto chocó con el mío y me estrechó en sus brazos. Un aroma cálido a canela tiñó el aire que apestaba a quemado; con cada inspiración inhalaba su olor. Dejé caer a Isaiah, que quedó tendido a sus pies, y la abracé. Me bastaba tocarla para que la fría cólera de la batalla diese paso a la paz y el consuelo. La estreché con más fuerza, pero se resistió, tratando de apartarse. Casi ni lo noté. Sus fuerzas estaban agotadas.

Le sostuve la cara y busqué en su mirada.

—¿Estás bien, *akrai*?

Me dio un cachete en el peto.

—¡Me has dejado aquí sola, so burro!

—Ha sido solo un instante —dije, contento de oír su voz.

Esbozó una sonrisa teñida de dolor. El mundo, a su alrededor, era una niebla gris y cenicienta.

—¿Estás bien? —insistí. Le acaricié el cuello. Siseó y empezó a temblar. Entre la lluvia, la sangre y toda la mugre que tenía encima, no acababa de saber si estaba herida o no—. ¿Dónde te duele?

—Por todas partes. —Sonrió y la sonrisa se transformó en una mueca—. Creí que llevaba las de ganar, pero me siento como si me hubiesen hecho pedazos y luego los hubiesen encajado de nuevo.

—Dianna, mi *akrai,* has estado increíble. ¿Dos ig'morruthens? Algunos dioses derramaron su luz en el cielo solo con uno. Y no olvidemos que mi padre entrenó a mis hermanos para la guerra. No es tu caso.

Asintió y el movimiento le provocó una mueca de dolor.

—Quiero entrenarme más. Nada de andarse con cuidado. Mis enemigos no lo harán.

—Más tarde hablaremos de ello —dije. Le alcé la mandíbula para ver las marcas. Por el aspecto, uno de ellos la había cogido por el cuello. Ya se estaba formando la huella de la mano—. Lo que más me preocupa es saber por qué te has quitado el anillo.

Adoptó una expresión reservada, como si supiera que, dijera lo que dijese, no me iba a gustar.

—Tenía un plan. Un plan estúpido. —Asintió y se dio un golpecito en el bolsillo—. Está aquí guardado.

Le acaricié la mejilla con el pulgar.

—No podía localizarte.

Asintió y se estremeció de dolor.

—No quería que vinieras, porque entonces sabrían que estabas vivo. Nismera se enteraría.

Un trueno quebró el cielo y la lluvia se hizo más intensa.

—Ellos no me importan, ni tampoco Nismera. Solo tú. No lo vuelvas a hacer.

Sonrió. La herida del labio inferior parecía a punto de abrirse.

—Promesa de meñique.

Gruñí desde el fondo de la garganta y luego, con mucha suavidad, le sujeté la cabeza con ambas manos y dejé que mi poder fluyese hacia ella. Sonreí al ver que cerraba los ojos y se relajaba al notar el calor.

Comenzó a brillar. Por los dioses del cielo, qué hermosa era. Los pequeños cortes del cuero cabelludo se cerraron y el labio roto se curó. Deslicé el pulgar sobre los labios carnosos y ella los separó, abriéndose a mí. Oí el chasquido de los huesos que volvían a su sitio y tuve que contener el impulso de matar a Isaiah. Dianna suspiró y me cogió las muñecas. Abrió los ojos y, poco a poco, retraje mi poder fuera de ella.

—Había olvidado el cosquilleo que provoca —susurró. Una pálida línea roja le corría cara abajo; la lluvia le lavaba la pelea, poco a poco. Era un alivio que sus heridas estuviesen curadas, pero la sangre seca que tenía encima me empujaba a volver y matarlo otra vez.

—¿Te sientes mejor?

Asintió y respiró con normalidad.

—¿Han quedado así otros mundos?

—No. —Negué con la cabeza y le eché un vistazo al planeta arrasado y devastado—. Solo este, donde estabas tú.

—Oh. —Suspiró y se apartó de la cara el pelo que se le escapaba de la coleta—. Por cierto, sabía que podías volar muy rápido, pero…

Miré hacia el punto donde había entrado en la atmósfera y me encogí de hombros.

—Para ser precisos, depende del dominio. En algunos sitios se puede ir más rápido que en otros, según haya gravedad o no y esas cosas.

Posó la mirada en la mía.

—¿Has destruido un mundo por mí?

Lo dijo con tono de completa incredulidad. No comprendía hasta dónde sería capaz de llegar por ella. Destruir un mundo no era ni una mínima parte de lo que haría. Me veía como un héroe, pero un héroe desafiaría a otros por el bien común. Ella era mía, y por ella haría cosas inimaginables. Por mi chica hermosa, fuerte y feroz, convencida de que podía enfrentarse al mundo entero ella sola. Pero ahora me tenía a mí, y que los dioses del cielo y del infierno ayudasen a cualquiera que creyese que podían hacerle daño o despojarme de ella.

Fruncí el ceño al ver su sorpresa.

—Por mantenerte a salvo destruiría varios mundos. No te haces idea de hasta dónde llegaría por ti.

—Seductor sinvergüenza. —Su sonrisa asomaba tras la lluvia, y no había visto nada más hermoso en toda mi vida. Reí por lo bajo, pero no negué la acusación.

Señaló la figura desplomada de Isaiah.

—Supongo que Kaden está muerto.

—Ya iba siendo hora, pero sí, tu suposición es correcta.

Dianna suspiró y cerró los ojos, aliviada. Deseé haberle hecho ese regalo antes. Cuando los volvió a abrir parecía más ligera, como si se hubiese quitado un gran peso de encima.

—¿Y qué hay de Isaiah? ¿Vas a interrogarlo?

Asentí.

—Pero primero tenemos que ocuparnos de ti.

—Qué caballeroso. —Dejó escapar un pequeño suspiro y luego rebuscó en el suelo con la mirada. Se agachó y cogió una daga que se le debía de haber caído cuando se tiró a mis brazos. La hoja de cristal, con una aguamarina en el centro, relucía—. También tenemos que hablar de esto, y te aseguro que no te vas a poner muy contento.

Hice un gesto con la mano y junto a nosotros apareció un vórtice que giraba con suavidad, y que dejaba ver el amplio y espectacular paisaje que rodeaba nuestro castillo. Detrás se elevaban aquellas montañas imposibles, y entre los árboles casi se distinguían los altos muros que rodeaban el patio exterior.

Levanté a Dianna y la sostuve con un brazo y le pasé el otro bajo las rodillas. Me sonrió y acomodó la cabeza contra mi pecho. De una patada envié el cuerpo de Isaiah a través del portal.

—Te aseguro que ahora mismo ya no estoy nada contento.

XLVII
CAMILLA

Los truenos restallaban uno tras otro sobre el palacio. No quería ni imaginar cuán fuertes debían de ser para que el sonido llegase hasta allí abajo. Estaba sentada en el suelo de una celda fría y oscura, y tiritaba. Pegué los brazos contra el cuerpo. Tenía las muñecas vendadas, pero la quemazón y el dolor pulsante persistían. La humedad se filtraba y goteaba desde el techo, mientras alguien a lo lejos, más abajo, tarareaba una melodía. Se oyó el chasquido de una puerta, seguido de tres pares de botas blindadas que se acercaban.

Se detuvieron en el exterior de mi celda. Me di la vuelta para tratar de ponerme de rodillas sin mover mucho los brazos. Vincent se detuvo, flanqueado por dos guardias. Se erguía sobre ellos con su media capa y una armadura ligera.

—¿La mascota obediente de Nismera viene a mearse encima de mí por diversión? —escupí. Los guardias se movieron para tratar de disimular la sonrisa. Parecía que les encantaba verme despojada de mi poder.

El semblante frío e inexpresivo de Vincent no cambió.

—Ya te lo dije. Siempre la escogeré a ella. Fuiste una necia por pensar lo contrario.

—¿Para qué has venido?

—Para asegurarnos de que no has muerto de una infección. El rey todavía tiene trabajo para ti —dijo uno de los guardias, y Vincent asintió.

—Aparte de no tener manos, se la ve bien —intervino el otro guardia—. Oye, Vincent, ¿te importa si nos damos el gusto con tu antigua zorra?

Se rieron con crueldad e intercambiaron una mirada; luego dirigieron la vista a Vincent, esperanzados. De los brazos cruzados de Vincent brotaron dos hojas gemelas de plata que les atravesaron la garganta, y las risas se convirtieron en gorgoteos. La sangre salpicó de rojo brillante el suelo de la celda. Cayeron, con las manos aferradas a la garganta. Vincent pasó por encima de los cuerpos, y dejó que se ahogasen en su propia sangre.

Se arrodilló frente a mí e hizo a un lado la capa. Sacó un paquete doblado y lo desenvolvió; mis manos quedaron a la vista. Alcé los muñones y, una vez Vincent cortó con cuidado los vendajes, sentí que mi magia avanzaba. Me sobresalté cuando las manos se unieron a las muñecas y sentí un fresco bálsamo reconfortante que se derramaba sobre mí; el poder se volvía a asentar en mis venas.

Levanté la vista hacia Vincent. Seguía arrodillado frente a mí y me miraba las manos.

—¿Has recuperado tus anillos? —Señalé con un gesto sus manos decoradas.

La pregunta lo arrancó de los pensamientos que lo distraían.

—Ah, sí. —Dobló los dedos—. Los escondí nada más llegar. Le dije que no quería nada que me recordase a Samkiel. Funcionó.

En su expresión se reflejó el dolor por su amigo caído. Había ayudado a atravesarlo con una espada y, al hacerlo, había condenado al mundo. Sabía que tenía pesadillas; me pregunté en cuántas de ellas aparecería su familia. Sacudió la cabeza y se agachó hacia mí. Me puso una mano bajo el codo y me ayudó a levantarme. Seguía con la vista clavada en mis manos.

—Estoy bien —dije. Las levanté y agité los dedos para demostrarlo—. Lo juro.

La máscara de impasibilidad se quebró y el dolor se grabó en sus facciones. Me cogió las manos con suavidad y plantó un beso en cada palma.

—De verdad que lo siento, Cami.

«Cami». ¿Por qué, de repente, me encantaba ese apodo?

Sonreí y le acaricié la mejilla.

—Tenía que parecer convincente. Nismera es brutal. Para engañarla había que estar a la altura. Además, no es más que un hechizo de regeneración. Hasta un niño podría hacerlo.

Asintió.

—Aun así, el plan era horrible.

—Tenía que ser convincente —repetí. Se había opuesto tanto al plan que sabía que nada que pudiese decirle ahora lo haría sentir mejor.

—Nada de lo que dije era verdad. —Se le llenaron los ojos de lágrimas.

Como no sabía qué otra cosa hacer para ayudarlo, le besé los labios. Luego me aparté lo justo para susurrar:

—Lo sé.

Vincent me besó otra vez, un beso dulce y lento, y después retrocedió. Me soltó una mano y rebuscó bajo la armadura. Sacó una llave.

—He conseguido esto, como dijiste. Cuando se entere de que los prisioneros han escapado regresará, y para entonces tenemos que estar lejos de aquí.

Asentí.

—Vámonos.

Los guardias pasaron corriendo junto a nuestro escondite en la alcoba. En cuanto desaparecieron, Vincent se movió el primero. Se negaba a soltarme la mano; me sujetaba como si temiera que fuese a desaparecer. Nos apresuramos a llegar a la sala de guerra y nos colamos dentro a tiempo de esquivar otra oleada de guardias.

—¿Qué hacéis aquí? —se oyó una voz. Nos dimos la vuelta, sorprendidos de ver a Elianna junto a la mesa. Tenía los ojos enrojecidos y aferraba unos documentos contra el pecho.

—¿Y qué haces tú? —pregunté a mi vez.

Miró a Vincent y se sonrojó. Así que no éramos los únicos que intentábamos dar un golpe.

—Kaden no ha vuelto. Y no creo que lo haga. El cielo ya no reluce con el poder de Samkiel. Ha regresado.

Vincent y yo intercambiamos una mirada incrédula.

—¿Qué?

Elianna asintió. El dolor se asomaba a su mirada.

—Está muerto. Kaden está muerto. No sé cómo, ni por qué, pero lo sé. Lo siento.

—¿Samkiel está vivo? —susurró Vincent.

Elianna asintió de nuevo y señaló la ventana. Rodeamos la mesa casi a la carrera. Empujamos las puertas del amplio balcón y el aire de la noche fue como una bocanada en el rostro. Estaba atónita, pero no podía negar lo que veía y lo que sentía. Había vuelto. El cielo ya no aprisionaba los destellos de plata. Solo había un cielo abierto, y estrellas que centelleaban y relucían para celebrar el regreso de la esperanza y del único rey verdadero. Me volví y puse las manos sobre el pecho de Vincent. Tragó saliva. Las lágrimas de sus ojos relucían bajo la luz de la luna.

—Está vivo —respondí—. Puedo sentirlo. Mi magia me dice que recuperó el poder en segundos. Dianna debe de haber encontrado una forma de resucitarlo. Quizá ese fuese el motivo de que anduviese por ahí quemándolo todo.

Vincent permaneció en silencio, como incapaz de apartar la vista del cielo. Me acerqué a él y rocé mi cuerpo con el suyo hasta que, por fin, me miró.

—Me alegra que estemos de acuerdo —dijo Elianna—. Yo me voy, y si sois listos, vosotros deberíais hacer lo mismo. Las cosas se van a poner muy, muy feas.

Volví la cabeza hacia ella.

—¿Cómo lo sabes?

Vincent se movió con la velocidad de un celestial y apareció detrás de Elianna, que dio un chillido. La sujetó por los hombros.

—¿Por qué estás robando documentos? —le preguntó.

—Me voy. ¿Estás loco? Nismera le teme. ¿Y quién no? Sabemos que debe de estar muy enfadado. Estos documentos me permitirán ocultarme hasta que esta maldita guerra se acabe de una vez. No tengo a nadie salvo a mí misma.

Vincent y yo nos miramos, y supe lo que estaba pensando.

—¿Por qué no vienes con nosotros? —pregunté.

Elianna negó con la cabeza.

—¿Con vosotros? ¿Por qué?

—En primer lugar, tienes mucha más información que nosotros; y en segundo, necesitamos esas páginas. Desde aquí distingo la letra.

—¿Y yo qué gano? No creo que podáis mantenerme a salvo. Todos oímos lo que pasó en esas cámaras.

—Camilla quiere volver con Dianna —explicó Vincent.

—¿Estás loca? —dijo Elianna, casi sin aliento—. Nos abrirá en canal por lo que le hicimos a Samkiel, aunque él siga vivo. Quedarnos con Nismera sería menos peligroso.

—No. —Miré a Vincent—. Conozco a Dianna. Se avecina una guerra, y lo que más le importa a ella es su familia. No le llevo solo información, sino una forma de protegerlos. Nos ayudará. No rodará ninguna cabeza. Te lo prometo.

Elianna sujetó los documentos más cerca del cuerpo.

—¿Cómo puedes estar tan segura?

—Porque incluso en sus peores momentos, en los más sanguinarios, no me mató —dije—. Además, tenemos esto.

Vincent abrió la capa y mostró el medallón que había debajo. Elianna abrió los ojos como platos.

—¿Cómo es posible?

—Eso no importa. ¿Vienes con nosotros, o no?

Nos miró y cerró los dedos con más fuerza sobre los documentos.

—Después de todo lo que ha hecho, Vincent no irá más allá de la puerta principal. De eso no me cabe duda.

—Entonces, si él muere, yo también. En cualquier caso, nos vamos —le dediqué a Vincent una sonrisa tranquilizadora—. Juntos, o no nos vamos.

Esbozó una sonrisa. Eran las mismas palabras que le había dicho antes, las mismas que me dijo cuando hablamos de nuestro plan.

A Eliana le tembló el labio inferior. Se le notaba en los ojos que anhelaba algo más que reuniones del consejo, muerte y destrucción.

Se encogió de hombros, al menos todo lo que pudo, ya que Vincent seguía sujetándola.

—Está bien, como queráis. De todos modos, vamos a morir, ¿verdad?

Lo dijo con perfecta calma, casi como si fuese un chiste, pero mi magia se agitó y reaccionó como si se tratase de una profecía.

XLVIII NISMERA

Las paredes chisporroteaban en los puntos quemados por la magia y mil y un fragmentos de metal yacían desperdigados por todas partes. Mis guardias saqueaban el taller improvisado de Killium; la última mesa que quedaba de pie cayó al suelo con estrépito. Giré la lanza y pisoteé con mis botas la ceniza de los mercenarios. Me detuve y me volví, con la punta de la lanza apuntando a Killium.

—Me ha dicho un pajarito que hace poco hiciste un arma extraña para un hombre extraño. Así que dime. ¿Dónde está el hado?

Killium se echó a reír, con los dientes manchados de sangre blanquecina.

—¿Crees que un hado necesita un arma?

Le di con la bota en el pecho, y seguí pateándolo hasta que se oyó el chasquido de un hueso, y un grito.

Me eché el pelo para atrás y me lo alisé.

—Contesta a la pregunta o voy a decorar las paredes contigo. —Lo aferré por la mandíbula y lo obligué a mirar la mancha de polvo cercana—. Como he hecho con la dulce y anciana Jaski.

—Ya me lo has quitado todo. Espero que te pudras.

El mundo tembló y yo me tambaleé y me caí. Los guardias corrieron a cogerme de los brazos para ayudarme a levantarme. Los aparté con desprecio.

—Estoy bien.

Se oyó otro profundo estruendo y parte del techo se desmoronó.

Me erguí una vez más y me limpié las manos en el frontal de la armadura. De la esquina de la sala llegó una risa húmeda y profunda.

—¿Qué es lo que tiene tanta gracia? —bufé.

Killium se sentó y se llevó las manos al pecho, donde tenía varias costillas rotas.

—¿Crees que he fabricado un arma para un hado? Eres tan tonta como pareces. He hecho un arma para salvar una brecha, para arreglar lo que tú rompiste.

Mi mano salió disparada y lo cogió del cuello.

—¿Qué significa eso? —siseé.

Un trueno resonó en el cielo, y un segundo después, entró un soldado corriendo.

—Mi señora.

—Ahora no, Grog. —Me volví, con Killium todavía en la mano, y la lanza preparada—. ¿No ves que estoy en medio de una mutilación?

Tenía los ojos tan abiertos que se diría que le ocupaban toda la cara. Señaló hacia arriba.

—El…, el cielo, mi señora —tartamudeó—. Se mueve.

—¿Qué? —Fruncí el ceño. Killium se echó a reír otra vez, aunque era evidente que le dolía. Lo sacudí y gruñí—. ¿Qué sabes?

—Se te acaba el tiempo. —Me sonrió—. El rey verdadero ha regresado.

Seguía sonriendo cuando le clavé la lanza en el tórax. Su cuerpo se desintegró y se convirtió en polvo, y yo me encaminé a las escaleras. Los generales se apartaron para dejarme paso y luego me siguieron escalones abajo hasta la puerta principal.

La gente estaba reunida al aire libre; jadeaban de sorpresa y señalaban el cielo. Levanté la mirada y vi, incrédula, que la plata desaparecía y las nubes bramaban. El cielo se abrió y se desató una fuerte lluvia. Los truenos eran tan fuertes y violentos que los ciudadanos se acobardaron y corrieron a sus casas. Mis ojos siguieron clavados en el cielo.

—¿Cuáles son tus órdenes, mi señora? —preguntó un soldado.

Sujeté la lanza con tanta fuerza que el acero crujió entre mis manos.

—Preparaos para Tatil'ee.

XLIX
ISAIAH

Habían hablado de él. Nismera tenía los registros antiguos que reflejaban el ascenso y caída de Samkiel en Rashearim. Recordaba que me había encantado la forma de describir sus logros. Incluso deseaba ser como él. Esa figura poderosa y valiente a la que todos admiraban. Más rápido que ninguna otra persona, y absolutamente letal con un arma blanca, la que fuese. Nunca creí que lo vería en carne y hueso. Mera dijo que estaba atrapado más allá de los dominios y que, cuando se abriesen, llevaría mucho tiempo muerto. Pero allí estaba. Por ella había desgarrado los mismísimos cielos, y ahora no paraba de llover.

Sus ojos eran dos pozos de furia ciega; a su alrededor, los zarcillos de poder, azotaban el aire. Me dolía el pecho. Kaden había caído con tanta facilidad como si matarlo no fuese nada. Samkiel era tan rápido que mis ojos ni siquiera habían registrado sus movimientos. El cuerpo me pedía que huyese al comprender con lo que nos estábamos enfrentando. Habíamos osado tocarla y ahora el ser que había frente a mí no iba a mostrar ninguna compasión.

Me tragué el miedo; cargué hacia él y le descargué un espadazo. Samkiel lo esquivó con facilidad, sin ningún esfuerzo. Demasiado rápido. Sentí que su mano se posaba en la espalda de mi armadura, y luego un crujido enfermizo en el interior de mi cuerpo. Increíblemente rápido. Solo había visto a otra persona moverse a esa velocidad, solo a una, y ayudé a asesinarlo porque nadie más podía. Unir. Nuestro padre. Sentí un dolor ardiente, y luego nada, excepto la oscuridad.

Me dolían la cabeza y las muñecas. Me moví para aliviar la tensión de los hombros. De inmediato abrí los ojos al comprender que algo tiraba de mi cuerpo y todo me dolía. Estaba de rodillas, con los brazos estirados hacia los lados y unas gruesas esposas de metal dolorosamente ajustadas sobre mis muñecas. Tenía el cuerpo cubierto de cortes poco profundos y estaba manchado de sangre, que formaba un charco en el suelo, a mi alrededor. En algunos sitios se había secado y era casi negra. Al parecer, llevaban algún tiempo sangrándome. No tenía ni idea de cuánto tiempo había estado inconsciente.

La habitación pareció difuminarse. Cuando se me aclaró la visión, me quedé sin aliento. La silueta de Samkiel estaba enmarcada en la puerta y por un momento vi a nuestro padre. La misma actitud, el mismo gesto, la misma postura y, sobre todo, el mismo poder. Malditos sean los dioses antiguos y muertos. Lo tenía todo. Había arrancado su poder del mismo cielo. Por ella.

En nuestra propia narrativa, Samkiel siempre había sido el débil. Compasivo y amable, un guardián y un protector, pero siempre inferior a nosotros. Ahora se apoyaba en la jamba de la puerta con la actitud de un depredador que esperaba con paciencia el momento adecuado para atacar. Ya no era un joven inexperto. A ese hombre lo habían templado, puesto a prueba y empujado más allá del límite. Era un dios en el auténtico sentido de la palabra: terrible, hermoso y rebosante de poder. Nos habíamos equivocado todos. Nismera se había equivocado.

Lanzó al aire una daga de plata con un gesto despreocupado y sin esfuerzo la atrapó por la empuñadura. El filo estaba manchado de sangre y supe, de modo instintivo, que era mía. Intenté moverme, pero no conseguí poner mi cuerpo en marcha. Me sentía débil y agotado.

—Cuando era joven, Unir no dejaba de regañarme por no estar donde debía. En vez de entrenarme, o participar en las reuniones del consejo, me iba por ahí en busca de diversión, aventuras y, con el tiempo, compañía. Su castigo era siempre encerrarme en la biblioteca. Me pasaba horas estudiando, a veces días, según el lío que hubiese provocado. Quería que fuese un gran rey, inteligente. Recuerdo haber leído sobre una raza poderosa que podía controlar el agua a voluntad; y luego había algunos que aprendieron a controlar la sangre.

Samkiel dejó de hablar y me evaluó con sus ojos de plata fundida. Ardían con una furia apenas contenida; me recordaban a los de Nismera.

—Con cualquier magia o poder —siguió—, el truco es encontrar la fuente y detenerla, como si fuese un dique en un río. Hay que cortar el flujo. La sangre es tu poder, pero también tu debilidad. Te he hecho unos cuantos cortes; espero que no te importe. No se van a curar, porque he usado un arma ardiente. Lo que hace daño es lo que te puede matar, pero eso no me lo enseñó Unir. Fue ella.

Ardiente. Había usado armas ardientes conmigo y no aquella hoja que era como un remolino mortal. Hasta que mató a Kaden yo no la había visto nunca, ni había estado cerca de ella. Solo había visto las secuelas de su destrucción y había aprendido por qué lo llamaban el Destructor de Mundos. Nismera tenía el anillo. Yo lo había visto, y sabía que él no lo tenía. Debería serle imposible invocar el arma, pero si lo que había dicho era verdad, no lo necesitaba para llamar al Olvido. Él era el Olvido. Se me rompió el corazón al recordar lo rápido que había caído Kaden, convertido en nada más que ceniza oscura.

—Kaden… —No me di cuenta de que había hablado en voz alta hasta que Samkiel carraspeó.

—Está muerto.

Bajé la cabeza y sollocé. Ojalá pudiese llorar, pero no iba a ser posible. Me habían dejado prácticamente seco. Kaden ya no estaba, y no me cabía duda de que pronto me reuniría con él. Me sentía como si se me fuese a hundir el pecho. Nunca volvería a ver a Imogen, que se había quedado con los otros, sin supervisión… Tenía ganas de gritar.

—¿Lloras por él?

Levanté la cabeza y me tragué el odio, la tristeza y el miedo que me atenazaban la garganta. Al mirarlo a los ojos, mi cuerpo, de forma involuntaria, trataba de alejarse de él. La mirada que me devolvió estaba llena de ira y deseos de venganza. Odiaba a Kaden por lo que le había hecho a su amata. Su odio era algo vivo; podía sentir cómo cubría por completo la sala. Tiré de las cadenas, aunque sabía que no iba a ir a ninguna parte. Entendía por fin por qué habían esperado, por qué lo distrajeron durante tanto, por qué la Orden necesitó las runas y las cadenas para retenerlo. Tenía sentido que no quisieran que se les formase la marca. Uno solo de ellos ya era mucho, pero los dos juntos serían invencibles.

Traté de tranquilizarme, de calmar mi corazón desbocado. No le iba a dar la satisfacción de mostrarle mi miedo.

—Veo a nuestro padre en ti, hermano. —Lo dije como la maldición que en realidad era.

Se apartó de la pared y entró en la celda, ataviado todavía con la famosa armadura plateada que había visto mil combates. Se movía en ella como si fuese ligera como una pluma.

—No soy tu hermano. Soy tu juez y tu verdugo.

Se detuvo frente a mí y el ig'morruthen de mi interior retrocedió, desesperado por apartarse de él. Me obligué a mantenerme inmóvil. Si iba a morir, no iba a vacilar ni a llorar como un chiquillo.

—En ese caso, ejecútame, porque no te voy a decir nada.

Suspiró y sacudió la cabeza. En sus ojos plateados había una expresión que no reconocí.

—Esta noche, no. Esta noche quiero ir arriba y acostarme con la mujer que amo. La mujer que tú, Kaden y Nismera me intentáis arrebatar una y otra vez. También tengo que encontrar una forma de traer de vuelta a mi familia, porque también me la habéis intentado quitar. Así que te dejaré aquí para que lo disfrutes durante un tiempo. Que el silencio y los muros te vuelvan loco. Luego, cuando sea el momento, volveré y te haré preguntas. Te negarás a contestarla y yo recurriré a métodos muy crueles. El ciclo se repetirá hasta que obtenga lo que necesito. Pero esta noche estoy cansado y quiero pasar el resto de la tarde con la futura reina de este dominio.

Fruncí los labios y aparté la vista.

—Quiero que sepas, mientras te pudres aquí y me odias y maldices mi nombre y mi misma existencia, que todo esto es culpa tuya, y de Kaden, y de Nismera. No había necesidad de llegar a esto. Nunca he sido el monstruo que ella os ha contado. Deberíais haber acudido a mí. Os habría dado un hogar, una familia.

Algo se retorció y se quebró dentro de mí. Familia. Era lo que más deseábamos Kaden y yo, pero mucho tiempo atrás aprendimos que no estábamos hechos para tenerla. Éramos armas de guerra, y nada más. Apreté la mandíbula. Deseaba hacerlo jirones con la máxima violencia, solo por sugerir algo así.

—Pero escogisteis un camino diferente. Si hubieseis acudido a mí y me hubieseis dicho quiénes erais, si me hubieseis ayudado, nada de esto habría sucedido. Tú no estarías aquí, y Kaden no estaría muerto. Porque, a pesar de las malignas mentiras que haya plantado Nismera en vuestras mentes, yo no soy el malo en esta situación. Nunca lo he sido. Amo y protejo a quienes lo buscan, y amo y protejo a mi familia con todas mis fuerzas.

Me sujetó por la mandíbula y me obligó a mirarlo. De mis labios escapó un gruñido grave y gutural. La luz que ardía en sus ojos me hizo bizquear. En la sala a oscuras, su brillo era demasiado intenso, su calor amenazaba con consumirme.

—Con todas mis fuerzas, Isaiah.

Me soltó la cara con un empujón y se dirigió hacia la puerta; sus pasos eran silenciosos pese a la armadura. Me ardía la barbilla en los puntos que habían tocado los anillos. El poder dejaba su marca.

—No te diré nada. No me importa lo que me hagas, con qué me amenaces, ni lo que rompas.

Samkiel se detuvo al cruzar el umbral y unos barrotes azulados y brillantes se formaron frente a mi celda y me dejaron encerrado dentro. Me miró unos instantes y luego esbozó una sonrisa y, sin decir nada más, se marchó. De todo lo que había pasado, esa interacción fue lo que más me asustó.

Bajé la cabeza y suspiré. Los brazos se quejaban por el dolor. Tenía que encontrar una forma de salir de allí, una forma de volver a...

Un viento gélido barrió la celda, más extremo que el clima inclemente de Fvorin. Me estremecí, con la piel erizada de frío, y alcé el rostro. Di un tirón de las cadenas y los grilletes me quemaron las muñecas, porque en el umbral estaba Veruka.

—¿Cómo es posible? —pregunté. Sus ojos vacíos se clavaron en mí—. Estás muerta. Yo te maté.

Dio un paso al frente, y luego otro, y atravesó los barrotes como si ya no existiese en este plano. Y no existía. La cabeza se inclinaba en un ángulo imposible, y le brotaba sangre de la línea roja y quebrada que le atravesaba el cuello y que le había hecho yo al arrancarle la cabeza. Se detuvo enfrente de mí y se inclinó.

No olía a nada, no tenía aroma. Estaba vacía.

—¿Qué eres?

Una sonrisa fantasmal le curvó los labios. Extendió la mano hacia mí y yo traté de apartarme, pero Samkiel me había encadenado al techo y al suelo. No tenía a dónde ir.

La mano se detuvo junto a mi pecho. Sentí un tirón, y del pecho emergió una pequeña bola de fuego. La cogió y la aplastó en el puño, con una sonrisa fría y vacía en su semblante.

Oí un golpe por encima de mí y eché la cabeza atrás para mirar el techo. Cuando la volví a bajar, estaba solo en la celda. Parpadeé varias veces, confuso. Claro que estaba solo. ¿Por qué me extrañaba estar solo en mi celda? Samkiel me había dejado allí, y desde entonces había estado solo.

L
DIANNA

La piedra que tenía detrás de la cabeza se rajó por la presión de su mano mientras arremetía contra mí. Mi espalda golpeaba la pared con cada embestida; ambos jadeábamos y gemíamos mientras le dábamos una y otra vez. Nada de palabras dulces ni susurros de súplica, solo la necesidad primordial de sentir, de saber que estábamos vivos y juntos. Su boca poseía la mía, le robaba el aliento, que yo le entregaba de buena gana. Con la mano libre me sujetaba la barbilla; la palma me cubría la garganta. Mi corazón latía con fuerza al mismo ritmo que el suyo, eran uno solo.

Necesitaba no solo saber que todo esto era real, sino sentir que lo era, que no estaba encerrada en mi mente, y que Kaden no había ganado.

Le arañé la espalda y él gruñó sin apartar los labios, con la lengua sobre la mía.

—Dime que me amas —gemí. Arqueé la espalda y aplasté los senos contra los duros planos de su pecho. Mis uñas le trazaron surcos en los hombros, los brazos, donde quiera que pudiese agarrarme.

Me ladeó la cabeza con el pulgar y me rozó el cuello con los dientes, mientras empujaba dentro de mí con un poco más de fuerza.

—Te amo.

Otro beso ardiente.

—Te amo.

Otro más.

—Te amo.

Me apreté contra él, que me empujó más fuerte hacia la pared y me folló contra ella. Me daba cuenta de que sentía la necesidad de anclarse a mí, de convencerse a sí mismo de que estaba con él, viva y a salvo. Con cada embestida el placer era como una onda sobre mi piel, y su pecho me rozaba los pezones. Ardía de deseo, gemía contra él. Era un éxtasis puro y cegador, y todo lo que yo necesitaba. No había reparado en lo mucho que me había estado conteniendo. La parte de mi mente que aún era capaz de pensar se preocupaba por los cimientos del dormitorio y de toda esa ala de nuestro hogar.

Cerré los ojos y me aferré a Samkiel, lo rodeé con las piernas apretadas y tiré tanto de él que para poder seguir follándome tenía que luchar contra mi resistencia. No se me iban de la mente la maldita daga y las dos caras cada vez más cerca, al igual que la destrucción de mi futuro. Nunca había estado tan cerca de la derrota, ni me había asustado la idea, pero hoy estaba aterrorizada. Ambos lo estábamos. Y por eso sentíamos la necesidad insaciable de reclamar, de marcar, y de tomar lo que necesitábamos.

—*Akrai,* yo… —Jadeó, y sentí la tensión de los músculos de los muslos. Estaba a punto de correrse.

—Yo también. Yo también.

El placer se acumuló en mi vientre a medida que él seguía gruñendo y gimiendo, y me susurraba palabras sucias al oído. Arqueé la espalda y me corrí bajo él; el placer fue un chisporroteo candente que llegó hasta el último rincón de mi cuerpo. Me cogió el culo para meterse más adentro y martillearme hasta que vi estrellas, y él me siguió en el orgasmo. Me empujó con su cuerpo y me aplastó contra la pared, y ambos nos desmoronamos y luego nos recompusimos juntos. Se hizo el silencio. La lluvia golpeaba la ventana y un relámpago iluminó el dormitorio.

Después del orgasmo, las emociones se abrieron paso hasta la superficie y, esa vez, cuando mi cuerpo se estremeció, no fue de placer. Sin necesidad de preguntarme nada, Samkiel me estrechó entre los brazos y yo enterré la cara en su cuello y lloré. Delante de otros podía fingir que nada me afectaba, que las púas, los colmillos y las garras me protegían, pero a él no podía esconderle nada.

—Hace frío —me quejé. Samkiel estaba recostado contra mi espalda; la mitad de su enorme cuerpo me presionaba contra la cama. Sentía la necesidad de tenerlo así de cerca. Y él siempre parecía saber lo que yo necesitaba. Le rodeé la mano con la mía y tiré de ella para ponérmela bajo la barbilla.

—Igual me equivoqué con las estaciones. Lo normal sería que en esta época del año la temperatura nocturna fuese agradable —dijo. Su aliento me hacía cosquillas entre los omoplatos.

—Hummm. —Le subía y bajaba el pecho—. Perdona por tirarme sobre ti en cuanto cruzaste la puerta —dije, y era verdad. Salí de la ducha en el instante en que oí la puerta del dormitorio, porque no quería estar sola, y salté a sus brazos y le besé lo labios antes de que la puerta se cerrase del todo.

—No te disculpes por eso. —Hizo un ruido de satisfacción; estábamos inmóviles, tapados en parte por las mantas—. Siempre será un placer, incluso cuando sea débil y anciano.

Le acaricié el dorso de los dedos con el pulgar.

—¿Te volverás débil y anciano, ahora que has recuperado tus poderes?

Inspiró con fuerza; los músculos de su pecho y abdomen se movieron sobre mi espalda.

—Algún día. Les pasa a todos los dioses. Mi inmortalidad estaba vinculada a los dominios, ¿lo recuerdas?

—A la perfección. —Miré por la ventana. Su poder ya no bailaba en el cielo, lleno solo por la tormenta que iba en aumento y la lluvia que no dejaba de caer—. ¿Rompiste el cielo al recuperar tus poderes?

—¿Eh? —preguntó, adormilado. Me moví bajo él, que cambió de posición y se tumbó boca arriba. Me junté a él y descansé la cabeza sobre su pecho—. No estoy seguro, y tampoco me importa demasiado.

—¿Cómo lo hiciste? —le pregunté con un susurro. Necesitaba saberlo; de lo contrario no iba a poder dormir por muy relajada que estuviese—. ¿Cómo mataste a Kaden?

—Lo provoqué —dijo. Parpadeó y abrió los ojos—. Contigo. —Otro relámpago iluminó la sala; el destello se reflejó en sus ojos.

—¿Conmigo?

—Aunque fuese cruel y malvado, te quería a ti más que a nada. Sus métodos estaban equivocados, y eran retorcidos, pero sentía por ti lo mismo que yo. Así que le dije cosas que sabía que a mí me quemarían por dentro si me las dijesen. Estalló, y le corté la cabeza con el Olvido.

Tracé sobre su pecho dibujos al azar para aliviar la tensión que sentía en sus músculos. Me besó la coronilla e inspiró hondo. Me quedé callada un momento, mientras imaginaba la muerte de Kaden. Una corriente de aire sopló sobre nosotros; tiré de las mantas y las ajusté para taparnos bien. Me acurruqué contra él.

—Nadie me ha protegido jamás como tú lo haces —susurré—. Siempre soy yo la que se preocupa de todo y de todos. Tú deberías encargarte de proteger el mundo, no a mí.

—Tú eres mi mundo. —Me estrechó contra él y me echó la cabeza hacia atrás para besarme la frente; paseó la mano por mi espalda—. Siempre te voy a proteger, *akrai.* Sean cuales sean las consecuencias —murmuró con los labios sobre mi frente—. Aunque rompa el cielo.

Eso último me arrancó una risita. Su aliento me rozaba el pelo y me hacía cosquillas. Sabía, sin el menor atisbo de duda, que hablaba en serio. Era mi espada, mi escudo, mi corazón y mi hogar.

—Perdóname por no decirte más a menudo que te amo. —La mano que me acariciaba la espalda se detuvo; se apartó un poco para mirarme. Frunció el ceño como si le hubiese dicho algo que no se esperaba, pero seguí hablando—. Te amo. Es lo único que sé con absoluta certeza en este loco mundo nuevo. Todo lo que hemos hecho, por lo que hemos pasado, lo amo todo. Esta noche estaba asustada.

Samkiel se acomodó sobre un codo como si se preparase para luchar contra mis propios miedos.

—Dianna.

—Lo que me asustaba era no poder decírtelo. Eres el amor de mi vida, Samkiel. Lo eres todo para mí, y no siempre me saldrán las palabras bonitas para decírtelo, pero te lo demostraré todos los días.

Otro relámpago iluminó el dormitorio. Me pareció ver que los ojos le brillaban con lágrimas contenidas. Sonrió con dulzura.

—Así que todos los días, ¿eh?

Asentí.

—Pues va a ser mucho tiempo, dado que tenemos toda la eternidad por delante.

Alcé la cabeza, con el corazón enardecido.

—¿La eternidad? No recuerdo haberme comprometido a tanto.

Sonrió a medias y señaló mi anillo.

—En realidad, se podría decir que sí. Ahora, ni siquiera la muerte puede separarnos. Es lo que decían nuestros votos, que tú pronunciaste.

—¿Lo hice? —bromeé—. Estaba distraída. ¿Podemos cambiarlos? ¿O es demasiado tarde? —Puse cara de duda—. No sé, quizá deberíamos replanteárnoslo todo. Yo solo…

Me agarró y rodó para forzarme contra la cama. Chillé y luego me reí cuando sus manos encontraron el punto sensible justo debajo de las costillas. Sus labios se inclinaron sobre los míos y el calor se filtró por mi piel y me llegó a los huesos. Mis palabras habían reforzado nuestro vínculo y habían forjado algo más fuerte entre nosotros, más brillante que el fuego y más duro que el acero.

Samkiel se apartó y me miró mientras me apartaba algunos mechones sueltos de la cara.

—Así que el amor de tu vida, ¿eh? Eso no lo había oído antes.

—¿Por eso tienes esa sonrisa boba en la cara?

Su sonrisa se hizo más amplia.

—Es posible. Puede que necesite oírlo más a menudo.

Bufé mientras nos acomodábamos en la cama.

—¿Cómo de menudo?

—No sé. ¿Cada día, quizá?

—Desde luego que no.

Se encogió de hombros.

—Entonces, una o dos veces. De vez en cuando.

Me dejé caer en la cama, con fingido disgusto.

—Te estás pasando. Pides demasiado.

Me plantó un beso en la frente y otro en la mejilla. Me acarició la cara mientras me rozaba el labio interior con el pulgar.

—No tengo ni idea de cómo he podido sobrevivir tanto tiempo sin ti.

—Yo tampoco.

Soltó una risita y me rozó los labios con los suyos.

—Duérmete.

Sonreí y le di un casto beso; luego me di la vuelta y me acurruqué contra él. Su cuerpo enorme se enroscó alrededor del mío en un gesto protector. Me arropó mientras yo me acomodaba.

—No voy a demostrarlo mucho, ¿de acuerdo? Porque si la gente empieza a pensar que soy amable…

Su risa retumbó por la habitación y el sonido ahuyentó la oscuridad.

LI
ROCCURREM

Me fascinaba que los dos planetas vecinos estuviesen tan cerca de este; sus formas colosales se vislumbraban como sombras fantasmales ocultas tras el velo de la noche. Se podría pensar que, tras ver más de mil mundos, estaría acostumbrado a las maravillas que podía ofrecer el universo, pero me complacía saber que aún podía encontrar motivos para la sorpresa. Un pájaro del color de la medianoche cruzó la ventana planeando y aterrizó en la mesa que había detrás de mí. Sus garras golpearon la madera pulida y luego se hizo el silencio.

—Una vez fui testigo del futuro y de cómo se podía alcanzar la paz. Dianna es una llama que encenderá una revolución —dije, antes de llevarme la taza de té a los labios.

—¿Y? —preguntó el pájaro de noche. La temperatura de la habitación cayó unos grados.

—Y ahora todo lo que veo es ruina y destrucción. Las risas se han apagado, remplazadas por gritos. Veo fuego en el oeste, un yermo en el este y… ¿Qué ha cambiado?

Me aparté del ventanal y me senté junto a la mesa redonda que ocupaba el centro de la habitación.

—La muerte de uno.

—Entonces ¿es cierto?

—Por ahora.

Serví una taza de té y se la acerqué a mi pariente antes de llenar de nuevo la mía. La oscuridad se arrastró desde cada rincón de la habitación y atrapó al pájaro, hasta que una figura enorme se manifestó en la silla que tenía ante mí. Vestía un traje viejo y andrajoso acribillado de balas, y el pelo se le pegaba a la cabeza como una mancha roja. La piel pálida estaba tirante, como si fuese una máscara que no le encajase bien. Era uno de los Sin Forma, el más antiguo de todos ellos, y prefería presentarse con el aspecto de aquellos que habían traspasado sus puertas.

—Hay un motivo para que haya venido, pariente. —Muerte levantó con cuidado la frágil taza y dio un sorbo.

Tableteé los dedos con suavidad sobre el brazo de la silla.

—Si has venido a por el muchacho, me temo que va a haber pelea. Ella es muy protectora hacia él, y él hacia ella.

Muerte bajó la taza y sus ojos pálidos y mortecinos se clavaron en mí. Sabía que odiaba que le hiciesen trampas, y eso era exactamente lo que había hecho Dianna.

—Nadie escapa de mí. —Su voz era un recordatorio del vacío del que todos procedíamos—. No te equivoques. Al final los tendré a ambos.

—Soy consciente. Eso también lo he visto. —Verlos perecer a ambos había sido una extraña experiencia. Estaba seguro de que, de haber ocupado un cuerpo capaz de expresar emoción, habría sentido tristeza—. Pero ignoro la razón. ¿Por qué traerlo de vuelta? ¿Arriesgarlo? ¿Ofrecer su alma a cambio de la vida de él?

—Ya has visto el final. Has visto varios, pariente. —Muerte bufó como si el simple hecho de admitir lo que iba a decir lo fastidiase—. La alternativa era mucho más dañina.

—La destrucción.

Muerte se acomodó en la silla y asintió.

—La aniquilación. En Onuna no viste más que una pequeña fracción.

—¿La temes?

—Todos deberíamos. Dianna ya no es la princesa prometida para Rashearim, ni su reina predestinada. El otro hermano contaminó su sangre. Lo que lleva ahora en su interior podría reducir mundos a cenizas si quisiera. Todos deberías temerla como antaño temisteis a Ro'Vikiin.

Me reí entre dientes.

—Sabes tan bien como yo que él odiaba ese nombre. Siempre prefirió Gathrriel.

—Lo que él prefiera no importa. Su sangre habita de nuevo este dominio.

Me erguí en la silla.

—Y ha vuelto a suceder. Ese es el cambio. Los seres de todos los dominios volvieron a sentir esa chispa.

—Tienes toda la razón. Lo sintieron los brujos, tus moirais, los seres sin piernas y los que tienen demasiadas. Todos, del primero al último.

—¿Por eso ha cambiado mi visión? ¿Por lo que ella hizo?

—No. —Muerte recogió las pálidas manos sobre el regazo—. Por ellos. El hermano ha matado a su propia sangre. Parece una repetición de la tradición familiar, pero no temas. Pienso corregirlo.

Alcé mi taza.

—Y así, Muerte interviene, como lo hacen los hados.

—«Interviene» sugiere que detuve lo inevitable. No fue así. Solo me he aprovechado de un resquicio. Pero yo no me preocuparía demasiado por las reglas de esta existencia, pariente. Si Nismera vence, si ellos vuelven, no quedará nada de ninguno de nosotros.

Sujeté la taza con más fuerza. ¿Habría visto el mismo final trágico que yo? Un foso turbio que daba a luz seres largo tiempo olvidados. Me quedé inmóvil, a la espera de la respuesta a mi siguiente pregunta.

—¿Y qué pasa con su alma?

Muerte ladeó la cabeza hacia mí.

—¿Eso es lo que te preocupa? ¿No el regreso, sino su alma?

No respondí.

—¿Su alma? —Muerte chaqueó los labios—. Está rota y fracturada, no es más que una cosa aplastada y deforme, cuyos fragmentos están enterrados en él.

Me erguí al instante y Muerte se dio cuenta. Mi mente era un remolino. Ese desenlace tampoco lo había visto.

—¿Su alma está en Samkiel?

—Lo que queda de ella. Dos seres en uno. Parece que Samkiel era lo bastante fuerte como para cargar con ella —dijo Muerte, que le dio otro sorbo a su té.

Los mortales sentían temor y ansiedad. Los seres como nosotros, no. Pero no podía negar los sentimientos que me embargaron. *A priori* parecería algo bueno que Muerte hubiese encontrado un modo de que sobreviviesen. Y sabía que habría un precio. Pero nunca creí que fuese tan horrible.

Di otro sorbo a mi té frío para intentar aplacar las extrañas emociones que me enturbiaban la mente.

—Pero ¿cómo lo hiciste?

Muerte enarcó una ceja y negó con la cabeza, con una pequeña sonrisa de pesar en los labios.

—No tengo poder sobre Samkiel. Nunca lo he tenido. Dianna lo trajo de vuelta. En aquel momento ella no lo sabía, pero utilizó el poder de aquella marca. Sin ser consciente de lo que hacía, invirtió lo que había hecho Vvive. Renunció a la marca a cambio del poder de dividir su alma, que luego vinculó a la vida de él. Dianna resucitó a Samkiel. Aunque odio que me derroten, fue intrigante y a la vez aterrador ser testigo de algo que solo había ocurrido una vez. El amor que ella siente por él es un poder.

—¿Cómo? —se me escapó. No me esperaba algo así.

—El amor tiene poder. Ambos lo hemos visto provocar el ascenso y la caída de imperios. Y el amor que Dianna siente por él es un poder. Como el de Vvive.

—Pero Dianna ríe, respira y ama. No es solo carne y…

—También está vacía, como lo estaba Ro'Vikiin, un monstruo hueco y desalmado —me interrumpió Muerte. Hizo una pausa—. Perdón. Quiero decir que Gathrriel estaba vacío antes de Vvive. Murió en el campo de batalla y, cuando Vvive dividió su alma para salvarlo, se formó la marca. Samkiel muere y Dianna, que se niega a aceptar esa realidad, absorbe el poder de su marca y funde los fragmentos de su alma que la muerte de él no ha destrozado del todo. Se vació a sí misma. Ahora, ella es de nuevo Gathrriel.

—Su ira, sus apetitos…

—Todo ello. —Muerte ladeó la cabeza maltrecha y ensangrentada—. Yo, en tu lugar, me aseguraría de que ambos permaneciesen cerca el uno del otro. Si se separan demasiado, el cuerpo se da cuenta de que está vacío y trata de volver a sus impulsos más básicos y primitivos.

—Por eso está tan bien con Samkiel. —Tragué saliva—. Ella lo sabe.

—Más o menos —dijo Muerte—. Algún instinto primordial le dice que su alma, su auténtica integridad, subyace en él.

Sentí una opresión en el pecho como si tuviese un corazón que pudiese percibirlo. Eso no lo había visto en ninguna realidad. Era una de las escasas ocasiones en las que una acción o un pensamiento sobrepasaban la línea temporal en la que las almas estaban destinadas a permanecer. Quizá no podía verlo porque se decidió después de que Nismera me destrozase. Si el miedo podía afectar incluso a los Sin Forma, ahora había posado la mano sobre mí.

Muerte me observó mientras bebía su té.

—Pareces asustado, Roccurrem. Puede que lleves demasiado tiempo caminando entre los vivos. Sus emociones son pegajosas; cuando ríen, lloran y gimen, se adhieren a todos los que tienen cerca.

—¿Qué le pasa a ella si muere? —Era la siguiente pregunta que ocupaba mi mente.

Muerte dejó la taza en la mesita y el frío de la sala se hizo más intenso.

—Si muere ahora, su cuerpo se desvanece hasta desaparecer. Pero eso ya lo sabes, ¿verdad? —dijo Muerte, con obvia expectación. No pude evitar preguntarme qué tendría planeado para ella.

—Eso sería un problema, dado que Samkiel te destrozará si intentas llevarte a esa chica.

La risa que escapó de los labios de Muerte le puso el vello de punta incluso a mi forma actual.

—No le temo al rey dios. He reunido a varios de ellos. Hasta los mayores poderes tienen límites, y él pasará, igual que los gobernantes que lo precedieron. Nadie huye de mí. Así que no, el chaval no me preocupa. Además, mi contrapartida es el tiempo. Hace desvanecerse el dolor que inflijo, y al final los que están acostumbrados a mí me dan la bienvenida como a un amigo. Soy infinito, y él llorará y luego seguirá adelante. Todos lo hacen.

Sacudí la cabeza y recogí las manos sobre el vientre.

—Como tantos otros, subestimas cuánto la ama. Acabas de decirme que el amor de ella por él es un poder, pero no terminas de creer que sea del todo recíproco. La marca ha desaparecido, pero están hechos el uno para el otro. Lo empujarás a la locura.

—Unir sentía ese mismo amor por su amada. Pero ¿redujo el cielo a cenizas para encontrarme? No, porque sabía...

Dejé la taza con fuerza y el sonido lo interrumpió.

—Samkiel no es su padre.

—Puede que no, pero lo he visto amar a millares. Amará a un millar más.

—Ambos sabemos que eso no era amor.

—El amor. El lecho. —Muerte agitó una mano fría y pálida—. ¿Acaso hay diferencia para los que son de carne y hueso? Tú también has sido testigo, pero escoges creer todos esos gestos y palabras grandilocuentes. ¿A cuántos has visto morir en nombre de ese amor? Ambos sabemos que mi reino está abarrotado de aquellos que una vez amaron.

—¿Y cuántos han nacido de ello? —quise saber—. ¿Qué hay de los sacrificios que hacen en su nombre? Esos también se presentan ante tu puerta. De eso también he sido testigo. Los que jamás se recuperan de ese amor perdido y lo lloran hasta que se reúnen de nuevo. O los fantasmas que suplican ante tu puerta, que exigen a gritos un último vistazo fugaz de aquellos a quienes han dejado atrás. ¿Acaso vas a negarlo?

La oscuridad envolvió a Muerte como un manto. Odiaba que lo retasen. El hielo se acumuló sobre los vidrios de las ventanas y se extendió por el suelo.

—¿De verdad estás dispuesto a apostar mundos y vidas innumerables? Ambos sabemos lo rápido que puede cambiar un corazón, aunque sea tan puro como el suyo. ¿Cuántos héroes han sucumbido desde el principio de los tiempos, y cuántos dominios han sufrido por ello? ¿En serio quieres arruinar el último atisbo de esperanza que nos queda a ninguno de nosotros poniendo a prueba tu teoría?

El frío se suavizó un poco y Muerte recogió las manos gélidas y magulladas, indiferente por completo a las consecuencias que había amenazado desatar al arrebatársela para siempre a Samkiel. Me miró con una sonrisa torcida.

—¿Lo estás disfrutando? —La preocupación se adueñó de mí—. ¿Por qué? ¿Porque te amenazó? Y por eso te parece bien que ella no tenga descanso eterno.

—Me culpas a mí, como si yo le hubiese arrancado el alma. Como si la mantuviese de rehén.

Muerte puso una mano sobre la mesa y el frío intenso resquebrajó la losa.

—Los dos sabemos el alcance de tu poder, pariente.

Muerte tableteó en la mesa con dedos esqueléticos, y los ojos sin vida de un hombre que había cruzado sus puertas me devolvieron la mirada. Pero Muerte no me asustaba. Él, y los demás, aparecimos con el nacimiento del universo; y, pese a nuestras viejas rencillas, estábamos unidos de formas que los mortales y los dioses jamás podrían comprender.

Por fin, Muerte se acomodó en la silla y entrecruzó los dedos.

—¿Crees que la amenaza que profirió en aquellos túneles no iba en serio? Ya viste lo que hizo en Onuna, por una hermana que ni siquiera era de su sangre. Ahora imagina lo que haría por su compañero, que fue creado para ella. No tendría ataduras, ni valores que la guiasen, ni amor. Así que no me mires de esa forma. Si quisiera el fin del mundo, me habría enfrentado a ella por el rey dios. Nismera asolará los dominios si consigue lo que quiere y tiene éxito con el Gran Retorno. Así que hice lo que tenía que hacer. Dianna, como tú la llamas, estaba destinada a gobernar. ¿Crees que su destino era ser una ig'morruthen? ¿Y él, un cadáver viviente? No, Nismera interfirió, difundió mentiras y engaños entre los miembros de la casa de Unir, y funcionó. Se ha pasado eones reuniendo y perfeccionando sus poderes, y ahora tenemos que intervenir. No quiero ver otra guerra de todas las guerras.

El aire pareció hacerse más denso.

—Cuando Samkiel averigüe el destino de ella, todo eso no importará. Será en lo único que se concentre, y la guerra le va a dar igual. Él solo tiene ojos para ella. La ama, la ama de verdad.

—Qué molestia. —Muerte volvió a tabletear con los dedos—. Tú no eres mucho mejor. Te preocupas por la niña. Siempre lo has hecho. Todos lo hemos visto. La amas como lo haría un padre. Es inmoral. Deberías estar por encima de esas emociones.

—Ah, Muerte inmisericorde, que no se preocupa por nada ni por nadie. —Fruncí los labios—. En mi larga existencia, es agradable encontrar a alguien que merece ser protegido.

Muerte no vaciló, ni se movió, pero algo atravesó sus ojos apagados y vacíos.

Crucé una pierna sobre la otra.

—Ya sabes que no voy a ocultárselo a ella. Ya la han traicionado muchas veces en su larga vida.

La oscuridad de la sala se estremeció, como irritada, y luego se asentó junto a la figura de Muerte.

—Y tú sabes que me reservo una pequeña parte de cada ser que cruza mi puerta, ¿verdad? —Cogió la taza y apuró el té antes de dejarla de nuevo en la mesa—. Dianna fue muy amable al enviarme a Alistair.

La comprensión fue como una bofetada que sacudiese el aire de la habitación.

—No te atreverás.

—Sí que me atreveré. —Muerte se puso de pie y se ajustó la chaqueta acribillada a balazos—. Por tanto, pariente, sé que no recordarás esto, pero quiero que sepas que estoy a favor de ese nuevo mundo y te ayudaré a conseguirlo. Eso, al menos, puedo prometértelo.

La oscuridad creció y luego se desvaneció. El frío se filtraba en la habitación y me produjo un escalofrío. Me erguí en la silla, parpadeando, y me fijé en la ventana. ¿Me la había dejado abierta? Las velas titilaban en la repisa de la chimenea y el aire venía acompañado de música. Sacudí la cabeza y me froté las sienes. Desde que ardió la luz de Nismera, mis visiones eran dispersas e incoherentes. Cada vez me preocupaba más que me hubiese dañado a un nivel tan profundo que no pudiese recuperarme.

Alguien llamó a la puerta, que se abrió poco a poco.

—¿Reggie? —susurró Miska mientras entraba. Debía de haber trabajado hasta tarde en el invernadero que le había construido Samkiel. Comparado con lo que tenían en Ciudad de Jade no era nada, pero le estaba dando su toque personal. El camisón estaba cubierto de pedacitos de hierbas. A Miska le encantaban las ropas que Samkiel le había hecho a petición de Dianna. Nunca había tenido guardarropa propio.

—¿Sí, Miska?

—¿Con quién estabas hablando?

Paseé la vista por la sala. ¿Tal vez me había perdido algo?

—Con nadie. Esta noche no he hablado con nadie aparte de ti. Quizá haya mascullado alguna visión. Te pido disculpas.

Encogió un hombro.

—Son cosas que pasan. ¿Quieres probar mi nuevo tónico? Creo que esta vez he acertado con los ingredientes.

—¿Por qué estás trabajando tan tarde? Hace rato que pasó la medianoche.

—No podía dormir. Hace frío y la tormenta sigue y sigue, así que pensé que, ya puestos, podía trabajar.

Me levanté con una sonrisa en los labios.

—En ese caso, vamos a probar tu nuevo tónico, ¿te parece?

No mencioné los intentos fallidos. Miska trabajaba muy duro para recordar lo que había aprendido y lo que su madre le había enseñado. Ya era una gran sanadora, y no había hecho más que empezar.

—Perfecto. —Agitó las manos en el aire, excitada—. Mi objetivo son los receptores del dolor asociados a las quemaduras, para ayudar a Cameron. Tiene la espalda muy mal, pero Dianna dijo que se curaría en cuanto controlase mejor su alimentación, porque las quemaduras divinas son peores, sobre todo en su forma ig'morruthen, y... —Su mirada se posó en algo que había detrás de mí, y se interrumpió—. ¿Por qué está congelado tu té? ¿Dejaste la ventana abierta?

Fruncí el ceño, perplejo.

—Es posible. No estoy seguro.

LII
KADEN

Mi alma gritó cuando los huesos y los tejidos se convirtieron en músculos y a continuación la piel lo cubrió todo. Cerré los dedos sobre la tierra blanda y me incorporé. Un dolor agudo y abrasador radiaba desde mi columna vertebral y se derramaba por los nervios recién regenerados. Grité de dolor; mi cuerpo se reconstruía y cada célula ardía de agonía. Me puse a gatas, jadeando y tratando de tragar todo el aire posible.

Me había matado.

Samkiel me había matado.

La consciencia tomó forma y los recuerdos regresaron. Se había plantado allí, expeliendo cólera, odio y furia con cada exhalación, y había empuñado aquella ennegrecida espada de la muerte. Sus ojos ardían como los de nuestro padre; se me había erizado el vello al verlo. Medí bien mis movimientos, pero él era demasiado rápido, demasiado veloz. Ni siquiera lo vi moverse, y no sentí la hoja, solo un breve pellizco y luego la nada absoluta; ni dolor, ni miedo, solo la nada más completa y definitiva. Dejé de existir.

Tenía el corazón desbocado. La muerte. Había experimentado la muerte verdadera.

—El Olvido —dijo una voz hueca y profunda. Se me fue la cabeza hacia ella.

Solo había un campo de batalla vacío.

—¿Qué? —Ni siquiera sonaba a mi voz, como si mi cuerpo tuviese dificultades para curarse.

—Esto no debería haber ocurrido. Lo que hace el Olvido está prohibido y es bastante molesto, pero a la vez me facilita un poco el trabajo. Porque entran menos almas en mi reino, ¿comprendes?

La cabeza me daba vueltas. Apenas podía respirar y la visión se me nubló mientras intentaba enfocar a una mujer anciana y medio quemada. Tenía las manos arrugadas apoyadas en las caderas y llevaba un delantal manchado de humo y hollín.

—¿Me has resucitado? ¿Quién..., quién eres tú?

—Tengo muchos nombres —respondió. Me recorrió con la mirada como tratando de evaluar el estado de mis heridas, o su carencia—. Con eso servirá.

Iba a preguntarle a qué se refería, pero se transformó en un pájaro del color de la noche que salió disparado hacia el cielo con un graznido y luego desapareció más allá de los árboles.

¿Pero qué...?

Moví el cuello hacia los lados y me puse de pie. Intentaba recordar todo lo que había pasado esa noche, y de repente me acordé de Isaiah.

Miré en todas direcciones, en busca de restos de armadura, miembros cortados, incluso polvo. Pero allí no había nada, a excepción de mí y de mis propios restos.

No podía negarlo. Samkiel había desgarrado el cielo para llegar hasta su... esposa. Su rugido atronador había hecho temblar el planeta hasta los cimientos, y a mí con él. Pude sentir lo mucho que se parecía a nuestro padre. Había sido un idiota. Todo lo que había oído contar de él era cierto. Samkiel era tan poderoso, tan fuerte como decían. Era el Destructor de Mundos. Yo me había negado a aceptar la suerte que había tenido de sobrevivir a nuestros anteriores encuentros. Sentía en él el mismo poder atronador que corría por las venas de Unir, pero combinado con el poder propio de Samkiel, el resultado era devastador. ¿Se hacía una idea de lo poderoso que era?

Sacudí la cabeza para aclarar las ideas. Necesitaba recuperar a Isaiah. Si no había muerto aquí, eso quería decir que Samkiel se lo había llevado y trataría de extraer de él hasta el último retazo de información. Aunque me atenazaban el miedo y la preocupación, no podía fallarle a la única persona que nunca me había fallado a mí.

LIII
XAVIER

Un pie después del otro, en una monótona repetición. Los días se convertían en noches, y las noches en días. Así era mi vida ahora. Me ocultaba en los rincones más oscuros de mi mente, viendo a través de ojos que ya no eran míos, existiendo en un cuerpo que ya no era mío.

Desde que me capturaron había terminado con infinidad de vidas; jamás podría olvidar los gritos y la sangre. En algunos momentos había deseado la muerte, había rezado para que me llegase, cualquier cosa con tal de acabar con el tormento. Pero, por mal que se pusiesen las cosas, siempre quedaba un atisbo de esperanza. Era un destello de vida, un ascua que protegía con toda mi fuerza de voluntad. Era el recuerdo de un cabello brillante del color del sol, el aroma del sándalo brumoso, la rica fragancia que anuncia la llegada del otoño, y una risa capaz de curar corazones dolidos y huesos rotos. Él era mi hogar, pero estaba tan lejos de mí que sentía que me faltaba una parte de mi alma. Podría llegar a creer que él no era real, que era un sueño, pero en aquel lugar yo no soñaba. Sí, la muerte sería preferible.

—¡General! ¡El cielo! —gritó un soldado a mi izquierda.

El susodicho general alzó la mano y susurró las malditas palabras que dejaban mi cuerpo rígido. Me detuve en seco y él siguió adelante. Nos hallábamos en un gran puente de piedra que conectaba dos secciones de aquel castillo en ruinas. El mar lamía la orilla y unos cuantos barcos ocupaban la bahía.

Un soldado señaló hacia arriba y varios se quitaron los yelmos. Se quedaron boquiabiertos de asombro y luego se pusieron a hablar todos a la vez. Mi cuerpo estaba relajado, pero, por mucho que lo intenté, no conseguí levantar la vista. Era lo único en lo que podía pensar, hasta que todo se fue a la mierda.

El aire pareció comprimirse, y de inmediato un fuerte estampido sacudió el puente de piedra. A mi alrededor sonaban explosiones y, en la periferia de mi campo visual, vi llamas y trozos de madera que volaban por los aires, seguidos de gritos. Fragmentos de los barcos se precipitaron hacia nosotros; los guardias se agacharon o se volvieron a poner los yelmos, mientras el general ladraba órdenes.

Fuera lo que fuese lo que nos atacaba, tenía poder suficiente para hacer que el general que me había tenido a su lado como una mascota con correa agachase la cola y saliese corriendo.

Se oyó el restallido de un trueno y el mundo se oscureció. La lluvia me empapó, aunque no pude sentirla.

El puente de piedra se sacudió; los guardias que había en mi campo visual se volvieron a mirar. Lo que había tomado tierra detrás de mí debía de ser terrible, porque se dieron la vuelta y salieron corriendo. Una luz plateada, ardiente y cegadora, pasó junto a mí y el corazón me dio un vuelco. Conocía esa luz, sabía lo que significaba, cómo se sentía. No era Nismera, pero era un dios.

Samkiel.

Si pudiese respirar, me habría quedado sin aliento. Sabía de quién era el poder que llenaba los cielos, y que Nismera lo había matado. Ese dolor no había dejado de ser mi compañero constante. Me había pasado horas en las tabernas, con los guardias de Nismera, mientras ellos celebraban su caída. Pero reconocía ese poder. Era como una llamada que alcanzaba las partes de mí que esas malditas palabras no podían tocar.

Aquella luz me bañó de nuevo, y yo me deleité en ella mientras el puente temblaba. Varias armaduras plateadas pasaron junto a mí sin detenerse, en persecución de los guardias que se retiraban. Contemplé con fría satisfacción que una alcanzaba al maldito general. Luchó, y luego sangró; un arma ardiente lo había destripado. Cayó de rodillas, sosteniéndose los intestinos, y miró con odio al dios plantado ante él. Vi como un borrón y oí el silbido familiar de un arma ardiente al cortar el aire, y su cabeza rodó por el suelo. ¡Libertad! Me daba vueltas la cabeza. Pero la libertad no estaba garantizada.

La batalla terminó nada más empezar. El puente dejó de vibrar de modo amenazador, pero el humo lo oscurecía todo, giraba y se enroscaba, y me cubrió. El temor clavó sus garras en mí. ¿Había venido Dianna? ¿Le había prendido fuego al mundo otra vez, como hizo en Yejedin?

Oí unas botas de acero que se acercaban, y me puse a dar vueltas arriba y abajo dentro de los confines de mi mente. Una figura esbelta y femenina se paró de repente frente a mí, cubierta de pies a cabeza en una armadura plateada. No, no era Dianna. Dianna no llevaba nuestra armadura ni nuestra enseña; claro que ella era un arma y no la necesitaba. Otras figuras aparecieron junto a la primera, todas enfundadas en el mismo acero plateado. Dos hombres altos flanqueaban a la mujer que tenía frente a mí, pero me fijé en que detrás de ellos la multitud iba creciendo.

La mujer giró la muñeca y el yelmo se fundió y desapareció.

No, no era Dianna, ni mucho menos.

—Xavier —ronroneó—. Mi yeyras. Te he echado de menos.

Kryella.

Me puso las manos en las sienes y me sujetó la cabeza. Mi visión se volvió verde y grité dentro de mi mente. Su poder me estaba quemando hasta las entrañas. Grité y mi alma estalló en llamas y, por primera vez en los últimos meses, mi boca se movió bajo mi propio control. Se me doblaron las rodillas, pero ella no dejó de volcar su magia en mi interior. Iassulyn sería un puñetero paraíso comparado con esa tortura, esa quemadura ácida que hacía que me diesen ganas de arrancarme la piel con las uñas.

Kryella se detuvo al fin; caí a gatas sobre el puente y jadeé, empapado de sudor. Me di cuenta de que era yo quien había hecho ese movimiento, era yo quien tenía, por fin, el control sobre mi cuerpo.

Levanté la cabeza con los ojos llenos de lágrimas.

—Puedo… Puedo moverme —tartamudeé—. Lo… Me has arreglado —dije, entre sollozos.

Kryella se arrodilló. La armadura se dobló en las rodillas hasta formar puntas. Extendió la mano y yo me sobresalté, esperando más dolor. Pero cuando me acunó la mejilla lo único que sentí fue el consuelo de su tacto en mi piel.

—Por supuesto.

Bajó la mano y se puso de pie con elegancia; luego se volvió hacia la mujer que había a su lado, que se echó el yelmo para atrás. El cabello rubio se derramó sobre el pecho de la armadura.

Athos. La diosa Athos. Era imposible.

Mi mente era un torbellino y el corazón me latía con fuerza. Estaban muertas. Se las daba por muertas desde la Guerra de los Dioses, pero… tenía frente a mí la prueba de lo contrario. La cabeza me daba vueltas. Nunca vimos los cuerpos, ni sus luces ardiendo en el cielo. Samkiel nunca habló de ello, pero todos lo dimos por supuesto.

—¿Cómo es que estáis vivas? —conseguí decir.

Athos no dudó.

—Somos el Ojo. —Los letales soldados que había tras ella se mantenían erguidos, sosteniendo los pesados escudos de plata que recordaba de antes de la caída de Rashearim. Dioses, tantos dioses…—. Somos la última rebelión contra Nismera la Conquistadora. Lo que necesitamos saber ahora es cuántos de vosotros seguís con vida.

LIV
DIANNA

Abrí los ojos de golpe, casi sin poder respirar. La claridad de mi visión en la oscuridad me permitió saber que mis ojos brillaban de color carmesí. El sueño se desvaneció y se convirtió en un recuerdo fugaz que no podía retener ni recordar. Me centré en la ig'morruthen y un escalofrío me recorrió al oír lo que gritaba la bestia.

¡Peligro!

¡Peligro!

¡Peligro!

Me quedé inmóvil, como un depredador, para examinar la habitación. La luz de las llamas se movía sobre las paredes y las cortinas del gran ventanal se mecían con suavidad movidas por la fresca brisa. Las nubes grises derramaban una lenta llovizna. Los relámpagos se recortaban contra el cielo, seguidos del lejano retumbar del trueno.

El calor me cubría la espalda y una respiración lenta y regular me hacía cosquillas en el hombro. Samkiel dormía con la cabeza apoyada en la mía y sus brazos me sostenían en un abrazo protector, incluso en el sueño. Intenté calmar mi corazón desbocado; me preguntaba por qué me había despertado sobresaltada. Pero no había nadie más en la habitación, y ni un solo libro, vela o mantel estaba fuera de lugar. Entonces ¿por qué me había despertado con la sensación de que alguien nos vigilase desde el pie de la cama? ¿Por qué estaba mi bestia ansiosa y enloquecida?

Suspiré y me relajé contra Samkiel. No eran más que los últimos retazos de un sueño olvidado. Me envolví más con su brazo. Pero, en cuanto cerré los ojos, lo volví a sentir.

Mis instintos me gritaban que despertase, me instaban a irme. Como si una cuerda tirase de mí con fuerza para que la siguiese.

Cerré los ojos aún más, negándome a aceptar el tirón; me dije a mí misma que no era nada, solo el eco de una pesadilla. Kaden estaba muerto. No estaba aquí, e Isaiah estaba encerrado en las profundidades del castillo.

Pero el tirón persistía, me llamaba, y eso me hizo preguntarme si no iría mal algo en el castillo. Aparté con cuidado el brazo de Samkiel y me deslicé bajo él tan en silencio como pude. Respiró hondo y luego, con un gruñido, se giró y se puso boca arriba, con un brazo cruzado sobre el pecho desnudo y el otro por encima de la cabeza. Dioses, qué hermoso era. Me obligué a darme la vuelta y salí de la cama. Cogí la bata del brazo de la silla y me la puse. Luego le eché un último vistazo para comprobar que seguía dormido.

El pecho de Samkiel se movía a un ritmo regular; dormía profundamente. Aunque tenía las sábanas enrolladas en los muslos, estaba desnudo. Pero, aparte de mi apreciación habitual por la bendición de ese cuerpo divino, lo que atrajo mi mirada fue su tronco. El abdomen, antes atravesado por una cicatriz profunda y amoratada, ahora no era más que piel suave y sana. Lo había notado antes, cuando se desnudó y luego me desnudó a mí y me poseyó contra la pared. Había pasado la mano por encima para asegurarme de que era real.

Parte de mí tenía la esperanza de que todo hubiera sido una pesadilla y nada más. Al ver que la herida ya no estaba, casi podría creer que no me lo habían arrebatado, pero el dolor sordo donde antes estaba mi alma demostraba que era cierto. Lo único que aliviaba el dolor de esa pérdida era estar cerca de él.

Eché un vistazo por la ventana abierta; no acababa de entender cómo había recuperado su poder. Cuando volvimos y Samkiel se llevó a Isaiah abajo, aproveché para pedirle explicaciones a Reggie. Me dijo que la pura fuerza de voluntad y el impulso de protegerme habían sido los catalizadores. Dijo que los llamó de vuelta a su cuerpo casi más rápido de lo que pudo procesar, y no estaba seguro de que lo que había hecho fuese siquiera posible. Gabby me quería, pero nadie me había amado como me amaba Samkiel. Nadie me había cuidado ni protegido como lo hacía él. Con todo lo que le había hecho pasar, ni siquiera estaba segura de que me lo mereciese. Pero mi corazón, frío, muerto y dolorido se hinchó al pensar en un amor así y en que, pasara lo que pasase, me pertenecía.

Dejé que su corpachón dormido en la cama y me dirigí a la puerta en silencio para no molestarlo. Nada más pisar el pasillo volví a sentir el maldito tirón. Me paré en seco y miré hacia abajo. Lo que estuviese tirando de mí quería que bajase. Se me heló la sangre.

¿Les habría pasado algo a Logan, Neverra o Cameron? ¿Se habría escapado Isaiah? ¿Estaría provocando una masacre y no lo habíamos oído? Sin detenerme a pensar, corí por el pasillo y bajé los escalones de tres en tres. Logan estaba abajo, y Neverra, y Cameron. Aunque Cameron era más fuerte ahora, sabía que Isaiah lo haría pedazos con las manos desnudas.

Corrí por el pasillo; las puertas se sucedían como un borrón. Doblé una esquina y pasé a toda velocidad frente a la puerta abierta del estudio de Samkiel y luego derrapé para detenerme. Retrocedí con el borde de la bata enrollado en los muslos y los ojos entornados. Me iba a estallar el corazón y en mi cabeza sonaban todas las alarmas.

¡Peligro!

¡Peligro!

¡Peligro!

Una sombra grande y masculina se separó de la oscuridad y se movió con sigilo por la habitación. Dejé escapar un gruñido sordo y en mis manos se encendieron las brillantes llamas anaranjadas. De una buena patada abrí la puerta de par en par; salió volando y chocó con estruendo con la pared de enfrente y se astilló. Había reconocido esos hombros y sabía qué bestia poderosa acechaba bajo ellos. Le lancé fuego suficiente como para proyectarlo por los aires fuera de mi hogar. Una bola de fuego, y luego otra, atravesaron el aire, y a él, y chocaron con la pared.

¿Qué demonios…? Se dio la vuelta, con una expresión curiosa en el rostro, mientras paseaba la vista de mí al agujero de bordes requemados que había en la pared. El fuego de mis manos se extinguió.

—Tu naturaleza violenta y feroz compensa tu pequeño tamaño.

Tragué saliva; tenía la boca seca. La sangre se me heló en las venas, porque no estaba mirando a los ojos de Kaden. Estaba mirando a los de un dios.

—Unir.

—¿Me conoces?

No fui capaz de asentir con la cabeza, y menos aún de responder. Era la sombra que había visto o sentido en cada rincón desde que llegamos aquí, la que vi en el mercado. Presente, pero no. Así que en realidad nunca había sido Kaden vigilándome, dándome caza.

—¿Cómo…? —Fue un susurro de total y absoluta incredulidad.

Era, de los pies a la cabeza, el dios rey que había visto en los recuerdos de Samkiel, incluso en la gruesa túnica de seda que envolvía la gastada armadura de plata y oro. Las botas blindadas terminaban en punta en la rodilla y estaban cubiertas de diseños elaborados tallados en cada superficie plateada. Sonrió levantando solo la comisura de los labios, un gesto que asociaba tanto al hombre que dormía en el piso de arriba que me dio un vuelco el corazón.

—El cómo es lo de menos. —Hasta su voz traslucía poder, y la ig'morruthen bajo mi piel gruñó como respuesta—. Debería preocuparte más el por qué.

—De acuerdo. —Reuní hasta el último átomo de falso coraje—. ¿Por qué?

Unir sonrió y atravesó la mesa hasta detenerse frente a mí. Era una presencia imponente sobre mí, mucho más alto que cualquiera de sus hijos. Tuve que echar la cabeza hacia atrás. Clavó la mirada en el anillo de mi dedo y luego me miró de nuevo a los ojos.

—Los muertos tienen mucho que discutir contigo, nuera.

Sus manos me rodearon el cráneo y la oscuridad se adueñó de mi mente. Grité.

Este libro se terminó de imprimir
en el mes de noviembre de 2025.